Xiron Poetry Club

磨 铁 读 诗 会

Above the River

James
Wright

[美]詹姆斯·赖特
——————著

张文武
——————译

浙江人民出版社

图书在版编目（CIP）数据

河流之上：诗全集 /（美）詹姆斯·赖特著；张文
武译. -- 杭州：浙江人民出版社，2023.10
ISBN 978-7-213-11156-3

Ⅰ. ①河… Ⅱ. ①詹… ②张… Ⅲ. ①诗集—美国—
现代 Ⅳ. ①I712.245

中国国家版本馆CIP数据核字（2023）第164760号

河流之上：诗全集
HELIU ZHI SHANG：SHI QUANJI

（美）詹姆斯·赖特 著 张文武 译

出版发行	浙江人民出版社（杭州市体育场路347号 邮编310006）
责任编辑	徐 婷
责任校对	何培玉
封面设计	冷暖儿
电脑制版	书情文化
印 刷	河北鹏润印刷有限公司
开 本	880毫米×1230毫米 1/32
印 张	25.75
字 数	556千字
版 次	2023年10月第1版
印 次	2023年10月第1次印刷
书 号	ISBN 978-7-213-11156-3
定 价	98.00元

如发现印装质量问题，影响阅读，请与市场部联系调换。
质量投诉电话：010-82069336

纪念詹姆斯·赖特的父母：

    杰茜·赖特和达德利·赖特

献给赖特的爱子：

    弗朗兹和马歇尔

你已没了影子，安睡吧；

愿你的尸骨永得安宁……

尘埃落定，

在你平静真实的梦中安睡吧。

——安东尼奥·马查多《孤独的时刻》，

罗伯特·布莱英译，1983 年出版[1]

我至今还会梦到自己像蛛网上虚弱的丝线般

摇摆，晶莹透亮，濒临消亡，奄奄一息，

悬在河流之上。

——詹姆斯·赖特《想起俄亥俄南部一句俗语》

1　出自《友人的葬礼》（*The Burial of a Friend*）一诗，收录于马查多的西英双语版诗集《孤独的时刻》（*Times Alone*）。

目录

圣犹大

树枝不会断

让我们相聚河边

新诗

两位公民

散文诗选

致开花的梨树

旅程

附录

致谢

我要感谢罗兰·弗林特、乔纳森·加拉西和罗杰·赫克特的鼓励与中肯建议，感谢凯·鲁阿克和吉本斯·鲁阿克的帮助与批评。

我还要感谢彼得·斯蒂特对詹姆斯所有作品，尤其是对这本书的诸多付出。

安妮·赖特

《河流之上》作品排序说明

汇编 1971 年版《诗集》时，詹姆斯·赖特在《圣犹大》后面放了一组译作。凯文·斯坦曾在《詹姆斯·赖特：成年人的诗》[1]一书中解释道，这种排序是为了"把《绿墙》和《圣犹大》里的正体诗歌，与《树枝不会断》（及后续诗集）里的实验性诗歌明确地区分开"。

译作大部分是在《圣犹大》出版之后完成的，那段时间詹姆斯经常去明尼苏达州麦迪逊市，成了罗伯特·布莱和卡罗尔·布莱农场的常客，跟罗伯特一起致力于翻译聂鲁达、洛尔卡、巴列霍、希梅内斯等人的作品。

《河流之上》保留了《诗集》中的译作排序，还收录了詹姆斯后来翻译的黑塞及卡茨作品。

在《两位公民》之后，詹姆斯开始从事散文诗创作，并将其中一组结集成册，于 1976 年推出小书《意大利的夏日时光》。有 7 篇经过修订，收录于《致开花的梨树》。还有一组散文诗作品创作于 1979 年，收录于《詹姆斯·赖特和安妮·赖特的夏天》。这两本小册子后来收录于《光的形状》一书。《河流之上》里，散文诗作品放在了《两位公民》的后面，因为《两位公民》是赖特创作生涯的一个重要节点，自此他开始写作散文诗。

译作相当于一座桥梁，连接了正体诗歌和实验性诗歌。

---

1 《詹姆斯·赖特：成年人的诗》（*James Wright: The Poetry of a Grown Man*），凯文·斯坦，俄亥俄大学出版社，1988 年。

散文诗也相当于一座桥梁，一头是俄亥俄的黑暗，一头是意大利和法国的明亮。

安妮·赖特

序言：献给诗人的哀歌

我曾安享健康快乐，
如今饱尝病痛磨折，
虚弱无力，日渐衰老；
　　　死神的阴影把我笼罩。

曾见魔爪无情卷走
诗坛精英高贵的乔叟，
贝里僧人，高尔，三大元老；
　　　死神的阴影把我笼罩。

瞎子哈里和桑迪·特雷尔
已被他致命的冰雹吞没，
帕特里克·约翰斯顿在劫难逃；
　　　死神的阴影把我笼罩。

他曾在邓弗姆林漫步，
与罗伯特·亨利森先生耳语；
罗斯的约翰爵士已跪倒；
　　　死神的阴影把我笼罩。

节选自威廉·邓巴《献给诗人的哀歌》[1]

1　《献给诗人的哀歌》（*Lament for the Makaris*），约创作于 1505 年，共 100
行，25 节。诗中提到的 25 位诗人，大部分生活在 14 世纪或 15 世纪，这首
诗发表时，只有两位还在世。

诗歌是如何在一个时代或一个国家繁荣，继而式微，然后另辟一处舞台登场，目前还是个谜。乔叟（死于1400年）之后，怀亚特（生于1503年）之前，诗歌在英格兰很不景气，而北部边界以外威廉·邓巴所在的爱丁堡，诗歌却很兴盛。在哀悼已经逝去和即将逝去的诗人时，威廉·邓巴提到："诗坛精英高贵的乔叟，/ 贝里僧人，高尔，三大元老；/ 死神的阴影把我笼罩。"（原文为拉丁语"*Timor mortis conturbat me.*"）乔叟去世后不久，高尔也去世了，半个世纪之后，利德盖特[1]在贝里圣埃德蒙兹去世。邓巴哀悼的主要是苏格兰诗人，25节诗提到了25位诗人的名字；其中大部分诗人，连一行诗都没留下。邓巴叹道，"善良的沃尔特·肯尼迪先生 / 长卧不起，眼看响起丧钟。/ 真是可怜，毕竟人命一条。/ 死神的阴影把我笼罩"，诗里说的肯定是他的一位密友，因为此诗问世后，"斗诗、邓巴和肯尼迪[2]"都还在；斗诗是诗人之间的一种对战，或者说是对骂。邓巴还哀悼了与自己同时代的天才同胞，乔叟之后、莎士比亚之前的经典作品《克雷塞得的遗嘱》[3]的作者："他曾在邓弗姆林漫步 / 与罗伯特·亨利森先生耳语……"

邓巴的《哀歌》也是写给全天下已故诗人的挽歌，这首诗曾伴我长大。詹姆斯·赖特很喜欢，我曾多次听他背这首诗，他的苏格兰口音在我们听来挺像回事。我记得，念出

---

1 利德盖特（Lydgate），即贝里僧人。

2 邓巴和肯尼迪之间的斗诗在诗歌史上非常有名，双方阵营都有很多大诗人参与。

3 《克雷塞得的遗嘱》（*The Testament of Cresseid*），罗伯特·亨利森的代表作，一部苏格兰叙事诗。

那些名字的时候，他双眼闪烁着："瞎子哈里""桑迪·特雷尔""利的芒戈·洛克哈特爵士"。吉姆十年前去世了，很多朋友悼念过这位诗人；还有哪位美国诗人被这么多挽歌吟唱过？

他1927年12月13日出生于俄亥俄州马丁斯费里，和邓巴一样，他所处的时代也有众多风格各异的诗人 *——与詹姆斯·赖特同龄的诗人；由朋友和同侪组成的诗歌团体是他生活和工作的中心。我们非常熟悉彼此。在哈佛学院时，我曾跟布莱、里奇、克里利、奥哈拉、阿什伯里还有科克辩论诗歌；与此同时，默温和金内尔在普林斯顿读叶芝；战场归来的路易斯·辛普森去了艾伦·金斯堡所在的哥伦比亚大学，霍兰德、霍华德等年轻一代即将在那里崛起。赖特当时是在凯尼恩学院约翰·克罗·兰塞姆门下，跟罗伯特·梅齐和小说家E. L.多克托罗有交集。菲利普·惠伦和加里·斯奈德在里德学院成了室友。不久后，菲利普·莱文、唐纳德·贾斯蒂斯、W. D.斯诺德格拉斯齐聚艾奥瓦。从没有哪个年代有这么多美国诗人扎堆出世。1966年，弗兰克·奥哈拉在一次事故中受伤去世。1971年，保罗·布莱克本去世，1974年是安妮·塞克斯顿，1976年是L. E.西斯曼，1980年是詹姆斯·赖特，1982年是理查德·雨果，1987年是约翰·洛根。*死神的阴影*……

---

* 同样生于1927年的还有约翰·阿什伯里、高尔韦·金内尔和W. S.默温。也许1926年是奇迹之年——罗伯特·布莱、罗伯特·克里利、艾伦·金斯堡、詹姆斯·梅里尔、弗兰克·奥哈拉、A. R.安蒙斯、W. D.斯诺德格拉斯、戴维·瓦格纳、保罗·布莱克本——要么就是1923年：丹尼丝·莱弗

托夫、詹姆斯·迪基、理查德·雨果、詹姆斯·斯凯乐、安东尼·赫克特、艾伦·杜根、约翰·洛根、路易斯·辛普森。还有 1924 年：约翰·海恩斯、简·库珀、埃德加·鲍尔斯。1925 年：唐纳德·贾斯蒂斯、杰拉尔德·斯特恩、卡罗琳·凯泽、玛克辛·库明、菲利普·布思、肯尼思·科克。1928 年：菲利普·莱文、安妮·塞克斯顿、L. E. 西斯曼、彼得·戴维森、我。1929 年：阿德里安娜·里奇、X. J. 肯尼迪、埃德·多恩、约翰·霍兰德、理查德·霍华德。1930 年：加里·斯奈德、格雷戈里·科尔索。1931 年，埃瑟里奇·奈特出生，1932 年，西尔维娅·普拉斯出生——当我们把目光放到十年之后，可以列出的诗人数量就变少了。

任何名单都会失之偏颇。如果让你来列，一样可以列出很多。我的名单以男性和白人为主。罗伯特·海登和格温德琳·布鲁克斯更早，跟贾雷尔、洛厄尔、贝里曼、斯塔福德、内梅罗夫是同一代。战后出生的诗人里，女性开始多起来。

为何这么多诗人出生在 20 世纪 20 年代？这代人眨眼间进入了美国世纪 [1]——挨过 1945 年至 1963 年这一时期——差不多是从这一代人开始，美国文学史不再以欧洲为主题。（詹姆斯·赖特喜欢意大利和法国，并不代表他对美国诗歌没有自信。他的喜欢，是北方人初次见识太阳和肉体的那种喜欢，他沉醉在意大利梨肉的甜蜜中。）这代人在孤独中

---

1 美国世纪（American Century），泛指 20 世纪，以区别于"英帝国世纪"（1815—1914），用来形容美国在政治、经济、文化上的影响力。

度过了自己的青春期，有的在作坊小镇或郊区，有的在加利福尼亚，有的在大平原，有的在工业都市，有的在棕榈滩。跟美国历代艺术家一样，这代人大部分都是中产阶级，但是他们童年时期经历过大萧条。在西弗吉尼亚州的惠灵，俄亥俄州的对岸，詹姆斯·赖特的父亲达德利在黑泽尔-阿特拉斯玻璃厂工作了一辈子，经济不好时还被解雇过。尽管吉姆很敬佩自己的父亲，常赞美他从不向逆境屈服，但一家人过得很艰难，20世纪30年代一直在贫困中度过，租的房子一直在换。吉姆终生都渴望离开这个衰落的峡谷，逃避他父亲那样的命运，坚决不在黑泽尔-阿特拉斯玻璃厂工作。在他的诗中，峡谷里的马丁斯费里及其兄弟城镇黑化成青山绿水之间的鬼作坊。

18岁那年，他中学毕业参了军，打算凭借退伍军人福利[1]到大学读书，来逃脱进工厂上班的命运。有一次，他在信里跟我说起他在日本领薪时的情况："每个月第一天，我能拿到120美元。我记得，每一次都要跟在领钱的队伍最后面，走到两个街区以外的军营邮局，填汇款单，整整110美元……寄到俄亥俄的家里，存进银行……那时候我满脑子想的都是此岸的俄亥俄峡谷（也就是死亡，对灵魂而言那是真正的死亡）和彼岸的生活（逃往我自己的生活……）。"没有人像詹姆斯·赖特那样，选择以文学为生，来对抗死亡：一边是托马斯·哈代和贝多芬，另一边是马丁斯费里

1　退伍军人福利（G.I.Bill），即《1944年军人重新调整法案》（*The Servicemen's Readjustment Act of 1944*），也叫《二战退伍军人权利法案》（*The G.I. Bill of Rights*）。根据该法案，第二次世界大战退伍军人可以获得购房、创业、教育等一系列福利。

和黑泽尔-阿特拉斯玻璃厂。"生活"即艺术，诗歌如天堂，至少是避难所——可以自由而自然地表达情感，可以享受词语带来的趣味和快感，可以感知或感受世间的欢乐。此外，对詹姆斯·赖特来说，最重要的是，诗歌可以传达和演绎出对世间苦难的悲悯。

他 15 岁时开始写诗。嘴里的词语想必总能让他欣喜；听吉姆讲故事或者念诗时，能感觉到词语带给他的快乐。吉姆还有一个心愿：在艺术中打造一个改良的平行世界。每次诅咒俄亥俄，他都会明白是俄亥俄造就了他——俄亥俄依然是他的素材。我们选择把流放看作一种优势；在流放中，我们回望那些拒绝我们也被我们拒绝的地方——用它来创作诗歌，同时用诗歌来对抗它。赖特的诗，平行世界里的俄亥俄，居住着一群从未离开峡谷的人——工人、后卫、被处死的杀人犯、酒鬼、穷困潦倒的人。哪怕他笔下被诅咒的人 [1] 来自其他地方——来自太平洋西北地区，来自明尼阿波利斯，来自纽约——他们过的，也同样是吉姆离开俄亥俄峡谷所放弃的那种生活。在离开心中那个荒凉的俄亥俄时，他观察着，记录着。他就像叶芝《天青石雕》[2] 里的乐手一样，偏爱观察"悲剧性的景象"，也偏爱创作这种景象，用他那"娴熟的手指""哀伤的曲调"。

在他的 52 年时光里，这种"哀伤"很早就开始了。1943 年，16 岁那年，吉姆因为精神崩溃从中学休学一年。后来这种崩溃又出现了很多次——但他一直奋力挣扎（树

---

1 被诅咒的人，原文为法语：*maudits*。

2 《天青石雕》（*Lapus Lazuli*），叶芝晚期诗作，创作于 20 世纪 30 年代。"悲剧性的景象""娴熟的手指""哀伤的曲调"都出自此诗。

枝没有断），读完了中学。1947 年退伍后，他进了凯尼恩学院——这是俄亥俄州最有文学气息的一块飞地，这里有诗人兰塞姆，这里作家辈出，这里有文坛上红极一时的杂志《凯尼恩评论》[1]。他的年纪比同学们都大，1952 年 1 月毕业时已经 23 岁[2]。进入凯尼恩，吉姆想必是有生以来首次体会到如鱼得水的感觉——除了兰塞姆，这里还有查尔斯·科芬、菲利普·廷伯莱克这样的老师；大学同学里有很多文学和写作方面的朋友。与此同时，首次置身于这样一个多数人都是中产的环境，靠奖学金读书想必会让他感到羞耻。这可能会让他不太好过，况且，读完大三后，他的退伍军人福利也没了。但吉姆凭借自己的智慧，继续留在了凯尼恩：大三时，他进了美国大学优等生荣誉学会[3]，因此凯尼恩学院给他全奖，让他读完了大四。后来他还出国留学，甚至读了研究生。

作为一名大学生诗人，赖特写诗异常稳健，且精准神速。大学生杂志《奋起》[4]发表了赖特的很多诗。赖特大四的时候，约翰·克罗·兰塞姆选了他的两首发表在《凯尼

---

1 《凯尼恩评论》（*The Kenyon Review*），创刊于 1939 年。创刊人兰塞姆担任了 21 年主编，在他的经营下，该刊成为 20 世纪四五十年代英语世界最著名、最有影响力的文学杂志。

2 原文疑有误。1952 年 1 月，赖特已经 24 岁。

3 美国大学优等生荣誉学会（Phi Beta Kappa），1776 年 12 月 5 日成立于威廉玛丽学院，美国最古老的大学荣誉学会，仅吸纳美国高校中最优秀的文理科学生。名称为希腊语，意思是："热爱学习，生活有道。"

4 《奋起》（*Hika*），凯尼恩学院最早由学生运营的文学杂志，创刊于 1935 年。刊名为当地土著语。

恩评论》上:《孤独》和《父亲》[1]。后者可以在本书中看到,是一首有力而温柔的诗,同时也有些奇特:竟如梦幻一般,像是赖特在十五年乃至二十年后写的作品——和同时期作品不同,《父亲》没有采用叙事性的规规矩矩的抑扬格[2];当下的反常作品预示未来的创作,在诗人的生活中也算常见。

大学毕业一个月后,吉姆跟他中学时的恋人利伯蒂·卡尔杜勒斯结了婚。利伯蒂那时已做了护士,还在得克萨斯的一家学校教了几个月的书。第二年,他们去了奥地利,赖特获得富布赖特项目[3]资助,在维也纳大学深造,主攻格奥尔格·特拉克尔的诗和特奥多尔·施托姆的小说——两人的作品赖特都翻译过,对他创作风格的成熟有很大帮助。就在这一年,利伯蒂生下他们的第一个孩子:弗朗兹。

我跟吉姆相识,是在 1954 年秋天。直到他去世,我们一直都是好朋友。我们俩已经算是非常要好了,不过,各自还有一些更为亲密的同龄朋友。我们俩也翻过脸,而且总是无缘相聚,主要靠写信联系。跟所有文学艺术家一样,我们之间的友谊在某种程度上是基于竞争。我知道"詹姆

---

1 《孤独》(*Lonely*) 和《父亲》(*Father*),发表于《凯尼恩评论》1951 年秋季刊。后一首收录在《绿墙》中。

2 抑扬格 (iambic),轻者为抑,重者为扬。若一个音步有两个音节,前轻后重,便是抑扬格。又叫轻重格、弱强格、短长格。

3 富布赖特项目 (Fulbright Program),全球"规模最大、声誉最高的国际交流计划",涉及国际教育、文化和研究交流项目,由美国政府推动,1946 年根据阿肯色州参议院 J. 威廉·富布赖特的提案设立。

斯·赖特"这个名字，是在 1952 年。那时我读大四，一家名为《科拉迪》[1]的大学生文学杂志（创刊于北卡罗来纳女子大学，也就是现在的北卡罗来纳大学格林斯伯勒分校）正在征稿，要做一期收录各地大学生作品的专刊。他们发表了我的一首投稿，一年后给我寄来了 1952 年的那期样刊，上面收录了凯尼恩学院詹姆斯·赖特的作品，一首叫《俄诺涅致帕里斯……》[2]的诗。那是一首十四行诗，异常俏皮，诗里写道：

> 仿金打造成的几粒纽扣，
> 普通浅口鞋，薄得发亮的
> 袜子，庆祝这一年的转折。
> 来片阿司匹林。双目已朽。

不久，我在别的地方也能看到赖特的诗了。我在不同杂志上贪婪地搜寻作品，因为我做了旨在成为一代名刊的杂志新贵《巴黎评论》[3]的诗歌编辑。1954 年秋天，我向詹

---

1 《科拉迪》（*Coraddi*），1897 年创刊时是一本新闻类校刊，刊名《州立师范杂志》（*State Normal Magazine*）；1919 年改名《科拉迪》，改版为文学艺术类刊物，新刊名是创办此刊的文学社名简写。

2 《俄诺涅致帕里斯……》（*Oenone to Paris...*），在希腊神话中，俄诺涅是河神的女儿，帕里斯是特洛伊王子，两人曾是恩爱夫妻。后来，帕里斯背叛俄诺涅，诱拐海伦，引发了特洛伊战争，被箭射中。俄诺涅本可救治丈夫，但因对方背叛了她，所以拒绝为他救治。最终，帕里斯不治而死。

3 《巴黎评论》（*Paris Review*），1953 年创刊于巴黎的一本文学季刊。1973 年，杂志社总部迁往纽约。数十年来，《巴黎评论》发表过无数大作家的作品，对众多著名作家诗人的访谈也是该刊一大特色。

姆斯·赖特约稿，由此开启了我们的友谊。1954年12月2日，吉姆从西雅图回了信（附有几首诗，信中写道："亲爱的霍尔先生，非常感谢你如此热情的来信。"）。我知道华盛顿大学，因为西奥多·罗特克在那里教书。回望美国高校历史可以发现，那时的诗人们开始靠教书谋生——但他们之前连诗歌怎么分行都没教过。罗特克在他那著名的写作课上讲了旧体诗——借此，一边建构一边解构。吉姆也决定靠教书养活自己，他读了一个传统的英文博士，写了一篇关于查尔斯·狄更斯的论文。他教书时，更喜欢教文学，而不是教创意写作。

一老一少两代诗人很像。罗特克的家境比赖特优越（父亲奥托·罗特克经营一个温室），但也来自作坊小镇，他的故乡是密歇根的萨吉诺；安阿伯相当于罗特克的凯尼恩。两人都来自小地方，都从事文学，也都很害羞；都喜欢用插科打诨来应对社交；都喜欢体育。吉姆读完博士时，罗特克送他的毕业礼物是1957年世界重量级冠军赛的一张门票，那场是弗洛伊德·帕特森和皮特·拉德马赫在西雅图对战。吉姆和特德[1]一同看的比赛（吉姆给我描述过那场赛事，一个回合一个回合地讲，给我讲过十几次），两个人喝得很凶。罗特克有躁郁症和妄想症——有思维障碍，还不光是情绪障碍——住过几次院。詹姆斯有没有妄想症我不清楚，不过他跟大部分诗人一样，都患有双相情感障碍。有些人酗酒就是因为双相问题，他们通过喝酒来缓解抑郁（然后变得更抑郁），或者狂躁的时候喝酒让自己平静

1 　特德（Ted），即西奥多·罗特克。

（然后引起抑郁）。我俩来往的信中——有的信一连多页密密麻麻写下来，就像是狂躁的独白——总能看到炫耀酒量的文字。

当然，我们在信里谈诗比谈酒多。我们谈论旧诗——我们都喜欢 E.A. 罗宾逊，喜欢罗宾逊的人并不多——谈论我们的朋友和同辈。我们互相给对方审稿。我们那代诗人经常一起合作，不是通过正式的研讨会形式，而是跟朋友或同侪私下里进行。我相信我们这么做不只是为了共同提高，我们更像是在为一个共同的事业而努力。文学艺术家之间的竞争可能会很激烈，但却是良性的，是为了推动文学艺术的进步，而非自己个人的进步，就好像老一辈运动员（有时候）会帮助年轻的接班人。我想起一件小事，或许可以反映当时很多人身上的那种慷慨。大约是在我出版第一本书的时候，吉姆打算用《绿墙》参加耶鲁青年诗人大赛[1]。当时，我正在纽黑文郊区我父母的家里。吉姆想让我看看稿子——看完后，我主动请缨把书递给耶鲁大学出版社。我亲手把他的获奖作品交给了大赛组委会接待员。

多年来，吉姆的信里总会提到罗伯特·布莱、约翰·洛根、西奥多·罗特克、高尔韦·金内尔、卡罗琳·凯泽、安妮·塞克斯顿、琼·瓦伦丁、简·库珀、比尔·默温、瓦萨·米勒、迪克·雨果[2]……我们在信里谈论诗体学，为抑扬格而着迷；我们喜欢的大部分旧诗都是有格律的。但是，我们在抑扬格里浸淫太深了，所以后来需要摆脱格律和押

1　耶鲁青年诗人大赛（Yale Younger Poets），始于 1918 年，至今已逾百年。由耶鲁大学出版社主办，每年选一位有潜力的美国诗人，为其出版处女作。

2　迪克·雨果（Dick Hugo），即理查德·雨果。

韵——其实，所有诗人都需要摆脱——才能找到别的调子和音乐性。在《绿墙》中，吉姆通过押韵、分行、停顿展示了一种让人愉悦的技巧。这种本领不是源自课堂，而是源自他对蒲柏、济慈、邓巴、罗宾逊、哈代、赫里克、马弗尔以及身边诗人的喜爱。尽管他比谁都喜欢特立独行，但是这并不妨碍他喜欢押韵和格律倒置，就像在《隐姓埋名的女子之掠影》中那样：

> 不管他们如何，她这么多情，
>
> 为何转身就死，不为谁留？
>
> 我看见最后一位给了孩童
>
> 一分钱，偷看警察走没走。

吉姆中间的倒置，第三行第三个音步[1]，在那个年代会让人高兴得直拍大腿："实在是妙啊！"

他的抑扬格手法，在《圣犹大》中已臻完美，比如跟这部诗集同名的那首十四行诗，用经典的渐弱诗句来收尾；哪怕有一个强音，都会妨碍它成为抑扬格的典范："我仍要徒劳地搂住（held）那人。"如果让我们来写这首诗，四分之三的人可能会用一个呆板的隐喻、多余的音节，来毁掉它的结尾，不管是措辞还是节奏，如："我仍要徒劳地怀抱住（cradled）那人。"[2]吉姆的措辞非常干净，他在格律方面

1　第三行原文：*I saw the last offer a child a penny*，第三个音步指的是 *offer*（给了），前后音步均为抑扬格，这个音步为扬抑格。

2　*cradle* 作动词时，有"轻轻抱着""抱起来抚慰""放入摇篮"之意；作名词时有"摇篮"之意，霍尔所说的"隐喻"或指圣婴的摇篮。

也非常机智和精确。

可以说，《圣犹大》是他旧体诗写作的巅峰，也是他旧体诗写作的终点。1958 年 7 月，他给我写了一封信（我相信他给别人也写了类似的信），他在信里宣布不再写诗。此前，曾有一位诗人在评论《新诗人》[1]第一辑时委婉地攻击过吉姆，吉姆的第一反应是回赠三十行粗鲁的讽刺诗句和一封辱骂对方的信……但是，现在他把矛头转向自己。在给我的信里，他谈到，"否认自己更黑暗、更野蛮的一面，只为了心里舒服——学术上和诗歌创作上都是如此"。在这个节骨眼儿上，他读到了罗伯特·布莱的杂志《五十年代》[2]的第一期，这本杂志犹如一声棒喝。（他当时还不认识布莱。）他对我说："所以，我不写了。长久以来，我一直在背离自己和所有人身上那种……能称之为真实和勇敢的东西，我非常确定我已经扼杀了那种东西。所以我不写了。"在信里，他称自己为"文学行家（写出《纽约客》赝品诗歌那类人，当代失败作品的炮制者中最熟练、最机灵、最'迷人'的一类人）……"詹姆斯·赖特的读者应该知道，他即将写出《在被处死的杀人犯墓旁》。

一天后，他又写了一封信，承认"我没办法搁笔不写。我欠了超级财团太多钱。他们会干掉我的"。（这些话很有罗特克的风格。罗特克在狂躁时，经常提到某个团伙。）随

---

1 《新诗人》（*New Poets*），全称或为《英美新诗人》（*New Poets of England and America*），1957 年在纽约出版，由唐纳德·霍尔等人编辑，罗伯特·弗罗斯特作序。

2 《五十年代》（*The Fifties*），布莱和达菲编辑的杂志，旨在扫除美国诗坛的陈腐之气。第一期出版于 1958 年。

后他说："那是陈旧的、枯萎的、抑扬格的我在罢工……"攻击那个陈旧的抑扬格的自我时，他仍在继续写抑扬格诗歌；他既是狐狸，又是猎犬，在《在被处死的杀人犯墓旁》中，用尖酸的抑扬格诗句攻击自己，工整地怒斥自己的工整——当然，他开始寻找出口。不是真的从抑扬格里走出去——轻音节和重音节的组合排列是无罪的——而是不再用抑扬格捆绑措辞与思想。

当年 8 月，吉姆到了安阿伯。一段谈笑风生的时光。这些年我们见过几次——有一次是在现代语协[1]的大会上，当时我们都在找工作；有一次是在底特律的韦恩州立大学的诗歌活动上——我发现跟他相处快乐多多。他经常开怀大笑——很会讲故事，很会模仿。有孩子在旁边的话，他格外有创意，会玩一些小把戏；孩子们从不会厌烦他。对大人，他另有一套，大都是从他欣赏的笑星那里学来的。跟罗特克一样，他很会模仿 W. C. 菲尔茨。对乔纳森·温特斯，他更是烂熟于胸。有个小桥段我特别喜欢，我让他表演过上千次。他做出一种谦卑甚至可怜的姿态——歪着头，双手叉腰——用优雅的声音低吟道："白天，我是卑微的屠夫……"接着，他脸上迸发出一股疯狂劲儿，咧嘴大笑，双手打着响指，把"叮当哥"比尔·鲁宾逊的造型定格了三秒钟，用欢快的声音宣布："……晚上，*我是传说中的踢踏舞神！*"在他去世十年后的今天回忆他，我不禁想起埃兹拉·庞德评论 1915 年于法国遇害的友人亨利·戈迪埃-布尔泽斯卡

1　现代语协（MLA），即"现代语言协会"（Modern Language Association），1883 年创建于美国纽约，在全球上百个国家拥有数万名会员，主要是语言文学类的学者、教授、研究生。

的一句话："他是全世界最有趣的人。"

短暂的八月之行结束时，我们说好等秋天他的第二个孩子出生后，他再带家人过来重聚。明尼苏达大学和密歇根大学打橄榄球赛的时候，他们要来度周末，我负责门票。他们要开车来——或者说是利伯蒂开，吉姆一直没学开车——度一个足球与诗歌的悠长周末。但那趟十月之旅简直是场灾难。通往安阿伯的行程似乎没有尽头，每当他们刚出生的二儿子马歇尔要吃奶，利伯蒂就得在路边停下来。后来，车坏了；他们又买了一辆，到达的时候很晚了。一家人精疲力尽，吉姆紧张得要命。他不停说话，他连篇累牍地引用散文和诗歌，邓巴的《哀歌》他至少引用了两次。在随我们前去的一个鸡尾酒会上，吉姆一度对着一群目瞪口呆的数学家背了二十分钟的德语诗。

吉姆和我在球赛现场坐了大概四个小时，我们提前到场看了热身，不过我完全不记得我有没有说过话。吉姆谈到了自由诗、抑扬格、诙谐派、意象派、狄更斯、狄金森、蒲柏、詹姆斯·斯蒂芬斯、橄榄球、罗伯特·布莱、詹姆斯·迪基、特德·罗特克、拳击、利伯蒂、弗朗兹、马歇尔、棒球……他的声音就像大海，而你站在一艘船的扶手边，波浪翻涌可以让你看上一整天。

可能就是那天晚上，也可能是第二天晚上，吉姆温和友善的——要是一直这样该多好——长篇大论突然停息。深夜时分，他认定"他们"想让他回到厂子里。他当着大家的面，说他无论如何也不会回到厂子里，不管"他们"怎么逼他；他一生都在对抗"他们"。他咆哮着上楼睡觉了。第二天一早，他不吃饭，也不说话，径直走到门外的晨雾中。他靠着一棵老橡树，抽了两个小时的波迈烟，在此期间，利伯蒂已经吃完早饭，喂好弗朗兹和马歇尔，打好包，装好了车。我不时溜出去，想跟他聊聊；他喃喃自语，直摇头。他看上去不像是在生气，只是暂时不想说话，他后来写了信。天气很冷，香烟的白雾和他呼出的白气混在一起。耐不住冷时，我就回屋取暖；然后看着窗外，看他落落寡欢，看他回屋。等利伯蒂终于忙完之后，他们开车走了。

几天以后，开始有信从明尼阿波利斯寄来。在信中，他回忆当时看到我"在湿漉漉的树叶间凄凄惶惶，你们俩目送我们走远……"他跟我谈起在日本当兵时攒钱的事。"我认识音乐家、准诗人，还有可爱的普通人，我看着他们在残酷的规律下按部就班走进惠灵钢厂，变成愚不可及、自暴自弃的饭桶，大腹便便，目光呆滞。"他说，这种令人疯狂的景象会时不时在他脑中闪现。

尽管吉姆整个周末都在喝酒，但酒精并不是罪魁祸首。回到明尼阿波利斯之后，折磨了他一生的痛苦开始加剧。他进了精神病院，为治疗抑郁症接受了电击疗法。接下来的一年里，他和利伯蒂开始了第一次分居。复合之后，他们又分开了。心理治疗能治标，但不能治本。而且，他酒喝得更凶了——在跟家人分开的时候，我猜尤其如此。在1959年4月23日的一封信里，他告诉我，他曾在西雅图附近企图溺水自尽。和他的诗歌一样，他的信也见证了他终其一生日复一日的挣扎——有过平静的间歇，尤其是在他跟安妮结婚之后——这种挣扎一直持续到他去世，挣扎着活下去，挣扎着创作，挣扎着让树枝不要断。

这本书证明了树枝没有断。不管遭受什么样的打击——

有诗记录了这些挫折——詹姆斯·赖特都能承受。即便是在1959年的信中，仍能看出他在挣扎着写诗；换句话说，他也是在挣扎着活下去。不用抑扬格（一度看起来油腔滑调、沾沾自喜）创作的时候，他向我求教如何处理音节，当时我已经初步总结出自己的一套非传统格律。别的诗人鼓舞了他。他满腔热情地谈论约翰·洛根、罗伯特·布莱、瓦萨·米勒和杰弗里·希尔，他非常钦佩的那些人。接下来，情况又开始恶化。1960年9月3日，他寄来一封悲伤的信："我这次真的病了。"

1961年7月，我和家人在布莱位于明尼苏达的农场里过了一周，辛普森夫妇和他们的两个孩子也在。吉姆当时独居，在暑期班教课，他出来跟我们一起度过了两个周末。从4月开始，他的信里就不断提到即将到来的聚会，6月的信里排好了日程，按顺序列出大段大段的问题，说等我们聚齐时务必跟罗伯特一起讨论。他跟我一起密谋对付罗伯特，因为罗伯特对格律的认知太过教条主义。（吉姆在形式方面非常矛盾，他常常把偷写的抑扬格诗拿给我看，还让我别告诉罗伯特。）在农场的户外，罗伯特和卡萝尔，路易斯和多萝西，我和我妻子[1]，共同度过了一个热闹非凡的假期，我们在诗歌、笑话、羽毛球和游泳等事情上斗智斗勇。吉姆从明尼阿波利斯坐了三四个小时的大巴赶过来。他看起来伤感又孤独，远离我们其他人，在一旁自得其乐：因为他离婚了，孩子没跟他，他还酗酒。

几年之前，我和吉姆又多了一层关系。我成了韦斯利

1　霍尔的第一任妻子柯比·汤普森（Kirby Thompson），几年后与霍尔离婚。

恩大学出版社的诗歌编辑，出版社启动的诗歌丛书收录了吉姆的第二本书。社里决定采用吉姆的作品后，我成了他的编辑，这意味着我要给他提意见——就像我们以前那样——同时向他转达其他编辑的意见。在《圣犹大》之后，詹姆斯交来一部诗稿，取名为《石头的愉悦》[1]，其中收录了詹姆斯·赖特的旧体抑扬格诗歌，还有他早期的超现实自由诗。可能有些混乱，但非常强大，韦斯利恩的编辑们一致认可这部作品。接下来，在1961年7月29日，也就是明尼苏达那次聚会之后不久——这本书已经排好出版日期——吉姆撤回了稿子。如果当时出版了这部书，我们就能像欣赏慢镜头一样看到赖特的转变过程。因为撤回了《石头的愉悦》，1963年《树枝不会断》出版时，詹姆斯·赖特的蜕变震惊了诗坛。这种改变把他的老读者吓了一跳，招来很多评论家的抨击，但也赢得了很多喜欢新作胜过旧作的拥趸。"十足的抑扬格大师，"有漫画讽刺道，"脱掉戏服，裸体出行。"即便是今天，人们也很难同时喜欢赖特的两面——既是聂鲁达，又是罗宾逊；既是特拉克尔，又是哈代。

这幅讽刺漫画有些扭曲，不只因为它是一幅简笔线条画，也因为它比喻不当：裸体，也常是一种装扮。詹姆斯·赖特的多副面孔之间初看是没有关联的，实际上绝非如此。无视其中的关联，就是在无视他诗歌中的重要事实。用我的标准来看，赖特的创作生涯出现过三次高峰。

---

1 《石头的愉悦》（*Amenities of Stone*），赖特在《树枝不会断》之前未出版的一部书稿。

第一次是在传统的声音和结构方面达到高峰，《绿墙》就已初露锋芒，而达到顶点的则是《圣犹大》的几首诗——其中包括《在被处死的杀人犯墓旁》，该诗用传统的形式写成，却又嘲笑了自身的传统和成就。第二次高峰是《树枝不会断》，人们普遍认为赖特在形式上走向了自己的对立面，简单的意象承载了几乎让人难以忍受的张力，一边痛苦地赴死，一边渴望生存，渴望爱，渴望融入世俗的幸福。最好的情况下，两者合而为一，就如那个著名的跨行诗句所言："我将碎成／一片花海。"有时，开花与破碎有天渊之别（乃至有人用开花来调侃破碎）。在这些诗中，我们常能看到这种抗争（冲突产生能量）——就像我们的内心。

第三次高峰，赖特生平最好的作品，出现在最后两部诗集里，但是在抵达最终的辉煌之前，他的创作经历过下滑阶段。《让我们相聚河边》里有好诗，但也能看出赖特懈怠了，这种懈怠在《诗集》的新作和《两位公民》中有所加剧。给詹姆斯·赖特的诗歌全集写序，不能纠结于诗人的退步——每个诗人都有退步的时候——不过，我很想说，在懈怠期写出的作品中，赖特常用说书人的声音代替矛盾修辞式意象——说书人的声音信马由缰，虽然说着确定之事，看上去却不那么确定。他的退步常表现为：没有坚持用"美"（有矛盾冲突），而是用"好看"（没有矛盾冲突），来对抗自己不堪的体验。

从《绿墙》到遗作《旅程》，状态最好时，赖特会把真实的情感——通常是对（内在的和外在的）受压迫者的同情——倾注到让人赏心悦目的绝美诗行中；状态最好时，赖特是同代人中最好的倾听者。《致开花的梨树》和《旅程》收录了赖特诗歌生涯的巅峰之作。说书人或表演者的姿态在《两位公民》中显得尴尬，却给《惠灵福音教会》这样的散文诗篇注入了能量。更加可贵的是，在《最好的时光》乃至《最初的时光》[1]这样的诗歌里，一切都得到了融合：景象与声音，受苦与享乐，甚至是俄亥俄与意大利。两首诗都引用了维吉尔的诗句作题记："有生以来最好的时光。"[2]在《最初的时光》结尾，诗人救了一只困在梨汁里的蜜蜂，詹姆斯·赖特在维吉尔的曼托瓦找到了自己的俄亥俄：

> 最好的时光，最先
> 远去，可爱的歌者
> 唱道，他出生的这座城市，
> 和我的家乡如此相似。
> 我放走了那只蜜蜂，
> 它消失在曼托瓦城边的煤气厂区。

当然，吉姆心中的意大利指的不只是这座半岛，更是一种文学传统：这里有卡图卢斯、维吉尔、奥维德，这里有鬓染霜雪的新教徒在寻找太阳，还有南下的暴脾气北方人，像梨汁里的蜜蜂一样，差点儿在南方的饕餮盛宴上死去。德国人在这里完成感性的朝圣之旅，特别是吉姆挚爱

---

1 《致开花的梨树》里的作品。原文写成"最后的时光"（The Last Days），系霍尔笔误，正确的标题应该是"最初的时光"（The First Days）。

2 有生以来最好的时光（optima dies prima fugit），原文为拉丁语，出自维吉尔《农事诗》（Georgics）。

的歌德，写出了《意大利游记》[1]。当然，还有我们英语世界的伟大诗人：济慈、雪莱、兰多尔、勃朗宁、庞德。美国小说家们也探索出了一个不同的意大利：亨利·詹姆斯、伊迪丝·华顿、还有威廉·迪安·豪威尔斯——再者，就是我们这位出生于俄亥俄州马丁斯费里的文学家。

我这么快就讲到意大利，中间少讲了几件惨事。1963年，《树枝不会断》出版的那一年，詹姆斯·赖特被明尼苏达大学开除了。多位教授投票反对他继续任职，其中还有他的诗人朋友艾伦·泰特，这让他很受伤。吉姆该上课的时候不去上课，因为他喝醉了；吉姆在酒吧里跟人打过架，蹲过醉汉拘留所。估计很多人会提到明尼苏达大学的贝里曼教授，他不是在英语系任教，而是在人文系，当然，他之所以名声在外，可不是因为他大脑有多清醒。

吉姆在圣保罗的玛卡莱斯特学院教了两年书，然后获得了古根海姆奖金[2]。1966年，他开始在纽约的亨特学院任教，一直到去世。搬到纽约后不久，他遇到了伊迪丝·安·朗克——安妮——1967年4月，他们在河滨教堂结为夫妇。虽然日子过得也不算圆满——吉姆因为精神崩溃又住了几次院——但是他的运势从此开始逆转。安妮很温柔，很爱他，非常支持他的诗歌创作。吉姆的作品广受好评，

---

1 《意大利游记》(*Italian Journey*)，德语为 *Italienische Reise*。发表于1816—1817年，记录了歌德1786—1788年在意大利的旅行点滴。

2 古根海姆奖 (Guggenheim Fellowship)，1925年由西蒙·古根海姆夫妇创设，以纪念1922年夭折的长子约翰·西蒙·古根海姆。赖特曾于1964年和1978年两度获得该奖。

受到了很多奖项的垂青：1971年，他获得布兰代斯大学的诗歌奖；同年，《诗集》问世，为他赢得了次年的普利策奖；接下来，美国诗人学会[1]颁给他一万美元奖金。他和安妮日益频繁地前往意大利和法国消夏；有时候，吉姆一个学期都不上课，他们会去欧洲旅行，辗转于不同的酒店——安静，恬淡，在慵懒和甜蜜中享受创作的快乐。

去世的前一年非常顺利，这可能是他有生以来写得最勤奋的一年。1979年的1月到9月，吉姆和安妮在欧洲旅行。他4点钟就起床去写新诗。他频繁写信，信里可以看出他踌躇满志，活力无限。后来，他的喉咙开始痛了。

诊断很不顺利。深秋时节，他们回到纽约，在确诊癌症之前，吉姆的舌根后面出现了一个硬硬的小疙瘩。一开始好像能治：肿瘤科打算用X光缩小肿块，动手术把肿块切除。吉姆担心手术后没法再读诗。但是，肿块没有缩小，手术也没做。安妮给平时常打电话嘘寒问暖的老朋友们写了信。吉姆最后一次露面是1980年1月，卡特总统在白宫接见诗人，吉姆出席了。接下来，他住进了芒特西奈医院。安妮安排同辈老友们来探望他。高尔韦·金内尔当时在夏威夷教书，但是因为在纽约办了场朗读会，所以也来探望吉姆了。来探望吉姆的还有菲利普·莱文、马克·斯特兰德、罗伯特·布莱、路易斯·辛普森……吉姆还帮两位吵过架的朋友和解了。因为样子太吓人——牙掉了，头秃了，

1　美国诗人学会（Academy of American Poets），1934年成立于纽约的非营利组织，针对诗歌创作和诗歌翻译，设立了多个奖项。

人瘦了——加上他又是那种保守型的男人，所以他无法接受女性朋友的探望。简·库珀、琼·瓦伦丁、卡罗琳·凯泽没遭到拒绝，但也只待了一会儿。

我第一次探望他，是 3 月 1 日星期六，正赶上全国大学生体育协会[1]的篮球联赛，密歇根州立大学要跟印第安纳州立大学对战，魔术师约翰逊要跟"大鸟"拉里·伯德一决雌雄。我和吉姆总喜欢聊体育。因此，我一到芒特西奈——看望我那惨不忍睹、受尽折磨的朋友——就压低嗓音用心称赞拉里·伯德，借此平复心里的害怕或者说恐慌。吉姆很客气，但是他并不想聊体育。我安静下来，话题转到诗歌、友谊和死亡。

那是一间四人病房——又吵又破又脏。他身后的墙上钉满了照片，大部分是朋友孩子的照片。吉姆没法说话，因为做了气管切开的手术，但他在黄色便笺上潦草地写下了问题和答案。最可怕的是他的咳嗽，他的嗓子总想把通气孔的机械装置挤出来：泡沫冒出来，带着淡淡的粉色。安妮问他，能不能给我看看他的新诗；他还在微调。于是，我坐在芒特西奈医院里吉姆的床边，提前拜读了《旅程》。字迹很难分辨，我差不多一目十行看了几页，喃喃道："太棒了，吉姆，太棒了。"

三个半星期之后，3 月 25 日下午，安妮打来电话，说吉姆早上过世了。葬礼是在河滨教堂——他们结婚的礼

1　全国大学生体育协会（NCAA, National Collegiate Athletic Association），距今已有百余年历史，是美国负责管理大学体育运动的最高机构，每年 3 月会举办篮球联赛。

拜堂——众多诗人前去悼念。加利福尼亚和夏威夷的朋友，在吉姆生前探过病的，就没再飞去参加追悼会，但是罗伯特·布莱到了，到场的还有路易斯·辛普森、吉本斯·鲁阿克、戴维·伊格纳托、简·库珀、马克·斯特兰德、汤姆·勒克斯、约翰·海恩斯、T.韦斯、罗杰·赫克特、罗兰·弗林特、贝尔·加德纳、保罗·茨维格、E. L.多克托罗、斯坦利·莫斯、伯尼·卡普兰、桑德·朱洛夫、丹妮尔·焦塞菲、弗兰克·麦克沙恩、威廉·J.史密斯、约瑟夫·朗兰……风琴奏响了《让我们相聚河边》[1]，但是我们没有跟着唱。悼词没有回避吉姆生前不堪的过往。

　　幸运的是，我多见了他一次——在他去世的三天前，第一次探病的三周后。他已经转往布朗克斯一家叫加略山的临终关怀医院。领教过芒特西奈的脏乱不堪之后，在加略山见到吉姆，让人倍感欣慰；他所在的单人病房安静又整洁。护士给吉姆做护理的时候，我在走廊里走了走，看到一个骨瘦如柴的光头女孩，头皮紧包着头盖骨；我看到一个年轻男子，一条腿截掉了，双臂和头上都绑着绷带——然而，加略山的空气中洋溢着一种亲切和对生命的尊重。走廊里，漂亮的年轻黑人女子独自轻声吟唱，双臂抱在胸前，

---

1 《让我们相聚河边》（*Shall We Gather at the River*），简称《河边》，创作于 1864 年的一首赞美诗，最早叫《美丽的河》。作者是美国传教士、诗人、音乐人罗伯特·劳里（Robert Lowry）。歌曲意象出自《圣经》："天使让我看城内街道当中一道流淌着生命水的河，清澈如水晶，从上帝和羔羊的宝座那里流出。河两岸有结十二种果子的生命树，每个月都结果子，叶子能医治万民。"（《启示录》22:1—2）

跳了几步舞。吉姆的护士和助手们抚摸着他，亲切地喊着他的名字。

安妮和她的外甥女卡琳·伊斯特在医院陪护；吉姆特别喜欢卡琳。我待了几个小时，基本上没说话。其间，吉姆要在纸上写些什么给我，写了几个字之后，他停了一下。只见他在黄色便笺上写道："唐，我不行了，"——接下来是短暂的停顿，就跟分行的时间一样短——"想吃托盘里的冰激凌想到不行了。"吉姆不停地盯着安妮看，似乎是要记住她，好带上她一起走。有那么一刻，他拼命盯着她的背影，她看着窗外，三月末的湿雪正落在肮脏的布朗克斯。他向我比画着想找安妮。我帮他喊来安妮，她来到床边站着，他注视着她，下巴颤动着。他握住她的双手，放在嘴唇上亲了亲。

安妮刚离开房间，他就开始焦虑。尽管就要说不出话了，他还是硬挤出一句："唐，是时候了。"我点点头。安妮回来后，他拿起《旅程》的手稿，他已经让安妮复印了几份寄给几个朋友，由朋友们和她一起完成这最后一本书。因为我当时在场，所以他亲手递给了我，他还临时弄了一个小仪式。他在马尼拉纸[1]信封上写了一些话，其中有一句是："我只能做这么多了。"他非常正式地让安妮和卡琳作为见证人签了字，然后，他补上日期。接下来，他交出了自己最后的诗作。

唐纳德·霍尔

---

1 马尼拉纸（manila），一种比较便宜的纸，通常为米黄色，由马尼拉麻制成，原产地在菲律宾。没有牛皮纸结实，但是印刷品质比牛皮纸好。

河流之上

追 [1]

牧场上，鲜果已落尽，
残枝败叶有些荒凉，
脚下树枝又软又长，
在淤泥中俯下腰身，
暮色将至，我注视着
旋涡中的灰色鸟巢，
像被已故少女怀抱，
残破不堪，任风撕扯。

山上空屋旁，我悄悄
爬行，挨着昏暗窗户，
阴郁空洞无人居住，
兔子正在吃着衰草。
我站直身，敲了敲门，
孤独，心如止水，任那
屋顶石子不停滚下，
死寂空气扬起灰尘。

远空中，暮光在啃食
一片片凌厉的山峦，

---

1 《追》（*The Quest*），1954 年 10 月 22 日首发于《纽约客》，1971 年
收录在《诗集》中。

兔子的藏骨屋[1]逐渐
在昏暗的路边消失，
我到高处迎接天空，
我把手伸向那窝星，
散落在西天的星星；
那么高；我双手空空。

于是，我找到你床头，
小心翼翼地把耳朵
安放于你发间的窝，
贴着你那脆弱的头，
听鸟儿在你的眼底
破壳，我知道这世界
纵然荒凉，天崩地裂，
仍将永葆鲜活美丽。

1　藏骨屋（bonehouse），教堂或墓地用来盛放尸骨的地方。

夏日午前，坐在小网屋中 [1]

再走十英里，就是南达科他了。
不知为何，无人行走时，
远处的路开始变蓝。
再走一夜，我就能变成一匹马，
蓝色的马，独自上路，
轻快前行。

走了这么远。眼看中午了。但时间不重要：
有的是时间。
这里还属于明尼苏达。
枯死的玉米丛中，一只乌鸦
饥饿的影子纵身一跃。
至少，我这里是绿色的，
尽管我的身体和接骨木树丛之间，
凶猛的黄蜂在撕扯铁丝网。
他暂时还进不来。

此刻多么宁静，我听见马
打着响鼻。
他从我身后的绿色中爬出来。

1　这首诗最早发表于《诗刊》1962 年 10 月、11 月合刊，1971 年收
录在《诗集》中。网屋（screenhouse）是一种户外遮阳装备，比常见
的帐篷大，更像屋子或棚子，有屋顶，四面墙是网状。

充满耐心和深情，在我的肩头
看着我写的这些字。
他年事已高，他喜欢假装
没人看得见他。
昨夜，我在黑暗来临时停下来，
独自枕着青露睡去。
我一路跋涉而来，只为让我的影子
没入一匹马的影子。

绿墙[1]

献给两位特德和两位杰克[2]

---

1 本书仅收录了《绿墙》的部分作品。

2 两位特德分别是赖特的哥哥特德·赖特和诗人西奥多·罗特克；
两位杰克分别是赖特的弟弟杰克·赖特和诗人杰克逊·马修斯。

反田园歌谣

将石头慢慢翻起，
底面可以看见
轮生叶片的印记
布满灰白燧石。
苔藓剥落，燧石
在树下光闪闪，
众鸟趴下等候。
手，握过那石头。

麻雀叫声喑哑，
空气凝固，柳枝
低垂，雨就要落下，
牧场氤氲一片。
歌声嘶哑滞缓，
在湿路上消逝，
雨盖住麻雀声。
耳，听过那歌声。

突然映入眼帘，
清晨之羽落下，
唐纳雀[1]已飞远，

1　唐纳雀（tanager），美洲的一种艳羽鸣禽。

结伴去偷黑莓。
独留麻雀低回，
宣告黎明抵达，
唤醒心中凄怆，
眼，见过那明亮。

地上落果气味
直扑你的面庞，
果球被人踏碎，
黄果子泛着紫；
馋嘴巴，尖鼻子，
不禁失去思想，
你俩共同呼吸
黑暗泥土气息。

身体，请忍住液汁，
请远离诱人的树，
草地，这迷人夏日
召唤肉身坠降。
你要感激绿墙，
当冬季把冰霜
扎进无人天国，
你已翻墙而过。

没有四季之地

当雪开始弥漫公园，
双眼大可不必闪躲，
那一闪而过的黑暗
是夏日幽灵在复活。
斑驳的花架看上去
正在想念根和玫瑰，
弥散空中的喷泉水
曾把女人头发点缀；
恋爱的男人在漫步，
也许在等雪花飘飞。

树想起自己的伟岸；
起初未曾缥缈佝偻，
粗枝未曾显得细软，
直到劣果挂上枝头。
上月，它们复活丫枝，
长出浆果、叶子、浓荫：
人们应该都能想起
危墙上的绿色印记，
曾不为人知的夏日，
满园繁花，落英缤纷。

冬青丛和小路那头，
城市正在迎接黑夜，

土地正在静静等候，
等候那逝去的欢乐
复活，向黑暗中弥漫
瀑布和燕子的呢喃。
烟雾袅袅的城市外，
泡沫不断跌落大海，
海鸥回想自己从前
对投食的情侣叫喊。

然而，有人裹着厚衣，
裹着冰霜，他正独自
走过，寻找长眠之地。
那永恒不变的春日。
再没有怕冷的表情
从他那张脸上露出。
黑夜让他苍老如故，
迷途之人，何必祈祷，
为夜间消逝的生命，
日间身披落叶之女？

马

……它喷气之威使人惊惶。

——《约伯记》39:20

他远远冲过来踢了这世界，
起身时滴着草地的露水，
风吹起一道秋叶之墙，
把他拍成了墙上的浮雕。
住在废矿区的愣头小子
想用双腿夹紧马腹，
他跳下树来，在风中颤抖。
黝黑的马颈上，
鬃毛起伏着，一股喜悦
攫住了骑手的血肉之躯。

喜悦与惊惶交织，萦绕着
后仰的骑手。马奋起前蹄，
在辽阔高空踢腾着，
骑手如同置身死亡地带。
肉体自由，晴空没有岩石，
脚下的路多么洁净，灵魂
离体，腾空旋转，
踩着一柱寂寥的积云，
在云之巅起伏，翻滚，
不停喘息，鄙弃
身体之僵死，头脑之迷离。

此时，我们已把众神哄走。
清凉温柔大地，我们祈求：
用花瓣遮我们的眼，天空
继续漂流，只见条条绿道，
流水潺潺，水藻
红黄相间，让人昏昏欲睡。
犹如惊雷，
这大地之马为我们重现
野性的竞技场。

某日，种马驮着吾妻打转，
马鞍摇着她，如襁褓一般，
马儿缓缓靠近汹涌水面；
而她如乘危舟，命悬一线。
她如临深渊，就像荒野中
古代骑手一般打着寒战，
她摔下了马。我甩掉缰绳，

我喘息着跑去把她扶起，
带她回来。她眨着眼
寻摸阳光，躺在我的怀里。
我知道，她没办法再休息，
小马驹会在暮色中扬蹄
扒我们，母马群从早到晚
一直在山石间奔腾不休。
此时，不能只是祈祷爱会

用草盖住童年时的泥沼。
请往马爬不上的岩石跑，
将半神[1]赶回颤抖的大地，
在舒适的火边烤手取暖，
在凌乱床边盘子里咳嗽。

1　半神（daemon），希腊神话中半人半神的精灵或妖魔，一种善恶并存的化身。又译作"代蒙"。

渔夫

我们把啤酒罐丢进石堆，
然后走开。
我们转到海滩上，想看看
有多少姑娘游泳晒太阳。
遇到老人：

浮木般的脸
风中摊开，
烟雾如蕨丛掩映斑驳的手；
打鱼的老人们任海水退去，
网绳松了。

你说起一层层
石灰般的蜥蜴须，
拍打巨蕨丛的甲虫鞘翅，
原始大蛾；
说起克鲁马努[1] 打麦的
驼背妇女；
鲑鱼骨架，
鳍和鳞上粘着
一些咸味石头；
孤独绝美的涡纹布满

1　克鲁马努（Cro-Magnon），旧石器时代晚期智人的一支，位于今欧洲地区的高加索人种。

岸边浮木；
挑剔的鼻和爪，晾干身的
渔夫绝口不提：

他们看着一英里外快艇
荡出泡沫，
看着近处的鱼
跳起来把小鸭子向上顶；
最后，他们苍老的眼看着
优雅的女人把小腿飞快
裹进蓬松的毛巾，严丝合缝。

你用棍比画着告诉我，
痛惜落潮的老人
怎样忘记壮阔而纯净的海面，
那些白帆。
你告诉我，当我们俯瞰着
寻找他们与海
相接处，那些脸怎样消失。

太阳在海里摆荡，但
他们没动：
蜥蜴脸静如层层石灰，
鼻孔躲在烟斗的蕨丛后，
眼盯着浮木上贝壳般的涡，
摊开的手掌松开了绳索；
他们正在窃窃私语，
垂暮之人，死者，喑哑之血。

窗边少女

这时候她会闪过身，
拉上百叶窗和窗帘，
黄色臂弯，金色的臀，
娇柔身形没入黑暗，
胸脯成了镜花水月，
丰满长腿化为泡影。
她若关心我们，为何
遮住那神秘的眼睛？

我们坐在树下，身后
沙石路上，笨拙的车
趔趄转弯，匍匐行走，
在陌生弯道上绕着；
再向后，有火车在开，
无视我们过往身份[1]；
我们再次转过头来，
安心看她天边消隐。

我们要把她的影像
留给夜，给星，或任何

---

1 过往身份（lost identity），指人在皈依前的身份。出自《圣经》："我
已经与基督同钉十字架，现在活着的不再是我，乃是基督在我里面活
着。"（《加拉太书》2:20）

偶遇到的暗淡灯光，
守夜人用它来巡夜。
朋友们，请把她交还，
把她的爱，身，给墓穴，
给爱所依附的梦幻。
她给过，却浑然不觉。

猎犬骨架之诗

黄昏，曾见证那颓墙之上
牵牛花飘动触须和长藤，
此时拥着他可悲的骨架，
叶片中卷曲的安详毛发。
月光之梭撩起他的暗影，
乳草[1]和露向他的喉流淌。
猫鹊[2]羽毛装点着苹果堆，
地上过冬的椋鸟[3]在昏睡。
我吓得说不出话，我绕开
尸体。他前爪上方的陡坡
让眼前的月光暗淡下来，
一年前狂吠的修长喉咙，
入夏便枯萎。苍蝇一窝窝
在双眼间攒动，在双耳间
嗡嗡，那一具空壳能盛下
野兔；可能会有恨他的狗

1　乳草（milkweed），马利筋属植物，因汁液呈乳脂状而得名，灌木状草本，植株可达 1.5 米，果实成熟后会炸开，种子有绒毛，能像蒲公英一样随风飘走。广泛分布于加拿大南部和美国东部，与中国南方和其他热带、亚热带地区常见的马利筋有所不同。

2　猫鹊（catbird），叫声多变，能模仿别的鸟叫，发怒或悲哀的时候会发出猫叫声，又译作"猫声鸟"。

3　椋鸟（starling），原生长于欧洲、亚洲和北非，如今广泛分布在世界各地，不喜森林，喜农田等开阔环境。

怒拆他骨头，巨大的尸首
闪着亮光，在空气中崩塌；
颤抖的鸽子弄脏他烂脸。
我能想象人们在泥土中
探索简单又方便的复活，
把甲虫的尸体倒进墓里；
人们窃窃私语寻求神祇，
为尸骨打造容身的角落，
缓缓引燃枝叶，祈祷新生。
但我将转过头，远离这堆
夏日废墟，这摊皮毛骨头。
曾有白兔在草丛蜷着腿，
麻雀们成群飞去观战。
我曾靠着黑暗，靠着石头，
看见他俩跳跃着，在冰面，
在地面，踏着腐叶和枯藤：
阴影包裹着灿烂的兔子，
阳光和空气雕刻出的犬，
起伏的毛发华丽如烈焰，
狗脑袋上甩动着苍耳子。
突然之间，野兔拼命一蹦，
逃离开阔草地，那条猎犬
随无声的舞者奔向月亮，
奔向黑暗，死亡，别的草地，
那里有少妇围着火歌舞，
有敬畏生命的爱。

我独自
把残骸撒到潮湿的地上；
在皓月当空之时，我扔掉
形状完美的肋骨和脊椎。
为了给死者最后的祝颂，
我把头骨当球抛向枫树顶。
散落林中的灵魂，请安睡，
一年前，他还在地上闪耀。
我知道，鼹鼠会顶起胫骨，
蚯蚓在爪子上蜷伏小睡，
勤恳的蜂在头颅内堆蜜；
大地自会对死者做处理，
他活出了自己，胡作非为，
撞倒过樊篱，蹂躏过苜蓿。

墓地三访

初次去那里，
是在春天，暮色四合，
那棵皂荚树下，
落有空心长刺，
在我双脚边，
毛茛[1] 和美洲鬼臼[2]
肆意延伸，
整株倒伏在地。
夏日将至，草地上
姑娘多如云，
膝盖上枕着
毛头小子，
野餐的人走了，
白昼已尽。

再次去那里，
是与父亲同行，
他手中握着
毛茛和美洲鬼臼，

1　毛茛（crowfoot），一种常见的毛茛科植物，多为一年生草本，常分布在林间田头的潮湿草地。
2　美洲鬼臼（mayapple），北美常见植物，有药用价值。5 月开花，植株、种子及未成熟果实有毒。

我手搭凉棚，
遮住阳光，
看他走在
两棵树间；
草地上空荡荡，
那是在岁末，
在黑暗之中，
那空心的长刺
把秃树阴影扎破，
把叶鞘叶片扎破。

啊，如今去那里，
毛茛和美洲鬼臼
蒙住灰塘；
平静水面附近，
田鼠窸窸窣窣，
倾听风声奏响
空心的长刺。
我靠近空心刺，
却无声无息，
白昼已尽。
田鼠草叶般
飘过，不见了，
皮包骨的老妇人
两棵树间
擦着石碑。

父亲

在天堂里，我驻足于船的上空，问道：
谁为我祈祷?
　　　　　　　只有桨入水的声音
响起；缓缓地，冷岸飘来的雾云
如花环在头上缭绕。

是谁在等待?
　　　　　　　风刮起来了，
在我空白的脸上刻画出
小小的泪眼。当我的号呼
逐渐真切，远处
地上有个所在。有个小小人影——

那是我的父亲在海边的码头徘徊。
他怒气冲冲地来回大吼，
冲着那起起伏伏的海流，
却只听见一声冷冷干咳，
他看到了迷雾中的桨手。

他把我拉下船。我睡着了。
我们一起回了家。

炉火旁的哀歌

窗外有一棵柳树，在西边，
风干了。没有愚蠢的垂枝。
麻雀胸部缠着一圈电线，
正在风中飞驰。

我丝毫不理会冬日凛凛，
摩挲着玻璃，一遍又一遍，
触摸风播撒的水晶森林
和一张小脸。

孩子在结冰的树丛迷路，
碰断僵硬的白色小树枝，
手很脏，手指却超凡脱俗，
指甲洁如玉石。

远处柳树没因寒冷哭喊，
麻雀在我眼前盘旋已久；
我和冬日世界之间的脸
就要化为乌有；

因为我背后有亲切的手
正在剔着炭，烧旺了炉火。
房间的暖气向窗扇游走，
林中的脸在空气中隐没。

玻璃开始代替双眼而哭，
灰羽毛缓缓从空中飘落。
纤细的骨头，手指，眼，灌木，
向往火焰之吻，然后隐没。

荒芜的牧场那一头，远处
有只冻僵的鸟，躺在枯草
丛中，柳树在风中踏着步，
却不愿弯下腰。

与大地商议三位亡友后事

温柔大地，他曾经换好鞋，
和小伙伴们在田野奔跑。
喘息着爬上山，又荡下树，
像头野兽，只为开心一笑，
笑容像脸上荡漾的果酒。
温柔大地，夏天早已溜走，
疲惫的鱼已在水下睡着，
岸边早熟的橡子已冻住。
收好他肉身，别让他感冒。
裹好外套围巾，帮他挡雪。

明亮大地，另一位不适合
我们活人所谓"墓"的所在。
他在屋里唱歌，百鸟不语，
朋友们围拢着，迎来晨曦，
歌声照亮过多少个晚上。
明亮大地，朋友们没有忘，
晚风里他一唱，万籁俱寂。
他住进你山里，山下邻居
独坐空屋，挥手送他离开。
大地，请倾听音乐，人的歌。

黑暗大地，还有一位逝者，
只是她不愿祈求你帮她

摆脱瀑布，摆脱倾盆大雨。
她知道有食腐动物藏身
石窟，她知道有石块松动，
如卵石般漠然跌入井中
碎掉，毫不怜惜人类灵魂。
大地，在黑暗又温暖之处，
对她掩面。她一无所求，她
深谙变故，人的希望将灭。

哀歌：献给搂草机¹上的弟弟

微凉秋日，泵中水在奔涌，
在曙光中冲刷我的双眼；
我离家去看干草的牺牲，
拖拽和死亡。日间，月下，
我都曾见过弟弟抹着脸，
扶着钢铁。他不需要置身
利刃下，去受伤，浪费生命；

光是弯腰驼背，足以伤害
他的身体。那明亮的机器
不只从飞旋大地上除草；
流火的夏日里，草丛倒下，
断折，在裹尸麻布旁枯萎；
休耕荒地上，受伤的弟弟
已被割下来，风再度吹起，
头上流苏垂落，黄如玉米，
夏日把他捆进一团黑暗，
把他推向那十月的云堆。

---

1 搂草机（hayrake），19 世纪至 20 世纪初美国常见的一种机器。跟耙
子类似，但比耙子大，而且功能更多。常由拖拉机或牲畜拖着。除了
耙草，还可以整列收割草和作物秸秆，把收割好的草翻起来晾晒。

她在树林里躲护士

她站在树林里，攥着
自己的手，一动不动。
此时，远远望去，暮色
向筒仓群和山围拢。

她看见园丁慢悠悠
回来检查大门，以免
烟雾缭绕，空气温柔，
有六月虫[1]往门里钻。

窗户内，病人在洗手，
床已铺好，他们摩挲
裤子，寻找彩色石头，
回想着午间的快活：

有人出神半天，凝望
蜘蛛在池塘上滑行，
有人扒开蜀葵花墙，
穿过去寻找兔子洞。

---

1 六月虫（June bug），金龟子科的一种绿色甲虫。主要分布在美国
东部和加拿大，喜夜间活动，易被灯光吸引。

此时，裤子摆放整齐，
她看见裸体的人影
爬行在幽暗的心里，
追着兔子鲜花入梦。

听到召唤，她该听从，
工作人员一吹哨子，
她脑子里就该敲钟；
然而，她要逗留片时，

双脚踏进湿湿草丛，
挂着一根柔软秸秆，
在露水中留她的名，
脚下卵石，露珠点点。

不用多久，护士就要
穿过草地，接她回房；
星光唤知更鸟归巢，
天鹅把头埋进翅膀。

当然，她头脑很清醒，
在林中能听到召唤。
她能想起家和温情，
想起膝下裙摆翩翩。

为何要她舍弃树丛，
整晚都在墙内躺着？

孤独女孩，只有发疯
才能得到纯粹之乐?

别人离去，她独徘徊，
写下名字，手握石头。
哪怕楼房轰塌，还在
听鹌鹑[1]发情展歌喉。

---

1 这里的鹌鹑是山齿鹑（bobwhite），也叫美洲鹑或北美鹑，原分布
于北美、中美和加勒比海。叫声很像"bobwhite"的发音。

致失败的救人者

你是否忘了那涡漩?
迟钝的泅水者倒了,
挣扎着抓你的渔竿,
渔线和声音缠绕着。
你似乎从未转过身
直视河边,没看桥上
和枯瘦的泅水之人
淹死的那一片地方。

你整日闲立,看姑娘,
爬树,换胎;但我已然
见过彩色漩涡奔向
你熟睡的鼻咽之间
流淌的青灰色的火,
用骨骼皮肤变化出
你和溺死者所陷落
泥泞河岸,溜滑滩涂。

你看见晃动的床面,
他仰着脸漂浮颠簸;
哀号的手找你的船,
声音吐出红色淤泥,
你冻僵的双手后面,
蒙眬双眼祈求天亮;

你一整夜沉入黑暗，
岸边挥舞无花魔杖。

拖绳盘旋，水塘幽暗，
无时不在心底游走。
如果你强壮而勇敢，
就能托起他的灵肉；
早知慷慨的手能让
他躯体免除你的死，
你的梦，梦里的溺亡，
就该捞他上来呼吸。

致不安的友人

哭吧，尽情哭，但别为我哭，
尽情哀叹，别说话，别抬手，
别管我在头顶喋喋不休。
只管尽情颤抖，如那枫树，
落光叶子，鸟窝在枝丫间，
在冬季严霜下静静隐藏；
如叶片，在树瘤或藤蔓旁，
剥落也无所谓，无遮无掩。

一片也不留；撑住；任雪花
飞舞，在撑着的臂弯化掉。
完美六边形会碎裂，融化；
而你必须触摸夏日烈焰，
要跨过严寒虚空的风暴，
流放花间，承受鸟的欲念。

献给凯瑟琳·费里尔的诗

1
我倾听了你的歌，
那气息，那回声；
当歌声渐渐消失，
一时间聋了一般，
我以为我再不能
听到任何声音。

2
如今大地哀声一片。
昏睡的野兔和蟋蟀
想起了怎样去哭。
鸟儿们没有忘记
（唐纳雀和麻雀）
跌宕起伏的曲调。

3
哀声不断响起，
无视黎明与黄昏，
终日不曾止息。
我们发不出如你
那般圣洁的声音，
但不能保持安静。

4

全世界都在沸腾。
而我为何要抱憾
（猫头鹰蠢蠢欲动）
站在一处阴影前，
看着掩映在幕后
一架冰冷的钢琴？

5

我给不出理由。
人们齐声喧哗，
鼓动稀薄空气
（呼吸和回声），
耳朵总算能得到
一丝永恒的安慰。

献给午夜的歌

通过此诗，向我儿子[1]解释厄斯塔什·德尚的那句咒骂：
"没孩子的人是幸福的；婴儿只能带来哭闹和恶臭。"

首先呢，他是说夜里，
　　你敲打小床哭，
逼得我翻身下了床，
　　拿粉搽你背部。
我把你屁股扳过来，
　　没有一句牢骚：
抬抬腿啦，放下腿啦，
　　快接着睡觉。

其次呢，他是说白天，
　　你出门把水戏，
在厨房的地上拖着
　　死猫"见鬼比利"。
我把你屁股扳过来，
　　让你疼得大叫：
抬抬腿啦，放下腿啦，
　　快回去睡觉。

1　指的是弗朗兹·赖特（Franz Wright），这首诗写在弗朗兹出生后
不久。

而再次，我父亲曾经
　　把我放在膝头，
解决麻烦，只需把我
　　打得一顿乱吼。
磨剃刀皮带不奏效，
　　就扛起我乱摇：
抬抬腿啦，放下腿啦，
　　快回去睡觉。

所以，尽情打滚儿，小子，
　　挨骂也没关系。
把家闹得底朝天的，
　　也不是只有你。
诗人德尚调侃鄙视，
　　但他也曾哭闹：
抬抬腿啦，放下腿啦，
　　快回去睡觉。

给儿子介绍两只鸟

鸡。该怎么说呢，它是什么，
为何不跟唐纳雀一起飞？
它的狂喜没了，它不在乎。
它的孩子挤在它翅膀下，
一起懒洋洋地靠着棚子，
光滑雨布内，柔暖又干净。

飞鸟们的真正激情，
千万不要在愚笨的家禽
身上寻摸。
你祖父曾攥住鸡的爪子，
把干瘦的鸡脖放在
破旧的砧板上，
翅膀扑腾，红色鸡冠抽动，
都是无言苦痛，
愚蠢，毫无意义。毫无快乐，
只能任人践踏自己身体；
生只求玉米粒，只求安居。
鸡。平平无奇。

抬头看树梢上空的雨燕。
该怎么说呢，为何他总是
靠近颤抖的风，侧身，急转，
远离地面？他很少用脑飞，

一股股风刺穿他的空骨。
他倚着风雨，也倚着阳光。

你千万别把两种鸟
混淆，不然你会以为他们
都是笨蛋。
将烟囱雨燕[1]送上天空的
是狂喜，是一种火焰，
能把骨头打散，
让脆弱的羽毛与风交战。
飞翔也是苦痛，
愚蠢，毫无意义。为何甘愿
任人践踏自己身体，为何
甘愿与风搏斗，甘做一只
狂欢之鸟，滑翔无边黑暗？
孩子，飞翔之谜，我也无解。

1　烟囱雨燕（chimney swift），外形与燕子相似，喜欢栖息在人造建筑上，尤其是烟囱上。

致正在道晚安的女主人

裙摆摇曳，转身离去，
隔着葡萄架抛飞吻。
夜色之中的这一幕，
客人们或无缘重温。
葡萄树上醒着的鸟，
或无缘再见一张脸
能在鸟盆和藤蔓间
如此娇弱，如此美妙。

愿黑暗远离你身旁。
我努力向远处探寻：
那些阴影漫过月亮，
漫过你肩膀，那星云。
苍茫而浩渺的群星
或无缘再见你的脸，
在仙女座和火星间，
你合上娇美的眼睛。

死囚牢房里的乔治·多蒂之诗 [1]

那墙把我吸引，
我要看看内部，
房顶鸽子栖居，
躲开猫和行人，
想那花岗岩壁
窗扇窗条坚固，
只见天光已无，
沉默晚餐在即。

缺爱的人关在
里边，挨着墙根，
让我好奇的人
茫然躺着忍耐。
一月零一天前，
他停下车，姑娘
就在昏暗地上，
雪中被他摧残。

听说牢外总有
顽强的流浪汉

---

1 这首诗在《巴黎评论》1955 年第 9 期发表时，标题为《为死囚牢房里的乔治·多蒂鸣冤》(*A Complaint for George Doty in the Death House*)。

一天到晚抱怨
饥寒都已受够。
从未有过一日
填饱肚子入睡。
肉体静静枯萎，
被那黑暗蚕食。

那人独自枯坐，
让人困惑的他
刮着自己下巴，
手指来回摩挲，
他见那秃墙上
一面剃须镜里，
幽灵连根拔起：
满目恐惧惊惶。

夹在天地之间，
可怜愚蠢动物，
对墙脱光衣服，
喧嚣过后，曾见
半神踉跄出世。
他受够黑暗后，
为爱复活，今又
破土重回人世。

此刻，紧握锁链，
扶着墙，他受着

那非人的折磨，
听流浪汉抱怨；
我只为他灵魂哭，
不为流浪汉亡魂，
不为曾被他索吻
大声反抗的村姑。

致逃犯

你逃走的那晚，我梦到你
从地里爬出来，倚着小树。
他们到了，月亮缓缓退去，
大狗连拱带嗅，踏遍草地。
你抬起手，拼命把嘴捂严，
压住哀号；但灯光在地上
爬行；啊，他们已逼近身旁，
光柱像手指摸索你的脸。

快点，马圭尔，快伏下身体，
快俯身回到墙边，要迅速
绕过冰冷机枪、警长、车：
拨开绝境中的白骨樊篱，
脱衣，逃跑，反抗到底，大步
飞奔，沿着小巷风驰电掣。

埃莱夫塞里娅 [1]

用嘴蹭我嘴时，她便丢失
天空的幻象，它撩起的梦：
苍白云朵漫步返往冬日，
尘土飘向高空中一簇帆，
秋日风景如画，我们曾经
忍受夏果，躺在爱的田间。

我们躺了半天，静听落果，
贪婪的暮光把枝干吞没，
土地在野兔的脚下消失，
我听到远处有人关上窗，
干草车颠簸着咬住轮子，
有水荡起，滑落，随后平静。
黑暗开始爬向空山之顶。

如果黑暗中她转过身来，
永远陪我，谁还在乎岁月？
喉咙，柔软肚子，温暖大腿
在地上生长；我有些害怕，
谁能承受这种尘世之美？

1　埃莱夫塞里娅（Eleutheria），赖特第一任妻子利伯蒂（Liberty）的
希腊名。

我本想把这美举向空中，
远离那诱我腐朽之存在：
经营的财富，坠落的梨果，
吹掉的苹果乱堆在树下。

情人幽会之地最先凋零。
冬日他们故地重游，那里
已没有可躺的舒适草地。
黄草中的音乐家已丧命。
她似乎想起了什么，侧耳
听乳草飘动，或蓟的坠落。
无形的影子在墙上飘过，
她悄悄走；苍白岁月跟着。

时间点滴流逝，蚱蜢的笛
镀上银光，游丝般重复着。
她将在某个黄昏回这儿，
发现那棵树已连根拔起，
树叶被人扛走，苔痕遍布，
长在纵横交错的石缝处，
十月吹着尘土，夏日移步
幽暗谷仓，情人般隐匿了。

秋天

阴影滑过，轻柔，
黄色梨子落下。
长树枝慢悠悠
舞动喜悦的风。

风，虽是虚空，风
沿你肩膀跌落。
你的头发沉重，
我喜悦的颜色。

不管是空心梨，
草地上的树叶，
还是在你耳际
风的岁月叹息，
都撼不动喜悦：

喜得梨子直竖，
树枝歌声荡起，
一片和风煦日。
那喜悦的歌曲
此刻包围着你，
在低吟中消失。

影子与实体

她从厨房探出身体，
一片阴影之中，只见
她站在阳光下，风里
满头秀发飘散垂落。
她的身形投在脚前，
就在那面墙上躺卧。
影子即空气，更黑暗
而已，怎样才能触及？

我起身穿过房间，找
她的手，身体，绿衣服；
但身后太阳在照耀，
令她摸不着看不见。
她的身体燃成空无，
头发闪烁，点亮夏天；
我茫然找寻她面目，
除了光，别的看不到。

女巫在春天唤醒自然

女人们走向那黑暗
柳树底的温暖粗枝，
念念有词，荒芜公园
马上就要嫣红姹紫。
无所谓她们是苗条，
还是像长藤上的瓜
一样丰满；在那缥缈
柳荫下，她们很强大。

不经意间，我会想到
她们念诵出的景象。
我见过星光下柳条
颤抖着，一根断牛蒡
因姑娘的声音战栗，
她的手向天空挥着；
她让一片小叶落地，
我忘记她说了什么：

只记得春天要来了，
也有可能已经到来，
我们在卵石旁躺着；
猫头鹰在半英里外
鸣唱；欧椋鸟羽毛
融化我树根旁的脸：
但我又怎么记得牢
是不是她把魔咒念？

给黑姑娘的晨曲

曙光召我去往荒凉之地，
我登上河面那座桥，看见
那黑人爬进驾驶舱，挥别
运河对岸闷闷不乐的警察，
告别扁扁的脸，空洞的眼，
再次露出的人形。桥墩上
颤抖、模糊的制服，是石头。

上面的世界里，公共汽车
陆续过桥，鸥鸟成群飞着，
玫瑰丛拂动；懂得保鲜的
姑娘往精致瘦脸上扑粉，
广告牌下一阵白雾。湖上
富人的窗户醒来打哈欠。
光，拂过城市和道道山梁。

我被人拎着脖子丢到这座
小破城，在碑旁，在葬礼上
赞美你，贝蒂，你腰身裹的
黄丝绸直铺到床和地上；
身体似睡似醒，长出花林，
颈下枕着手臂，双腿抬起，
你让黑黑双股飘回黑暗。

你脚踝战栗，在香风里滑行；
贝蒂，金皮肤在萌芽，你从容
追随双乳上的羚羊和虎，
你在床的丛林深处瞌睡；
肌肉健壮的豹子蠢动着，
依偎在你小腿边；你腋下
枇果、甜瓜脉脉含情；小鹦鹉们
熠熠闪光，在密林中鸣啭，
它们遍布你的枝丫，贝蒂。

悲哉，死而复生怕黑的人。
温柔的贝蒂，在黑暗妓院
饱受嗤笑，继续做梦；黄色
玉米撒进荒野，整日熟睡。
豹子们跳进空旷的草地，
香蕉、柠檬带着香气坠落。
美妙微光在浮动，你飘出
果园，嘲笑发呆的男孩们，
你低声吟唱，问候那河流，
船上情侣听不到，你轻轻
滑向水面，无畏地冲洗着
乐器般的身体；欢闹中的
猩猩们荡出树丛，凝视着，
鳄鱼们在泥滩上打着盹。

鹌鹑

迷失树丛中，只好换条路
去找房子，
你让我知道，你拥有过
几种不同的声音和身体，
你能随群鸟逃远，为何
留在眼前。

鹌鹑向空谷乞求一个家，
星空下黑暗中结伴同眠；
它歌唱时，你让我的手
温柔地航行于平坦草地，
寻找鹌鹑们栖息的草丛，
猎枪把它们轰进黑暗中。

我还不知怎么找到房子，
你就走了，
没多久，你隔着空谷呼喊，
说你还活着，还在这世上；
你歌唱时，鹌鹑开始尖叫，
我都没听到。

蓝色黄昏暗中运送羽毛，
翅膀和你头发一同消散，
你骨架被吹空，就像路边

一座房子，从我这里运走，
运得比不相干的鸟还远，
裹进黑暗中哀叹的风里。

我差点儿叫无底黑暗褪去，
找到房子，
留下你默默伫立；
但你没入枫叶中，随群鬼
勾人的魔杖，在林中穿梭，
我亲爱的，

你知道的，我绝不会离开
森林，只要你的身体还在，
哪怕已淹没于无形黑暗。
当我看到你在树下大笑，
那鹌鹑开始鸣啭着走远，
跟触摸不到的手一样远；
它歌唱时，你默默吻了我。

萨福

啊，我拥抱过的都已逝去，只有你，一次次重生……

——里尔克《马尔特·劳里茨·布里格手记》[1]

暮色低垂；我抖松了羽毛掸子，
重新打扫。
房子已破败剥落了三天，
窗户被雨溅脏，窗帘破了，
进了老鼠，
厨房冷飕飕的。

我待在房中，不说话。

没错，我跟那仙人掌一样扭曲，
微光之畔纠结的仙人掌，
除了容易划破手指，让刺痛感
贯穿全手以外，毫无用处。
我掸掉黄刺上面的尘土，
点燃火炉。

煤气缠绕着铁雕花，火舌
飘在花边上，

1　《马尔特·劳里茨·布里格手记》(*Die Aufzeichnungen des Malte Laurids Brigge*)，里尔克唯一的小说作品，首次出版于 1910 年。

像悬空的舞者般跳动着。
火没在铁上停息，而是随我的呼吸
蓝花般摇曳着；
炉火如蓝色泡沫，盘旋，转动，
裸女般蠕动着；
裸女般仰着脸。

她曾冒雨前来。
我不认识她，不知自己名声，
她起身把孩子们安顿好，
给丈夫电话说他们睡了，
她，羽毛里一团纯净的火，
在她铁架床的上空舞动，
烈焰徒自燃烧着。
那时候，她还没有抱着我，
她还不敢。
我只是接过衣服，笑着听
她说怎样把钱包和伞忘在
剧院里，怎样被冷冷秋雨
淋得浑身湿透；附近只有
我这里亮灯。她来到炉子前，
躺下来，摊开四肢，袒露双肩，
犹如打着盹儿的清冷石雕。

我只是在床头弯腰，
掀开被子，帮她摆好手脚，
像雨点般轻轻吻她沉睡的肩；

她醒来，穿上褪色的衣服，
我送她回家。
她像一朵蓝花在街上飘走。

她再次到来时，
二话不说就朝我走过来。
披巾从她脖子和肩头滑落，
头发垂下。
她再次到来时，
没有下雨。

她丈夫摘苹果般拉扯着她，
就像喝醉的农夫撞到树上，
握住花落没多久的青果，
残忍地连着树皮撕下来，
扯断整根树枝，
把果园踩得一片狼藉，
篱笆乱晃，
摇摇欲坠。

现在，人们都说我，
我的爱毫无意义，因为没生过孩子，
因为没做过父亲；
我曾用双手拧下嫩枝，
没等结籽就早早摘掉花；
我曾躺在火上面，
直接灭了火，不用风和雨。

如今，我已闭门谢客，起身
独自一人在房间里踱步。
在黑暗之中，仙人掌的刺
让我看清自己——冷漠，孤僻，
毫不理会孩子们用粉笔
在房子和花园墙上写的话。
他们拆不掉我的花园，
涂不脏我的爱。爱是悬崖，
是清冷石雕，被星光染花，
被晨光玷污，被暗海雕刻，
直到星、黎明、海浪砍不动，
岩石的心再度袒露，成形。

我待在房中，不说话，黄昏
像花瓣在树包围下降落。
我点燃炉火，看花朵独舞
在空中；我不会熄灭火焰，
烧焦的花；我愿被它燃烧。
我不会把爱放逐空雨中。

我知道，他们要我恨我自己，
借此取悦
播种孩子的世人。
他们用诡秘的声音燃起暗火，
把我炙烤。

如今，我烧得只剩下骨头。
这个世界藏污纳垢，那些
污名之外，有一种火在烧。
痛苦烤焦黑暗的血肉之躯，
把我托举得比烟还高，
升到大地上空，祭坛上空；
直到烧出我灵魂，如蓝花，
如煤气炉火在空中舞动：
摆脱身体这扭曲的铁架。

隐姓埋名的女子之掠影

她留在桌上的成堆书信，
在水槽里烧光，女佣进房
收拾打扫，只要一不留神，
项链就会滑脱，套在头上。

她留在地上的成堆衣物，
披上佝偻的瘦女孩身体，
她们在酒吧忙碌，或上楼
用肮脏丝带把卷发扎起。

她留在镇上的成堆情人，
冰冷太平间哀悼完就走，
除了有妇之夫，这些男人
一天到晚出没于她的楼。

他们在找什么？草草了事
冷漠而虚假的一场恸哭？
小纸条？礼物？百无聊赖时
留下的一点儿爱的证据？

是否情不自禁，涕泗横流，
为无人知晓的爱而悲泣，
也不管那老鸨听到没有，
瘦孩童是否在围观楼梯？

不管他们如何，她这么多情，
为何转身就死，不为谁留？
我看见最后一位给了孩童
一分钱，偷看警察走没走。

聋孩子床前的喃喃自语

"他要怎么听学校铃,
安排那失意的下午,
何时跑过凉爽草坪,
听椋鸟在草丛鸣叫,
怎么知道何时日暮?"

哦,可以把眉毛扬起,
好奇地看钟表手指。
等到暮色四合,可以
看那白桦树的枝条,
看那阴影爬上岩石。

"他怎知道早上何时起床?
妈妈还要叫醒别的儿子,
为了防止隔夜的炭烧光,
她要把炉子的炭续好;
摇他,却总摇不动他一丝。"

我猜,空气会影响皮肤。
还记得吗? 小时候的你
偶尔还能感受到日出,
然后,炉火会把你呼叫,
叫你起床,跟家人一起。

"哦，很好。为了满足他，
无论怎么安排都可以。
但如果他手流血怎么办？
又如果有鹌鹑暗中呼啸，
天使般鸣唱，消失阴影里？"

他会习惯痛苦。至于鸟，
天快黑的时候，它总会出现。
我会接着闲逛，像没听着，
我把他抱在怀里，哼唱，
不管他能不能听见。

天使

昨夜，在城里逛完后，
我把干净的翅膀边缘搭在
巨大的卵石上。
他死了，人们似乎很平静：
一名乞丐携着水走出门来，
年轻人在角落聚拢，
召唤夜晚。

我行过楼宇间，像鸟合上翅膀，
对黄昏中的蓝色楼层轻轻歌唱，
怔怔滑落，光秃秃，没羽毛：
好奇的脸簇拥在火旁低语，
嗅闻着女人做的糖炒栗子；
依稀之中，一个孩童把甲壳虫
推翻在尘埃里，看它仰泳。

我看到拱门下有个女人
形影相吊，弯腰哭泣：远处
吹口哨的青年走向众人；
敞开的窗飞出一群鸽子，
飞得慢的一只徒自鸣叫——
姑娘吹着我听不懂的曲调。

石堆里的他，怎会为那座

平静小城哭泣？
他困在黑暗的花园中，
为爱低语着，泣出心头血，
供奉士兵，接受野蛮的吻，
还之以温暖的拥抱；

但一切如旧。

我抛开此地的万千愁绪，
有人把一颗苹果核扔到
墙这边，我在卵石间寻找
欢乐，在歌里和河船之上
闪烁的每盏灯火间寻找。
我一路前行，来到了河边。

此时，有个姑娘出来洗头。
我为她而惊艳，
呆立着，渴慕她，不想回天上。
孩子，甲壳虫，栗之火，姑娘
和鸽子之歌，
在我双翅、双臂战栗。
她脱掉紧身衣，最后一波
影子在她肩头融化，发光；
她抬手解开柔软的发辫，
她望着对岸。我向下望去，
我感到双翅边有一阵风，
我渴望飞行。我不能忍受

胸部、腹部和大腿贴着地。

此时，奉命开谷的我已打开
隐藏的空谷，目睹耶稣醒来
领妇女们前往，我等待飞升。
他摸着肋骨之间的枪头 [1]，
沉默地悬挂着：
为了栗火边好奇的面孔，
棚子间消失的
低吟的鸽子，大笑着把我
吓跑的姑娘。

而此时，黎明的一丝喜悦
让我语塞。湖上灰色波纹
起伏，我默默忍受它的颜色。
我看着山下那座城睡去，
熄灭。目光所及，一片极乐：
一只小鸟在空碗里洗澡，
藤蔓泻下一道黄色波纹，
我飘升时掉落一根白羽，
不会有风暴吹翻我的双翅。

---

1 出自《圣经》："但是有一个士兵用枪刺他的肋旁，立刻有血和水
流出来。"（《约翰福音》19:34）

幽会

冰雪消融后，我复活站起，
想起你的话。我死去的田野
下面，沙沙响的树叶草叶
召唤我身体，说我必须走。
我看到路对面，别的死者
重燃微火，向来自过去的
依然活着的人致意点头。
在雾霾低处，一股烟升起。

月亮山谷中，强壮的灰影人
洗过双手，示意我怎么走：
爬上长坡，月光下的雪丘，
三块摞起来的卵石旁，南面
天空猫头鹰的怀抱之上。
我转了三圈，我手臂一扬，
把盐粒和灰尘撒向高天。
大地澄净。我看到一个人。

他说，太阳正在向树林沉没，
野餐要结束了。湖面上点点
白帆，要把闪电引出黑暗，
安静的人驾着细舟渡水。
我怯怯地躲进树丛。已经

有车穿过，最早升空的晚星 [1]
云中闪烁。小儿独自安睡
林中，鞋子在沙滩上湮没。

火已经熄灭，人们不见了，
或掩身树丛，或聚在树旁，
或在霾后拉下黄色的窗，
我迷路了。水在水中跌落，
女人们谣传已久的岸上，
像舞场不像猎场的地方，
獾轻轻啃噬根须。金丝雀
空中轻声道别。烟消云散了。

我不慌不忙，任由我衣裳
滑落草地，享受丝丝微风，
吹过嫩草、浆果和奶的风
爱抚着肌肤。我蜷着，趴着，
贫瘠却慈爱，不管光秃秃
树枝上有人还是火冒出。
我微微颤抖。全都不见了，
人们不见了。我踢开衣裳。

啊，终于把你盼来了，你手中

1　晚星（evening star），日落后出现在西天的行星，通常是金星和水
星。这些行星如果日出前出现在东天，则叫"晨星"。

捧着我骨堆间柔软叶片，
将其加热复活，把光闪闪
双臂做成魔杖。终于来临，
我死前和死后深爱的你，
我遍寻不见的你。微风习习，
我呼出一口气息，但没人
在圣草丛唤我名。孤独中，

抓住摸来的手，怕它溜走，
和我一样死掉，怕它陷进
空中溺毙，我复活，在树林
躺下，再度死去。蜘蛛只喜
它们用来挡住天的棚子，
不喜空气之墙，房子会死，
会塌；只喜我空气之肉体，
你的泥身会倾覆，会飘走；

你无所爱，活着，不忠于我。
我还能做什么，除了做个
半神，游荡尘世，渴望一切，
甚至痛苦，让你记忆不变？
黑暗空中，一物飞降而至，
摸索我的四肢，把我双翅
按在地；恐惧让我看不见。
物体后退，盯着黑暗和我。

我被劈开。连我可怜的魂

都不能在你窗畔站立了；
我掀起风，我在树上叫着，
但没有声。你的懦弱可能
让你不敢跟我的魂幽会，
甚至舍弃对我肉身而非
精气的爱。虽然睡也不能，
死也不能，但我感到鬼魂

迫切想找果林，计日以期，
找这野餐地点，然后苦等
人们厌倦日落，拧开车灯，
飘远，就像飞蛾投入黑暗。
我会起身，斩断我的渴望，
凝视着，咕哝着，白石之上
你的爱刻在我名字旁边，
可你忘了承诺，忘了佳期。

你曾坐在床边，牵我的手；
我躺着说不出话时，你说
你在我死后也坚定爱我，
与我相聚果园，爱我依然，
爱这白气和它栖身之影。
爱人，我在空中唤你的名，
我看见野餐的人已下山，
我唤醒月亮，用空空的手。

出来

拉撒路[1]躺着，看身体转动。
股骨最先从双臂中挪开，
不久，双肘弯起来拥抱自己。

锁骨和椎骨，还有小腿骨，
像星星一样分开，让空气
把肉身拂醒，以免它倒下。

只有迟钝的大脑不会动。
花岗岩墙壁外面，远远地
有个迫切的声音破风而来。

出来，它说。但这是谁在喊？
我早就已经脱离了人类，
我的肉身，被火吞噬的会堂[2]。

听到声音，群虫开始祈祷，
哭哭啼啼地逃进花岗岩。

1　拉撒路（Lazarus），耶稣的门徒及好友，《约翰福音》第11章记录
了他的死和复活。耶稣说："拉撒路，出来！"拉撒路便从墓里出来，
复活了。
2　会堂（synagogue），即犹太教堂，教徒们聚集起来祈祷和学习的
场所。

小腿骨回来，腿开始动弹，

颅骨自行把那脑髓笼罩，
心脏升起，为疼痛而欢叫，
动脉重新开始怦怦地跳。

头发在可怕的头上怒张，
肌肉隆起，犹如暗淡热带
宣告绿色暴雨的积雨云。

飞沙走石，狂风呼啸，灌入
肺的洞穴中，拉撒路熟识
这股不洁而冷漠的风，它刺穿

人类肉身。外面，太阳还在
鞭打着同一块骨头。然而，
骨架杂沓如喧闹的唱诗班，

赞美的声浪把他拥向前。
一两堵墙外，召唤的声音
颤如蹒跚老父，然后止息。

啊，神圣的火，凛冽慈爱的火。

埃琳娜致萨福

我见你肩膀耸动着，
你手指弯曲着，开始
召唤我，在我躺卧的
　　沟渠之上。

但我醒来时，你转身
招呼那不见踪迹者，
你在那个深夜时分
　　离不开的。

她是谁呢？我只看到
甘美浆果掉落藤蔓，
苹果花压弯长枝条，
　　美酒缀满，

枝头、卷须和绒毛中，
悬挂的汁液滴答着。
你对着没人处，颤动
　　诱人的舌；

没人，只有风和花圃，
石座上的诗人雕像，
石中的琴，石中的曲，
　　树木和墙；

若不是在我起身前，
有具空壳带着痛苦，
在天黑前穿上衣衫，
　　踏着尘土；

你在呼唤她，也可能
是他，不管空洞心灵
在衣服里裹着何种
　　无形鬼影。

不管我明白不明白，
我皮囊下有个何等
惨白盗贼，把你里外
　　洗劫一空，

我从土沟跃出，全身
跃出，双臂紧紧抱起
你悬空的膝盖，我们
　　回到陆地，

在归宿地，无论何处，
我们躲进躯壳之中。
无论如何，我不袒露
　　鬼的苦痛。

我满怀着崇拜，献祭

露珠里的美酒点点，
任它喷涌，打湿了你
　　凌乱长衫；

虽然我偷你的，不比
萤火虫偷的月光多，
趁着鬼魂还没隐匿，
　　你转向我，

不管那是鬼，是瓜皮，
是风干的雄鹿枯骨，
情人，歌，或只是风里
　　一声呜呼。

上学的小姑娘

当黑暗的黎明走远，
风在唱，乡村的脆铃
林间泉中荡起光影，
猫鹊叫声随之婉转。

黄白色袍子身上裹，
好像从树上吹落到
眼角的一只知更鸟，
她在光里跛脚走过。

铃声叫醒我时，众石
都在她柔软脚掌下
召唤她，树叶湿答答，
纷纷唤着她的名字。

当我悬在空中苏醒，
挨近那潮湿的大地，
我看见她一脸诧异，
听鸟吐出她的声音。

要小心洞穴，猫鹊说，
他用羽翼占据鸟巢，
把知更鸟迎风挤掉，
荡起光和影的旋涡。

掉进洞，鸽子诅咒道，
他用羽毛引她落地，
把麻雀的声音割刈，
让阴影和旋涡闪耀。

抓住边际，抓住边际，
来，轻点儿，摸我的喙。
她听着，却张不开嘴，
随白天鹅穿过树篱。

外祖母的幽灵 [1]

她像飞蛾掠过黄色水面，
拖着双脚涉过浅浅溪水；
她看见浆果，停下来品味，
瘦小的蜘蛛在清洁齿尖。
她在空中一路轻轻飘动，
巧妙地躲过树叶和湿冷，
像个年轻妇人提着长灯，
也许还有月亮，去找孩童。

就要抵达无人的房子时，
她轻盈地拍动双翅，飞起，
随蜂进入如雪的苹果林；
然后，她竟忘了为何前往，
顾不上似锦繁花和绿光，
便匆忙落地，悄悄地降临。

1　这首诗是赖特为外祖母伊丽莎白·贝多拉·莱昂斯（Elizabeth Bedora Lyons）而作。

圣犹大

他们

回答说:

你全然生在罪孽中,

还要教训我们吗?

于是

把他赶出去了。[1]

致我的老师菲利普·廷伯莱克,

致我的学生桑雅·尤尔塞特

1　译文引自新标点和合本《圣经》(《约翰福音》9:34)。

我的习惯性思考中断了，就好像犁头突然划破世界的外壳，向犁沟深处扎去。在人生的泥沼之中，我才刚跨过这么一扇深不可测的天窗，叫我怎样继续思考呢？时光老人对我眨眨眼——你这淘气鬼认识我啊——消息传来：**它**[1] 很好……医生们，去拯救自己吧；我靠上帝活下去。

——梭罗《河上一周：在康科德和梅里马克》[2]

1　它（IT），指后文省略的"古老的宇宙"（ancient universe）。省略的句子为："那古老的宇宙非常健康。我想它一定不会消亡。"

2　《河上一周：在康科德和梅里马克》（*A Week on the Concord and Merrimack Rivers,* 1849），梭罗公开出版的第一本书。

壹．月圓月缺

怨

她走了。胜似月亮的亲人。
她曾在家撵鸡，扫地除尘，
宴席后，把骨头果壳清理，
孩子撒欢，她打孩子解气。
如今，病娃长得玉树临风；
姑娘把衣服一件件改松，
好让身体能够随意摇摆，
把脸化得像个奇怪婴孩。
远房小子侄，卷发油光光，
招蜂引蝶，纠缠红脸姑娘，
如今谁来扫地？每年新雪，
谁用手捧起，把牛奶冷却？
谁来倒垃圾，谁来把猪喂，
谁来剁鸡头，把那饿狗喂？
老太婆走了，不用再受难：
雨中黄樟林，夜半把儿产。
新雪曾落满手和脸，如今
她睡了，胜似月亮的亲人。

保罗

我常在门口看到她，
或举起手，跟街坊
打招呼，或陪着邻家
主妇一起消磨时光，
却也只能聊聊时间。

我常在门口看到她，
朴素文静又苗条；
那晚他们带她离家，
那晚他们带她走掉，
保罗一定会很挂念。

医生压根不想多言，
未向邻居寻求忠告；
他知道任务很简单，
看他眼神就能知道，
根本没有什么好谈。

医生有话告诉保罗；
说她如今正在安息，
不会再醒，别的没说。
说完他便走进雪地，
在雪地上逐渐走远。

保罗是否呼天抢地，
他有没有挥舞拳头
捶打墙壁，抓破头皮，
冲出去，在雾中狂吼，
那薄雾却默默无言？

在她凌乱床上坐着，
他看都不看我一下。
她那么好，现在死了。
树上麻雀叽叽喳喳，
叫了几声，旋即飞远。

祭布卢哈特先生

年少时候，有个地方，
我曾和两三个发小
在那里把鲜果品尝，
干瘪果子随手丢掉。
空中麻雀气得乱叫，
谴责我们弄断枝干。
它们随风颠簸死掉。
苹果已经通通吃完。

果园后面，小山那头，
精瘦园主穷凶极恶，
不杀我们誓不罢休，
奈何果实全遭洗劫。
终有一日抓了现行，
凿骨捣髓咒骂不止，
开枪恫吓，石破天惊，
郁郁秋日，园主已逝。

心怀悔恨，想起园主，
劳动果实惨遭偷窃，
今日痛悼，重回故土，
不再惊扰头上金叶
和叶片下甘美果实。
如今痛改前非，只愿

果园和死者永安息。
我们不会再来添乱。

老酒鬼

面前的他，冰冷如爬虫般，
形销骨立，为他孩子神伤。
若非老了，他会把她哄劝：
老人颤抖的唇，无法再让
爱的善良谎言随意践踏。
说谎贵在巧妙；否则谎话
会反过来惩罚嘴笨的人。
他咒骂自己内心的愚钝。

他知道，颤抖的青春之眼已盲。
苍白双耳已聋，耳内呜呜
如炮轰，听不见脑后深藏
不露的爱之哭泣。见爱女
丧偶后满脸悲痛，他备受
打击。他曾低头站她身后，
他知道，女儿虽痛恨死神，
但她胸中怒火总会停喷。

我唯有沉默。我会陪着他
在钟下枯坐，任地老天荒。
酒保妻子会来雷霆大发，
把我们赶到凄冷的街上。
我碰了碰他肩膀，他没动，
他为崩溃的爱女而心痛，

虽然那毫无意义的绝望，
不会让她一直远离梦乡。

此时，有很多苍老的面容，
晃动在阴霾密布的酒馆。
他绝不会在我面前悲恸，
泪揉进枕头。我俩面对面，
他强颜欢笑，为我倒一杯，
我敷衍关切，他毫不理会，
只要天不亮，酒保不关门，
就快活得像不死的小神。

山坡积雪里的麻雀 [1]

可怜虫，被旧日幻象蒙蔽，
在白雪中迷失，坠落，闪烁，
犹如在夏日尘埃里嬉戏，
然后在晶莹山雪中凋落。

冬季来临时，它们已饱尝
暖阳下的孤独，警惕羽翼
和火，也曾落在我们头上
橡树硬枝间，如今火已熄。

出来透气的路上，我踢开
软软的褐羽，脆弱的鸟嘴。
肉身已成落雪。白昼到来，
嘲笑那被骗者再不能飞。

有种机智的鸟能够存活，
天凉了，就慢慢向南飞去。
时而在风中停下来哆嗦，
像无人能懂的如珠妙语。

---

1 《山坡积雪里的麻雀》(*Sparrows in a Hillside Drift*)，1958 年冬季在
《塞沃尼评论》(*The Sewanee Review*) 上发表时，标题中的"麻雀"
前有个单词"死"(Dead)。

我手底下这几个糊涂虫，
那风声进不了它们的耳。
我不懂它们的话，冬天懂。
人是闭目塞听的倾听者。

凄清冬日里，抬头可看见
橡树在颤抖；站在被骗的
弱者旁边遥望山脚，只见
烟囱正对一团雪耳语着。

留在吉米·伦纳德小屋里的便条

我们在枯河水标旁看到
　　明内根，你兄弟
像鱼一样狠狠跌入泥淖。
黄发已变绿的孩子比尼
让我冒雨来找你，告诉你
　　他就要淹死了。

我躲在岸上，车底盘后面，
　　报废的福特车：
我不敢对喝醉的你叫唤，
你曾说，被人吵醒很难过，
日光像木板在身上打着。
　　我吓得胃痉挛。

况且，你早已经叮嘱过他
　　出门千万不要
沿河又喝又唱，到处喧哗。
你要拿石头砸我了，大叫
都怪我，由他在路上摔跤，
　　侧着身子跌倒。

啊，我回家肯定要被臭骂，
　　有了这番经历，
跑来留个便条，再跑回家。

我会跟父亲说你在哪里。
最好快点儿去找你兄弟，
　　　你不要等警察。

比尼回家了，我拼命狂奔，
　　　你这老不死的。
最好快点下去找明尼根；
他是醉是死，我也不晓得，
可怜老头在枯草烂泥里
　　　像鱼打滚。

1953年，在托马斯·哈代出生地

1

奶妈把他抱上了楼，
抱进他母亲的睡房。
榉树呼啸着把屋顶狠抽，
　　　风暴雨狂。

风能把死人都掀翻。
蛾子，甲虫，还有家蝇
爬到门下找灯，畏缩不前：
　　　他还没醒。

黑土地的疼痛与悲伤，
让小路变软，草地湿透；
弗罗姆河溢满河港，
　　　他高枕无忧，

躲在高大女子的怀里，
安抚他黑暗中的母亲；
依偎着局促不安的肉体，
　　　大雨倾盆。

2

昨夜，他的葬心之地

斯廷斯福德[1]下了雨。
他的心已成石头，不在意
　　个中乐苦。

雨中枯叶上，老鼠循迹
探头探脑，还有只鸟。
它们守护什么，无声大地
　　没有忘掉，

也许是那心，它守住
从大地得知的所有秘辛，
它转过头，听人类的哀哭，
　　异样声音。

又或许，脚步声杂沓，
是田鼠、刺猬、蛾子、鹰
在暴雨之中，在岩石之下
　　寻求安宁，

无疑，心在那里不会醒来，
忍受狂风无休无止的抽打，
滂沱大雨后，已被抱在怀
　　送到楼下。

1　哈代是在出生地斯廷斯福德去世的，他的心脏也葬在这里。他的
骨灰则葬在威斯敏斯特，即西敏寺。

黄昏

我喊他，进来吧，
大草坪黑洞洞。
他笑着摸下巴，
躲在树丛后面，
那光推他向前，
草在暗处蠕动。
他踮脚溜过来，
头顶有玫瑰遮盖。

他母亲仍隔着
门和空空走廊
很小声地叫着，
随即销声匿迹。
他注意到了我，
好奇把我打量——
我身后的风中，
那光正在舞动。

那孩子的嗓子，
让人难以置信，
头发变成叶子，
脚趾跳跃分劈，
变成左蹄右蹄，
两手变成飞禽。

我目瞪口呆地
聆听他唱的歌。

男孩去了何处？
我独自站在草地。
蜜蜂飞离果树，
无视我的呼喊。
狗儿经过身畔，
扒开沉陷石砾，
我却一无所获，
只见陈年枯草。

骤然凄冷迷失，
园子不再神秘。
多想抱住孩子
抚摸，他笑语着，
或温顺或狂野——
凝固在天光里，
灵活的手和脸
遍布这座荒园。

叶片缓缓地垂落，
鸟儿变回双手；
笑吧，那魔法已破，
饥饿男孩来了。
在硬地上站着，
像一个能接受

鬼神的人——却不
懂得人的孤独。

此时的枯草坪上，
他走在我身畔。
不见树和太阳，
只有我俩在这儿。
他母亲在家唱歌，
为我们热晚饭，
无比疼爱我们，
这大地黑沉沉。

玉米地里的狗

狰狞的树间，休耕的
　　空旷农田
安卧在游动的云朵之下。
主人在唤鹌鹑，他正跪着，
　　突然一阵风过，只见
他扑倒在地，一身的泥巴。

起初主人生龙活虎，
　　大声叫喊，
手脚并用，跑得风驰电掣。
这片土地和假人的远处，
　　枫树在悠悠地哀叹。
秋天常见的死亡发生了。

谁能料他会开玩笑，
　　突然一瘫，
挨着一个栽倒的稻草人，
身体像一根踩扁的稻草？
　　我在树旁咆哮转圈，
对孤独的乌鸦充耳不闻。

留茬地里，两具身体
　　并排躺倒，
稻草人和主人。很难搞懂

100

谁是谁，发色也混在一起，
　　我的主人藏得真好。
他笑声浑厚，像嗡嗡的钟。

我对地上的他狂呼，
　　唤他同行，
离开压出了人形的垄沟，
踩着坍塌的土，跟我回去。
　　柔软的稻草人精通
怎么迎合风，真是太荒谬；

而那个真人一倒地，
　　虽不好笑，
扫帚把、稻草却乐不可支。
我很怕被木头石头夹击，
　　我对天空大声咆哮，
忘了稻草人是怎么摔死。

我狂吠，跳过破篱笆，
　　一路飞奔，
穿过落叶堆，笨拙地撕咬
那个稻草人，只为保卫他。
　　主人在草地上打滚，
看到我在空中张牙舞爪。

看到我正拼尽全身
　　力气，撕扯

易碎的鞋子和硬草脑袋，
再甩到地上；把凌乱万分
　　编织成心脏的干草结
往秋雨中的甜草根里甩。

棍子和石头何时才
　　不再模仿
体贴的手和生动的眼睛？
真人倒下去，会化为尘埃。
　　我对天空狂吠，好让
主人被熟悉的欢闹唤醒。

论少管闲事

天真的我们俩
离岸撩动水波。
彩虹不再闪烁，
人们容光焕发，
乘船欣赏落霞。

向晚之鳍通通
没入夏日黑暗。
抬头只见岸边
寂寥朦胧之中，
棚屋迎来黑夜。

我握住左边桨，
破浪前行，小船
驶远，无际无边，
直到消失不见，
始终一声不响。

我们不会上岸，
霸占那座小屋，
绝对不会动粗
践踏任何地方。

那里也许有人

正在凝望我们，
隔着平静的湖，
揣摩我们何故
如此流连忘返。

愿情侣们常驻
葡萄棚下，躲开
林间忙碌的人，
骂骂咧咧的人，
唯恐别人欢愉
整夜辗转感慨
愤世嫉俗的人。

仁慈的阿佛洛狄忒[1]，
别让假正经和搅屎棍
侵扰落魄罪犯，
夜鹰[2]和流浪汉，
蓬头的姑娘们，
所有可能藏在
幽暗棚屋的人。
情侣可能也在。

因此，我掉转身，

---

1 阿佛洛狄忒（Aphrodite），古希腊神话中的女神，掌管爱、美、欢
愉、激情和生育，即罗马神话中的维纳斯。
2 夜鹰（whip-poor-will），北美夜鹰，夜间活动，捕食飞虫。

拖船同你离开，
以免有人不敢
情话绵绵，只求
我们泛舟漂走，
静听天色变暗。

诗的道德

致杰拉尔德·恩斯科

> 只要你愿意把一朵浪花的起伏,
>
> 把它的戏法让与我……
>
> ——惠特曼 [1]

站在播了种的浩瀚海上,
暮色中,我凝思你的语言:
你笔下的人物祈求有手
把他们的样子擦拭清晰,
有喉把诗奏成动听歌曲。
我脚下,咆哮着鸟的挽歌,
绵密冰冷的海爬上沙滩,
起伏,呻吟,吐出了一棵树,
还有贝壳,罐子,地上爬着:
喧闹的波浪,悠长的庆典。

不知何时,让人难懂的海
会在内部撕扯,缠结,死掉,
用彻底的愤怒击毙自己:
几百只鸥向着泡沫落下,
尸体成群跌落,消失不见。
罗列这些意象,只是想说:

1　出自惠特曼《草叶集》中的作品《假如我有幸》(*Had I the Chance*)。

一百只鸥向着虚无降落；
然而，云端一只没毛的鸥
看起来如一处空中深渊。
你听，探路的雾角[1]在哀号，
盘桓不去的狂风在咆哮，
却有那人类的爱之语言，
把这些嘈杂融合成歌曲。
罕见欲望要有罕见的词。
它在饥饿中成长，并壮大，
能在黑暗和噪音里存活，
只要骨头洁净而又清白，
脊柱稳如磐石，肌肉结实。
放出一个词语前，先让它
在黑暗中挨饿；把它绑在
孤独掠过海面的劲翅上……

我想透过冷静清醒的心，
跟你说一说诗歌的细则。
鸥群困住我；太阳逝去了；
潮水摇曳我语言的湿翅膀；
思绪如月波，随水波激荡。
那鸥群的骷髅船上，太阳
驱走我不着边际的遐想，

1　雾角（foghorn），又叫雾号，大雾时在船上鸣响的设备，用于提醒
来往船只注意安全。

又把翅膀引向月亮。月亮
奇迹般自暗淡声音里升起，
海浪裂开，愈发神秘，天如洗。
女人或鸟，亮出喑哑之声，
按我的规则向虚无飘去。
她向四周播撒灰烬，冰冷
诗文在沙滩降落。我探测
水波上的落银，黄昏的波浪，
她浴光而生时的短暂庆典，
标准全部失效。我失语了，
想说的话戛然而止，平淡，
贫乏，如钻石矿中的顽石。
大海涌动，词语涌动，大海
平息，词语也随月潮衰退。
我干瘪的语言一息尚存，
如死鸥的翅膀，坠落，沉没，
在黑暗夜空机械地舞动，
我把我向岸的回声送你：
月亮那热情洋溢的身姿，
日没，飘升之思，狂欢，
蓝海之诗，喜悦，月之波浪。

潮落之时

今日见一女人衣衫褴褛，
在海边跳起来咒骂大海。
她的孩子在油海上漂浮，
漂离了桨架，船舷和桨叶。
枯瘦的救生员对天怒吼，
吐出海水，昏倒在沙滩上。

清冷素净的夜晚，正落在
我的心头，
海在漂浮物下激荡，激荡，
然后又缓缓退去，比彷徨
油沫中出离肉体的海鸥
还要遥远。

贝壳丛中采牡蛎的男人
望着海，向一侧延伸的海。
远处的海滩上，有条饿犬
说出了我所知道的一切：
哭泣的水泽仙女[1]消失在
地底，荷马笔下哀号之地[2]。

---

1 水泽仙女（naiad），希腊神话中象征江河湖泊等淡水的低阶女神。
2 即荷马史诗中的泪河，位于冥界。

只要能逃离这里，我可以
不顾一切：
从海水中拔出一根海藻，
塞进嘴巴，或者堵住耳朵，
摆脱人类语言的影响力；
哪怕淹死。

在黎明的喜悦和温暖中，
我唱起歌，
在浅滩上寻找软体动物，
螺纹和圆圈装点着大地，
在脚下黑暗深处燃烧的
星星灭了。

那女人在凄冷之中咆哮，
大海柔美，声音幽暗如酒。
救生员从海浪中站起身，
像鳞片被冲掉的海鬣蜥[1]。
我要怎么度过这一天呢？
坐着欣赏贝壳上的阳光？

我无法体会贝壳的恐惧，

1　海鬣蜥（sea lizard），分布在厄瓜多尔科隆群岛，常在海边的石滩
休息，喜欢在海里觅食。

我望着海上，神
终日在那里挂念着众生。
我独自听着哭声，不禁悲从中来，
我低下头，听到海在远处
洗它的手。

所有美好都是清白的

今日她曾轻轻跃出黑暗，
跃入黑暗。
向晚的小舟已满载而归，
潜水员困了，把头盔甩到
岸上晾着。

两个该死的匪徒灌醉她，
带她光着身子在湖上漂。
水波如琴声在船边荡漾，
真实而无名的风之精灵[1]
在远处水面上起起落落，
正前往黄昏降落的沙洲。

只有醉鬼才信，她曾听到
自然之声
引诱那肉体涉水过去。
我想着林间真实存在的
风之精灵。

1　风之精灵（sylph），也译作西尔芙，西方传说中的神秘生物。根据
中世纪炼金术士帕拉塞尔斯（Paracelsus）的理论，风、水、地、火四
大元素都有对应的精灵。风之精灵也叫空气精灵。

纤细肩膀如童话岛屿般 [1]
在暮色中起伏，我独自前行，
下坡路上把啤酒罐踢开。
微醺的我如能凭空吻出
一张嘴，溺水女孩一定能
听到琴歌，在精灵消失处。
生者与死者挽着手滑行，
在冷水下，时光流逝之处。
我走出黑暗，站在黑暗中。

丑陋者诅咒世界，龇着牙
钉住我，冷笑中带着怨气。
我闭眼寻找饥饿的天鹅，
它们将占领湖，带走女孩，
带回更广水域，大海筛洗，
评判，收起尸体，然后平息。

看热闹的饥饿人群散开，
为死者奉上
一座罪恶的活人地狱：
那女孩像头猪坠入水里，
烂醉，溺死。

1　童话岛屿般（orplidean），赖特自造的词。词根或来自德国诗人爱
德华·莫里克（Eduard Mörike）诗中的 orplid，一座仙岛的名字，可
泛指"希望与童话般的岛屿"。

纯洁的人为自己辩护。她
活过来吻着天，四肢完好，
裹着黑色防雨布漂向岸边；
雇来的救星在码头掉转
刷过漆的船身，露出名字。
死者没名字，他们静躺着，
此时，所有美好都清白了。

在维也纳一座墓地

埋葬胡戈·沃尔夫的地方：
雕刻好的裸女俯下身躯，
去吻没雕的石头，空白的
花岗岩漠视未竟之声音。
她把身体依附在岩石上，
雕刻刀让她变冷。葡萄树
无法挽救死寂荒芜景色：
生命已过半，歌声已消殒。

石头中尚未诞生的嘴巴，
强烈渴望着她饥渴的吻。
黑暗中，把爱人的手摸索，
也许，埋在地下的音乐家
正悄悄抚摸女人的裸身，
想点燃焦渴之石中的火。

我抛开那幻象，感受着
从地上吹来的初秋的风，
我在碑林之中转过身去，
爽风吹过脸庞，吹过石头。
无形的焦渴生不出音乐；
躯体的气息带来了乐声。
严厉的音乐家早已作古，
花岗岩胡须也变得温柔。

下个时代，墓地或将残败，
是雨，与那少女缠绵交织，
底部花岗岩无人再雕刻。
活着的身体才能唤出爱，
石头中偶然复活的影子
把充满欲望的裸体掩遮。

病中祈祷

死神进进出出[1]

你听那地面轰隆隆震动，
飞石呼啸，鹌鹑在草地尖叫。
支吾如鸟语，沙哑如落石，
我用苍白的手掩面低语。
大地在远处没入黑暗。
我在昏睡之中辗转反侧，
醒来要拜识空中呼啸的你。
降临吧。降临吧。我很害怕。
我在自己体内客居已久，
怎会懂得爱的愤怒之语?

1　出自西班牙诗人洛尔卡的诗作《马拉加舞曲》（*Malagueña*）。

冷酷的众神

我本该高高兴兴去聆听
女人和小男孩
在大海之滨同声歌唱。
大海的披巾和肩膀轻轻
托起海鸥的羽毛和身体，
写下诗行。

巨石挡住海浪，海浪无法
像浮石[1]般哑然坠落，男孩
在巨石后奔跑，欢呼雀跃，
投向母亲怀抱，踩着海草，
轻柔的话语，一阵阵呢喃，
泡沫般在海岸边缘奏响。

我本该高高兴兴，渔夫们
和海鸥的叫喊
在浪涌间淡去，我耳内
细小的围网已能打捞到
他们那柔弱的歌声之鳍：
我的妻儿。

1　浮石（pumice），又叫浮岩，一种火山碎石，内有多个气孔，因此
能在水上漂浮，多为白色或浅灰色。

孩子妈妈优雅甩头，长发
在黑暗中闪闪发光，月亮
在幽谷般的洁白浪心深处，
烧向黄昏之海的冰冷洞穴：
她希腊式的脸，绒毛翕动；
她身后，海与帆逐渐淡去。

我本该高高兴兴，去注视
姑娘翻飞的衣袂，
紧裹的裙子，垂落的丝带；
我本该跑去搂住母子俩，
他们似乎比石头和海浪
更加结实强壮。

但是，暮光把船缓缓收起，
揽入无边灰色怀抱；尽管
海对孚毛的鸟极尽友善；
尽管海像女人一般幽咽；
却藏不住隐忍的脸，以及
掌管死与变的冷酷众神。

启示

他的怒火将我震慑，
我一时间魂飞九天。
苹果树枝滴下黑色，
划破光，划过他的脸。
他在断树下耸立着，
像一道阴影石化了。
我僵住了，六神无主，
听不到他有何言语。

他一开口，风中出现
一串串悦耳的鸟鸣。
旋即强光密布，那脸
便蒙上了星球之影。
那外形坚韧的骨骼，
胸骨和肩骨不见了，
被固体的阴影吞噬。
确信他已不再狂嘶，

确信他审判的眼睛
已放弃对我的纠缠，
我任由那黑暗苏醒——
我的黑暗聚集枝丫间，
地上，臃肿的草垛上，
已被冲垮的溪岸上。
我沉迷于自我，对爱

已麻木，在黄昏徘徊。

某个片刻，我曾毁弃
我杳冥之中的父亲；
我祈求灭除他的力，
那高傲的腿已扎根。
为何要听他的怒吼，
承受他眼中的诅咒？
我也能够以怨报怨，
为活下去不择手段。

月亮升起。月色清透，
匆匆撇去林中阴影。
阴影剥尽，月影独留，
天地之间一片澄明。
然而，月光忽地照亮
我父亲伸出的手掌，
他乞怜的强壮手臂，
那孤独我无法洞悉。

月光无遮无拦，凄楚
苦痛之中，他流着泪，
蓝色双眼不再荒芜，
对我生出繁花怒蕊。
我奔向前想还给他，
黑色从果树上滴下，
皓月当空，树枝摇晃，
白花瓣落在他头上。

俄亥俄的冬日

P. W. T. [1] 逝于 1957 年暮春

机灵、敏感而老练的动物
柏拉图、基督摒弃你的墓。
但是，独自长眠多年的人
会提前独自转向那道隔墙。
在土拨鼠和十字架之间，
我独自缅怀了一个下午。
严寒中，我无法对雪哀哭，
雪在星空草地间盖着你。

1　即赖特的大学老师菲利普·廷伯莱克，全名为菲利普·沃尔科特·廷伯莱克（Philip Wolcott Timberlake）。

贰．一组情诗

要知道，吸入第一口气时，

我们会放声大哭。

——《李尔王》[1]

1　见《李尔王》（*King Lear*）第四幕第六场。

一口气

爱已逝，我走出
这座人类的城，
想去透一口气。
远离林间小憩，
远离老年人的
卑微，远离姑娘：
星星默默高挂。
想找块地栖息，
只能继续前行。
月下的雪山上，
鸮展翅翱翔着。

万物自在如常。

羞耻与屈辱

他会诅咒世界，只有人会诅咒（这是人的特权，是人与其他动物的首要区别），所以，他也许仅凭诅咒便能得偿所愿——确信自己是人，而不是钢琴键。

——陀思妥耶夫斯基，《地下室手记》[1]

什么事人能做，爬行动物
和禽畜猛兽却不得其法？
　　或如大地惊雷，
他喷出的怒火从未见于
　　蛇喉和犬牙，
但他窒息了，没一丝声威。

他的话狠过愤怒的蛇芯，
用痛苦炼成的铁，频频疾飞，
　　直到冰冷剑叉
能像鸟一般啄开敌人的心，
　　才重新回到鞘内，
那蓬乱头发和天灵盖下。

比人迅猛的蛇，足以致命。
杂种狗龇牙，人类学不出。

---

1 《地下室手记》（*Notes from Underground*），俄语原文为：*Записки изъ подполья*。首次出版于 1864 年。有学者认为这本书是最早问世的存在主义作品，并因此把陀思妥耶夫斯基奉为存在主义的先驱。

鸟之灵出窍高飞，
闪电般翱翔，畅游在云顶，
　　僵硬的人锁骨
拼命扑棱，也难望其项背。

他们喊得更远。鸟翅，蛇身，
猎犬的劲腿，能灵活操纵
　　他们的铁，越过
小溪，悠远绵长，像油翻滚，
　　绿浪奔腾汹涌。
人却只能在睡梦中颠簸。

他的梦境总是那么拖沓，
繁复的梦境充满了悲苦，
　　石头和那些树
无视他的名，乌鸦羞辱他，
　　恶魔在他颔下，
毒蛇，女人，狗，跳起来唾弃他——

他不会唾弃，他不会唾弃自己。
在有碎玻璃的水里踢腾，
　　他弓着腰，凝神，
感觉自己的嘴，鼻孔，骨体，
　　人脸中的典范：
独特的骨头，冰一样点燃。

我要的是火，灼热而冷酷：

它让我成为人，而不是狗，
　　女人或俊美鸟雀
能够学舌，但却不能说出
　　暗礁或星星的名。
我躺在黑暗中，恼羞成怒。

让我血管枯萎，开口对付
毒蛇，鸟，无忧无虑的心河。
　　我要对着自己
彰显我的脸，穿过精神之墓，
　　从容的地下世界，
然后吞食我痛恨的蝼蚁。

天使在我心头盘旋，幸存，
正义者吃不下他的食物，
　　耻于合污同流。
他们在挑剔中死去，精神
　　却逢生于绝处。
纯洁者，纯洁者！活不长久。

控诉

黑暗深处，我吻了你，
没人知道，或想知道，
你的脸上有个胎记，
给你带来一世烦恼。
如今我再也记不清，
你在阳光下有多丑。
若想认出你的面孔，
如今只能用我的手。

频频见那羞耻背后
有道火焰稍纵即逝；
你撩起围巾盖住肉，
转过脸去，喊我名字。
由此我想起，同情你
是因白昼和那道疤。
你厌恶这两样东西。
我懂，同情让爱留疤。

我爱你的脸，因那脸
破了。唯有在黑暗里
用力抱你，你才吻我，
让我幻想你很美丽。
这世上所有美丽的
假象，要找到易如反掌。
你无权转过你的脸。

唯有真实才是善良。

夜里，我无法梦到你。
我记不清你的面容。
我记得冷冷白昼里，
把你恶心的疤同情，
像个肤浅的窝囊废，
看着你走过那条街。
我不懂你朴实的美，
只幻想书里看过的。

若能拥有盲神之力，
再把你的白昼点亮，
不奢望你光洁美丽：
我把你罕见的痛呈上天堂，
我有权捧起你的疤，
端详它，那痛是你的。
你死了，我有了白发，
门外鸽子咕咕叫着，

恋人们把灯光打开，
各自注视着心上人。
赏心悦目，难以忘怀。
我还怎么再去爱别人？
你无权拒绝我去看
长着疤的悲惨真相，
你的脸，我无缘再见，
踏破铁鞋，无处寻访。

幽灵

没有生，没有死。
没有影子起落，
没有絮语哭泣。
我被打出轮回，
只剩干瘪大腿，爪子，
一口气，叫声渐弱，
寻找冰冷的嘴，
在绝望中消逝。

悲痛有何用途?
叹息，幽幽哀吟，
静静把脸掉转，
叫出消逝的名。
我还不愿叫出。
白昼，心，已耗尽。
我来了，虽动情，
却又无法开言。

在那雄浑大地，
风造出舌和肘。
但盲风怎能区分
蚊蚋和云雀? 独力
承受狂风的怒吼，
风中肉身和白发，

像蓟果几欲飘洒，
我关上地狱门。

平，浅，此乃地狱，
我自言自语着，
我和石头一体，
一体的死与生：
爱的呼喊，惊惧，
雨的影子滴答着，
一面闪烁的石镜，
双手不能目击，

双耳已瞎，双目
不能说，不能唱，
双臂很难呼吸，
无论地上地下。
我挪出了地狱，
向下久久凝望，
无须向前进发。
花环门在这里。

爱一返回土地，
就能死，无须走远。
生者若寻找爱，
答案只在脚下。
晚星冉冉升起，
荆棘鞭笞双眼，

青苔绊在脚下，
嘴还是张不开。

只好站到黎明。
我不会倒下，祈祷。
黑暗钟声里，你
或将醒来，呼喊。
我将踩着草坪，
度过温柔拂晓，
目送白昼走远，
白昼将我凝睇。

惊惶

当我从睡梦中醒来，当我
在草地上的飞雪中旋转，
我回望身后，翅膀已不见。
因为疏于照管，在雪地上
生锈的耙子铲子已坏掉。
人世的工具，空气中飘荡，
而我，这个不死不活的人，
在幽暗黎明中盘桓，揣摩
为何有人在阴影中攀登，
把身上尘土全都刮擦掉。

只见我的肉体躺在床上。
一只手扑通着，似要躲避
发亮的铲子。葬礼把肉体
吵醒：但脸不听使唤；眼皮，
嘴唇灰白，头顶蜘蛛结网。
肉与骨的残骸上，我站立：
一只脚斜靠扭曲的大腿，
忽然间，没等我接近脸庞，
眼皮张开了，透过那扇窗，
盯着窗外，盯着空旷天陲。

不死也不活的我伫立着，
想离开那堆可怜的肉体，

它将在最后的哀悼中燃烧。
我尝试跳上蛛网爬上去。
但蜘蛛在何处把丝轻抛?
蛛丝凝聚着鲜血与空气,
既完美又鲜活。我失败了。
白昼用手打落我的灵魂,
我回来了,被迫进入肉身,
转眼间,精神再一次恍惚,
活着,却被当成死人埋了。

步入阴影的姑娘

几棵树没给你投下阴凉。
小脚不能把黑暗踩进草地。
我懂，你承受白昼和哀伤。
唯有灰暗色调遍布地底。

早年，我可能摸过你头发，
提醒过你，火怎样变灰暗，
纤细手臂怎样沉重垂下，
苍白双脚转眼步履蹒跚。

我老了，用声音慢慢爱你。
轻盈的你，不会为树哀哭。
不在意地上草如何聚集，
迎合你影子匆匆的爱抚。

我听到沉重琐碎的演说，
来自树上的风，头上的影。
你匆匆经过，我无法触摸，
你停下来。四下里黑暗变浓，

几许光亮落下，楚楚可怜。
几许爱，抵消黑暗的拥抱，
暮色中，爱人的眼看不见，
你脸上的沟壑被梦笼罩。

只有我

梦里，我像世人那样死去，
我害怕这个梦，尽管肉体
躺在变软的页岩下，不必
担心刺痛。我已将你失去，
日复一日独自躺着，也许，
上面某处，树枝烧成金色，
女人衣裙变松，男人老了。

老了。枯萎了。询问过时间。
然后又忘了。转身。看着草。
被树枝绊倒。惊飞了叶片。
孩童。姑娘。地面上，我知道
兔子和鸟结伴，它们不知道
如何穿过太阳下的荒地。
它们挪进阴影，缩在一起。

兔子和鸟，老人，姑娘，孩子，
走在地上，梦见大片的光。
我听见你走过那片荒地。
惊醒后，我发现眼前景象：
坟墓已不见了，夜幕已降，
你沮丧的肩似在靠近我。
梦境外，到处都有人复活。

梦里死的不是你，只有我。

叁 . 离家最近之处

我们听见从地极传来歌唱声："荣耀归给公义者。"我说："我完了！我完了！我有祸了！"

——《以赛亚书》（24:16）[1]

1　译文引自《圣经》当代译本修订版。

大地与我的问答

"为何要吻那个姑娘?
她那么丑,不怕丢人,
寂寞难耐,想找情郎。"

　　　对同类的怜悯。

"怜悯失去的有何用?
他们被风吹动翻滚,
渴望肉身,鬼影重重。"

　　　没用,对我而言。

"为何要用拳头猛捶
百叶窗上面的虫身?
它已在酷暑中枯萎。"

　　　对同类的怜悯。

"怜悯找回的有何用?
他们被风吹动翻滚,
渴望变鬼藏身土中。"

　　　没用,对我而言。

"生者死者聚到一起，
被风吹动，前后翻滚。
为何想要改变天气？"

　　　对同类的怜悯。

"怜悯那个吻有何用，
悲伤嘴上枯萎的吻？
唤我只为如此种种？"

　　　没用，对我而言没用。

拒绝

待我们归来，车已无处寻，
门廊灯光必将一片空无；
　　这里的每一位
指责我们心如铁石的人，
　　会把我们赶出，
让我们在黑暗角落流泪。

那话听了可能让人扫兴，
送葬者对我们一脸鄙夷。
　　我学不会献谄，
又没有安逸人生和长命。
　　我很清楚，各地
一样丑陋，于是视而不见。

屋里可能有我们深爱的，
为我们劳碌了一生的人，
　　眯眼凝视过来。
何必在爱的陷阱回望呢？
　　挚爱全部躺在
坟墓，在无尽荒芜中栖身。

快过来吧；我绝不会任由
你趴在亲戚冰冷肩头受苦——
　　那些男女亲戚。

神啊，我已经死了这么久，
　　我出生时，葬礼
就已开始，还将永远继续——

除非我亲自关上门，抓起
你的肘，使劲把你拽出去，
　　任屋里暗下来。
石头上的数字惹得屋里
　　哀伤阵阵袭来，
你我在饥寒交迫中死去。

我们要借苦酒喝到酩酊大醉？
看啊，大门已闩，窗户已堵，
　　我们被迫离去。
待我们归来，花岗岩终会
　　被雪覆盖疗愈，
在悉心抚摸下，沉降寸许。

牧师和殡仪员跟在车后；
需要大地安慰，便卧在地。
　　最好相信月亮，
任它在微澜星光里遨游；
　　生者依赖疼痛，
地上坚石则对我们有利。

1957，美国的黄昏

致卡里尔·切斯曼 [1]

1

皮带扣发着光，警棍

冷冷甩动，人倚着墙。

囚徒的脸绿气氤氲，

鼓舞人心，人呼唤光，

呼唤光！而黄昏已降。

监狱长在巡查囚犯，

所到之处，人影挨挤，

走道外面，队列旁边，

对冷笑者一脸鄙夷。

哭泣的人被他脚踢。

眼泪，强忍的笑，心脏，

暗中滴答；结束，隐没。

干净的锁打开，合上，

孤独的无期徒刑犯，

在铺好的床上蜷缩。

1　这首诗是为反对美国最高法院判切斯曼死刑而作。1948 年，切斯曼因 17 项罪名被判死刑。他的抗争曾引发全球性的轰动。1957 年，美国高院下令复审此案，但最终仍维持原判。1960 年，切斯曼在毒气室接受了死刑。

2

挚爱国度闭眼躺下。
焚心无梦，静静躺着。
百姓缓缓说出梦想；
恍惚中，把痛苦深藏
岩石；但人总会死的。

我会站在地上歌唱
地狱英雄，如果能够
记住名字，对其赞赏；
他们转身，大地幽幽，
他们的名已被烧透。

然而，在那垒石之下，
受伤的凶贼颤抖着：
百姓辗转于钟和塔，
给沉睡的城上发条。
神啊，怜悯那醒来的。

绞刑架黑暗中盘桓，
我想到监狱，脸埋入
湿透的枕头，以纪念
人类不该忘的悲剧，
虽然我没看到监狱。

看，就像啃过的骨头
遭人丢弃，那种孤寂

把他捕获，于入海口
唤出他，从树和石里，
诅咒他，在他的梦里——

在狱中寻找他，开启
他干涸的心脏之门。
神，他若醒来，请怜惜，
请可怜梦中离开的人，
神啊，请怜惜离开的人。

默祷

年轻时，我很想把你杀了，
因你当朋友面把我嘲讽。
　　这篇磕磕绊绊
迟来的檄文却让我语塞。
　　回来吧，在最后的风
把你吹向无尽虚空之前。

我独自站在你墓前，辨认
名字，生卒，凿子能凿出的
　　各种溢美之言——
蓄意涂鸦，隔开我们和死人。
　　可我却拼尽全力地
复活你布满青苔的猪眼。

听到召唤时，我没能回来
看好戏，欣赏沙哑的喉音，
　　你刺耳的嘶叫；
隔着几座城，那丧钟传来，
　　带着难以置信的恨，
偷走了我怒意中的毒药。

多年后，不再梦见你临死
之痛！骗子令我怒发冲冠，
　　在你入土后，

我跋涉至此，把无力的讥刺
　　　放你脚边，当成花环。
白白酝酿了一天的诅咒。

我竟不能再清楚地想起，
你曾用底气十足的尖嗓
　　　贬得我一无是处。
你烂掉的手，鼻孔的鄙夷，
　　　很难再引起我的憎恶：
原本来庆祝，却跟着死亡。

童年时嘲弄我的人死了，
头发在青苔下变软，尖牙
　　　深埋冷漠大地。
治愈伤口的草，终年盖着
　　　你血盆大口，冲淡我
莫名挫败感。我震惊不已，

地上标出你的，只有石头。
如今，形单影只走来的我
　　　要找墓，把愤怒
化为得体的默祷。可怜的骨头，
　　　大张下巴，怒睁眼窝，
接受诅咒吧，你咎由自取。

在被处死的杀人犯墓前

献给 J. L. D.[1]

我们为什么要这么做?[2]这么做对我们有什么用?最重要的是,要怎样才能做到?真能做到吗?

——弗洛伊德[3]

1

我叫詹姆斯·A. 赖特,家乡
俄亥俄马丁斯费里,距此
烂墓二十五英里,父亲是
黑泽尔-阿特拉斯玻璃厂苦工。
他尽力教我仁慈。回故乡,
只能在闲时梦里,死去的
俄亥俄,我或将葬在这儿,
如果我年轻时没有逃走。
俄亥俄困住乔治·多蒂[4]。骨头
腐烂,他已化为石灰。死亡,
在死城能学的最佳技艺。

1　J. L. D. 即詹姆斯·迪基。他彻底动摇了赖特对英文诗歌传统形式的坚持,受他启发,赖特的创作变得更加直接。这首诗堪称赖特创作生涯的一个里程碑。

2　指的是《圣经》名言"爱人如己"。

3　见弗洛伊德《文明与缺憾》(*Das Unbehagen in der Kultur*)第 5 章。

4　这首诗是为反对俄亥俄政府处死乔治·多蒂而作。本诗多次引用《圣经》中的典故,表达对死刑的不满。在《以西结书》中,上帝不希望恶人死亡,希望恶人改过自新,得以存活。

我曾行过此地。高调表演，
借死人的声音组织语言。
受够谎言的我回首过往。
廉价的悲加在别人身上：

2
多蒂，如果我承认我不爱你，
你会放过我吗？说谎让我煎熬。
夜对我逃避的心施电刑。
我就像圣克莱尔疗养院
神志不清的疯子般狂奔，
狡黠地躲在枫林恶作剧，
喜欢在天黑后假装忏悔。
夜不能寐，自己哼摇篮曲。
多蒂，你让我作呕。我没死。
我哀吟的诗，五毛钱一行。

3
白痴，他向姑娘们索取爱，
害死了一个。他还是个贼。
剩两个女人，一个孕妇鬼。
头发脏得就像一团狗毛，
这种讨厌的俄亥俄动物
让人作呕，被哀怜，他不配。
我不会同情发臭的死人，
俄亥俄贝莱尔村哭喊的
醉鬼和我非亲非故，喝死

之前，常有警察踢他们肾。
基督令其复原，为了全人类。
生者，死者，三十年前让我
噩梦连连的傻笑的莽汉，
不需要我为他们的痛苦
公开发表嗟叹，以心换钱。
我不同情死者，我同情将死的。

4

我同情自己，因为有人死了。
贝尔蒙特县杀了他，我呢？
受害人不爱他。要我们爱？
然而，也没有谁非杀他不可。
没必要恳求青草来遮盖
装着失败和耻辱的石灰坑。
自然爱好者走了。见鬼吧。
我踢开土块，说出我姓名。

5

墓的伤在溃烂。或将愈合，
当所有人在爱的恐惧中
身不由己，当每个人伫立
在西海边，
海的君王都从宝座下来，

除去朝服 [1]，审判世界
和世间死人，死人不设防，我们伫立各地，
我的那些躯体——父，子，拙劣的罪犯——
可笑地跪下，把我的伤疤，
罪孽，呈给神的无情众星。

6

他们很客气，不会画我的脸，
用记号区分我和墓中凶犯。
何必区分？我们都是人类。 [2]

7

多蒂，这强奸犯和杀人犯，
躺在燃烧的沟里，听不见；
神啊，人鬼何时才能安享
不洁，人类何时不再自戕。
天使和石头笑树下的我。
大地是我无法面对的门。
让秩序见鬼吧，我不想死，

1　出自《圣经》："那时沿海的君王都要从宝座下来，除去朝服，脱下锦衣，披上战兢，坐在地上，不停发抖，为你而惊骇。"（《以西结书》26:16）

2　出自《圣经》，上帝对那身穿细麻衣、腰带墨盒的人说："你去走遍耶路撒冷，在那些因城中可憎之事而叹息哀伤的人额上画个记号。"然后又对其余的人说："你们要跟随他走遍全城，毫不留情地杀戮，将男女老幼全部杀尽，但你们不能伤害额上有记号的。"（《以西结书》9:4—6）

哪怕为了贝莱尔的安宁。
我颈上是恐惧，不是苦悲。
（打开吧，地牢！大地的屋顶！）
俄亥俄草丛中，只闻西海
有灰色骇浪的声音传来。
冬日在烂脸上挖出皱纹，
多蒂，杀人犯，低能儿，蠢贼：
我肉身之垢，被打入幽冥。

圣犹大

出去自杀的路上，我看到
一群暴徒殴打一个男子。
我赶紧帮他免除痛苦，忘掉
我的名、数、黎明所行之事，
众士兵围着园中石结伙，
唱着滑稽的歌；整整一天，
他们用枪对付众人；只有我
讨了个好价钱，偷偷走远。

我被逐出天堂，看见他被扒光，
痛打，喊叫着。我丢掉绳索
跑过去，无视穿军装的人：
我想起我肉身吃过的食粮，
想起噬肉之吻。就算被剥，
我仍要徒劳地搂住那人。

译作选

（来自《诗集》及后续新译）

纪念贝蒂·克雷

十首短诗

译自胡安·拉蒙·希梅内斯西班牙语作品

1
海之玫瑰

白色月亮从海里取走海，
又把海还给海。美丽月亮，
凭借纯洁和宁静征服真理，
真理开始欺骗自己，以为
它已变成完整、不朽、唯一的真理，
尽管它没变。

是的。

神圣的纯净，

你穿透寻常的确定性，你把新的灵魂
放进所有实在之物。
神秘莫测的玫瑰！你从玫瑰里
取走玫瑰，你也能把玫瑰
还给玫瑰。

出自《诗人与海的日记》[1]

---

1 《诗人与海的日记》（*Diario de Poeta y Mar*），1948 年首次出版。

2

爱之桥梁，
高高山崖间的古石
　——永恒的相会，红色的黄昏——
我带着我的心来了。
　——我挚爱的只有水，
永远在流逝，从不欺瞒，
永远在流逝，从不改变，
永远在流逝，从不止息。

出自《永恒》[1]

3

黎明带着悲伤，
乘火车到来，抵达
无人占领的车站。
　多么讨厌，新一天的轰鸣声，
你知道这一天并不能存在多久——
　——我的天啊！——
破晓时分，有个孩子在头顶哭泣。

出自《永恒》

1、《永恒》（*Eternidades*），1918 年首次出版。

4

玫瑰花丛

那是海,长在地里。
冬日阳光里,南方的色彩
有着大海与岸
激荡时的喧闹……
明天就在海里!——准确来说,是在地里,
向着海移动!

出自《诗人与海的日记》

5

梦

　　——不,不!
　　　　脏脖子男孩立刻在街上
哭着跑起来,但没跑掉。
　　　　他的手,
他的手里有东西!
他不知那神秘战利品是什么,却带它
奔向黎明。
我们早已提前知道他的战利品是什么:
无人理会它,灵魂却让它在我们心里醒着。
我们即将在他的金光中闪烁,
赤身裸体,一丝不挂……
　　——不,不!
　　　　脏脖子男孩立刻在街上

哭着跑起来，但没跑掉。
那手臂强劲有力，随时会抓住他……
那颗心，也在乞求，让他走吧。

出自《诗人与海的日记》

6

遥不可及的事物
仿佛随时会变成
精灵！
　　比如星光，
比如梦中的不明
人声，比如远方的马，
我们喘着粗气耳朵贴地时
听到的马蹄声；
比如电话里的海……
生命开始在我们心里
生长，可爱的白昼，
不能关掉的白昼，
此时正在别处暗淡下来。
　　啊，多么迷人，多么迷人，
真理，尽管并无实在，却那么迷人！

出自《诗人与海的日记》

7

在加的斯的城墙上

大海无边无际，

如同天地万物，
你似乎还在我身边……
很快，你我之间只有水，
水，不眠不休地激荡，
水，只有水！

出自《诗人与海的日记》

8

风暴云
把阴郁的脸转向大海。

　　铁里锻造出的水，
冷峻而肃杀的风景，
枯竭的矿井，
一片坍塌的
废墟。

　　虚无！那词为了我，
在此时此地苏醒，
词的尸体
和它的坟墓
浑然一体。
　　　　　　虚无！

出自《诗人与海的日记》

9
莫格尔

莫格尔。母亲和兄弟。
房子，洁净而温暖。
何等阳光，长眠在
白晃晃的墓地！
刹那间，爱那么遥远。
海不存在了；平原上
泛红的葡萄园
就是世界，犹如凭空一道亮光，
如此透薄，犹如凭空一道亮光。

　　　在这里，我受够了欺骗！
在这里，唯一健康的事就是去死。
这曾是我极其渴望的出路，
通过它逃往日暮。

莫格尔。但愿我能在圣光中复活！
莫格尔。兄弟姐妹。

出自《诗人与海的日记》

10
生命

我眼里的荣耀曾对我不理不睬，
那是一扇门，通往

这片澄明：
　　　　无名国度：

坚不可摧，这条路上
全是门，一扇接一扇，永远
通往现实：
　　　　无须计算的生命！

出自《永恒》

我想睡了

译自豪尔赫·纪廉西班牙语作品

我要再强大一些，
再清澈再纯粹一些，
所以，就让混沌甜蜜地侵袭我吧。
我想睡了。

但愿我能忘掉自己，但愿我只是
一棵平静的树，
树枝把寂静伸展开来，
树干充满仁慈。

美好的黑暗，犹如慈母的化身，
一点一点加深，
笼罩这一具肉身，灵魂——
片刻犹疑后——交出的肉身。

它很有可能来自无边世界，
来自无数偶然，
直到最后，散入群星，
灵魂将带来曙光。

我把自己交给我的同伙，
我的船，
我要在我的烟波之上

迎接黎明。

我不要梦见毫无用处的幻影，
我不要洞穴。
就让无月的巨大空间
远远抱着我，保护我。

让我尽情享受和谐吧，
幸亏我全然不知
这种存在，防守如此严密，
伪装成空无的存在。

黑暗的夜，宁静的孤独，
在快要到来的空寂中，
万事万物
都让人欢喜。

空寂，啊，天堂，
传闻已久的天堂：
沉睡，沉睡，无比缓慢地
独自壮大。

让黑暗吞没我，消除我吧，
愉悦的睡眠，
我躺在天空下，天空
守护着我。

大地，用你更加黑暗的负荷，
把我拽回来吧，
让我的存在沉入我的存在：
睡去，睡去。

生生不息的自然

译自豪尔赫·纪廉西班牙语作品

一张桌子的面板，
绸缎般光滑的
平面，撑住
水平形态，用理念

维持着：纯粹，精确，
智慧之眼所见的
智慧影像！但还是
随时等待一次触摸，

去探索，去发现
理念形态如何下坠，
坠入无比沉重的
柴枝、树干和木材，

坠入胡桃木。胡桃木
牢牢锁住自己的螺纹
和质地，久久保持
这种坚固和力量，

如今力量已融入
秘密生机的中心，制成
桌子面板的这块材料
永永远远保留野性！

献给早晨的情诗

译自豪尔赫·纪廉的西班牙作品

早晨，清澈的早晨，
但愿我能做你的情人！

在你的边缘每走一步，
对你的渴望就加深一层。

我按捺不住，想要赞美你
每一寸沁人心脾之美。

我们来了，走在路上。
请让我听懂你的语言。

那美好轻柔地
挨近虚无的利刃！

蓝色迷迭香
散发着真实的大地气息。

锦葵从她的石头里攫取了
这世界的几分？

蟋蟀的啾啾声不绝于耳。
我要冲他的耐心深鞠一躬。

蜜蜂给那花朵
留下了多少快乐！

他投身其中，劳作在
矿井的高温下。

此刻，蟋蟀加快歌唱。
还有没有更多春色？

错过这一切，就是错过自己。
满眼绿色，这是我的田野！

一望无垠的浩瀚天空：
是爱征服了你。

我是否配得上这样的早晨？
我的心捕获了它。

澄澈，无上的力量；
你让我的心灵走向圆满。

毁灭之痛

译自巴勃罗·聂鲁达西班牙语作品

在卡哈马卡，毁灭之痛开始了。

年轻的阿塔瓦尔帕，天蓝色的雄蕊，
灿烂的树，倾听风中
钢铁的低吟。
一团乱光
伴随大地的颤动，自海岸传来，
令人震惊的飞驰——
扬蹄踢踏声——
荒草丛中，铁甲金戈闪着光。
殖民者要来了。
印加王在音乐声中现身，
一众贵族簇拥着他。

另一颗星球的
来客，满身臭汗的大胡子们
走上前来致敬。
传教士
巴尔韦德，背信弃义的下流走狗，
呈上一个奇怪物件，一个
篮子，一种果子，
可能跟那些马匹来自同一个星球，
阿塔瓦尔帕接过来。他不知道

那是什么做的；没有光泽，也没有声响，
他笑了笑，把东西丢到地上。

"毁灭吧；
复仇吧，杀戮吧，我赦你们无罪。"
致命十字架的走狗大声叫嚣。
雷声轰鸣，强盗们逼近。
我们的鲜血在摇篮里流淌。
年幼的王子们如合唱团一般
簇拥着印加王，直面毁灭之痛。

上万名秘鲁人倒在
十字架和刀剑之下，鲜血
浸透阿塔瓦尔帕的长袍。
皮萨罗，来自西班牙西部的残忍猪猡，
把印加王柔弱的双臂
绑起来。此时，夜已降临
秘鲁，犹如漆黑的火炭在燃烧。

畜类

译自巴勃罗·聂鲁达西班牙语作品

这是鬣蜥的黄昏。

城垛林立的一道彩虹里,

射出如矛的长舌,

扎进下面的绿叶,

一群蚂蚁,步伐井然有序的僧侣,

缓缓爬进丛林;

原驼[1] 单薄得好似

广阔云巅的氧气,

脚踩金鞋走过,

大羊驼[2] 睁开憨憨的眼睛,

看着这个晶莹剔透

缀满露珠的世界。

猴子们在黎明的海岸边

没完没了地纠缠,交织成

色欲满满的一长串,

打翻一堵堵花粉之墙,

1　原驼（guanaco）,南美洲大型土著动物,家养骆驼和羊驼的野生祖先。今多见于安第斯山脉干旱山区。

2　大羊驼（llama）,羊驼的近亲,安第斯山脉一带原住民广泛饲养的家畜。

惊起一群群穆索蝴蝶[1]，

如翻飞的紫罗兰。

这是短吻鳄的夜晚，

纯净的夜晚，缓缓爬行，

鼻头从淤泥中露出，

冷清的沼泽

传出一阵杂沓声响，

鳞甲返回陆地上的家园。

美洲豹擦叶而过，

留下一道光影，

美洲狮在树枝间穿梭，

犹如森林之火，

丛林的迷离双眼

在他体内燃烧。

獾们在河流尽头抓挠，

嗅着一处巢穴，

用血红的牙齿袭击

穴中悸动的美味。

无边深水之下

潜伏巨大水蟒，

---

1 在穆索人的神话中，神创造了两位人类始祖：男为特纳（Tena），
女为富拉（Fura）。后来，特纳的情敌扎比（Zarbi）出现，富拉移情
别恋。特纳一怒之下杀死扎比，富拉伤心欲绝，眼泪变成祖母绿，哭
声变成五颜六色的蝴蝶，即"穆索蝴蝶"（butterflies of Muzo）。

犹如大地的圆穹 [1]，

仪式般裹着泥浆，

凶残而又虔诚。

1　大地的圆穹（the circle around the earth），出自《圣经》："神坐在大地的圆穹之上，地上的居民好像蚱蜢。"（《以赛亚书》40:22）

马丘比丘之巅（3）

译自巴勃罗·聂鲁达西班牙语作品

人类灵魂如玉米粒在广袤无垠的粮仓中脱落，
在装满失败事件和悲惨史实的粮仓中脱落，
来到生命的边缘，越过边缘，
降临众生头上的不是一次死亡，是很多次：
每日都有渺小的死亡，尘埃，虫蚁，城市边缘
泥浆中熄灭的微光，挥动粗粝双翅的渺小死亡，
如一根短矛，刺中众生，
被面包问题困扰的人，刀架在脖子上的人，
牲口贩子，海港之子，掌舵的黑皮肤船长，
混乱街道上捡破烂的人：

人人都在焦虑无望中等死，每日一次短暂的死：
每日一场难忍的厄运，
就像一杯黑咖啡，他们颤着双手端起来喝下去。

小号

译自格奥尔格·特拉克尔德语作品

凋零的柳树下，皮肤黝黑的孩子们在玩耍，
叶片纷飞，小号声回荡。墓地一阵战栗。
猩红旗帜猎猎作响，枫林遍布悲伤，
骑手路过黑麦田，磨坊空荡荡。

或有牧羊人在夜间吟唱，公鹿优雅地走来，
和他们一起围着火，林间的哀伤亘古绵长，
他们跳着舞，从黑墙中现出身影；
猩红色旗帜，欢笑，癫狂，小号。

来自深渊 [1]

译自格奥尔格·特拉克尔德语作品

一片收割后的土地，落着黑雨。
一棵褐色树木，茕茕孑立。
一阵嘶吼的风，包围着空房子。
多么悲伤啊，这个傍晚。

村子外，
柔弱的孤儿在捡拾散落的谷穗。
她圆圆的双眼泛着金光，在暮色中觅食，
她的子宫在等待天国的新郎。

归家路上，
牧羊人发现芬芳的身体
在一丛荆棘中腐烂。

我是影子，远离正没入黑暗的村庄。
我从林间小溪中
啜饮过神的寂静。

冰冷金属践踏我的额头。

---

1 《来自深渊》（*De Profundis*），标题来自拉丁文《诗篇》第130章开篇的两个单词。常指从苦难深渊中发出的呼喊，王尔德和洛尔卡都有作品以此为题。

蜘蛛在搜寻我的心。
一束光，在我口中熄灭。

深夜，我在草地找到自己，
身上盖着垃圾和星尘。
榛子林中，
晶莹的天使再度奏响离去的铃声。

老鼠

译自格奥尔格·特拉克尔德语作品

皎洁秋月照着农家院落。
无数条影子从屋檐落下。
一种寂静在空窗里呼之欲出；
此时，老鼠们悄悄出现，

四处窜动，吱吱乱叫。
来自茅坑的一股恶臭的灰雾
跟在后面，老鼠们嗅探着：
灰雾之中，可怕的月光在颤动。

老鼠们急切地吱吱乱叫，疯了一般
冲出来，占领房子和谷仓，
堆满果实和粮食的地方。
黑暗之中，寒风怒吼。

冬夜

译自格奥尔格·特拉克尔德语作品

下雪了。午夜已过，紫色酒浆把你灌醉，你远离世人的黑暗居所，远离他们的红色炉火。啊，夜之黑暗。

黑色霜冻。大地坚硬，空气有种苦味。你的星星连结出不祥的符号。

你双腿僵硬，沿着铁路路基艰难跋涉，你睁大双眼，犹如士兵冲向黑暗中的机枪掩体。前进！

苦涩的雪与月。

一匹红狼，正被天使绞杀。你行走时，裤腿如蓝冰般沙沙作响，坚忍与骄傲的笑容在脸上冻结，放肆的冰霜令你额头苍白；

或如守夜人，瘫坐在小木屋里，打着瞌睡把额头默默垂下。

冰霜与烟雾。星光的白衫在你肩头燃烧，神的鹰撕开你坚硬的心脏。

啊，石头遍布的山。被人遗忘的冰冷躯体，在死寂中融入银色雪地。

漆黑的睡眠。耳朵久久追随冰底移动的群星。

醒来时，教堂的钟声在小镇回荡。玫瑰色的白昼披着银光，走出东方之门。

睡眠

译自格奥尔格·特拉克尔德语作品

又来了，你黑暗的毒药，
白色的睡眠！
这无比怪异的园林，
暮色越来越浓，
毒蛇，飞蛾，蜘蛛，蝙蝠，
遍布其中。
陌生人在靠近！黄昏的赤红之中，
你废弃的影子
是黑暗的海盗船，
浮在混乱的咸海上。
来自黑夜边际的白色鸟群，
在战栗的钢铁之城上空
飞翔。

我摆脱了 [1]

译自塞萨尔·巴列霍西班牙语作品

我摆脱了大海的重负，
在海水向我涌来时。

我们要随时起航。我们要领略
美妙的歌唱，由那充满欲望的
下嘴唇传出的歌唱。
啊，迷人的纯贞。
淡淡的微风拂过。

我远远地呼吸着空气中的精华，
倾听着幽深的乐声，在海浪
搜寻它的琴键时。

如果迎头
撞见荒谬，
我们将自行披上一贫如洗方能拥有的黄金，
孵着还没出世的
夜之羽翼，
白昼之孤翼的姐妹，
也不算羽翼，因为它只有一条。

---

1 《我摆脱了》（*I Am Freed*），组诗《特里尔塞》（*Trilce*）第 45 首，原文无标题。标题系赖特所加，对应作品第一行里的前两个单词：*Me desvinculo*。

白玫瑰

译自塞萨尔·巴列霍西班牙语作品

我感觉很好。此刻，
坚忍的冰霜在我体内
发着光。
逗得我发笑，这条红宝石色的
绳索
在我体内嘎吱作响。

无穷无尽的绳索，
像一个旋涡，
源头
是
恶……
绳索，血腥而笨拙，
塑造它的
是上千把伺机而动的匕首。

它就这样循环往复，编织
一卷又一卷黑纱，
它把吓得发抖的猫拴在
冰冻的窝边，拴在
最后的火边。

此刻，我在光芒里

风平浪静。
我身外的太平洋上，
遇难的棺材，喵喵叫起来。

神圣的落叶

译自塞萨尔·巴列霍西班牙语作品

月亮：巨大头颅上的皇冠，
一路上不停把叶子投进黄影里。
一位耶稣的红冠，那耶稣
满怀悲戚和柔情，想着绿宝石！

月亮：天上无所顾忌的心，
为何乘着失落与哀伤之船，
在那装满蓝酒的杯中，
一路向西划行？

月亮：反正飞走是没用的，
于是，你乘着散落的蛋白石[1]火焰升腾：
也许你是我的心，吉卜赛人之心，
在天空游荡，流泪般洒落一首首诗！……

---

1 蛋白石（opal），产于澳大利亚、墨西哥、秘鲁、巴西等地，主要
成分为二氧化硅，颜色和花纹非常多样，有些如同火焰。

一饮而尽 [1]

译自塞萨尔·巴列霍西班牙语作品

这个午后下起了前所未有的雨；
心啊，我不想活了。

这是个愉快的午后。难道不是？
它披着恩典和苦痛；它扮成一位女子。

利马的午后正在下雨。我想起
我那些残酷的不义之穴；
我用冰块压住她的罂粟，
不管她喊得多用力："不要这样！"

我黑色的暴力之花；石头
野蛮而骇人的一击；冰封的时刻。
她那庄严的沉默会把滚烫的
热油，泼在这一句的末尾。

因此，这个前所未有的午后，我带上
这只猫头鹰，带上这颗心。

1　赖特将原标题 *"Heces"*（渣滓）译为 *"Down to the Dregs"*，或与
《圣经》典故有关："他倒出来，地上的恶人必都喝这酒的渣滓，而且
喝尽。"（《诗篇》75:8）

其他女人路过这里；见我如此消沉，
她们把你抿了一小口，
在我那满载沉痛的陡峭垄沟里。

这个午后下着雨，无休无止的雨。
心啊，我不想活了。

我们日用的食粮

译自塞萨尔·巴列霍西班牙语作品

致亚历杭德罗·甘博亚

早餐喝光了……墓园里，
潮湿泥土散发着宝血[1]的芬芳。
冬日之城……一辆马车
犀利地碾过，好像拖着
一股无法摆脱的禁食情绪！

但愿我能敲开所有的房门，
寻找陌生人；然后，
看看穷人，在他们呜咽时，
给他们一点儿热面包。
但愿我能抢夺富人的葡萄园，
用我那两只蒙福的手，
既然它们已用一道光轰掉钉子，
飞离了十字架！

清晨的睫毛，你们不能自行抬起！[2]
请赐我们日用的食粮，

---

1 宝血（precious blood），西班牙语原文是"sangre amada"，指的是基督的血。

2 根据传说，耶稣是在死后第三天的曙光里复活，人类是"清晨的睫毛"，遮住了曙光，也无法看到自己身上的光。

上帝……！ [1]

我体内每根骨头都属于别人；
也许是我抢来的。
我据为己有的东西，也许
曾经是给别人预备；
我不禁想，如果我没出生，
会有别的穷人喝这杯咖啡。
我像个卑鄙的贼……该何去何从？

在这严寒时节，泥土
带着肉身的气味，多么悲哀，
但愿我能敲开所有的门，
乞求人们的原谅，
给他们做一些热面包，
在这里，在我的心炉里……！

---

1 出自《圣经》："我们日用的食粮，愿你今天赐给我们。"（《马太福音》6:11）

永恒的骰子

译自塞萨尔·巴列霍西班牙语作品

献给曼努埃尔·冈萨雷斯·普拉达，
拙作中这种独特激情，
曾得大师极度欣赏

神啊，我为我的生活而流泪；
我悔不该偷取你的食粮；
但这块可怜的思想之土，
不是你身侧结出的痂：
也没有几位玛丽离你而去！[1]

神啊，你若曾为人，
今日就该知道如何做神；
但你一向养尊处优，
如今无法对你的造物感同身受。
那忍受你的人：他才是神！

今日，我诡异的双眼有烛火摇曳，
就像一位有罪之人的眼，
我的神啊，你将点亮所有的灯，
我们将投掷古老的骰子……

1　巴列霍兄姐妹众多，其中有三位都叫玛丽（亚），还有一位哥哥的中间名也叫玛丽（亚）。可悲的是，不止一位玛丽（亚）夭折。

赌徒啊，也许当整个宇宙
都扔掉之后，
死神那长了黑眼圈的眼就会睁开，
就像最后两个泥骰子的幺点。

神啊，在这沉闷的暗夜里，
你再也掷不了骰子了，因为地球
这颗骰子，在随机掷出后，
已磨破，磨圆；
只有置身一处空旷所在，置身
无边墓穴的空洞，它才能停转。

大人 [1]

译自塞萨尔·巴列霍西班牙语作品

大人什么时候
才能回来?
瞎子圣地亚哥敲了六下,
天已经很黑了。

妈妈说了,她不会回家太晚的。

阿格迪塔,纳蒂法,米格尔, [2]
你们可要小心啊,那边
有一些弯腰的冤魂刚刚经过,
一路泣诉身世,
朝安静的养鸡场走去,
母鸡们乱成一团,
全都吓坏了。
我们最好待在这里。
妈妈说了,她不会回家太晚的。

1　《大人》(*The Big People*),原诗为巴列霍组诗《特里尔塞》第三首,并无标题。标题系赖特所加。

2　阿格迪塔,纳蒂法,米格尔(Aguedita,Nativa,Miguel),巴列霍的哥哥姐姐,与他年龄比较接近。巴列霍排行十二,是家里最小的孩子。

我们不用难过。我们去看看
船吧——就数我的船好看！ ——
这些船我们已经玩了整整一天，
我们几个也没像平时那样打架：
船还在水坑里待着，随时候命，
满载着明天要玩的好宝贝。

我们就这样乖乖等着吧，
无可奈何地等着，等大人回家给我们
道歉，他们总是最早出门，
把我们几个都丢在家里——
以为我们不会跟着跑掉！

阿格迪塔，纳蒂法，米格尔？
我叫道。我在黑暗中摸索着，寻找你们。
不要把我一个人丢下啊，
别把我独自锁在里面。

田野上

译自赫尔曼·黑塞德语作品

天上，浮云悠悠，
田野上，风，
田野上，母亲
走失的孩子在游荡。

大街上，落叶飘零，
树林里，鸟儿啼鸣——
群山深处，遥远的地方，
定是我的家乡。

拉文纳（1）

译自赫尔曼·黑塞德语作品

我也在拉文纳待过。
一座死去的小城，
有教堂，还有很多废墟。
看看书就能知道。

回去到处走一走，看一看四周：
街道如此潮湿暗淡，如此
僵滞了上千年，
苔藓和草到处蔓延。

就像老歌一样——
聆听的时候，没有人笑，
人们各自陷入回忆，
直到夜色把自己笼罩。

拉文纳 (2)

译自赫尔曼·黑塞德语作品

拉文纳女人，
她们的深邃眼眸和温柔姿态
无不流露着来自古城
岁月和节日的浸染。

拉文纳女人
像孩子一样默默哭泣：低沉，轻柔。
她们笑的时候，一首闪亮的歌
在腐烂的课本里复活。

拉文纳女人
像孩子一样祈祷：温顺而又知足。
她们会说出爱的语言，却浑然不知
自己是在撒谎。

拉文纳女人的吻
有种罕见的深沉，她们会吻回去。
她们对生命一无所知，只知道
我们都会死。

诗人

译自赫尔曼·黑塞德语作品

只有我，孤独的我
披着夜空闪耀的无尽星光，
石泉低吟出神奇的歌曲
只有我能听到，孤独的我
迎接流浪云朵投下的缤纷影子，
迎接空旷乡村行走的梦境。
没有房屋，没有农田，
没有森林，也没有狩猎特权属于我，
我只拥有别人没有的东西，
树林掩映下那条飞落的小溪，
恐怖万分的大海，
孩童玩耍时的雀跃，
暗恋中的孤独男子黄昏时的泪与歌。
众神的庙宇也是我的，还有
昔日那些尊贵的木偶[1]。
此外，未来的
明亮天穹是我的归处，
我的灵魂渴望展翅翱翔，它常常扶摇直上，
眺望并祝福人类的未来：

---

1 木偶（groves），德语原文为 Hain。或指《圣经》里列国违背神令而崇拜的"假神"偶像，象征物是树木或木柱。

爱，战胜了法律；爱，在民族之间传递。
我会再次看到他们，华丽蜕变的他们：
农夫，国王，商人，忙碌的水手，
牧羊人和园丁，他们所有人
都心怀感激，庆祝未来世界的节日。
只有诗人不在其中，
那位孤独的观望者，
人类愿景的传达者，未来
已臻圆满之世界不再需要
那苍白形象。诸多花环
在他坟上枯萎，
但是没人记得他。

最初的花朵

译自赫尔曼·黑塞德语作品

流向柳林的
小溪边，
这些天来，
那么多黄色花朵张开
眼睛，变成金子。
我早已失去我的天真，然而记忆
荡起心底的金色晨光，透过花的眼睛
凝望着我，那么灿烂。
我本打算采些花；
此时却任由它们亭亭玉立，
而我则老态龙钟，踱回家中。

开篇之诗

译自米格尔·埃尔南德斯西班牙语作品

一见有人浑身
僵硬地冲过来，
田野便向后退去。

何等深渊
横亘在橄榄树和人之间！

会唱歌的动物，
知道如何哭泣
如何扎根的动物，
想起了他的爪子。

爪子上曾点缀
鲜花，那么柔软，
但最终，还是彻底
露出了凶残。

我手上也有爪子在咔咔响。
孩子，离它们远点儿。
我随时会把它们捅出去，
我随时会把它们插进
你脆弱的身体。

我已重新变回老虎。
离我远点儿，不然我会杀了你。

如今，爱即死，
人把人当作猎物。

受伤的人

译自米格尔·埃尔南德斯西班牙语作品

　　为前线医院那面墙而作

1
受伤的人遍布沙场。
满地战士尸体的麦田
有一股股暖流涌出，伴随着
沙哑的嗓音四处蔓延。

血雨总是向上落入天空。
每当伤口内开始浪花飞溅，
身上的伤就会发出声响，
犹如海螺般。

血闻起来像海，尝起来像海，也像酒窖。
装着海和苦酒的酒窖爆开，
受伤的人淹没其中，瑟瑟发抖，
然后他盛开，找到自己的归宿。

我受伤了，你看我：我需要更多命。
我拥有的这条命太小，承载不了
我要通过伤口流失的血。
告诉我，谁没受过伤。

我的人生是一道伤口，有个快乐童年。
多遗憾啊，人若没受过伤，若没感受过
生活的伤害，若终其一生都不曾
在欣然受伤后入睡过。

人若能欣然前往医院，
医院就能变成花园，伤口半开，
犹如夹竹桃在手术室门前绽放，
门上血迹斑斑。

2
念及自由，我流血，挣扎，努力活下去。
念及自由，就像棵有血有肉的树，
慷慨却遭禁锢的树，我把我的双眼和双手
交给了外科医生。

念及自由，我感到胸中心脏多如沙粒：
我的血管冒着泡沫，
我进入医院，进入一卷卷纱布间，
就像进入百合花丛。

念及自由，我在战斗中摆脱
那些把自由女神像推倒在污泥中的人。
我摆脱我的双脚，摆脱我的双臂，
摆脱我的家，摆脱一切。

因为哪里出现一对空空的眼眶，
她就在哪里放进两颗能看透未来的石头，
她会让遭到砍伐的肉体长出新的双臂
和新的双腿。

我身上每一次受伤掉下肉块，
都会再次萌发汁液饱满、永不凋零的翅膀。
因为我就像一棵遭到砍伐的树，会再次萌芽：
因为我的命还在。

1936 年 7 月 18 日[1]—1938 年 7 月 18 日

译自米格尔·埃尔南德斯西班牙语作品

是鲜血。不是冰雹在鞭打我的神殿。
流血的两年；两条泛滥的血河。
鲜血，太阳一样的血，你吞噬一切，
直到所有楼台都被淹没，见不到人影。

鲜血，全天下最珍贵的财富。
鲜血，曾珍藏着爱的馈赠。
只见它搅动海洋，突袭列车，
让公牛胆怯，又让雄狮振奋。

时间如鲜血。时间在我的血管里流淌。
时钟嘀嗒，黎明来临，我遍体鳞伤，
我听到鲜血在激荡，各种形状各种尺寸。

鲜血，死亡很难畅游其中：
鲜血跃动的光辉不曾褪色，
因为我的千岁之眼一直在庇护它。

---

1 1936 年 7 月 18 日，西班牙内战爆发的日子。

"墓地"

译自米格尔·埃尔南德斯西班牙语作品

墓地就在附近，
挨着你我安睡的地方，
周围有蓝色仙人掌，
蓝色龙舌兰，还有孩子，
每当有死尸把影子投到路上，
孩子们都会厉声尖叫。

从这里到墓地，你只能看到
蓝色，金色，明亮。
四步之外，死者。
四步之外，生者。

明亮，蓝色，还有金色，
我的儿子[1]，似乎遥不可及。

---

1 指的是诗人夭折的长子曼努埃尔·拉蒙·埃尔南德斯（Manuel Ramón Hernández），1937—1938。

拳手

译自阿列夫·卡茨意第绪语作品

暴风
在他怀中茫然等待，
通过他的双拳，冲出惊人的闪电，
紧随他双眼的
火花。

丛林之夜，燃烧的血泉，
从擂台上涌出，
在目光的森林中点燃
冲天而起的火刑。

树木在燃烧，
喊叫声自行迸发——
一种永恒，
压住了战败者
最后的呜咽，不断歌唱着
不可思议的力量，
虚无的胜利者。

包厘街图景（1）

译自阿列夫·卡茨意第绪语作品

尘与土，
讨来的饭，
死寂的生活。

遭诅咒的福地，
破碎的世界，
铜臭的味道。

谬妄的人类，
虱子潜伏，
鼠满为患。

愤怒之城
吞没秘密，
嘲笑上帝。

包厘街图景（2）

译自阿列夫·卡茨意第绪语作品

山有多高，
贪婪的商人就有多吝啬：
市场里挤满了买主，
潜水的人只带回几粒珍珠。

影子窒息，
目光凝滞，
熄灭。
此路已经禁行，
被封。

希望遭人践踏，
心，一具死尸。
人放弃抵抗，在孤独中颤抖。
等待奇迹。

包厘街图景（3）

译自阿列夫·卡茨意第绪语作品

扔进垃圾桶的心，
它实在不堪重负，
精神的田野一片荒凉，
命运的桅杆已折断。

干脆就这样活着吧，
做田野上孤独的荆棘，
总好过这世间的金光大道，
只为丁点儿口粮，
随时会赔掉性命。

不在大理石宫殿

译自佩德罗·萨利纳斯西班牙语作品

不在大理石宫殿，
不是短短几个月，不，没有秘密，
从不着地：
我们共同生活的世界，
失重而脆弱。
时间停滞不前，
要用分钟计算：
一分钟就是一百年，
一辈子，一份爱。
我们躲在屋檐下，
有屋檐就不要云朵；
有云朵就不要天空；
甚至不要空气，什么都不要。
越过海，
二十滴眼泪之海，
你十滴我十滴，
我们抵达项链的
金黄串珠，
无人的透明岛屿，
没有花，没有尸体；
一处港湾，那么小，
玻璃造就，让爱停泊，
爱就是最大的渴望，

有爱就已足够，
我们不向船和时间
求救。
我们
在沙粒中开出
巨大的隧道，
我们发现了宝藏，
那里有火焰和危险。
一切
都悬在那根线上，
支撑着……什么？
因此，我们的生活
貌似没有活过：
光滑，隐蔽，
没有航迹，
没有足印。如果你想
纪念它，不要回望
你经常寻找痕迹
和记忆的地方。
不要注视你的灵魂，
你的身影和你的双唇。
仔细看看你的手掌吧，
它空空如也。

阿那克里翁之墓

译自歌德德语作品

这里，有玫瑰绽放，
有娇嫩藤蔓与月桂树叶缠绵，
有雏鸽在呼唤，
有小蟋蟀自在怡然，
这是谁的坟墓，
众神安置了如许生灵把它装扮？
这是阿那克里翁的床榻。
快乐的诗人享受了春天，夏天，秋天；
如今，这座小丘为他挡住了冬天。

树枝不会断

啊，唯愿置身彼地，
让我身心欢愉，
让我百痛离体，
让我自由幸福。

啊，此等快乐之乡，
时常浮现梦中，
怎奈天色一亮，
便如泡影成空。[1]

自由[2]
听我说，迟早会有人记起我们。

——萨福

1　节选自海涅《抒情插曲》（*Lyrisches Intermezzo*）第 43 首。

2　自由（Eleutheria），希腊语单词，跟英语里的 Liberty 同义。赖特第一任妻子利伯蒂的希腊名字，也是古希腊神话中狩猎女神阿耳忒弥斯（Artemis）的别名，这位女神又被称为"野兽的女主人和荒野的领主"，永远年轻纯洁，自由独立，美丽又有活力。

冬末跨过水坑，想到中国古代一位地方官

况吾时与命，

寒舛不足恃。

——作于 819 年[1]

白居易，秃头老政客，

何苦呢？

我想到你

忧心忡忡地进了长江三峡，

被人拖着，迎激流而上，

为了那一官半职，

奔赴忠州城。

你抵达时，想必

天色已晚。

而今是 1960 年，眼看又是春天，

明尼阿波利斯巍峨的岩石

垒出我自己幽暗的黄昏，

这里也有竹缆[2] 和水。

你的莫逆之交元稹在哪里？

1　出自《初入峡有感》。据《三游洞序》记载，唐元和十三年（818年）冬，白居易"自江州司马授忠州刺史"，元稹"自通州司马授虢州长史"。次年春，两人各自赴任，于夷陵相遇。几天后，白居易携家人继续奔赴忠州，途中写下《初入峡有感》等题咏三峡的诗篇。

2　竹缆（bamboo ropes），拉纤用的缆绳，由竹篾编成。

曾把中西部的孤独全部溶解的大海
在哪里？明尼阿波利斯在哪里？眼前
只有那棵入冬后变黑的骇人老橡树。
你是否已越过群山，找到那沦落人之城？
抑或是，还握着散开的缆绳那头，
握了一千年？

再会，钙之诗

幽暗的柏树——

难得世间如此快乐：

一切都将随风而去。

——特奥多尔·施托姆[1]

万根之母，你还没有为我

播撒高大的孤独之

灰烬。因此，

我要走了。

如果我知道名字，

你的名字，园中所有的葡萄架和古老的火

都会复活，可怕地撼动我的

土地，螺旋式搜索之母，可怕的

钙之寓言，少女。午后，我再次

潜行于杂草中，

漫不经心，幻想你不会

把我击倒。窗台与旅行之母，

张牙舞爪的祭司，

一看到那位盲人，我就忍不住要哭泣。

驾驭波浪者，无论你是男是女，

是万根之母还是钻石之父，

看啊：我一片空无。

甚至没有灰烬揉进我的双眼。

1　出自施托姆的《三行诗》（*Frauen-Ritornelle*）。

收获的恐惧

这一幕再度
上演：不远处，
慢吞吞的马儿，鼻孔
均匀呼吸着，
褐色蜂群拖动空中的花环，
沉甸甸地
飞向雪白蜂巢。

歌德诗三节

站在那里的人，他是谁?
他的路隐没密林中，
树丛在他身后
倏地合拢，
草重新立起，
荒野吞噬了他。

啊，止痛膏成了毒药，
谁来抚平他的伤痛?
从丰饶的爱中，
谁只汲取了对人类的恨?
曾遭鄙视，如今鄙视别人，
他消磨自己的生命，
那未被发掘的珍宝。
自私自利，却一无所获。

啊，爱的主宰者，
如果你能奏出一段琴曲，
在他的耳中回荡，
请复活他的心!
点亮他的眼，拨开云雾，
千股泉水就在身畔，

别让他渴死

在自己的沙漠。

原注：以上三节出自歌德的诗《冬游哈尔茨山》（*Harzreise im Winter*）。1869 年，勃拉姆斯摘出这几节诗，创作了《女低音狂想曲》（*Alto Rhapsody*）。

秋天在俄亥俄州马丁斯费里开始了

施里夫中学的橄榄球场上，
我想起蒂尔顿斯维尔抿着大杯啤酒的波兰佬，
本伍德高炉中黑人们的灰脸，
还有惠灵钢厂得疝气的守夜人，
做着英雄梦的人。

这些骄傲的父亲全都不好意思回家。
女人们像饥饿的母鸡般咯咯叫，
渴望爱抚。

正因如此，
儿子们拥有了致命的美，
在这个十月初，
他们飞速奔跑，剧烈撞击彼此的身体。

明尼苏达州派恩岛，躺在威廉·达菲农场的吊床上

抬眼望去，只见古铜色蝴蝶
在黑树干上安睡，
颤动着，就像绿荫里的树叶。
空房子后面的深谷中，
牛铃声不断回响，
飘向午后的远方。
我的右手边，
两棵松树间的一地阳光里，
马儿们去年拉出的粪蛋
燃烧成金色宝石。
我半躺着，任那暮色渐浓，夜晚登场。
鸡鹰[1]在空中盘旋，寻找自己的家。
我浪费了我的生命。

---

1 鸡鹰（chicken hawk），在北美泛指以鸡为猎物的三种鹰：库珀鹰、条纹鹰、红尾鵟。不过，北美人的定义并不准确。前两种鹰经常捕食其他鸟类，鸡并不是其主要猎物。红尾鵟偶尔会捕食禽类，但哺乳动物才是它们的主要猎物。

宝藏

那洞穴
悬在我身后，
没有人能触及：
寂静，如回廊
围住一团火焰。
我在风中站起身，
骨头变成墨绿宝石。

在仇恨面前

我害怕动物们
逃窜时的悲伤。
蛇缓缓游出
黄石的地平线。
囚犯们浩浩荡荡，挣脱牢笼，
匆匆穿过你双眼的高墙。
其中多数，行踪一样，
都沿着河离开了。
只有两个男孩
在枝条乱摆的接骨木丛里瞎逛，
身后有警察如影随形。
一个为死去的父亲哭泣，
另一个，沉默不语，
在偷听一片黑叶的
门廊。

恐惧让我机敏

1

父辈在美国杀的很多动物
都有机敏的双眼。
月亮陷入黑暗时，
它们拼命盯着四周。
新月跌进南方城市的
铁路货场，
但月亮被芝加哥的黑手遮住，
并不会妨碍北方
这片原野的鹿。

2

那树林里的高大女子
在做什么？
我能听到那些树下的黑草丛中
兔子和哀鸽[1]
一同低语。

3

我拼命环顾四周。

---

1 哀鸽（mourning dove），又叫泣鸽、哀鸠，分布在中美洲和北美洲
等地。之所以叫哀鸽，是因为它们会假装受伤，哀鸣着把敌人从巢穴
附近引开。当高处没有合适的地点时，会选择在地上筑巢。

藏在空酒瓶中的信，我在夜深人静时把它扔进枫林边的河沟

女人们围着火跳舞，
火旁是河里淌来的一池焦油和污水，
阴雾笼罩着俄亥俄。
她们死了。
我独自一人，
伸手去摸黑暗藤蔓上
摆荡的冷月。
西弗吉尼亚州
芒兹维尔高炉群投下的污影
偷偷溜过露天矿井，
想窃取天上的
葡萄。
没人知道我在这里。
没事的。
出来吧，出来吧，我要死了。
我在老去。
猫头鹰
飞离搂草耙子的
长柄。

西行四章

1

我在俄亥俄启程。

我还梦着家乡。

曼斯菲尔德附近，巨型挽马[1] 走进秋日的黑谷仓，

它们可以在里面偷懒，在里面大嚼小苹果，

或者大睡一场。

而此刻的夜色中，父亲在领救济的队伍里

彳亍着，我找不到他：那么遥远，

离家约有 1500 英里，可我

还是难以入睡。

老头一身破旧蓝衣，一瘸一拐来到床前，

牵着一匹温顺的

瞎马。

1932 年，一身机油的他，给我唱

摇篮曲《放鹅姑娘》。

房子外面，矿渣堆等待着。

2

在明尼苏达西部，刚才

我又睡着了。

梦里，我在火边蹲下来。

---

1 挽马（dobbin），一种农用马，通常体形庞大。

我和太平洋之间，唯一的人类
是老印第安人，他们想杀掉我。
他们蹲下来，对着远山里的微火
盯了半天。
他们小斧头的利刃上沾着无声大水牛的
油脂。

3
天亮了。
我颤抖着，
盖了一床羽绒被也没用。
昨夜酒醉进屋，
我也没烧油炉。
此刻，我一直在聆听风吼。
雪从荒芜的草原刮来，围着我咆哮。
就像是流浪汉和赌徒的声音
在19世纪内华达州简陋的妓院里
喋喋不休。

4
改选失利之后，
华盛顿州马克尔蒂奥没念过几天书的警长
又喝酒了。
他摇摇晃晃，领我爬上悬崖。
我们俩醉醺醺地站在墓地里。
北上阿拉斯加的矿工曾在此歇脚。
愤怒之中，他们铲起女人的残躯，

扔进长满马唐草[1]的沟里。
我在墓碑间躺下来。
在悬崖底部，
美国走到了尽头。
美国，
重新投入了大海
黑暗的犁沟。

---

1 马唐草（crab grass），一种常见的禾本植物，从热带到温带都有分布。

退烧的过程

我还能听见她。
她深一脚浅一脚下楼，进了厨房。
她对着锅碗瓢盆咒骂。
她把油腻的抹布
扔到篮子里，
把篮子挎在枯瘦的小臂上，气得
咬牙切齿，跺着脚出了门。
我能听到父亲下了楼，
他没穿外套，站在打开的后门口，
冲着雪地喊那只老蝙蝠。
她忘了拿她的黑披肩，
但我隔着窗户见她冷笑着
拍动翅膀，
飞往山上某座黑教堂。
她一定要见某个人，
没用的，她不听劝，
她走了。

矿工

1

警察今晚正在郊外的黑水中
寻找孩子们的
尸体。

2

俄亥俄河的滚滚化学污水下，
抓钩
在小船残骸和沙洲间小心翼翼地四处打捞，
直到手指
攥紧。

3

俄亥俄州布里奇波特一条沟里；
汉纳家[1]一座煤山深处；
倾卸车下，黑得像只打瞌睡的土拨鼠；
形单影只的男人
偶然撞见一座坟墓的门锁，喃喃道：
让我进去啊。

1　这里指的是马克·汉纳家族。

4

众多美国女人爬上楼房天井

长长的楼梯，

沉沉睡去，突然出现在摇摇欲坠的宫殿。

在俄亥俄

白色母马拉着两轮小马车，
在巴克艾湖附近，
绕着拆掉的游乐场
温柔地小跑。

泉眼边的砂岩石块
冷却了墨绿苔藓。

太阳飘落，一枚金色小柠檬融化在
水里。
我在边缘探出身子，梦见蝲蛄的嘴。

鬼屋的地窖就像一座座古城，
在一大堆苹果后面陷落。

寡妇在门前走廊里噘起嘴，
喃喃自语。

关于哈定总统的两首诗

第一首：其人之死

在马里恩，皂荚树纷纷倒下。
镇子上人人都记得那一头白发[1]，
夏日将尽时那场竞选，那道对外开放的
前门走廊[2]，还有一位幸运儿，微笑中带着
些许震惊。

"街坊们，我想为大家出点儿力，"他曾说过。
后来，"你不会以为我是认真的吧？"
他醉后哭着说。

现在是 1961 年，今晚我醉了，
我为我的老乡畅饮，
从阿拉斯加回来路上吃蟹肉死掉的那位[3]。
人人都知道那个笑话。

---

1 哈定外形高大，胸肌发达，满头白发，浓眉大眼，鼻直口方。
2 哈定没出家乡就当上了总统，史称"门廊竞选"。1920 年夏秋之
际，哈定团队以马里恩为基地展开全国性宣传。各界名流纷纷前往马
里恩与哈定夫妻合影。截至大选前夕，到访"门廊"的人多达 60 万。
有人认为，哈定团队采取这一策略，是因为哈定是个开口就露馅的窝
囊废，去外地宣传会被人问住。
3 传闻哈定总统是吃了不干净的螃蟹中毒而死的。

自从"一战"结束，

枯瘦的执事威尔逊郁郁寡欢

蹒跚着陷入沉默，

有多少皂角树倒下，

树身倾斜，长根扎进露天矿井的墓穴？

今夜，

老骗子们恶毒的幽灵

把叶子抖落。

自负的人

迷失在克利夫兰附近的收费公路

和那些枯桑林中矗立的按摩招牌之间，

无处可去，只能

回家。

"沃伦这人没脑子。"他的一个朋友说。

可他真是漂亮，如同落雪

堆成的一群白色种马，伫立在

幽暗的榆树林中。[1]

他在众目睽睽下死去。他需要隐私权

来遮羞。

---

1 哈定身材高大，长相英俊。他的墓也非常气派，由白色大理石柱
包围，外观很像一座古希腊神庙。

第二首：葬于俄亥俄

> "……他是肠穿肚烂而死。"
>
> ——门肯谈布莱恩[1]

百堆矿渣聚在北边，
听任月亮和雨摆布，
我们的同胞，他长眠
在滑稽可笑的坟墓。
不，我从没到过那里，
小偷纷纷蹑影潜踪，
踩着酒罐、烟头、墓地，
窃笑，蹒跚，开怀相拥。

假日，下雨一星期，
这个国家已经崩溃，
胡佛、柯立芝来这里，
挥泪谈起他的心碎。
他的墓地实在荒诞，
挤满了警察和游人。
胡佛、柯立芝，在夜晚

---

1 布莱恩即美国保守派政客威廉·詹宁斯·布莱恩。作为一位基督教原教旨主义者，他反对进化论，曾作为律师参与著名的"猴子审判"，起诉在课堂上讲授进化论的教师约翰·托马斯·斯科普斯。审判失败后，布莱恩去世了。舆论认为布莱恩是因不堪当庭受辱，"心碎而死"。对此，辩方律师克拉伦斯·达罗讽刺道："心碎？他是肠穿肚烂而死。"记者亨利·路易斯·门肯报道了此事。

开溜，妇女们关上门。

怕孩子们受风着凉，
拾荒人把他们呼唤；
小情侣们任那月亮
跃出；眼看天色已晚；
搂树叶的凶狠独腿人
把流浪汉赶出园子；
明内根·伦纳德不信
神，黑暗笼罩台球室；

美国还在继续，继续
笑，笑哈定那个傻子。
就连张扬的大石柱，
也害他遭人讽刺。
我知道。但你别赖我。
我发誓不是我先笑。
无论月升还是雨落，
人心早被无情主导。

1959 年，艾森豪威尔会晤佛朗哥 [1]

> "……我们死于寒冷，而非黑暗。"
>
> ——乌纳穆诺 [2]

那位美国英雄必须击败

黑暗军团。

他从天空最后一道光里飞过来，

在西班牙的漫长黄昏里

降落。

佛朗哥被锃光瓦亮的警卫簇拥着。

他张开双臂表示欢迎。

他承诺会将黑暗势力

一网打尽。

国家警察在牢里打哈欠。

安东尼奥·马查多跟随月亮，

沿着白尘飞扬的马路，

走到比利牛斯山下面一处洞穴，

那里住着沉默的孩童。

1　第二次世界大战后，因为佛朗哥的政治立场，西班牙获得美国支持。1959 年，艾森豪威尔访问西班牙。两位首脑的会晤颇具历史意义，对西班牙的政治和经济都有深远影响。

2　出自乌纳穆诺《生命的悲剧意识》（*Del sentimiento trágico de la vida*），1912 年出版。

酒浆在村子的石瓮内暗淡。
酒浆在老人口中安息，那是一种暗红色。

马德里洋溢着灿烂的笑脸。
艾森豪威尔与佛朗哥携起手，相拥
在摄影师的闪光灯下。
美国来的崭新轰炸机在引擎的轰鸣里
滑翔，降落。
西班牙荒野的探照灯下，
它们的翅膀
闪烁着。

纪念一位西班牙诗人

> 替我告别太阳，告别麦子。
>
> ——米格尔·埃尔南德斯
>
> 1942 年写于狱中 [1]

眼见你要窒息而死，
在洁白墙壁包围的黑色涟漪下。
你的双手在太阳的废墟里变黄。
我梦见你的声音缓缓飞行，
向幽暗的心灵之水播撒
鲁特琴 [2] 和种子。

此时，在美国中西部，
那些种子飞出田野，掠过我颅内的奇异天空。
它们从翅膀内，向我的家乡撒落一句
平静的再会，一句问候。

此刻，暮色四合，
漫长日落。
筒仓群悄无声息地向西爬去。

1　有传记作家认为，这是埃尔南德斯病逝前在监狱医务室墙上留下的绝笔，但学界对此有争议。
2　鲁特琴（lute），又叫诗琴、琉特琴，古代拨弦乐器，中世纪至巴洛克时期非常流行。广义上也包括吉他、琵琶等类似乐器。

国防经济之瓦解

楼梯，脸，窗户，
斑驳的动物
在公共建筑上奔跑。
枫树和榆树。
秋日
黄昏里，
南瓜
侧躺着，
越来越黄，就好像
退役将军的脸。
抱怨也无济于事，经济
要完蛋了，剧变
当前，
姑娘们和卖不掉的蝴蝶
一样鲜艳。
直到夜幕降临，
小男孩们才静静躺下，睡不着，
琢磨着，琢磨着，
蒙灰的精致小盒子。

暮色

谷仓后的水池里，大石头
浸泡在石灰水中。
祖母的脸是一枚小小枫叶，
压在神秘盒子里。
蚱蜢向下爬进我童年的墨绿色裂缝。
门闩在林中发出轻轻的咔嗒声。你白发苍苍。

城里的乔木已经凋零。
远处，购物中心空空荡荡，陷入黑暗。

钢厂区红影一片。

两场宿醉

第一场

我瘫在床上。
窗畔金光道道的几棵树后头，
林子全都光秃秃的。
刺槐和白杨变成未婚女人，
在铁路枕木间
从无烟煤里拣石片：
大萧条时期的黄胡子冬天
仍在某地停留，有位老人
在家清点捡来的瓶盖，
他的油毡屋就在寒林中，
我的墓前。

我还没完全醒酒，
窗外那些老妇人全都弓着身子
奔向墓地。

太阳蹒跚而至，
醉醺醺咕哝着匈牙利语，
他那张大蠢脸栽进了
炉子。
我做了两个小时的梦，
梦见绿蝴蝶在煤层中

243

寻找钻石；

还有孩子们，在一座座新坟间

追逐嬉戏。

可太阳已从海上醉醺醺地回来，

一只麻雀在外面

歌唱汉纳煤矿公司和死月亮。

寒灯里的钨丝像小鸟一样

随音乐颤动。

啊，关掉吧。

第二场：

我很想醒来，再次迎接这个世界

窗台外面，

不远处一棵松树上，

艳丽的冠蓝鸦[1] 在枝头来来回回，

蹦蹦跳跳。

见他沉浸在喜悦中，

我笑了，和我一样，他也知道

树枝不会断。

1　冠蓝鸦（blue jay），又叫蓝松鸦、蓝樫鸟，一种艳羽鸣禽，主要分布在北美。杂食动物，喜欢吃坚果。和很多鸦科近亲一样，能模仿人类说话，还能模仿鹰等鸟类的鸣叫。

因一本烂诗集而沮丧，我走向一片闲置的牧场，邀昆虫与我做伴

如释重负啊，我把书丢到石头后面。
我爬上一处小草坡。
我不想打扰蚂蚁，
它们顺着篱笆桩列队往上爬，
搬运着白色小花瓣，
它们的影子那么淡，近乎透明。
我闭了一会儿眼睛，聆听着。
衰老的蚱蜢
有些疲惫，它们吃力地跳着，
大腿不堪重负。
我想领略一下它们发出的清脆声响。
真是美妙，远处一只黑蟋蟀
在枫林里开始了。

两匹马在园中嬉戏

太匆匆，太匆匆，有人
会来锁门，赶走他们。
然后，母马轻嘶整晚，
把肩头的蚊虫驱赶。
此时，微风拂过鬃毛，
她再次把暮色远眺，
见公马黑暗中跃起，
踏草摘果，睡眼迷离。

轻轻地，轻轻地，扭动
修长双膝，梦见树丛。
如今果子很难找到，
好的已被小偷摘掉。
雪前还有几颗遗留，
在低处粗枝上颤抖，
马能摘到，又小又甜：
有几颗落在她蹄边。

太匆匆，有人要来了，
不知赶马人叫什么，
多大年纪，怎会有马，
有果树、石头属于他。
出于道义放马入园

偷果，是因为我深感
我也像一匹马，怎奈
太匆匆，眼看有人来。

明尼苏达一面湖边

那一块云朵——
乡间漂游的暮光之鲸——
它的顶岸有光的泡沫坠入
玫瑰山谷。

我脚下
平静的湖水中，
两只河狸，一大一小，
拖着长长的涟漪，
向岸边那堆枯叶
游去。

月亮现出身，
搜寻躲起来的海豚，
它们就在大地幽暗的
碎浪后面。

在那一块云朵的底岸，
我伫立着，等待
黑暗。

开始

月亮掉了一两片羽毛在田野上。
黑暗的麦子聆听着。
快静下来。
快。
就在那儿，月亮的孩子们
在试飞。
在树与树之间，身材修长的女子仰起脸，
一道美丽的剪影，她时而步入空中，时而
完全消失在空中。
我独自站在一棵接骨木旁，不敢呼吸，
也不敢动。
我聆听着。
麦子向后靠着自己的黑暗，
我靠着我的。

俄亥俄中部的公交车窗外，雷雨将至

堆满粗饲料的牛棚乱作一团，
乌云自北方逼近。
风在白杨林里蹑手蹑脚。
银枫 [1] 的树叶眯眼
看着地面。
喝了威士忌的老农
难为情地红着脸，把谷仓门甩到身后，
把一百头黑白花的荷斯坦奶牛 [2]
从苜蓿地里唤回家。

---

1 银枫（silver maple），又叫银槭、银白槭，在美国极为常见。多分布在美国中东部和加拿大东南部。
2 荷斯坦奶牛（Holstein），源自欧洲的一种体形庞大的奶牛，有两千多年历史，原产地在今荷兰境内。

三月

埋在雪里的熊
翻身打哈欠。
好一场辛苦的长眠。

曾经，在她熟睡之时，幼崽
从她毛里掉落，
可她全然不知。

密闭的墓中
难以呼吸：

她咆哮起来，
墓顶裂开了。
黑暗的河流和树叶
倾泻下来。

当风不慌不忙
敞开大门，
幼崽们跟着那位慵懒而美丽的女人
爬到外面，走向苔痕处处的
陌生城市。

试着祈祷

这一次，我已把肉体抛在身后，任它
在黑荆棘中哭泣。
尽管如此，
这世界还有美好的东西。
天要黑了。
美好的黑暗，
女人们的手在触摸面包。
一棵树的精灵动身了。
我触摸树叶。
我闭上眼睛，想着水。

春韵两种

来自挪威语残篇

1

此时，冬日将尽。

多年以前，
在特隆赫姆郊外的田野，
我漫步春风里，
风把青麦吹弯了腰。

2

黑色的雪，
像奇怪的海洋生物，
缩回自己体内，
把草还给大地。

春日意象

两个健儿
在风的教堂里
跳跃。

一只蝴蝶点亮你那枝
绿色的声音。

小羚羊们
在月亮的灰烬里
睡着了。

又来到乡下

白房子一片寂静。
友人还不知我到了。
田边光秃秃的树上，金翼啄木鸟[1]
啄了一下，随后停了很久。
我停下来，站在暮色中。
我转过脸，不去看夕阳。
马儿在我的长影里吃草。

---

1 金翼啄木鸟（flicker），一种体形较大的北美啄木鸟，外观非常美丽。每次敲击树木之后，都会有很长的间歇。

在寒屋内

几分钟前，我睡着了，
虽然炉子已经熄灭了几个小时。
我在老去。
光秃秃的接骨木上传来鸟叫。

中西部暴雪

群鲸的下半身
溜进白鸽之浪，
但难以淹没全身。

两道墙之间，
起伏的回声里，
少女的声音在裸行。

我踏入水中，
两片雪花的水。
白鸟群的顶部逐渐上涨，
涨到脚踝，
涨到膝盖，
涨到脸上。

我默默地
逃离火车头和烟雾，
搜寻鸥鸟的巨大羽毛
和一股股山泉，
搜寻大海，我要在水面行走。

椋鸟踱着八字步，
随我走下白沙覆盖的
长阶。

1960 年圣诞：失去儿子后，我对着残月 [1]

天黑之后，
南达科他州边界一带，
月亮出来到处狩猎，
喷着火，
在钻石的走廊里
出没。

在一棵树后，
它点亮了白色城市的
废墟：
满地的霜。

住在这里的人
去了哪里？

在翅膀和黑面孔下
仓皇离去。

我倦了，
我继续前行，
继续孑然一身，

1　赖特与利伯蒂 1959 年开始分居，两个儿子跟母亲一起生活。

经过烧焦的筒仓，经过隐秘的墓穴，
奇珀瓦人[1]和挪威人的墓穴。

这寒冬的
月亮，把宝石般的
无情火焰
洒在我的手上。

死去的财富，死去的双手，月亮
暗下去，
我迷失在美国
美丽的白色废墟中。

---

1 奇珀瓦人（Chippewa），北美的一支印第安人，又译作"齐佩瓦人"。

美国婚礼

她梦见了水，流连忘返。
如今她在陆地醒来，
双膝已经磨破，
迷失刺槐丛中。

她摸索着，
想退回去，寻找
大海的枕头。

瘀青的野生
延龄草[1]，她
会靠在荆棘叶上，
只要风愿意停下来。

她很快就会明白，
动物们是怎样
节省时间：
它们在沉睡中
过完悲伤的雪季，
它们懒得哭泣。

1　延龄草（trillium），百合科延龄草属植物，顶部有三片花瓣，常见于树
林和山谷。在北美又叫"birthroot"，印第安人用它的块状根辅助生育。

我祈求逃离集市

我唾弃杂志的无知。
我想躺在树下。
除了死，这是唯一要务。
这是和风里的
永恒喜乐。
突然之间，
野鸡振翅飞过，回头
望去，只见他在潮湿的路边
失去了踪影。

雨

是万物在沉没。

电光在黑暗的树林浮动，
姑娘们跪下来，
猫头鹰合上眼帘。

我不幸的手骨，坠入怪石遍地的
山谷。

今天很高兴，于是写下这首诗

胖松鼠蹦蹦跳跳
跑过玉米仓的顶部，
月亮突然穿破黑暗，当空出现，
我知道死亡遥不可及。
每个瞬间都是一座高山。
天上的橡树林里，鹰在喜乐中
高喊
一切如我所愿。

玛丽·布莱

我独自枯坐，被长冬折磨得精疲力尽。
我感受着新生儿轻柔的呼吸。
她的脸像杏子表皮一样光滑，
双眼和她金发母亲的手一样灵动。
她满头柔软的红发，她静静躺在
高大的母亲怀里，小巧的双手
来回编织。
我感受到脚下，地板下，
季节在变换。
她把空气里的水流编进快乐马驹的
鬃毛辫子里。
马驹一声不响在河边小跑，脚下的冰雪
正在融化。

在明尼苏达中部，致晚星

小城边的那座水塔下面，
巨型艾尔古狸[1] 琢磨着远处
草地上一道长长的踪迹。
几里开外，整片树林静静
飞起，升入黑暗。
天空出现一团光，
草原一盏灯。

你身体发出美丽日光，双手拿着贝壳。
在辽阔平原的西部，
动物比我们这里更野，
它们走下黑暗中的苍翠群山，来到这里。
此时，它们能够看到你，它们知道
空旷的草地很安全。

---

1 艾尔古狸（Airedale），即河畔狸、狸王，一种大型狸犬，既能帮渔民赶走水獭，又能帮市民灭鼠，帮猎人打猎，还能当护卫，因此又叫万能狸。

我害怕死

曾经，
我害怕死在
枯草地上。
而今，
我整日漫步在潮湿的田间，
如履薄冰，聆听
不知疲倦的昆虫。
它们可能在品尝缓缓凝聚的鲜露，
或是从蜗牛的空壳里，
或是从麻雀落羽搭成的秘密小棚子里。

恩典

通往明尼苏达罗切斯特的公路边，
暮光在草地上蹦跳着走远。
两匹印第安小马驹的眼睛
暗下来，那么亲切。
他们从柳林中欣然走来，
迎接我和我的朋友。
我们跨过带刺的铁丝网，来到牧场上，
他们在这里孤独地吃了一天草。
见我们到来，他们兴奋地颤抖，抑制不住
心里的喜悦。
他们含羞低头，像湿答答的天鹅。爱着彼此。
他们身上有着无与伦比的孤独。
重归平静之后，
他们开始在黑暗中用力咀嚼春天的嫩叶。
我真想把瘦小的那匹搂到怀里，
因为她已经走到我身边，
用鼻子蹭我的左手。
她黑白相间，
她的鬃毛纷披在额前，
微风拂过，我不禁爱抚起她的长耳朵，
多么娇嫩，就像少女手腕的肌肤。
我心豁然开朗，
如果跨出身体，我将碎成
一片花海。

乳草

在这片旷野上站着发呆的时候，
我想必眺望了很久，
沿着玉米垄看去，草地那头，
那所小房子，
墙壁雪白，牲畜向谷仓慢慢挪去。
此时，我低下头。又是一番景象。
我曾经失去的，我曾经为之哭泣的，
已化身野生的温柔之物，小小的黑眼睛
偷偷爱着我。
近在眼前。用手一碰，
来自另一个世界的美妙生灵
漫天飞舞。

梦中葬礼

我的身体没了，
只剩右脚
和左肩。
苍白如蛛丝，在茫茫雪地上
飘往风中歪斜肮脏的
昏暗建筑。
在梦里，我继续做梦。

老妇人们轮番前来，
在上面哼唱，
有气无力的蚊子挨近死水。

于是，我在走廊里等待。
我侧耳倾听，等海
召唤我。
我知道，门外的马已备好鞍，
正在吃草，
等我。

让我们相聚河边

> 别人在痛苦之中沉默不言，
> 上帝却让我说出我的烦恼。[1]
> ——歌德

珍妮

---

1 译文出处：《歌德抒情诗新选》，钱春绮译，上海译文出版社，1989年版，第184页。

圣诞问候 [1]

晚上好，查理。嗯，你已复活，
一对枯灰蜘蛛飘出眼窝。
可怜的查理，挪下山找寻
还在偷卖迷魂酒的商人，
死了。儿时见你弓起脊柱，
左臂弯曲绕到身后，按住
背部左侧凹陷处，就好像
那颗肾在求饶。如烟过往。
肾脏不求饶，肾脏会滴水。
尿液污染肝脏；塌鼻魔鬼
嘴对着嘴深情地吻我们，
把我们打回这样的凡尘。
查理，月亮暗中缓缓滴落，
废烟染雪，苍白妓女走过，
左背凹陷处满了，像潮汐
淹没月亮，对自杀多熟悉。
别问了查理。查理请走掉，
我也弓起脊柱。我若求饶，
没意义。我对人一无所知：
开除我，或让我迷魂而死。
为何求饶？他们原谅什么？

---

1 这首诗在原书中特意用了有别于其他诗作的字体。

你死是因难忍生活磨折，
你跌下布鲁克赛德的桥。
别提醒我了。我很怕死掉，
死很痛苦，虽然死是幸事。
查理，别的话都难以启齿，
只能说晚上好，问候晚安，
神佑苍生。坟墓雪白一片。
你怎么在这儿？

明尼阿波利斯之诗

致约翰·洛根

1

不知去年冬天有多少老人
在饥饿和不为人知的恐惧中徘徊于
密西西比河岸边，
被风吹得睁不开眼，梦见
自己死在河里。
天亮时，警察搬走他们的尸身，
交到某个地方。
哪里呢？
没有名字的先辈，
这座城市要怎样铭记他们？
在尼科莱岛的岸边，我凝视幽暗的河水，
多么舒缓。
我祝愿弟兄们交到好运，
有个温暖墓穴。

2

年轻的奇珀瓦人
互相捅对方，尖叫道
去死吧。
嘴唇干裂的同性恋一瘸一拐，提心吊胆。
中学生后卫在邮局附近的长椅下面
搜查。他们的脸泛着油光，像一块

没长眼的生咸肉。
沃克艺术中心的人群凝视着
格思里剧院。

3
芝加哥来的高个子黑妞
听着小曲儿。
她们能看出那所谓的客人
是个便衣。
警察的手掌
是一只蟑螂，悬挂在灯泡
烧焦的尖牙上。
警察的双眼化身为
墨西哥华雷斯城郊外不灭的
周日黎明。

4
没腿的乞丐们走了，被一群白鸟
带走了。
假肢交易所已被摧毁，
满地石灰。
鲸须 ¹ 做的拐杖和二手的疝气带 ²

1　鲸须（whalebone），也叫鲸骨，长在须鲸口内的一种角质物体，作用是过滤鱼虾等食物。非常柔韧，在没有塑料的时代，曾应用于服装、工艺品、医疗器械等领域。
2　疝气带（truss），一种医疗衬垫，用来防止疝气扩大或者复发。

乱作一团，在干涸的裤裆里
做着梦。
我想起惊醒的穷人，
被陌生的犁铧翻起，
暴露在天光下。

5
蜂房的小格子爬满
散发香气蒙着眼罩的小汽车，
它们齐声低语，无比欢愉地享受
一天两次小睡。
窗户无声无息地掩上，
没入暮色中。
上千座盲蜂的墓穴层层叠叠摞在一起，
高耸着，但又似乎不会倒下。
这座城内有人不舍昼夜，拼命
向我推销我的死亡。

6
但我不忍
让我可怜的弟兄，我的身体，死在
明尼阿波利斯。
老人沃尔特·惠特曼，我们的同胞，
如今已在我们的国家美国
死去。
但他至少没有埋在
明尼阿波利斯。

希望我也不会埋在这里，
求你了上帝。

7
我想被某只大白鸟
捡起来带走，躲开警察的视线，
翱翔到千里之外，小心翼翼地藏好，
就像最后一粒不起眼的金黄玉米，
跟小麦的秘密和无名穷人们的神秘生活
一同储存起来。

拘留所题词 [1]

生命在我眼里，从未像此刻
这般宝贵。
我难以置信地瞪着我那两行字，
就像被人当场扒光了搜身。

如果它们神秘又模糊地
出现在醉汉拘留所的墙上，
由生疼的指甲直接划在
霉迹斑斑鼓起的墙皮上，

最纯粹的恶棍看到了，也定会
生出古老的悲悯感叹几声。
人们有权庆祝自己的孤独。
墙上涂满他们潮湿的留言。

但最后一个瘾君子也走了，
留下他嫩肉般的名字，
在指甲般空白的新墙上
流着血。

我希望我能漫步墙外，

1　赖特曾因醉酒斗殴在七角地的醉汉拘留所待过一晚。

踩着海水，惬意地消磨时光；
我希望我抄了以赛亚[1]，迦比尔，
安萨里，惠特曼啊，或随便谁的话。

但我写下了自己的话，此刻，
我只能永远看着这些话，哪怕
我肩上的翅膀在冰冷尖牙下蜷缩着，
就像现在这样。

我各种人生里最隐秘的那一种，
深埋在一本从未写下的书里，
紧锁在梦中的一处寂静之地，
却被我脱口说出。

我听到有人暗中哭泣，
嫩肉上指甲断裂。
让死者为自己的死祈祷吧。
他们的悲悯于我何用？

---

1 以赛亚（Isaiah），《圣经》里的先知，《以赛亚书》里的主要人物，
一般认为他是该书作者。

医药费恐慌

还有一点儿钱用来
吃饭，孤单
又害怕的我，很清楚还有多久
我就会穷困潦倒。

大雪下得肆无忌惮，肆无忌惮地
冻结在我希望的草地上，我的秘密
遭到嗅猎，剥开。我不知道
该怎么开口乞讨要钱。

不好意思，先生，打扰一下好吗?
圣保罗怎么走?
我渴。
我是个纯种的苏族[1]印第安人。

要不了多久，我一定会饿得发狂，
不得不赤足穿越煤气炉火般的羞耻心屏障，
不得不在妓院角落偷偷跟着
胆小的陌生人。

月亮啊，把叶片撒到我手上吧，

---

1 苏族（Sioux），北美印第安人中的一族。

撒到我灼热的脸上，我爱你啊。
我的喉咙疯狂张开，
得肺炎也不怕。

但生命在我眼里，从未像此刻
这般宝贵。
我要在天黑以后
去讨几个钱。

我要学会嗅出警察的味道，
坐下来，变成瞎子，一声不吭扮死人，
为了你，我的秘密啊，
我的生命。

我是苏族武士，他在明尼阿波利斯如是说

1

他只是个普通的酒鬼。
什么样的醇水可以哀悼，
什么样的词句可以在他
死的时候吟唱，他懂的
并不比我多。

2

黑色毛毛虫
爬了出来，由于种种
原因，穿过
潮湿的马路。
死去的人一定很孤独吧。

在内华达州斯泰特莱恩赌博

内华达山脉裂开的巨大阴影
笼罩着最后一段路。

我下山时曾路过冰冷的
石堆界标，有个叫蕾切尔的姑娘
刚抵达加利福尼亚境内
就走霉运死了。

此时，基诺[1]赌桌的对面，
有个老妇人
在敲打一种奇怪机器的面板，
敲了一整天。

街上暮色缓缓逝去。
我走到门外。
天黑了。
我摸了摸口袋里一枚
不值钱的玛瑙。

---

1 基诺（keno），类似彩票的一种赌博游戏。据西方史料记载，起源
于古代中国。

被芝加哥之冬裹挟的穷人

哦，我还有一张火车票没过期。
我可以离开。
那些美得让人无法想象的看不见的脸
游弋在群山之中。
如果不看月亮，
他们该注视什么样的山峰？
沿着神秘的峡谷和山脉垂直向下
八英里，穷人们
隐匿其中，看不到彼此。
他们会死吗？
他们都埋在哪里？
他们现在填满了海。
你游入时，人们投下巨大的影子，
你能在飞机上看到。
他们巨大的肩上满是藤壶，
上帝丢进大海深处的藤壶。
第六日 [1] 仍停留在黄昏，继续变深变暗，
不断变暗，进入黑夜，一位受伤的黑天使
被《创世记》遗忘。
但愿连绵起伏的影子能停下来。

---

1 《创世记》里说，上帝在第六日创造了地上的活物，并按照自己的
样子创造了人类。

大海能承受一切。
我不能。

我还记得那黄昏。
我还记得那早晨。
我太年轻，
不能无人陪伴独自
住在海里。
我可以住进麦考密克神学院，
好好睡一觉，
要么就坐车回明尼阿波利斯。

献给诗人摩根·布卢姆的挽歌

孤独的摩根，
死去的摩根，
已跟随他唯一的
孩子进入茫茫
大荒。
得知他要走的时候，
我很想化身为
他身畔一叶扁舟，
但是我没钱。

我要进去看他的时候，
护士拦住了我。
我只好跟在她后面溜进去。
他们也在那里。
他们在那里待了一会儿。
红衣人，罗伯特·海曼，
H. 费尔普斯·帕特南，
还有亲爱的特德·罗特克，
一只金丝雀和一头熊。

他们打量着我，
可能还活着。
他们看着我，可能
有些不自在。

他们说，出去，
摩根要死了。
他们说，出去，
不要打扰他。

在这个国度，我们
没有国王，
他们继续说。
但是在彼岸，
死者复活的地方，
我们有一个。
他们只听见
冷冷的猫头鹰，把盐
撒在
他们神秘的肩上 [1]。

我只好离开，不再
打扰摩根和他们所有人。
此时的我，多么孤独，
我想呼吸一些新鲜空气。
快来呼吸我吧，黑暗王子。
摩根躺在那里，
光溜溜的，像个婴儿，
之前拦我的护士帮他刮的。

---

1 有些西方人认为，在左肩膀撒盐可以免遭厄运。

怪不得
几年前，
老诗人们死时
那么年轻。

此时，年轻诗人
一身鲜红，展翅飞过了
沼泽地。

晚年补偿

没有路，只有雾，

南瓜形容枯槁。

蚂蚁已爬进墓穴，求上帝

赐它们一片青草叶。

等不到青草，它们放弃了青草。

所有在今日寿终的生命，

都已远在十英里以外。

我整日跋涉跟随，

梦见他们祈求一根蜡烛，

只要一根。

可以理解。我发现，只有我

能看到最后一位夜班护士在养老院

最后一扇窗前发着光。

白色制服闪烁着，镇子不见了。

我现在该怎么办？我有一根蜡烛，

又有什么用？

要是能在黄昏时赶到，

他们就安全了。

他们的船停靠在香蒲丛里，

夜鹭[1]窝旁。

---

1 夜鹭（night-heron），分布广泛的一种鹭，成鸟体长 40～65 厘米，看起来脖子很短，头背部羽毛为深蓝灰色，翅膀和腹部为暗灰色。夜鹭很聪明，能用野果为饵引鱼上钩。

现在，他们必须

确保那些懒鸟有一只醒着，直到

领他们过了河。

苍鹭[1]也在低飞。

只要一位老人拖一把船桨，就足够了。

任何人都有蓝翅膀可以跟随，

他们不需要我的蜡烛。

但我需要。

1　苍鹭（heron），广泛分布在非洲和欧亚大陆，成鸟体长 84～102
厘米，上半身灰色，腹部白色，喜欢在湿地和湖边筑巢，寿命可达
二三十年。

在百货公司收银台前

1

收银员光鲜亮丽的白脸又一次出现在
一位年轻经理的肩头。
他们窃窃私语，直直
瞪着我的脸。
我感觉就像拽了一个流浪儿
或一个骨瘦如柴的老妇人
冲到地下，蹲在
石桥下面，心里拼命祈祷，
等待部队过桥。

2

他怎么会在乎？他走了。
我继续往下缩。
衣衫褴褛的我，被成堆债务
压垮。他点点头，
把我的肉身交给上帝的寒鸦摆布。

3

我死了吗？如果没死，怎会这样？
她独自飘过，赫然出现在光鲜亮丽者的天堂。
她知道，
在军官俱乐部后面，天黑后
会有推土机

把我铲走。
在她可怕的怒视下，我的骨架
闪闪发光。我是黑的。我天生
就是黑骨头。

4
杜甫曾在沙场瑟瑟发抖地
醒来，夜深人静时，他眯着
憔悴的丹凤眼，辨认
血肉模糊的女人。
月亮当空照着。[1]

5
我很饿。再过两天就是
春天了。这就是我
现在的感受。

1　出自杜甫《北征》："夜深经战场，寒月照白骨。"

诉说

如此平淡诉说，
已是尽我全力。
走遍各个角落
去寻找你。
不知何去何从，
不知如何终结，
最后一盏街灯
头顶幻灭。

遭拒归来悻悻，
我明白尘世中，
快跑未必能赢，
力战未必得胜。[1]
缅因刘易斯顿，
利斯顿放了水[2]，

1　出自《圣经》："我又转念，见日光之下，快跑的未必能赢，力战的未必得胜，智慧的未必得粮食，明哲的未必得资财，灵巧的未必得喜悦，所临到众人的，是在乎当时的机会。"（《传道书》9:11）
2　1965 年 5 月，拳击手利斯顿在缅因州的刘易斯顿输给年轻的卡修斯·马塞勒斯·克莱（Cassius Marcellus Clay），即后来的拳王阿里。舆论认为，利斯顿输得很蹊跷，可能是黑社会操纵比赛，逼利斯顿放水。

厄尼·多蒂[1]喝晕，
又成醉鬼。

啊，珍妮，我的珍妮，
我爱她，去他的格律，
她虚掷她的美丽，
在妓院老去。
她把新生婴孩
丢给车站路人，
欢欣鼓舞走在
杰克逊敦。

那地方我很熟，
那里的好警员
曾经把我逮捕，
犹如昨天。
主，信不信由你。
别问他的姓名。
说起平常失利，
语调平平。

几位孤独人物，
伴我一同成长。

---

1 厄尼·多蒂（Ernie Doty），即乔治·多蒂，因奸杀罪名被判死刑。
见本书《在被处死的杀人犯墓前》《死囚牢房里的乔治·多蒂之诗》。

他们失足死去。

我也一样。

爱过主所咒诅，

爱主荣耀宫殿 [1]：

快快降临。我主

为何掩面？[2]

1　出自《圣经》："耶和华啊，我喜爱你所住的殿和你显荣耀的居所。"
(《诗篇》26:8)

2　出自《圣经》："你为何掩面不理我们，不理会我们所受的苦难和
压迫？"(《诗篇》44:24)

北达科他州，法戈城外

脱轨的大北方[1]货车
　　瘫倒的车身旁边，
我慢慢划亮火柴，慢慢举起它。
没有风。

城外，三匹重型白马
跋涉着，筒仓的阴影
一直漫到肩膀。

突然，货车打了个趔趄。
门砰的一声关上，一个打着手电筒的人
对我说晚上好。
我点点头，在写下晚上好时，有些孤独，
有些想家。

1　即大北方铁路（Great Northern Railway），建于1889年，运行在明尼苏达的圣保罗和华盛顿的西雅图之间。

家住红河边

血在我体内流淌，但跟这场雨
有何干系？
在我体内，身着红衣的大军向雨中行进，
穿过幽暗战场。我的血风平浪静，
毫不理会海里航行的帝国主义船舰上
那些加农炮。
有时我必须睡在
险境中，我睡过地底的峭壁，
壁上完好无损地保存着
远古蕨类的印记。

又见洪水

在北达科他州法戈城，曾有人
提醒我，河水可能会再次
涨到洪水位。
桥上，有位姑娘匆匆走过，独自一人，
郁郁寡欢。
她会在一处湿草丛中停留吗？
我闭上眼，想象她踮起脚尖，盼望喳喳叫的麻雀
衔来一些线和干燥的麦芒，
铺在她伸出的手上。
我睁开眼，凝视脚下
幽暗的水。

拱门下写的诗，于北达科他州法戈城一处废火车站

叮当作响被铁锈和浓烟裹挟的大教堂外，

火车头在侧线[1]上啃草。

有时会停下来，草原的寂静让它们疲惫不堪。

有时会突然动一下叫两声，像是吓到了。

它们怕俄亥俄的黑小子，

那些家伙能憋着气咯咯傻笑，

还会趁着夏天的暮色悄悄溜出墓地，

把枕木搭在两条铁轨中间。

耦合器[2]铁栓的嘎嘎声仍然飘荡在

烟雾弥漫的

死亡之城辛辛那提。

此刻，在弯道附近，谷仓塔[3]的另一边，

傍晚的高级快车哀号着，

声音里充斥着恐惧和孤独，像迷路的孩子

被心情不错的巡警一路拖出芝加哥火车站。

套索收紧，哀号停止，我要走了。

街对面，有个关节炎患者

在停车场接过几枚硬币。

他脸上挂着老年人特有的微笑，

狡黠而又悲伤。

---

1 侧线（siding），又叫岔线，与主干铁路相连但较短的一段铁路。

2 耦合器（coupling），将两节车厢连接在一起的装置。

3 谷仓塔（grain elevator），带有升降设备的粮仓。

十一月末的田野

而今我独行在一片荒芜中，
冬天来了。
两只松鼠在篱笆桩旁
联起手来，要把树枝拖向
它们藏身的所在；我想一定是在
那些白蜡树的后面。
它们还活着，为了抵御寒冷，
应该收集橡子才对。
小爪子在槽里飞快扒拉着玉米秆，趁月亮
移开视线时。
如今大地变硬，
我的鞋底该修一修了。
没有谁需要我来祈福，
除了这堆词句。
但愿它们变成
青草。

边疆

广播里的人沉痛宣告，
又一个无休止的美国之冬
在爱达荷州的山里
迎来它的黎明。

有多少骨瘦如柴的孩子
横尸在我黑暗的路上，埋藏在
我体内冰冻的车辙里。
精瘦的郊狼穿过云中
山路，面带微笑，
继续踏雪前行。

有个女孩站在门口。
她裸露着两只小臂，
脸色苍白，冷眼看着
黎明。
嘶叫声响起，她的双眼
如母马般发出白光。

倾听悲伤

在草原边缘，我挨着路旁的防风林
俯下身子，
蜷缩着，头顶的电话线
在狂风中响个不停，杂乱的人声
呼啸了上千里，上百年。
它们有同一个名字，那名字已消逝。
所以：不只是我，不只是我的爱
消逝了。
我听到的悲伤，是我的人生在某处上演。
此刻，我用稻草人 [1] 的声音说话，
稻草人站起来，
突然变成一只鸟。
这片田野是我家乡的起点，
在这骷髅地 [2] 里，我听见自己在哭泣。

1　稻草人（scarecrow），在《圣经》里指的是列国所拜的假神："它
们像瓜田里的稻草人，不能说话；它们必须要人抬着走，因为它们不
能走路。你们不要害怕它们，因它们不能降祸，也不能降福。"（《耶
利米书》10:5）

2　骷髅地（place of skull），耶稣被钉上十字架的地方。又作加略山
（Calvary）和各各他（Golgotha）。

青春

奇怪的鸟，
他的歌没人听过。
他工作太辛苦，没法读书。
他从没听说过舍伍德·安德森是怎么
跑出来，然后逃到芝加哥，拼命挣脱
自己痛恨的工厂。
我父亲在黑泽尔-阿特拉斯玻璃厂
辛苦工作了五十年，
困在大梁中间，那里常有迟钝的笨蛋
撞烂膝盖。
他有没有在油污与寒影中咬牙切齿？
也许吧。但我们兄弟俩都记得，
他回家时像黄昏一样安静。

他很快就会黑下来，
冒着雪现出身影。
我知道他的魂魄会飘回
俄亥俄河，独自一人坐下来，
削着树根。
他会一言不发。
身旁的流水，比他还苍老，
比我还年轻。

浪子

在近岸水面投下一片
白影的，不会是
流逝的时间。
黄昏里，我打着寒战。
我沿着陡峭的小路走下去，
想看河里还有没有沙金。
我懒懒地吹口哨唤狗，鸟儿
懒懒地吹口哨唤我。
在大河边，我呼吸着自己故乡的空气，
我又回来了。
是的：到处都有我的足迹，我的名字
曾和姑娘的名字刻在一起，如今已愈合，
在树皮内的天空下
沉睡，挨着嫩肉。
最好不要动。
但是：
那只鸟儿飞过，刚才就是他吹口哨
唤我下来，来到河边。
他是谁？一只来自哈得孙湾的白色小仓鸮
飞出自己的领地，在这里迷了路？
啊，让他在这里安家吧，如果愿意，
他的身体可能会
在近岸水面投下一片
白影。

生命

被杀后，我复活了，
我前往杀人者的所在，
那条黑黑的
河沟。

如果我肩上戴着白玫瑰，
回到唯一的故乡，
与你何干？[1]
那是盛开的
坟墓。

是黑暗的延龄草，
是地狱，是冬天的开始，
是如今已湮灭无闻的伊特鲁里亚人[2]的
荒场。

是古老的孤独。
是的。

————————

1　出自《圣经》："耶稣对他说，我若要留他直到我来的时候，与你何干？"（《约翰福音》21:22）

2　伊特鲁里亚人（Etruscan），公元前 12 世纪至公元前 1 世纪生活在意大利中部伊特鲁里亚地区，遭罗马帝国入侵后，语言和文化已基本消失。

如今

已是末时了。[1]

1　出自《圣经》:"小子们哪，如今是末时了。"(《约翰一书》2:18)

献给死天鹅的三节诗

1
此时，那对翅膀
出现了，
我知道它们就要饿死在
两片冷冷白影间，
但我也梦见它们会一同
复活，
我的俄亥俄黑天鹅。

2
此时，我让黑鳞一片片
从美丽黑脊上掉落，
终于在大地上降生的这条孤龙，
我黑色的火，
我黑暗的卵，
被机枪打得稀烂的山坡，黄叶片片，
在我血液殷红的秋天，苹果
噘起野蛮的嘴唇，故意嘲笑
我逝去的爱。

3
给你，拿起他粉碎的骨头吧，
慢慢地，慢慢地
放回那座

被柏油和化学物质堵死的坟墓，
那片奇怪的水域，
俄亥俄河，不能用来
死而复生的
坟墓。

野火

这片土地
有小动物逃出野火，
烧焦的草丛里，
一个声音在说
我爱你。
然而，走近一看，
只有两块灰石头，
中间躺着一只
死鸟，颜色如石板。
侧躺着抱住自己，
喉咙后翻，似乎置身某种狂喜，无法承受，
又无法摆脱。

灯火欲熄，
浣熊墓穴的那一头，
农舍，黄昏的狩猎台[1]，灰袍子，
一片沉寂。

---

1 狩猎台（stand），美国猎鹿人用的台子。大多数搭在树上，因此又
叫树台（tree stand）；也有台子搭在地上，像个小屋。根据狩猎时间，
又可分为日用和夜用两种。

门厅的灯

门厅的灯
已熄灭很久。
我抱紧她，
地球和它果实的饱满，杨树
诱人的圆圈，层层隐秘的非洲，
还有它们为我们所生的孩子，
让我惊恐万分。
她可真苗条啊。
她的膝盖就像母狮的脸，
一头惊讶的母狮，
出人意料地喂养着
羚羊走失的幼崽。
我渴望的那具身体内，
加蓬的诗人久久凝视
朝天的树杈，他们高贵的脸太过隐秘，
你看不到他们的眼泪。
我怎么知道她毛发的颜色？我游弋
在孤独的动物间，渴望
那红蜘蛛，也就是上帝。

小蓝鹭

1
他不是最后一个。
如果是就好了。对吧?
我的朋友们把他带到厨房,
从垃圾桶里
拿出来,
放好。
我抚摸着地板上
他的长脖子。我开心地听着他
惊恐的嘎嘎声。

2
纳粹派了个
阴沉的人
每天早上开卡车。
他们叫他"犹太人的王"。
有天黄昏,一个阴沉的人,
一个老犹太,找到那个王。
"你!蠢货!明天接我的时候,
让我坐最上面,
我有哮喘。"

3
他不是最后一个。在河对岸的

香蒲丛中，有一块黑下来的地方。
蓝鹭已经在黄昏时分到了那里，
黑下来，变成芦苇，细心的狐狸
做梦都想不到。

威利·莱昂斯

我舅舅，跟锤子木头打交道的手艺人，
死在了俄亥俄。
母亲哭着说她很生气。
威利入土时，随葬的只有一件上衣，
缝在他的肩胛骨上。
没什么好难过的。
那是另一个世界。
她不知道死了上百年的花马
在那个世界
是如何举步维艰。
也许他们相信，威利裹满苔藓的棕色棺材
是漂向岸边的马槽，
柳树和青草掩映着河水。
让母亲哭吧，她也该哭，她听说有寒风。
长匣子空空如也。
那些马匹转身向河边走去。
威利把河边柔软的树木刨平，
把他的小船组装好。
我们还是让他走吧。
威利在这个世界没留下什么，
只有一把开裂的圆头锤子，一套西装，
包括裤子，被他儿子继承了，
花了点儿钱从赫斯洛普殡仪馆拿走了；
我母亲

气哭了，她害怕冬天，

她想到她的兄弟：

威利和约翰[1]，他们的生活和艺术，如果有的话，

我一无所知。

---

1 即舍曼·约翰·莱昂斯，赖特的另一位舅舅。

向主罗摩克里希那祈祷

1
一具赤裸的肉体承受的痛苦
比上帝更甚。
雨下个不停。

2
我起来呼求时，
她笑了。
在窗台上，我撑着
裸露的双肘。
天空扯下来的一整只蓝翅膀，
浸泡在黑雨中。

3
在我一枕冷灰上，
瞎眼缄口的一张脸闪耀着。

4
不!
我赤身裸体跪下来，祈求宽恕。
冷冷雨丝吹进房间，
我的双肩拼命抽搐。
你毫不理会我们。
继续睡吧。

纪念莱奥帕尔迪

我已历尽那些时代，昔日诗人身上的
光鲜亮丽，只有
富人能够匹敌。冰冷的
月镯擦伤了我一侧肩膀，
所以，直到今天，
还有未来，我都会
把一座白城的银，一枚珠宝的倒钩，
戴在隆起的左边锁骨。
今晚，我在
健康的右臂挂满空无和蹩脚的
祈祷。俄亥俄河两度流过身旁，
黑暗而欢快的以赛亚
体内有作坊和烟雾升腾。
巨马草原的瞎儿子，热爱斯托本维尔上游
沉没之岛的人，我那只灰色断翼的
瞎父亲：
如今我继续蹒跚，我知道
月亮在身后阔步而行，挥舞
神圣的弯刀，那把刀曾击倒
痛苦的驼子，
他见她赤身裸体穿行于亚洲的乱石间，
带走他最后的羔羊。

火边的两种姿态

1

夜，我凝望父亲头发，
他坐在火炉边入梦。
见我那绝望之羽，他
寄我猫头鹰爱之翎，
把我提醒，我回来了。
今夜，俄亥俄，这里我
追寻孤独也诅咒过，
又见父亲卖着苦力，
艰难操作巨大机器，
转瞬，慈容一片浑浊。

2

安睡中的他，双手优雅地合拢。
他为我骄傲，他相信
我是做大事的人，在藏龙卧虎的
大城市里，已经成了人中龙凤。
我不想叫醒他。
我只身回到家中，没带妻儿
哄他开心。我独自醒着欢迎自己，
我也到他炉边坐下，丑陋的
岁月痕迹刻在脸上，我的双手
不安地抽搐着。

给马什的生日献诗 [1]

> 神啊，请你垂怜吧，就像父亲
> 对儿子，就像朋友对朋友。[2]

我曾独自等待你，
想象你的面目。
你的鸟儿在草地，
陪我啁啾一路。
满心都在想你，
我是多么孤独。

怎么才能听出
你的声音，听懂
爱尔兰小鹦鹉?
万水千山之中，
从未听过声音
胜似绿茵。

多动人啊，胜似
乌鸦梦幻的脸，
神秘的脸哧哧
笑着，绝地盘旋。

---

1 马什（Marsh），即赖特的次子马歇尔·赖特。
2 出自印度圣典《薄伽梵歌》第 11 章第 44 节。

我是多么孤独：
奈何他人欢聚？

他人与我无关。
他人相聚欢笑，
与我毫不相干，
只愿欢快小鸟
飞回唱歌的树。
让他们聚。

让他们活下去，
他们死了太久。
宝贝，我很痛苦，
此时我只渴求
听到你的歌曲，
爱尔兰小鹦鹉。

此刻不是梦境，
你们盘旋不休；
此刻我所聆听，
声音不只有五，
啾啾啾啾啾啾：
爱尔兰小鹦鹉。

打手电筒收网的偷渔人

鲤鱼是造物的
奥秘：我不知道
它们是否孤独。
偷渔人漂在桥下，小心翼翼，
让人毛骨悚然。
水是发光的镜子，
倒映出燕子的窝。星星
已经下沉。
我的痛苦何足挂齿？
有个东西
颜色如同
美洲狮，穿过渔网，消失了。
这是我见过
最结实的网，但还是有东西
孤独地消失
在明尼苏达河的源头。

向 J. 埃德加·胡佛忏悔

废弃的石头教堂里，躲着
一位黑人战士，
他正在翻阅看不懂的
《军事条例》[1]。

我们的父啊，
昨晚，我吞了一朵云的
翅膀。
我曾在城里偷偷摸摸
和病树一起祈祷。

我要累死了，父啊，
我翻过巨石，
躲在星光和枫树下，
可我看不到自己的脸。
在林立的高炉间，
树背弃了我。

父啊，黑蛾子
蜷在泥窗台上等待。

---

1 《军事条例》（*Articles of War*），美国陆海空军队条例，1951 年被
《军事司法统一法典》（*Uniform Code of Military Justice*）代替。

我害怕自己的祈祷。

父啊，原谅我。

我一度浑浑噩噩。

致纽约的诗人们

你在野外游荡，悠闲而孤单，
你幻想有一具美丽人体，
安静地脱光衣服，溜进河里，
变成河：
动物挺拔的身体，把乱糟糟的
齿轮和皮带变化成
一棵长在水底的植物。
你优雅地寻找你的痛苦之源，
你的死亡山茶花，
那个对你真切喊出的声音，召唤你体内
赤道之火的声音。

孤独之中，
耐心等待余音在暮色中消散，等待暮色
消散，倾听者等待谦恭的河流
上涨，为人知晓，
你在黑暗中沉默不语。
人不该在光天化日之下拔出
他血树的巨大根系。
人应该不时躲在天空的
岸边，
有些人
直到黎明来临，还在若隐若现的微光中
流连忘返。

家乡的河

桥墩的巨大阴影下，
霍比·约翰逊淹死在漩涡里。
我都已想不起
那张被抹去的脸。
窗外，此刻，明尼阿波利斯
在沉没，黑了。
天黑了。
生无可恋。

有什么可留恋?
瞎眼流浪汉在卖美国国旗
和拙劣的爱国诗，
永远都在下雨的星期六晚上，
他们出没在妓院和矿渣堆之间，
还有家乡的河边。
天啊，捷克斯洛伐克人
又醉了，他们顺着
风沙侵蚀的墓壁
向下爬去。

听到西弗吉尼亚州惠灵最老妓院被查封的传闻后

我将独自悲伤，
一如多年前那样，在俄亥俄
河边游荡。
我曾躲在流浪营[1]的杂草中，
从污水管道那里逆流而上，
沉思着，眺望着。

我曾看到下游
醋厂旁边的第二十三街
和水街上，
房门在傍晚时分打开。
女人们摇着自己的坤包，
纷纷涌上长街，奔往河边，
进入河里。

我不明白她们
怎么能每晚都溺入水中。
她们都在天亮前的几点钟爬上对岸，
弄干翅膀？

1　流浪营（hobo jungle），流浪汉和无业游民的聚集地，一般都在铁
道附近，为的是方便扒火车。

这条河在西弗吉尼亚州惠灵
只有两道岸：
此岸在地狱，彼岸
在俄亥俄州布里奇波特。

没有人会自杀，如果
死后只能到达
俄亥俄州布里奇波特。

写给褐蟋蟀的组诗

1
天快亮时，
我醒了，又倒头
睡了会儿。
新雪松洁净的针叶
从敞开的窗户吹进来。
不知何时起，翅膀的巨影逡巡，盘旋，垂下来
安抚我的脸。
我不在乎谁爱过我。
有人爱过，所以我撇下自己。
现在，我要守护你。
我睁眼躺了很久，然后抬头望去，
只见你晒着太阳，安睡在
书桌上翻开的
《雅各布·伯麦的神秘人生》[1] 里。

2
友人把爱和这间房
给了我们，让我们安睡。
此刻门外一片寂静。

---

1 《雅各布·伯麦的神秘人生》（*Secret Life of Jacob Boehme*），或为
德国神秘主义作家弗朗茨·哈特曼（Franz Hartmann）作品，首次出
版于 1891 年。

没人喊我们起来吃早饭，

友人爱我们，任我们留在孤寂中。

我们会再次醒来，

老马戴维[1]那张彬彬有礼的脸

会凑到我们窗前，

轻轻地吸气喷气。

他也认为，我们可能还想

再做一场梦，在梦里一路小跑穿过牧场，

然后才回到我们陌生的身体，

死而复生。

3

而我，差不多一小时了，

一直在倾听那些苏族马驹的幽灵，

他们蹦蹦跳跳地踏上漫漫长路，

奔赴南达科他。

他们刚把我带回家，我俯着身，双手抓紧

他们翅膀下绚丽多彩的

羽毛托架。

4

而你，我不会逼你说出

你去了哪里。

我知道。我知道你是多喜欢沿着长路

1　戴维（David），罗伯特·布莱农场里的马。

慢慢爬向谷底。

在路的尽头，杨柳岸边，深草的寂静之中，

你驻足等待曙光。

你很安全，那里有人守卫，你知道悬崖上

那些黝黑面孔是怎样阻止别人

随意掠夺他们的美丽村庄：

巧妙隐匿在深渊里的白色城市，

就像哀鸽在地面的巢里

刚下的蛋，

只有灵魂猎人才能

在雪中找到它们。

5

褐蟋蟀，你是我友人的名字。

为你，我愿交还我的影子，让它回去站岗，

以免有人打扰那只哀鸽的孩子。

此时，没影子的我要站在你身旁，

你身体的小小金门旁，等你在一本

发光的书里醒来。

致缪斯

不要紧。她们只是
分开两根肋骨
进入体内。我不想
骗你。那疼痛
超乎我的想象。她们只是
用金属丝烙烫着进入体内。
叉进叉出，有点儿像那条蛇的芯子，
珍妮，你和我很久以前在苜蓿地
抓到的那条惊恐的
束带蛇。

如果可以的话，
我想骗你。
但是，唯一能让你从波瓦坦
塌陷区南面那个漩涡里
出来的方法，就是把你知道的
都告诉你：

你在天黑后出来，你悬在空中，
单独和我待在岸边。
我领着你重新回到世上。

惠灵的三位女医生
会在夜间营业。

我不用给她们打电话，她们一直都在。
不过，她们只需在你胸下
动一次刀。
然后，她们搭好仪器。
你默默忍受。

会难受一阵子。但尽管如此，
你可以踮脚走动，如果
不晃针头的话。
可能会扎到心脏，你知道的。
刀片搭在肺里，管子
一直在排水。
用这种方法，她们只需扎你
一次。珍妮啊。

我真希望我创造了这个世界，这卑劣
而又多灾多难的所在。我
没创造它，也无法
忍受它，我不怪你，你趴在水底，
裹着不可思议的春丝沉睡，
黑沙中的缪斯，
形单影只。

我不怪你，我知道
你所在的地方。
我什么都能接受。可是，你看我。
没你我怎么活？

上我这儿来吧，亲爱的，
从河里出来吧，不然，我要
下去找你。

新诗

（摘自《诗集》）

善的理型 [1]

我一身刻骨的孤独，

在黑色岩石上行走。

如今我再次踏上

旅途，自己的旅途，

孤孤单单，直到黑色

岩石开启大地之门，

随后关闭，我死去。

身下两百英尺，两头鹿飞驰而过。

我希望有只猫头鹰端坐坟头，

悄无声息，

与此同时，

我希望有双瘦骨嶙峋的脚

冷冷逼近碑石。

我梦见我可怜的犹大，他一路独行，

孤孤单单，孤孤单单，直到伤口

破开，肠穿

肚烂。

珍妮，我给了你那本让人不快的

---

1 善的理型（the idea of the good），又叫善的理念、善的形式。"理型"是柏拉图的哲学术语，字面意思是可见的形态、外貌，指万物的非实体本质，现实世界里的万物都是理型的仿制品。"善的理型"指的是"至善"，好比可见世界中的太阳，是理型世界中的最高理型，一切道德的依据。

书，除了你我无人能懂的
那本书，所以，还给我
一息生命吧。
要么，至少再把猫头鹰羽毛
送给我，我保证不会给
任何人。怎么会呢？
除了你，没人能
读完这首诗，
但我不在乎。
我的宝贝秘密，他们
怎么会懂得
你和我？
忍耐。

蓝水鸭妈妈

我怎么知道那是狐狸？
可能什么都没有，
只有迟来的雪。

我只记得
我朋友爱抚着
五只蓝宝宝的毛，把它们带回了家。
它们一只接一只
换好毛，它们
没有妈妈，它们没有
爸爸，它们只有
驼背的老式雪佛兰
载它们回家。

三天后，它们不见了。
鼬抓走了它们。

那只鼬在雪地里变白，
变成一只貂，
有些女人穿的那种。

放了那只鼬，
放了那只狐狸，
还有那只躲避太阳的

冷冷土拨鼠。

也给生者
一次机会。

我也活着，
再痛苦也得活着。
唉，听我说，一天晚上
我喝醉以后，
有棵大树挡住我的去路。
天亮时我想了什么，已无关紧要。
在前一天夜里的黑暗中，
我记得非常清楚，我很想干倒
那棵大树。
嗯，怎么也要把它剁了。

我没伤害它。
我把它搂到怀里。
你可能不会相信，
它变成了一个苗条的女人。
别唠叨我了。我知道
我在说什么。
它变成了一个苗条的女人。

月亮

我为你欣喜
若狂，因为我知道你，
我知道你
曾回应着朝我降落。
在你完全降落后，
我上了山。
我没看到你，
但我相信你，
我相信你正把空中三枚球果
碰落，掉在
俄亥俄沃诺克那棵
白栎木左后方，
我记得这一幕，所以祈祷
亲爱的朝我降落，带给我
一头银豹，一个愉快的
雪夜，
我愿把自己，
把生命献给你，如今
我亲爱的已来到身边，我们在你照耀下
漫步于东河边的
雪地，我们
三个，留下
六行脚印，豹子，善良
女人，快乐

男人，
我爱你，
天空布满月桂和箭镞，
城市的白影里，世人遗忘的
天鹅身上，累累
伤痕爆裂成羽毛
和新叶。

乳房之诗

不用脱掉衣服，
她就已瘦骨嶙峋。
一阵轻微的风
把她的裙子吹向门口。
谁看了都会以为
她的身体要跟过去，
无望而痛苦，
在恍惚中
走进孤独的幻影，
藤蔓的幽灵欣赏着
无处不在的葡萄，
九月的蜘蛛，那位大师，
沿着她修长的脊柱
向上爬去。

她已不堪重负，可是，
当我站在她门口时，
她还是微微鞠了一躬。
她并非弯腰驼背，只是，
孩子们经年累月举着手，
一直在采撷
她脸上的芬芳。
他们是秘密山坡上
天真热情的小偷。
此时她直起身，昂首挺胸，颤动，颤动。
然后，接着颤动，再然后，再接着颤动。

黄昏日光浴

上一次出来
是什么时候，
还记得吗？一只蜜蜂
嗡嗡飞过。松鸡
在小溪边喧闹，
你缓缓
从山间潭水中浮上来。
绿色中浮出母鹿色[1]，
衬托着黑暗。
小鹿的蜜在溪边渗出。
我刚起床。这就是
我醒来的时刻。

1　母鹿色（color of doe），暗橙或者明棕色，橙色和棕色的混合色，
与母鹿的毛色接近。

1966年，献给威廉·S.卡彭特的疯狂战歌

瓦卢斯，瓦卢斯，还我军团[1]

在孤独的十一月，我曾风驰电掣，
一接到球就马上
抛出一个短传，当时球就在
巴雷尔·特里头上，随后他撞倒了我。

醒来后，我发现自己正大声喊着
各种拉丁语动词变位，新雪降落在
绿茵场边缘。

勒穆瓦纳·克罗内接住了传球，而我
躺在地上，神志不清，情绪激动，
独自面对卡图卢斯的火神，一脸鄙夷的美惠三女神[2]
正把花环和十一音节[3]诗行抛到
那位著作等身的巨人
科尔奈利乌斯·奈波斯的头顶。

---

1 屋大维统治时期，为反抗罗马帝国发动起义，日耳曼人把罗马军团引到莱茵河以东的条顿堡森林歼灭。罗马军团全军覆没，统帅瓦卢斯自杀。得知噩耗后，屋大维大呼："瓦卢斯，还我军团！"后世欧洲君主遭遇战败时，常会说这句话。

2 美惠三女神（graces），希腊神话中宙斯的三个女儿，分别代表真、善、美，代表了人生所有美好事物。

3 十一音节（hendecasyllabic），古典诗歌传统中，很多作品都是一行十一个音节，比如卡图卢斯的拉丁语诗歌。

今天下午，在东南亚的边缘，
四分卫们倒下，防线开始瓦解，
一场春雪，

心怀恐惧的年轻人
风驰电掣，
把对手的脑袋掷向空中，
穿过陌生鸟群熊熊燃烧的
羽翼。

原注：卡彭特，西点军校毕业，曾声称宁愿用汽油弹烧死自己的军
团，也不会让他们投降。威斯特摩兰上将称他为"英雄"，任命他为
副官，约翰逊总统曾授予他银星英勇勋章。

红发美女

译自阿波利奈尔的法语作品

我一个如此敏感的人站在所有人面前
懂得生也懂得死一个活人能够懂得的死
经历过爱的悲伤和爱的喜悦
有时也懂得如何把观点强加于人
懂得几门语言
游历过很多很多地方
见证过炮兵和步兵打仗
头部受过伤用氯仿麻醉后钻过孔
在恐怖的战争中失去过最好的朋友

若论博古与通今
跟任何一个人相比我都不遑多让
如今在我们之间为我们而展开的战争
朋友们我不会为之庸人自扰
关于传统与想象以及秩序与冒险之间的长期争执
我要给出我的评判

你的嘴巴是按照上帝嘴巴的形状打造
嘴巴就是秩序本身
在对比我们和那些代表完美秩序的人时
请务必给出宽容的评判
我们这些四处追求冒险的人

我们不是你们的敌人
我们想给自己开辟广袤的陌生疆土
那里盛开的神秘之物随时等你去采摘
那里的新奇火焰泛着你未见过的颜色
上千种深不可测的幻梦
必须实现的幻梦
我们只想探索恩慈这万籁俱寂的巨大国度
那里的时间既可以虚掷也可以重新来过
请理解我们这些
一直在无限和未来之边界战斗的人
请理解我们的错误理解我们的罪恶

夏天这暴烈的季节就要来了
我的青春也随春天逝去
太阳啊理智变成激情的时候到了
我仍然在盼望
能注视她高贵而温柔的姿态
那姿态让我对她情有独钟

她到来后像磁铁吸引铁丝一样吸引着我
她有迷人的外表
一头可爱的红发
你可能会说她头发变成了金色
一道挥之不去的美丽闪电

即将凋零的茶香月季[1]里
展开羽翼的火焰

笑吧尽管笑我吧
五湖四海的人们尤其是这里的人们
我有太多太多的事情不敢告诉你们
太多太多的事情你们不让我说
请理解我吧

---

1 茶香月季（tea rose），19 世纪法国培育出的一种杂交月季，植株很
高，花朵硕大而鲜艳，芬芳的气味很像茶香。

拟特拉克尔生命之应许

低语，
在怒放的
榴弹炮之烈焰中。
它们的火
是虚空。

那些突突作响的机器
与那孤寂
有何相干？

枪支不出声。
只有低语
从鹿的躯体发出，
对着女人的躯体。

我自己的躯体在寂静潭水中泅游，
我呈上寂静。

他们都应允了我。
应允我，
我声音的父，
可怜的孩子。

百年颂歌：献给 1862 年明尼苏达苏族起义领袖小乌鸦 [1]

那次战争没我什么事。我不在场。
我还没出生。
1862 年，你们当中的莽汉
从这里一直闹到南达科他，
我自己的先辈逃散在西弗吉尼亚
和南俄亥俄。
我的家族打过联盟军 [2]，
也打过联邦军 [3]。
没有人丧命。
但尽管如此，并不是我的先辈
杀害了你。
不算是。

我不知道
明尼阿波利斯的先辈在哪里安顿了
你惨遭剥皮的尸骸。
小乌鸦，我黑暗美国的

---

1 1862 年，苏族人为反抗白人压迫发起了达科他战争，因为起义军
领袖是小乌鸦，所以这次战争又称为"小乌鸦战争"。

2 联盟军（Confederacy），美国南北战争时期南方联盟的军队。

3 联邦军（Union），美国南北战争时期北方联邦的军队。

真正先辈，
当我闭上双眼，你消失在
古老的孤独中。
我的家族有过很多号叫的醉鬼和好木匠。
兄弟之间相亲相爱，不管对方都做过什么。
他们做过很多事。

我想，他们会拼命逃跑，躲避你们苏族人。
同样，撞见他们时，你们也都会拼命逃跑，
躲避联盟军，躲避联邦军，
躲进山里，饿的时候
就找东西充饥，有时是石堆下的公猫，
有时是雀鳝[1]，心情好的时候，
会弄些太阳鱼[2]和玉米。

我要是知道去哪里悼念你就好了，
我一定会去悼念。

可惜我不知道。

我来这里不只是为了哀悼
我族的溃败。
打了胜仗的联邦军部队，

---

1 雀鳝（gar，即 garfish），一种凶猛的大型鱼类，嘴长鳞硬，主要生活在北美和加勒比海的淡水中。
2 太阳鱼（sunfish），北美的一种淡水鱼，跟鲈鱼很像。

依然比我们人多。
我的舅姥爷帕迪·贝克死在了
俄亥俄州蒂芬市附近的老兵之家。
他穿着完好无损的制服
离开了，只是没穿
礼服裤子。

唉，在我们周围，
美国的流浪营又开始泛滥。
鹤嘴锄的木柄像你剥了皮的脊柱一样绽开。
我甚至不知道
自己的坟墓在哪里。

红衣人之墓

我能深切感受到
光秃秃的石碑
下面的世界，感受到
大约在十九世纪初
纽约水牛城
消防员之间的不同。

他们的墓碑看起来都差不多，
结实的脸，花岗岩，沙子，价格不菲的大理石。
曾经有个人闲着没事干，
想从地里挖出
黑手。他叫什么？
我孤独地陪着这些无人记得的黑手。
孤独地陪着这些死于一战时期的
水牛城
消防队员。
他们并不孤单。

红衣人也不孤单，
他那高贵的脸
自坟前的草丛里
升起。

我不知道是谁

给这些消防员掘的墓，
我不相信红衣人
会伸出他的左手，
让他的身体留在那里，
尽管那里有他名字。

有人
掘了这些墓。
有人，可能一个小时赚一美元，
把七十五块石碑抱起来，
埋进了土中。

是谁掘的这些墓？
是谁任由自己的黑手在美丽的
榆树根中枯萎？
是谁把那些石碑抱起来，
埋进了土中？

致陷落的八月

在我脚下，潭水召来
残破的翅膀和一枚叶子，依然
宝石般闪耀，
沐浴在这光里。
只是那羽毛太重，正把骨架
向下拖拽，但明日天一亮又会
浮上来，腾空飞向加拿大。
我呼吸着
这片从雪山上涌出的水，
逝去的水。

一千年前，
昨夜，遥远的大草原上，
中国北部的鞑靼人把毛皮粗糙的马驹丢弃在
凛冽寒风中，然后跌跌撞撞地走远。
他们在雪地上寻找变幻莫测的月之玉阶。
他们紧跟彼此的脚印，摇摇晃晃，醉了，
因为喝了迷途母马发酵的奶。
他们在消失的雪塔台阶上奔跑，攀爬。
他们在积雪中缩成一团，
饿得惨叫。

在我脚下，残破的叶子
和发亮的翅膀吸饱了水，沉入

南面依稀可见的白色群山，
沉向那陷落之地。

隐秘的哀悼

> 尤金·布瓦塞万死于 1949 年秋天。那次闲聊的时候，我就想过，如果他先死，埃德娜（·米莱）会怎么样呢。
>
> ——埃德蒙·威尔逊[1]

1

她打扫好房子，然后躺了下来，长眠
在长长的楼梯上。

冷冷的白翅膀，
那只怪鸟为我们展开海边山坡一般的翅膀，
那刺眼的白雪，无情的光，
让我们失明，
一个冬日午后，
在她断了一只翅膀后跌落的地方附近，
我和三位朋友曾被那光芒
悄悄照射。

五束光芒。它们为什么要注视我们的眼睛？
五头鹿站在那里。
它们回头看了足足一分钟。

---

1 1949 年，布瓦塞万死于肺癌。次年，他的妻子埃德娜·米莱死在家里的楼梯尽头。美国作家埃德蒙·威尔逊曾向埃德娜·米莱求婚，遭到对方拒绝。

它们知道我们，好吧：
天使飞过，四起可怕的化学事件
盘桓在一桩又一桩
自杀之间，
对我们的生命机制，我们的遗憾和痛苦，天使
和我们一样漠然。

为什么会有那么一群天使，喜欢把一根
看不见的白色羽片，安插在
某些小东西的最外层，哪怕那东西可能只是
一粒蚜虫，
蚜虫，天使的一员，他们用翅膀把黑色
泪珠抛洒在诗人
紧闭的眼角里
那些秘密海岸。
为什么五头鹿
要回眸凝望我们？
它们回眸凝望着我们。
害怕，却依然站在那里，
比我们四个更有活力，无论恐惧时，
还是快乐时。

我们有一条狗。
我们大可再带几条狗。
两三条狗能轮番上阵，跑过去拽倒
那些疾驰的光，那些光的尾巴就像
洛杉矶神秘的星星。

我们是人。
和同类互相残杀，
根本不能满足我们。
我们是湖面上
肮脏的污渍，让我们平静的
只有一处洞穴，月亮
把我们遗弃在那里，可怜的
姑娘却对我们不离不弃。

如果我是月亮，我会缩进
诗人眼角的沙粒中，
趁那里还有地方。

我们是人。
我们无所不能。
我们大可消灭那几头鹿。
恋人们的那枚月亮，犹如受伤的母老虎，忍痛
离开我们。
我们可以消灭一切。
我们可以消灭自己的肉身。
除了杀戮者之外，我们还能是什么呢，
山坡上那些鹿想象不出。
它们心知肚明，不要以为
它们不懂。
人心是黑蛇蛋里恶臭的蛋黄，
一落地就在一堆干马粪里
腐烂。

人类对我而言一无是处。
人只会拐弯抹角地给同类制造痛苦。
我生而为人，爬出意外化学反应弄大的肚子。
一无是处。

2
但是，
我们没有放狗抓鹿，
尽管
众所周知，
放狗抓鹿不会受到惩罚，
因为
谁在乎啊？

3
布瓦塞万，他是谁？
他是人类吗？根据
我对人的了解，
我保持怀疑。

在雨中一路蹒跚，
却不流一滴眼泪，
他是谁？

我想他一定是像初雪的羽片般落了下来，
我想他一定是落进了草丛，我想他
成长的过程必定离不开

她的羽翼，与他相互拥抱的羽翼，
还有叶子，绳子，她能用来
在水声里搭建寂静歌乡的
任何东西。

4
如果是这样的话，我发誓我也会娶她，
只要我有机会娶，她也愿意嫁。
设想一下吧。跟一位能够
随意变成月桂树的姑娘
生活在一起。
设想一下吧。

5
就在此刻，我能听到
窗外的一挂小瀑布，水声潺潺，不断吟唱，
漫过我诗里的石头。

她如是说

"我不想。我不懂。"

没有犁开她的黑暗，
无非是因为我不想
去蹂躏那隐秘深渊。
若想亵渎，易如反掌，
易如反掌。当我亲手
摧毁那美妙的自我，
我还不懂，也未领受
那美好的独身生活。

知道我孤独，她把我
赤身裸体带到床上，
却又不能忍受被我
赤身裸体一顿打量。
说她不知能否承受
压下来两百磅黑暗，
男人，岩石，呼气吹她的头。
我心恻然。

当我躺下，等死一般，
我想起我原本可以
找一位爱我的姑娘
做我女人，她情愿
让我留她独自一人，

独守空枕，独善其身。

我爱我未来的样子，
时机到来，恢复理智，
那就是我们的面容。

麻烦

听好了，宝贝儿，在我老家，如果有姑娘说她有麻烦了，她就是有麻烦了。

——朱迪·霍利迪

色眯眯的克拉姆·安德森
在珍珠街向对面尖叫道：
"嗨，皮尤！
我看你姐姐
被人扒光骑过。
她吞了个西瓜？
弗雷德·戈登！弗雷德·戈登！弗雷德·戈登！"
"你啥意思？她可能是胖了，不行吗？"

胖？优雅而落寞的罗伯塔，我最后一次
看到她的时候，她正冒着雨在珍珠街上
独自奔跑，她脸上的笑容，
目瞪口呆盯着她身体的克拉姆·安德森
永远都不会懂。

十六岁，
当年她一直认为自己瘦得
皮包骨头。

给西弗吉尼亚一位老太太哼的歌

小呆小呆小呆小呆呆:
外婆的小乖乖……

跟别的歌不同,
你的歌,只属于你。
你把线抛进水中
很久很久。
你向下摸索,摸索,
摸索到了鱼头,
石头,紧闭的窗户,
黑雪和泥污。

跟别的歌不同,
你的歌唤醒了鲇鱼。
别的声音都不行,
哪怕是冰的碎裂声。
哪怕是冰冷凿子
在大限已至
锈烂的桥梁上
凿出阵阵刺耳声响。

跟别的歌不同,
这是你的。我坐下来聆听
一个溺死的男孩
柔弱无力的低语。

顺流而下一英里，
他的两块身子浮上来，
一根线缠住他的阴茎，
还有一块肩胛骨。

此时，你在水面上迷路了。
又是挖掘，又是拖曳，
一路搜索，一路寻找，
此时，顺流而下一英里，
一直到另一条河里，
我听到你还在唱歌。
我不死，我没聋。
我害怕，我继续走。

小呆小呆要来了，
像那瞎子老邮差，
带了一堆账单，
没人付得起。
黑寡妇是妓院里
身无分文的老鸨，
最会唱歌的姑娘
今日无人光顾，
她干脆断了念头。

致一位死去的酒鬼

一板一眼，慵懒阴郁，
挨着闷哑的鲁特琴。
已死去的冷漠贵族
撇下了你，落魄失魂。
孤独之中犹在研磨，
咬牙切齿，咬文嚼字，
早艾略特，晚庞德，
然后把自己喝到死。

啊，众人会铭记他们。
基克拉泽斯人除外，
而脆弱的爱尔兰人
到死只会痛骂时代。
但总会有成功人物，
张三李四王五赵六，
尘土之中把你揪出，
写写论文把你研究。

我也够呛，落魄诗人。
一天下午，你曾和我
拜访一位孤独伟人，
在灰蒙蒙的俄亥俄。
甭费心。我今天买了
拉尔夫·霍奇森诗选。

如今你死了。我还活着。
霍奇森死了。我也不远。

当年的密涅瓦村里，
他有棵白树，如奇迹，
与远处小煤堆相惜。
（听，是什么押韵"奇迹"？）
我们唱了整个下午，
舌底有翻滚的蜜汁[1]。
我的样子像个蠢猪。
多包涵。谁无年少时。

1　这里借用了《圣经》的句子："你的舌下有蜜有奶。"（《雅歌》4:11）
寓意为弃恶择善："到他晓得弃恶择善的时候，他必吃奶油与蜂蜜。"
（《以赛亚书》7:15）

死在公路上的小青蛙

即便如此，
我也一样会
跳进光里，
如果我有机会。
马路对面田野里湿漉漉的绿茎
就是一切。
它们也那么蹲着，畏缩着，
然后仓皇起飞。很多
死去的从未出发，但也有很多
死去的在刹那间飞来的
汽车灯光里永生，如此突然，
司机们措手不及。
司机们倒进阴冷的水洼，
那里有无尽
虚无。

马路对面，蝌蚪们
在月牙上舞动。
它们看不见东西，
暂时还不能。

生存之道

由柏拉图警句感发而作 [1]

我年少时，一位亲戚

帮我在威克斯公墓

找了份工作。

想到那个夏天

我能攒下多少钱，

正在家里

发胖的我

已经准备好

去外面谋生计，

跪在地上，埋头

拔酸模 [2]

和火炬树 [3]，

打理那些完美无瑕的法院办事员，

那些出色的杂货店老板和法官，

打理死者，能赚

不少钱。

我本可以留在那里陪着他们。

1　或指柏拉图《美诺篇》里的"人皆向善"。

2　酸模（dock），一种野草，多年生草本植物，最高可以长到1米。

3　火炬树（sumac），漆树科盐肤木属落叶小乔木，原产于北美。果穗鲜红色，秋后树叶会变红。

一样的无足轻重。

想象一下，

永远不能

彻底离开那特有的

寒冷，那座山，

如此井井有条，由教堂司事[1]

奥尔布赖特老头一丝不苟地

修剪打理过的山。不失为一种美妙至极的

生存之道。

谢谢，还是不了。

我正准备从一处荡漾开来

化为圈圈花环的

深蓝色涟漪里，摄取

最后一滴营养。

我面对的死者，

是神秘酒坛里的提尔客商。

他们已失去幸福的源头，他们的墓穴

在地中海上漂来漂去。

总有一天，

那些不朽的，将紧随水下的一束阳光，

为精致的甲壳动物而欢欣鼓舞，

1　教堂司事（sexton），通常为牧师的助手，负责看守教区、清洁、打钟和挖墓等工作。

跃上三十英尺高的光芒之墙，
醒来，
他们肩负闪耀的大海，怀抱
清冽的美酒。他们的船已渐行渐远。
亲爱的，他们是飘落到你手中的
星星和雪花。

拥挤都市里的夏日记忆

致加尼·布拉克斯顿

她从昏暗的空中大叫着
朝我冲下来，
我整个下午都在祈祷
这种事不要发生。
我不敢说
我有多爱这土地，
那干草的粉尘
迷了我的眼。
她的声音里没有
我们小时候在书中
听说过的
那种清澈美妙。
刺耳，聒噪，没有悲悯，
毫无此类情感可言，
她狠狠砸下来，迫不及待
要啄出我的双眼。
啊，这个宝贝儿，
她也许是想用钩子

钩住我。
她兜了个圈子，回到空中
一个隐秘角落，
她怒目俯视，

区区一只家燕。

啊，你别在那儿站着。
我挥动小臂护住脸，
向前弯着腰，
和戴夫·伍兹
还有他的跟班斯利姆·卡特
一起猫进了谷仓。
戴夫，你看见那只鸟没有？
看见了。别管它了。看这里，
看这窝崽子。
它们什么都不吃，除了奶泡。
你看它们长得多肥。

冥冥中有个绝望透顶的
黑女人
在咒我失明，
咬牙切齿，露出萎缩的
牙龈。戴夫、斯利姆和我
无视她的噩梦。
我们缓缓挪进谷仓。
我们在潮湿的房梁下
把粪叉子舞得哐哐响，
鸟窝一定就在那里，
在那里缠着谁
喉咙上的青筋
和翅膀。

我们没有看彼此。
我们到底该拿这些鸟怎么办呢?
它们在谷仓里乱作一团,
它们一连多日在天空最高处扑打,
就在天使们专心祈祷
和歌唱的地方。呸!
我们把叉子
插进冰冷的牛粪,
把它们铲了出去。

加尼·布拉克斯顿的诗

"加尼，我希望我是海鸥。"

"啊，我也一样。
什么时候想暖和暖和了，
你只要
穿上羽毛
飞向南方就好。

我去过一次。"

在斯威夫特诗集上为韦恩·伯恩斯而作

我曾答应你，一拿到
书，就马上给你寄去。
这些诗罗特克曾提到，
少有人爱此等怪曲。
遥想拉赖可的小路，
布林斯利·麦克纳马拉
曾驻足哀叹[1]，众野胡[2]
还不是掉书袋专家。

唯有当专家们全部
坐火车回自己领地，
留醉鬼主持打着呼，
斯威夫特才敢喘气：
为斯特拉献歌道喜[3]，
迷住迷人的约翰·盖伊，
斯人早已逝，他欢迎
蒲柏那壮美的魂灵。

---

1 这里指的是麦克纳马拉的一首诗：《斯威夫特在拉赖可》(*On Seeing Swift in Laracor*)。

2 野胡（Yahoo），斯威夫特《格列佛游记》里的野蛮人，被一帮有智慧的马统治着。这里是在讽刺研究斯威夫特的学者。

3 斯威夫特为神秘友人斯特拉写过很多作品，这里指的应该是斯威夫特在她 34 岁生日时写的一首诗。

他栖身的这些诗篇，
几乎不曾有人知晓，
曾伴随斯特拉长眠，
伴他长眠，孤单死掉。
听，巨大阴影轻飘过，
如此壮观，能歌能颂，
呆子蠢货无缘触摸
那高贵，那光，那光和风。

纳什林牧歌

这本迷人的新书送给谁呢？ [1]

这只是众多
公园里的一个，在美国
随处可见，只要你出城，
走得足够远。

像一片处女地，枫树
和梣叶槭 [2] 树叶压抑已久的叹息，正在悲伤里飘荡，
太阳似乎终于对老鼠们的啃噬仁慈了下来，
像是换了一副心肠。

我在小路上走着，坚信不疑。
不用说，这名字属于某个目光柔和、有同情心的
狗娘养的银行家，他用自己的钱
给这片绿地砸了个挪威名。

处女地美国，好吧。
我想知道值多少钱，这些在短短一个世纪里
变黑的不值钱的石头。

1 　这是古罗马诗人卡图卢斯的诗句，原文为拉丁语："*Cui dono lepidum novum libellum?*"

2 　梣叶槭（box-elder），又叫梣叶枫，落叶乔木，高可达 20 米。原产北美，现已在全球多地区广泛引种。

不用担心会不会站在死者头上。

整个地方就是块墓地，处女地，
它的肚子是块黑石头。
连田鼠都不会在这里出没。
只有我。

我从未见过的一个人告诉我，
最好的日子最先
远去。我轻声吟着
他的哀歌，慢慢走向不远处的山沟。

他唱到了距离北欧非常遥远的
战争和年轻王子。
从他的年代至今，我就爱
那古老的悲伤灵魂，我希望他能够

为早已回家的田鼠悲歌。
为挪威人悲歌，他们开垦着这片绿地，弯腰屈膝，
直到寒风把他们折磨得神经衰弱。
为纳什悲歌，不管他有没有耕耘土地。
为我的儿子们悲歌，他们有时跟这位老诗人

一样不快乐。为贫乏岁月里被肥老鼠们
啃噬殆尽的生灵们悲歌。
不管还剩下什么，在海洋再度归来时，
都将化为一团盐。也为我悲歌。

还有一位卷发盖住双鬓的人，
他跟纳什林里昂贵的大理石
和这块黑色水泥板
一样孤独。

他葬送了自己的心，为了
永生。但他们不在那里栖居，不管他们
是谁，不管在哪里永生。这首诗对他们而言
是一处小小的黑暗，在这里他们不用哭泣。
至少不用为我。

纪念一匹名叫戴维的马，他吃掉了我的一首诗

拉里

我记得雪中的
一仗。
我没亲眼见过，
但是我记得。

埃德跟我说的，因为什么事
生我气的那位。

你和某个小杂种，
他看你喝醉了，
在外面找你麻烦，
用拳头把你揍了一顿。

你一遍又一遍，倒在雪中的
七角地。

埃德跟我解释说，
那个狗娘们养的小杂种
（他不止一个妈，但也不算多）
撂倒了你。

埃德知道。
如果打输了，
第二天一早醒来，

你就会死掉。
所以，他没插手。

你从雪地里站了起来。
雄壮地站了起来，
心知肚明。

你把他打得鬼哭狼嚎，在雪中眼冒金星。

有那么一个半大
小子，经常吊儿郎当
冷冷地游荡在该死的七角地，
14 岁，明尼苏达人：
他专挑酩酊大醉的大块头，
然后把对方撂倒。

巨人杀手
竟是个下流的小杂种。

原本烂醉的我顿时醒了，我记得
那位天使，独翼的受难者，对另一位喊道：
哈菲兹，你干吗
要待在这臭水沟里？
你从哪里掉下来的，声音这么温暖？
瞎了眼的哈菲兹从北边水沟里站起身，
向那位天使答道：

小心脚下啊，亲爱的，无比美丽的，
拿着酒杯的那位。
镰刀般的月牙已从我怀里割下一颗星。
在这片麦地里，要小心脚下，盘旋落下时
别太快。别踩到那只蚂蚁。因为她也
爱自己的生命。放手吧，拉里。
放手。
放手。

罪过

1

人生那一刻已是我全部。你
带走了一刻。你我谈笑风生，
一起在密西西比河边孤独地
　　思量何谓地狱。

地狱于我是位姑娘，孤独的
躯体需要我，与她孤独相伴。
地狱于你，是这艰涩繁复的
　　十一音节诗歌。

我们身在地狱如何写地狱？
长骨，是我能够想到的词语。
不，你说，人生的骨头更长些。
　　那么何谓人生？

我们美国人厌恶躯体孤独，
清教徒则厌恶躯体的美丽，
男男女女孤独地离开彼此。
　　雷[1]，你孤独地说。

1　即雷·利文斯顿（Ray Livingston）。

何谓人生？奥卡西的醉汉 [1] 问。

何谓永恒？圣奥古斯丁发问。

雷，你在哪里？我问道，打破韵律

    对我到底有何好处？

2

花蕾在肿胀的月亮下收缩。

月亮变大，我们变小。

年轻人脸朝下坠落。

雨滴脸朝下坠落，

姑娘们站起来。

就好像来自海洋的凛冽冬日还没过去。

我拉低帽子。我说了句见鬼，主要是因为我知道

现在是春天。

那翅膀盘旋着遮住新泽西，我目光所及之处，

有人正在我无法看透的黑暗中哭泣着。

我很想看透。

3

听我说，你给我

时间，还不够我

过想过的一生。

即便气息已停，

亦非彻底死亡。

1　奥卡西有一句名言："男人要喝醉了再谈政治。"

我有两次死亡。

两者如何分辨？

4

  还有件事。我还欠你五美元，那晚你在圣保罗给的。

  雷，你为什么给我钱？

  我当时根本不饿。

致一位友好的讨债者

1

有人欠了我两百五十美元。
可我情愿死，也不想找他
还我钱。

2

他知道
我说谁。一天下午，
在明尼阿波利斯，我蹒跚在第十
大道的桥上，我蹒跚着登上
七角地的台阶，我的钱够我
爬过黑雪之中的
凛冽死寂。

3

雪在黑河边
腐烂，爱人
在我心里死去，
我蹒跚着登上腐烂的
台阶。我的朋友说，
我只剩一块救济肉了，可能还有一点儿
豆汤，
我们去看看吧，因为
我也饿了。

4

我也饿。

也得吃喝。

我原来在银行里大概还有三百美元。

那时候，我只记得

身上还有一条正在腐烂的口子。

我快要死了，我的朋友正在挨饿。

我拿了剩下的五十块钱，

然后转身

离开了。

5

如今三年过去了，我已经成功欺骗了

我的肉身，让它相信它不会死。

冷，冷，雪黑得就像血管，

我亲爱的黑暗之城、黑暗之海的血管，

我们一同孤独地待在

黑暗中。我的血管

在体内淤塞，我爱我的身体，

我的弟兄们爱他们自己

在孤独中淤塞的血管，那孤独

就是我自己的命：不怎么样，我想，

但它独一无二，我喜欢。

它可能会趴在哈得孙湾的水面漂流，

死在自己的黑暗中，但就算死在自己的黑暗中，

它也要继续漂流。今天早晨，我拿出

十美元跟别人分享。

不是我的孤独，孤独没法分享。

十块钱而已，希望他永远不要担心

还得还给我。

6

收弟兄的钱去挽救弟兄灵魂的人，

是个人渣。

你是个人渣。

我给你钱了。

7

我要洗手。

致血液循环的发现者哈维

那深蓝色,
那个做梦梦见我的人,
是谁?

一天下午,孤独的姑娘
卸下防备,
孤独的我
找到了家。

我爱她,她很勇敢,她知道月亮正在
地平线下盛开。

她说,把我自己孤独的心
给我,让我听到
左手腕的心跳。

我吻了她修长的
左手腕。

很久以前,孤苦伶仃的
雷龙[1] 脸朝下趴在自己的家里,

----

1 雷龙(brontosaurus),恐龙的一种,头颈粗长,尾巴细长,主要化石产地在美国。

死了，蕨丛
盖住他的脸，秘密
躯体藏着无比鲜嫩的
油脂，钢铁的秘密，
那生灵早已把我的身体和我爱人
缓缓献出的身体
揉到一起。哈维，

我们之间只有
我的脉搏在律动，它向往着
大海。我们
都是蓝色。

有哪只眼睛见过躯体的眼睛在右手腕下
呆呆凝视？
那血是蓝色。

我曾在路上一头栽进水里，出于渴望，
或者说冒险，如果你想在那条路，
词语的路上冒险。

正当月亮沉入
船帆时，
爱人起来了，
我也起来了，

月亮也升起来了。

我在河边颤抖着。
我爱乳房，
但最爱血管中那只
柔软的翅膀。

纺织娘

1
我曾是好孩子，
所以现在
是好男人。信不信
由你。

很久以前的
一天下午，
有东西掉落在
我和我之间。

肖蒂舅舅[1] 回家了，要长住我们家。
隔壁一天工作十二小时的
男人回家了。
他脸色惨白，他痛恨黑鬼，
他那张一看到烟雾就害怕的人脸，
痛苦又兴奋地瞪着篱笆内的
空地，我正在空地上
爬，他俩冷不丁地
吓了我一跳。
我的肖蒂舅舅尖叫着跑进他老子

1　肖蒂舅舅（Uncle Shorty），即赖特的舅舅舍曼·约翰·莱昂斯。

无情的家，尖叫着说
拉丁佬[1]！拉丁佬!

后来我母亲告诉我，隔壁男人
哭着回家了。

2
孤独的肖蒂死了，
还有隔壁那个
一身煤灰、面无表情的
矿工。

3
我以为我很孤独，我以为我很孤独，所以
我随身带着那些鬼魂。
妓院。信不信
由你。
肖蒂，他想开一家卖酒的小店，
趁月亮还没落下，大海的
蓝手还没有
回来召集他和我
还有南俄亥俄那个地方
那张油腻的黑脸，

1　拉丁佬（dago），对意大利、西班牙、葡萄牙等地中海人种和拉美
人的蔑称。

那个乌漆麻黑的白人在那里
把肖蒂吓得跑回了家。

4
我得了麻疹。趁母亲独自出门，
父亲也出门干活儿了，我悄悄溜出去，
在两个院子间发现了你，孤独的纺织娘。
医生说我的样子像个西红柿，我跪在地上，感觉
你在盯我的眼睛。白天的你完全没声音。

5
我和安妮已听到你在明尼沃斯卡湖对岸
黑暗的月亮里鸣叫。
纹丝不动的绿翅，鸣唱，黑暗中升起的月亮，
你就是她。
而我，一张白人的脸
泛着墨绿色。

众河之诗：黑孩子变奏曲

1969 年 12 月 5 日，作为美国大学优等生学会主题诗
发表于威廉玛丽学院

　　致我的弟弟杰克

1

来自我的日记，1969 年 3 月 8 日：加尼私下跟我说了
这些话，当时我们正在无线电城附近看一处建筑施工。
施工已经有了初步成果，工人把要建的大楼地基打得
极深，能看出会是一栋新的摩天大厦。加尼看着那些
工人，他们远在脚下，在他眼里，在我眼里，显得非
常渺小。他们当中有三分之一是黑人。这都是加尼私
下里跟我说的原话。我要把它直接呈现给读者，它能
够——且只能够直接呈现给读者：

你知道吧

如果有个不长眼的小子

在下面

骑自行车

可能会掉进水里

我以为是水

但没想到

他们管那叫酸

如果那可怜的小子

把可怜不长眼的自行车

开到酸里

会淹掉

会死掉

然后

他们会把他

埋掉

2
致俄亥俄河

在埃特纳维尔桥畔，我出生的地方，
我想和你一起忍受
无间地狱。
一离开那里，我便启程
返回自己的河流。

我烂掉的俄亥俄，
一直到不久之前，
我才得知你名字的含义。
温尼贝戈人[1]给你取名俄亥俄，
俄亥俄的意思是美丽的河流。

在这人生最后
一个黎明，

———————

1　温尼贝戈人（Winnebago），美国印第安部落中的一族，又译作"温尼贝格人"。

我想起了两行诗，作者是不幸快被遗忘的
美国诗人 H. 费尔普斯·帕特南。

他写的是一位寂寞姑娘的宝地。

他叫道："那臭烘烘的裂缝张开着，柔软而淫荡，
我们从中流出，我们又在其中溺毙。"

啊，我神秘的宝地，铁道下的河岸，
我的光屁股沙滩，
这不是诗。
这不是在向缪斯申辩。
这是想家的吸血鬼在向弟弟和朋友
发出冷血的抗辩。
如果你对上面的诗行实在
提不起兴趣，
请不要再听下去了，
就算帮我个忙吧。
请忘了这首诗。
谢谢。

啊，我的至爱，断流的俄亥俄。
我也曾经美好，
就像你一样。
那时候，我们俩
都比现在年轻。
如今，我只是一个诗人，

就像你一样。
晨光中，我仿佛变回从前那个孩子，
被你频频拉到
怀里冲洗，
沐浴，治疗。
我感到孤独，
感到伤感，
害怕，
我也不知道
为什么。

救救我。

3
向麦克迪尔米德学习

我想写的那种诗歌
　　是成年人的诗歌。
纽约的年轻诗人给我带来了
逻辑混乱的比喻，
可他们很少同情
那个清澈透明的词。

我对那个清澈透明的词略知一二，
虽然我还不算成年人。
他是谁?

他修长的梦身，是黑色头发的
发源地，垂在文盲
姑娘的耳下。

每个人都在不停向我们解释
肉豆蔻[1]和松鼠之间的不同，
成年人犁着地。

他渴望他修长的梦身。
他整日缓慢而长久地劳作。
他清早起床就独自骂骂咧咧，
直到无声黑夜降临。
他受到了教训，
他一言
不发。（看官，我骗你的。他说了很多。）
他闭嘴了。
他死了。
他成熟了。

4
今天清早，
我的至爱起床了，起得比我早，
然后又回来了。

---

1 肉豆蔻（nutmeg），常见香料和药用植物，分布于热带的常绿乔
木，含有致幻成分。

我想要的那种诗歌，就是我爱人，
伴着雨声回来的人。啊，我
多想长年累月躺着，长长的
睡袍从她肩上滑落下来。

但是，
我要去工作了。

去他娘的工作，我想要的
那种诗歌，
就是跟我爱人一起躺着。

她只是
小小瀑布上
一朵小雨花。

你还想要我怎么样?

5
去往天文馆的路上

我爱的那个聪明的黑小子，
从街对面的
杂货店里出来了。

你可能不知道那条街，

84 街和阿姆斯特丹大道，

如果你要去那里，记得昂首挺胸，大大方方。

不然的话，过街时

要快，

快，

能多快就多快。

他会抓住你。

他就是那个姜饼人 [1]。

我爱的那个灵巧的白姑娘，

站在 84 街和阿姆斯特丹大道

路这边。

她爱的那个聪明的黑小子，

在路那边喊道：

金尼可以跟来吗？

金尼是我弟弟。

我喊道：加尼，

马上要红灯了。

赶紧给我过来。

―――――――――――――――

1　姜饼人（gingerbread man），一种传统的圣诞食品，也是西方家喻户
晓的童话形象。童话里说，烤好的姜饼人不想被人吃掉，于是一路逃
亡，边跑边喊："快跑，快跑，能多快就多快。你抓不到我，我是姜饼
人。"虽然躲过了人和家畜，最后还是被狡猾的狐狸吃掉了。

金尼能跟来吗？
我什么都没带，只有我弟弟。

加尼，你和金尼赶紧给我过来。

我什么都没带，只有我弟弟。

我也没带，赶紧给我过来。

然后，我灵巧又挺拔的爱人，
比金尼还黑的那位，
用修长而孤独的胳膊抱起婴儿格梅拉，
把她抱回家，因为
外面下雨了。

6

格梅拉

小鹿慢慢穿过矮树丛，
小鹿神秘，
我爱人，我爱人的
神秘小鹿
在我爱人洁白的肩头睡着了，因为
正在下雨，
她不能跟着我们，

不然，去天文馆的路上她会吵个不停，
还会念念不忘那些星星。

格梅拉趴在哈得孙河上，
那里连老鼠都会
仰泳。
那些可爱的小黑鹿，是不是
正趴在哈得孙河上，跟仰泳的老鼠
一起漂流?

7

题于山间潭水旁
有鹿经过

一天下午，我和我爱人去裸泳，
母女俩走过来看看我们，然后走开了，
不慌不忙。
有生以来第一次，我们没有吓到
这种生灵。她们完全没想过
我们是什么来头。

我的时间不多了，杰克。
我不知道你想怎么样。
但我知道我想怎么样。
我想好好过我的一生。
可如果你不好好过你的，

我怎么好好过我的?

我一直在努力把同伴们的妙语
打磨成我自己的话。
现在,我得用自己的话。
也因此,这首凌乱的诗才有这种调调。
你终究是我的弟弟,
河水断流时,
在生养我们的这片国土,
我什么都没有,只有我的弟弟
和众多河流。
河水断流,
在女人的体内断流,
在男人的心里断流,
在我这里断流:

古老而孤独的悲悯,并非你我独有,
河流和孩子们的悲悯,弟兄们的悲悯,这片
国土的悲悯,这就是我们的人生。

一首道德之诗，借萨福感怀

为弗朗西丝·塞尔策和菲利普·门德洛的婚礼而作

我想要与鹿[1]同眠。

然后她出现了。

我与他俩同眠。

这首诗是一头怀有梦境的鹿。

我已跨过它的岩石。

三只翅膀从我胸腔的黑石里盘旋而出，

绝地而起，扑打着另外

两面天空。

让死者重生。

让我俩死去，

与两头鹿一同消失。

我相信我们和两个动物

之间的爱，

会与太阳的光辉同在，

比金子还要

灿烂的光辉，

与美德同在。

---

1 萨福曾在诗中感叹衰老，赞美青春："曾经也如幼鹿般飞舞。"

白斑狗鱼 [1]

好吧。那就不妨
试试吧。每一位
我认识和我关心的，
还有每一位
将要在
我想象不出的孤独
和我无法体会的疼痛中
死去的。我们
只能活下去。我们
解开网，我们划开
这条鱼的身体，
从鱼尾的分叉处
一直划到下巴，
但愿我能为它歌唱。
我宁愿我们能让
活着的继续活下去。
我们信奉的一位老诗人
说过同样的话，于是
我们在幽暗的香蒲丛中停下来，

1　白斑狗鱼（Northern Pike），肉食性鱼类，雄性最长可达 1 米，雌性可达 1.5 米，体重可达数十公斤。广泛分布于北美及欧亚大陆北部淡水流域，在中国主要分布于新疆。

为麝鼠[1]祈祷,

为它们尾巴下的涟漪祈祷,

为水底的细微响动祈祷,我们知道是蝌蚪在动,

为我老表的右手腕祈祷,他后来当了警察。

我们为那个护猎员的昏花老眼祈祷。

我们为回家的路祈祷。

我们吃了这条鱼。

一定有种很美妙的东西在我体内,

我真的很开心。

---

1 麝鼠(muskrat),原产于北美的水栖啮齿类动物,分泌的麝鼠香极
其浓烈,可入药,也是高级香水的原料。

留下来吧，留在我身边，
温柔的异乡人，甜美的爱，
温柔甜美的爱，
不要撇下我的灵魂！
啊，如此新鲜，如此美好，
天空活了，大地也活了，
啊，我感受到了，我第一次
感受到了这样的人生！

　　　　　　　　　——歌德[1]

1　原文为德语，译文在王印宝教授指导下完成，特此感谢。

两位公民

献给我的妻子安妮
献给我们的老朋友蕾·塔夫茨

"哦，机灵鬼，"马克斯对着镜子说，"你怎么不说句话？"

"到底要干吗？"

"嘿，阿尔，"马克斯叫道，"机灵鬼想知道到底要干吗。"

"你怎么不告诉他？"阿尔的声音从厨房里传来。

"你觉得这是要干吗？"

"我不知道。"

"你觉得呢？"

——海明威《杀手》[1]

---

1 《杀手》（*The Killers*），海明威的短篇小说，最早于 1927 年发表在杂志上，后来收录在《没有女人的男人们》《乞力马扎罗的雪》等书中。罗伯特·弗罗斯特称赞这篇小说能激发他当众朗读的冲动。

诗艺：最近的一些考证

1
我爱过我的国家，
在我小时候。
阿格尼丝是我舅妈，
她根本不知道，
这个世界上
到底有没有
我爱的东西。

不明白舍曼舅舅，
已经去世的那位，
怎么会遇到她。
他也不算酒鬼。
他一辈子都渴望
开一个卖酒的小店，
最终却一事无成，
不过他遇到了阿格尼丝。
如今我满脑子
都在想着她，
祝福她。一个朴实的女人，
在雪地里，形单影只。

舍曼唱歌很烂，
但他很想唱。

我也遇到了
一个光彩照人的女人。

想必自有道理。

阿格尼丝这辈子，
唯一让我
记忆犹新的，
就是受伤和发怒。
当年，舍曼认识了我的姑父
埃默森·布坎南，他至今以为舍曼还活着，

在阿格尼丝的婚礼上，
埃默森调侃道：
"能免费喝到牛奶，
干吗还买奶牛？"

她没有哭。
她发怒了。
发怒也有道理。
"你们这些人
竟然取笑我。"

2
她很臭。
她家也很臭。
有天晚上，

我去看望舍曼舅舅。

我从部队回来，

休了一个孤独的假期。

他想必是做了

爱情故事里的

男主人公，因为他睡了

我舅妈阿格尼丝，

至少两次。

你听，他睡了，

哪怕是她发疯的时候。

她哭两个哭哭啼啼的女儿，

但她没有大喊。

我想她是太孤独了，

她不会为自己而哭。

3

我把我舅妈阿格尼丝

召回我心头。

如果你已读到这里，

我可以告诉你，

阿格尼丝快死了，

在剑桥那家疯人院[1]，

就在哈佛，

1　或为麦克莱恩医院（McLean Hospital），马萨诸塞州贝尔蒙特市的
一家精神病院，附属于哈佛大学医学院。

你可能去过。
我想带你回我的俄亥俄。
你就会了解我舅妈阿格尼丝，
病恹恹的她，眼圈发黑，
她的真爱死了。

4
我为什么要关心她，
那个又胖又蠢的
懒虫？
一天下午，
在俄亥俄州的埃特纳维尔，
一头伤痕累累的山羊
从狂欢宴上逃出来，
就是那种酗酒的舞会，
他们过去经常办，
就在我的河边。
骨瘦如柴的山羊仓皇逃进
阿格尼丝家的巷子，
那里就是我的国家，
说白了就是
美国，
我年轻时爱过的美国。

5
那山羊在巷子里跑，
一群小子咯咯笑，

想用石头砸死我们的同伴，

砸死那山羊。

我舅妈阿格尼丝，

很臭又爱乱说话的阿格尼丝，

扔石头回敬那些小子，

她虽然疯疯癫癫，

却把山羊

搂进邋遢的怀里。

6

看官，

我们有着优美的语言，

但我们不愿聆听。

我不信你的神。

我不信舅妈阿格尼丝是圣人。

我不信那些小子，

用石头砸了狗娘养的

可怜山羊，

还能当迷人的汤姆·索亚[1]。

我也不信那头山羊。

1　汤姆·索亚（Tom Sawyer），马克·吐温笔下的孤儿，寄养在姨妈家，聪明好动，喜欢恶作剧。

7

在我小时候，

我爱过我的国家。

我们用剑谋求和平，

但和平仅存于自由下。[1]

该死，我一样都没有。

啊，你们这些浑蛋。

我恨死你们。

1　马萨诸塞州的州训，也是马萨诸塞大学阿默斯特分校的校训。原文为拉丁语："Ense petit placidam / Sub libertate quietem."

犹大之子

上一次我祈求逃离我的肉身，
你把我扔进乱糟糟的树根。
我爬了出来，攀上悬铃木的
弯枝，那是在俄亥俄，
我想去的地方。
我离那片露天矿，可能不到
一百五十码。
我压根没把马克·汉纳之流
放在心上。
我在遍布大地的疮疤边缘
一路爬行。
我一心只想着
离开。

发现曾经活着的肉身之后，
我祈求重新回到
自己体内。
我曾心甘情愿接受你的世界，
马克·汉纳之流在那里
开厂采矿，到处开挖的
天之骄子把美国政府
攥在手心，胡作非为。

如今，果不其然，

你降临了，响应了我的两次祈求。

我从我的肉身中升起，
进入那棵高高的悬铃木，
它成了唯一一棵爱过我的树。

当我重新降落，回到自己的肉身时，
众天使中有个汉纳的同党
正在地上采挖它。

此刻，我盘旋在死去的悬铃木，
我偷偷爱过的那棵树，
和用来偿还上帝的伤口之间，

我已经买下你的世界。
我不想要了。
我也
不想要你的那些钱，
虽然是我拼命赚的。

这一次，我要离开了。
离开我祈求逃离的那具肉身，
离开只存在于悬铃木珍妮
体内的灵魂，那树如今成了一只翅膀，
唯一的那只翅膀。
上面有着醒目的碎影，
看起来就像羽毛。

我一片都没有摘过。
你摘过。

这是你的钱。
我压根没数过。

去找你自己的儿子吧，
放了我们。

向好诗人祈祷

昆塔斯·霍雷修斯·弗拉库斯 [1]，我在此虔心默祷，
此时，我父亲，俄亥俄的一个好人，
痛苦地躺在床上，我现在
不知道该怎么办。

他在那苦寒的厂里干了五十年。
他学会了如何去爱我眼里极丑的东西。
丑陋。何谓丑陋？肉身的
一种苦味。

现在，如果可以的话，我想问你
是怎样把我的父亲揽入怀中。
他懂得怎样去爱意大利人。
其他人嘴里的拉丁佬。

我的一个好朋友本尼·卡帕莱蒂
曾告诉我，在一次篮球比赛上，有个人
叫他肮脏的小几内亚 [2]，本尼
竟然都没打他。

1　昆塔斯·霍雷修斯·弗拉库斯（Quintus Horatius Flaccus），即古罗马诗人贺拉斯。
2　小几内亚（guinea），美国人对意大利移民的蔑称，用来讽刺意大利人皮肤黑。

昆塔斯·霍雷修斯·弗拉库斯，我在此虔心默祷，
让本尼·卡帕莱蒂拥有那坚固的
俄亥俄山谷里最坚固的拳头。
好让他干掉那个人。

相对于去爱，我父亲更懂得如何承受爱，
一个勤快的女人，忙碌幽暗的河。
他把我和我的两个好兄弟
带到那里一起游泳。

我至今仍爱他健美的身影。
星期天棒球[1]他玩得非常在行。
有个下午，他改用左手玩，
还把三个男人三振出局。

每次我回到俄亥俄老家，
他都会坐下来跟我说，他爱意大利人。
怎么才能跟你说清他为何爱你，
昆塔斯·霍雷修斯?

我曾在他工作过的厂里工作。
如今我在你栖身的厂里工作。

1　星期天棒球（Sunday baseball），美国曾禁止人们在周日从事体育运动，包括棒球。这项禁令实施了一百多年，一直到 20 世纪初才逐渐解禁。

有人认为诗歌很容易，
但你俩不这么想。

容易，容易，我请求你，容易，容易。
清晨，黄昏，台伯河边，俄亥俄河边，
跟美好的人互赠礼物。
必是一件乐事。

如今，我儿子也成了诗人，我父啊，
我会继续活下去。我曾担心，要让
四位慈爱的父亲在此相聚，
绝无可能。

昆塔斯·霍雷修斯·弗拉库斯，仁慈的父，
你只是序曲，你是二月里孤独而又短暂的
律动的水晶。
只是雪。

最后一醉

那些毁掉我的，
那些暗中伤我，
我必须舍弃的，
绝非豪酌。

你，你，读到这里，
千万不要奢求
我将不再端起
那烈酒，

我那隐秘的根，
我的电钻，冲击
脊柱上的枯林。
烈酒足矣。

因为我在死前
历经诸般地狱，
换作他人，完全
经受不住。

生了苦命儿子。
却没有女儿缘。
就算最终赴死，
也要死在水边。

她，在我心里头，
肩披秘密黄金，
和她母亲一样瘦。
我则寿终正寝！

冬日暖阁里的爱

你的问题在于
你以为我只想
把你弄上床，
跟你亲热。

没那回事！

我只想交个朋友。
我只想
跟你一起
到床上，

跟你亲热。

那只小鸟是谁？今天下午，悬崖边的
雪地里，我们看到他头朝下倒挂在
松塔上。不可爱吗？不，很可爱，对，
对，对，
放松点儿。

啊哈！

年轻的好人

1
年轻的好人走出来，咂摸着
自己的舌头，而不是
野苹果的唇。
你会相信这一幕，

但在俄亥俄州加的斯村的另一边，
曾有些地方，你能神不知鬼不觉地
溜进去，你会发现
它们很甜。

我认识，我爱过，我敬重的所有人，
比如查理·达夫，我的老表戴夫，
乔治·埃利斯，贝莱尔村曾揍过我两次的
吉恩·特纳，甚至，我对天发誓，
还有约翰·闪克，从匹兹堡到辛辛那提一带，
只有他一个人知道怎么穿
潜水衣，报纸上老是出现
他的名字，报道他怎样
把淹死的男孩们拖上岸，

这些人都说过，不要碰那些野苹果，
太酸了，酸得你五官扭曲
起码两天。咬一口试试，

你会后悔的。

2

也不知为什么，

八月的一个晚上，我心血来潮，

不想再揣着冰凉的手

无所事事。

我对家人撒谎说要到郊区走走。

然后，我去了那座山，

据说，如今山已被布鲁哈特卖给汉纳

露天矿业公司，但当时可谓畅通无阻。

距离电网不到十五码，我给自己找到了

一枚野苹果。

我把它舔了个遍。

你要相信我。

很甜。

我知道如果咬下去

舌头会怎样。爱我的人

当然都不傻。

3

你和我无缘做一对平凡的恩爱夫妻。

个中原因多得数不过来，

不过，我可以列几条：

你比我睿智得多，也博学得多。

我能说会道，巧舌如簧。
用刻薄的连珠妙语刺痛你的心，
是早晚的事。
你根本招架不住。
我们各有各的生活，
我们之间没有机会。

我希望我们有过。
我已在死前给你写下这首诗。
我说的死，不是
拿命换一段好时光。

奥赫里德湖的午后与黄昏

1

我曾与一个皮肤黝黑的女人同行，她很悲伤，
夏日将尽，脚下是一片碧水，野草
冒出来，不知道她会
怎么称呼它们。

没人用塞尔维亚 - 克罗地亚语告诉她
那首小花之歌的名字，我们也只好
把自己的话藏在那片浩渺中，

藏在辽阔水面尽头的微茫群山中，
藏在为人世孤独所困的悲伤爱人心中，
藏在爱人清澈的脸上。

怎样才能清楚地告诉她那些名字？
我也不认识它们。我只好抱着她。
也只能这样了。

于是我开始了。太阳映红的眼睛
哭泣着，缓缓移动，
从山上移到水中，不断靠近

无眠的女人。年轻的恋人该怎么
走下去，一路交谈？

算了，

有生以来第一次，

我闭上嘴，倾听着。

2

那些小鸟唱着歌，

用一种让你我感觉很陌生的语言。

在它们眼里，我们的爱

是愚蠢的爱，是背着蜗牛壳

在拥抱和缠绵。

在荒野之中，我最渴望遇到的事物

是蜘蛛。如今我已结识了

我的蜘蛛朋友们。它们是群山。

美国的每只蜘蛛都是一位美丽女人

投下的影子。

一时情怯的我，不敢相信

自己的双眼，我竟然在这里

看到了最美的蜘蛛。她说了最美的语言。

它编织着她的脸。

3

她在我前面徘徊，喃喃自语，

说着悲伤的语言，山水总是一副陌生面孔，

夏日将尽时变黑的面孔。

黝黑的爱人在前面山路上清楚地告诉我：

来吧，在龟的淡影旁清醒地爱我。

我错过了那只龟，但我终于
追上了爱人的脚步，
于是我们继续走。
然后我们又往回走。哦，你应该见过她，
我爱人告诉我，她正要回家，
两条路之间的家，我们甚至都不懂
塞尔维亚 - 克罗地亚语怎么说。你叫什么，
我问。
我爱你，
她说。

俄亥俄峡谷里的浪子们

长腿盲蛛[1]干掉了暮色
和光。

啊，约翰尼·刚布尔来了。

吉多？
伯努斯搞了莉莉·德维奇。
吉多他娘的一点儿都不在乎。

在河这岸的上游处，
淫棍们四处放荡。

狗杂种们正在钓鱼。
钓出了避孕套。

那小子，你在樱桃树林里
干吗呢？

放开她。我爱她。

1　长腿盲蛛（granddaddy longlegs），节肢动物门蛛形纲盲蛛目的统
称，在全球分布甚广，种类繁多，多在夏末秋初出现，喜夜间活动。
西方人喜欢把长腿盲蛛叫作长腿老爹、长腿老爷爷、收割者。

他们把我撂倒在地。

于是我继续向上游走去，
在摇喊派教徒们¹的帐篷外，
上帝是人千古保障啊，
是人将来希望²。

约翰尼·刚布尔来了。

我在很多年后才明白
她那天晚上遭遇了什么。

我一身酸痛，孤独地向长河上游走去。
铁路警察
很有礼貌地问我
在那里干什么。

他们正在下游欺负一个姑娘，我说。
好的，他说，你回家去吧，

1　摇喊派（Jesus Jumper），也常作 Holy Roller，这一叫法始于 19 世纪，用来称呼喜欢手舞足蹈、大喊大叫的新教徒，有歧视色彩。但在某些新教徒眼里是褒称，他们相信各种疯狂举动能让自己与圣灵相通。

2　这是赞美诗《上帝是人千古保障》（*Our God, Our Help in Ages Past*）的开头两句。1708 年，艾萨克·沃茨（Isaac Watts）根据《诗篇》第 90 章创作出了这首诗歌。此处译文采用了刘廷芳的翻译。

少管闲事。

约翰尼·刚布尔，
你和你的同党曾经抓住我哥哥，
把他打了一顿。但我没什么好怕的。
生死有命吧。

但我听到你和吉多在帐篷下方尖叫，
疯狂的摇喊派教徒在帐篷里
说着莫名其妙的话，
你们没完没了地笑。

你们觉得调戏一个姑娘很好玩，是吗？
我只在梦里爱过她，
但我的梦很重要，
她也重要，
你们这些狗娘养的，
要是让我再看到你们，我在我主上帝面前发誓，
我会杀了你们。

我再也不想听人提到美国

蓝花垂下头摇曳着，
蜘蛛在龟身上投下了
钻石般的影子，
老妇人的一缕金发在衣服外结了张网，
姑娘们丝毫不担心
裙子的长度，
她们款款而行，傍着瘦驴的肩膀，
消失在自己的暮光里：

我默默看着这一切。

曾经，在午后的北加州，
杰克·伦敦的疯人院，
我差点儿找到自己的国家。
在田野边缘，
我把一匹鹿皮马[1]的脖子
搂到怀里，低声问：好久不见，
你去哪儿了？

孤独了这么久，我厌倦了孤独，

1　鹿皮马（buckskin），浅棕色马，因毛色接近鹿皮得名。泛指此类
颜色的马，有时特指原产于美国加利福尼亚的某一品种。

整个下午，我在小城外散着步，
当地的语言听起来就像
山里人的音乐。

在南斯拉夫，我正学着用当地话
打招呼，说再见。
剩下要学的，就只有
我身边这位沉默女子的语言。

我希望群山能锻造出金色，
我爱人则希望，大教堂经过时间的爱抚
锻造出本来的灰色，和头发灰白的
女人一样老去，那位头发灰白的女人给了我们
一些奶酪，用深情款款的声音，对我爱人
还有我低语着，我们默默神游在陌生语言的
和风之中，有种一见如故的感觉。
不发一言，专心听着，

听到了生词"山"，生词
"大教堂"，生词
"奶酪"，还有一个生词，不是
"大教堂"，也不是"家乡"。

俄亥俄马丁斯费里老公振署 ¹ 游泳池

我有点儿害怕写下
这件事。我当时肯定有，
可能有七岁吧。那天下午，
公振署救助的家庭都出来
欢欣鼓舞地庆祝
地上的一条长沟，
一群彪悍的已婚男人
往沟里浇好了混凝土。

我们那时就已经知道
俄亥俄河快要干涸。
住在岸边的好男人大都想
谈个恋爱，好好爱护
并不漂亮的美人，
还有我这样什么都不懂的
小孩子。

到了八月，粮食不够吃了，
那条河，
人们奉为神明的河，

1　公振署（WPA），全称为公共事业振兴署（Works Progress Administration），美国大萧条时期的政府机构，目的是解决大规模失业问题。

开始干涸。

他们在泥里游泳。舍曼舅舅，
威利舅舅，埃默森姑父，还有我父亲
帮忙在地上挖了那个坑。

那时，我已在地上
见过两三个坑，
你知道是什么坑。

但这一回，不是往常那种廉价
实惠的坑，不是穷人脸上
孤独的疮疤，不是人们死后
才能用七十五美元买到的
那种体面的坑，不用
把六个月的薪水拱手送给
赫斯洛普兄弟[1]。

兄弟，天啊。

不，这个坑里注满了水，
突然间，我奋力跳进水中。
身上只穿了条护裆，那是我兄弟
从一支蹩脚的橄榄球队里偷来的。

1　赫斯洛普兄弟（Heslop Brothers），即赫斯洛普殡仪馆。

主啊，不用担心，我父亲
和我舅舅、我姑父在地上挖了个坑，
但这次不是坟坑。你可能很难
想象：当我从水里浮上来时，

一个小女孩，不知谁家的小女孩，
在我左边冒出
幽灵般的瘦脸，低声说：小心点儿，
耐心点儿，活下去啊。

自那以后，我一直爱着你，
我都没想到
我能活到现在。

保罗

也不知有多少次，
我在那个穷乡僻壤的大街上
乱跑。我压根想不到
自己会出什么事。

我心里很清楚
准没好事。
一无所有的时候，
还指望有什么好事？

会有几个朋友垂涎路灯下的泡泡果[1]，
路灯黑乎乎，但又绝不会爆掉。

会希望你能谈个恋爱，然后再死去，
如果说心里还有什么盼头，那就是
牵挂在大街上接你的人。

如果说我有什么牵挂，
那就是牵挂在大街上接我的人。
你不记得了？你跟我说，来啊，

1　泡泡果（paw-paw），生长于美国东部和加拿大的一种水果，味甜，
可以生吃，也可以用来制作冰激凌。

上车，我们要去布鲁克赛德。

我记得你发火了，因为当时我眼里进了
一小块煤渣。

来啊保罗，你朋友
咂着酒说。
你对他说滚蛋。
因为有一小块煤
进我眼里了。

那时你一星期还挣不到二十美元。
你开着那破卡车去布鲁克赛德，比阿尔凯奥斯
对萨福还要亲切友好。

你都不清楚我此刻在说什么。

我也不清楚你此刻在说什么。

但我发誓，有些事我很清楚：
如果一位翩翩少年忠于他所忠爱的，
毫不畏惧下巴遭人狠狠一击
（疤非常靠下，真正的爱之疤），
如果一个人能在美国中部挺身而出
（我依然爱那个蛮荒之地），

就别再费唇舌讨论什么宗教了。

任何一个能把我从大街上接走的人，
在我眼里都是好人。好人啊，

我希望在你眼里我也是好人。

纪念查尔斯·科芬

是什么如此冰冷，丑陋，
偷偷潜入你脑中，杀死
我所爱和你所爱的。我愿
把心目中最好的东西
敬献给你，如果你还活着。
你相信肉身可由灵魂生出，
我对此依然无法释怀。
你听过灵魂咆哮，你发来
好神玛尔斯[1]孤寂的回声。
那个黑色夏天，我在俄亥俄
芒特弗农大桥公司[2]
上班的时候，差点儿
闹出人命，差点儿瞎了。
好吧，你说：本·琼森说过，
再给萨拉西埃尔·佩维
一次机会，再给自己一次机会吧。

---

1 玛尔斯（Mars），罗马战神，也是国土、春天和农业之神，罗马人
曾自称"玛尔斯之子"。

2 俄亥俄芒特弗农大桥公司（Mount Vernon, Ohio, Bridge Company），
成立于 1880 年，运营了近一个世纪。主要建造各类大小桥梁以及体
育馆等大型建筑，第二次世界大战时还为美国海军造过舰艇。赖特
在这里打工时，主要是负责刮掉桥梁上的旧漆，然后涂上铅丹。芒
特弗农是俄亥俄州的一个市，跟乔治·华盛顿故居弗农山庄（Mount
Vernon）同名，但不是同一个地方。

对，我不知道你孤独地躺在
圣母玛利亚的哪一方土地。
但我很清楚，你会满意
我发出的复杂声响。
它总共有三拍，虽然你心已碎，

我亲爱的老师，我敬爱的人，
现在去生活似乎已来不及。

在墓地

我只是在这里一个人走走。
并未加入这些英国诗人。
就算是死后，我也不会
加入这些英国诗人。
你生前深爱着他们。
你也喜欢我，很好。这个清晨，
十一月的清晨，雨还在下。
我还没有站在你墓前。
我正在纽约翻弄笔记簿，
遥想着俄亥俄，此时此刻，那里有
一枚叶子挂在皂角树的刺上，
在雨中破碎不堪。
咳出肺的约翰·济慈，
疯狂的约翰·克莱尔，
独一无二的杰弗里·乔叟。
还有本世纪唯一清醒的战士，
被人杀死的爱德华·托马斯。
如果这几行诗能发表，我会遭到
某些看似无所不知实则闭目塞听的

蠢货的批评。死者已然湮灭 [1]。

他说得对。

活着的人在黑暗中整夜傻笑，

死者已然湮灭。我差点儿

在俄亥俄州芒特弗农大桥公司撞碎膝盖，

那年夏天，我在那些摇摆的大梁间工作，

只为了赚够钱，去写一篇像样的散文

给你。那篇散文写得不好，但你很喜欢，

你也喜欢我。俄亥俄的

斯托本维尔很不适合安息。

但世上有的是优美的安息之地。

比如罗马。你听我说。我敢肯定，

今天一定会冷得要命，

相信随便哪个约翰牛 [2] 都能听懂

我对你说的这些话：

我已经找到一位懂生活的女人，

我还要跟她一起去罗马

长相厮守。

---

1 "死者已然湮灭。"（The dead are nothing.）或出自柏拉图《申辩篇》："死亡无非是两种情况之一。它或者是一种湮灭，毫无知觉，或者如有人所说，死亡是一种真正的转变，灵魂从一处移居到另一处。"见《柏拉图全集·第 1 卷》第 30 页，王晓朝译，人民出版社，2002 年。
2 约翰牛（John Bull），原型出自苏格兰作家约翰·阿布斯诺特（John Arbuthnot）讽刺小说《约翰牛的生平》（*The History of John Bull*）。约翰牛是个矮胖子，戴高帽，穿长靴，手拿雨伞，一副绅士模样，但为人冷酷异常，桀骜不驯，喜欢欺凌弱小。英国人常以"约翰牛"自嘲。

斯托本维尔今天正在下雨。
老天保佑倾盆大雨中的死者。
诅咒那些苟延残喘的生者。
保佑你那张苦恼的脸，
你颤抖的十一月，
你那逝去的
叶子。

莱诺克斯旅馆

她喜欢恋爱，
所以她醒来，神采飞扬，
然后起床。

很多人去那里，
只为睡眼惺忪地醒来，孤独地
下楼要咖啡和面包。

而她是睡眼惺忪地孤独醒来，
要咖啡和面包。

和我一起
上楼，我们一起
喝咖啡吃面包。

我们高高兴兴地见了她美丽的
母亲，做了她母亲多年的那位。

在这座伤痕累累的城市，

我们回到了我们温暖的毛毛虫旅馆。

比翼双飞。

啊，美丽的地方，

啊，树。

我们爬上了那位女士的树，
钻进树冠。

我们这对鸟儿鸣叫着。

柠檬色的光冲出来，飞过了那条河。

街道变年轻了 [1]

1

一个初夏的傍晚，我和爱人漫步巴黎，
身旁的年轻学生们争论不休，
研究着大教堂。
没有下雨。
在我们青春的身体后面，一条小巷里，
有个大约五十岁的瘦削女人，
箭一般从黑暗中蹿到我跟前，
张口就找我要零钱。

2

过了一会儿，
克利须那教徒 [2]，他的雪茄，他的钢琴，还有他的乐队，
上来原谅我让他们得了癌症。

3

那精明天使放弃了他的隐居地，

1　这首诗是对 E. E. 卡明斯《巴黎；这四月的日落彻底喷薄》（*Paris; this April sunset completely utters*）的唱和之作。标题来自卡明斯的诗句"街道在雨中变得年轻"，有所改动。
2　克利须那教徒（Hare Krishna），源自印度教的克利须那教派在西方拥有很多信徒，经常有信徒出现在公众场所，向路人行乞、卖书或卖花。

他那只手的故乡，

他爬出坑来，爬上他母亲没乳头的胸部，

留下累累伤痕。他没有女人，

但他已经知道怎样

把地狱变成他的乐土。

他的硬翅膀上长不出苔藓，

哪怕是在巴黎。

正当他原谅我时，皮包骨头的妓女蹒跚而过，

啃着手里沾满口水的

面包。

好了。我接受你的原谅。

是我在国会大厦放的火[1]。

是我发明的圆珠笔。

是我吃了英国在罗得西亚[2]的总督。

（不过，那是老早以前的事了，

我当时想，他应该觉得驴唇不对马嘴才是。

但是，他完全没听出来。）

好了，你赶紧走开吧，别打扰我

和我的女伴。

---

1 这里指的是 1933 年德国柏林的国会大厦纵火案。

2 罗得西亚（Rhodesia），津巴布韦的前身，之前是英国殖民地。

4

被逗乐的巴黎人窃笑着，
这时，一个弱智的胖子在角落里
对着来往的女人
晃动一只橡皮老鼠。
这个可怜的浑蛋需要钱陪葬，
可他连乞讨都不会。

老人说起明天

当我们重返此处，
　　　黑加仑和玫瑰
在枝头沉甸甸懒洋洋地
　　　摇晃，地上水芹
在雨中青翠欲滴，

他将远去。

我们只能原路返回
沙特尔，他在那里
　　　摇摇晃晃，
翅膀都无法合上，

他飞进流蜜的岩石，那里
　　　积聚着
黄昏的灰雨。

他怎能跟得上一只
　　　掠过的燕子？
当我们重返此处，爱人，

他将远去。

　　　　　　　　　　　卢瓦尔河畔圣伯努瓦

佛罗伦萨，最后的圣殇 [1]

整座城市
都是石头，
即便是在
不该有石头的地方。
那个老人形象
为何面带痛苦呢？
略有些暗暗的 [2]，
略高一点儿，
在一条无力的手臂
略靠后一点儿。
在不该有
石头的地方，
那块石头
为何面带痛苦呢？

1　圣殇（Pietà），又叫"圣母怜子""圣母哀悼基督"，米开朗琪罗的雕塑作品，有多个版本。佛罗伦萨的这一版又名《卸下圣体》，雕塑中有四个人：耶稣，尼哥底母（或亚利马太的约瑟），茉大拉的玛丽亚以及圣母玛利亚。

2　这里指的是亚利马太的约瑟，《圣经》提到他"只因怕犹太人，就暗暗的作门徒"（《约翰福音》19:38）。

阿尔勒荒墓间的老狗

有个地方，我听说，也可能
书里看的，忘了怎么知道的，
那里的动物会跌入无边无际的
迷梦，垂涎身边经过的
每一副丰满腰臀，
小母狗们身上散发着光芒。

从不可思议的孤独智慧中，
我发现了他们的自由。
尽管单薄的脑袋容量有限，
老骨头们却若有所悟。

他们快要跟尘土融为一体，
他们在坟墓间一瘸一拐寻找凉阴。
一条早已不耐烦的流浪狗
站起身，太阳光正好打下来，
他咬了咬自己的右前腿。

当稍纵即逝的凉阴又回来时，
他再次安详地躺下来，
躺在形状依然完好的石棺之间，
棺内没有罗马人，什么人都没有，
什么时候没的，已没人记得。
坟墓比人类保存得更久。谁敢说
老狗们一无所知。

半梦半醒时的山中对话

你整个下午都在散步，
自己一个人，
你散步时在琢磨什么呢，
我至今不知道。

我很想在那山雪之中找个东西，
又不能走路去找，
于是躺下睡了
整整三个小时。
在你内心深处，可以找到那枚水晶。
我心里有枚我自己找不到的水晶，
我曾以为那可怜的翅膀无人
问津，只能带它与死者同行。

这并不意味着：我在你踏雪时睡去，
就是快要死了。
那个梦里有我想找的
东西。当我最终找到路，
爬到梯子最底部，
我被困住了，我不停喊
救命，救命，有个凶残的
双头女人压迫着我，一个头
脸烂了，凶残无比，另一个头
脸死了。

两只手攥住我的手。

你叫道：怎么了，你梦到什么了？

我不知道，我说。
你去哪里了？

你说只是散了个步。

安妮，我花了很长时间去生活。
花很长时间去生活，就是要花很长时间
去理解：你的生活只属于你自己。
你在白雪覆盖的长长山坡发现了什么，
是你的秘密。但我终于可以告诉你：

那里曾有一棵悬铃木，就在
马丁斯费里的郊外，
我以前常去那里散步。
那里没有我的朋友。
也许那棵树不是女人，
但是，我坐下去，
把树干搂到了怀里。
那是我第一次升起。

真不知道该怎么跟你说。
也许有一天会知道吧。

这时，你用手攥着我的手，把我
从美梦中唤醒，我渴望我也能
在你美梦时用手攥住你的手。

你在雪中久久漫步时找到了什么？
我爱你的秘密。我发誓绝不打扰
你所见那对风中展开的雪之翼。
亲爱的，交给它们，收好它们吧。

女人的解放

人到中年时，我走向
冷冷花丛。
我不管你是否介意，
押半韵[1]，可以说花簇。
从来没有谁像个女人般
对我这么好，在冬天的僻静处
开启了春天，正因如此，

我最爱你。

我心里很清楚，你会怀疑你的生活。
我不否认，我们的生活已入迷途。
我发誓我想活下去，你也一样。

我曾经年幼无知，不会爱
你认识的那些冷树。

原谅我吧，在树下
靠近我破碎的

1　半韵（half-rhyme），英语诗歌中的一种押韵现象。用来押韵的音
节没有完全押韵，只是辅音相同，这种叫"谐辅韵"，比如这一行的
"花簇"（blossom）和第二行的"花丛"（bloom）；或者是元音相同，
但元音后面的辅音不同，这种叫"谐元韵"。

男人怀抱。暮色之中，
纽约城的冰正在融化。
是什么在温暖你?
是什么躲进了西边天际
那冷冷羽翼?

如果我俩都死了，会怎样?

我最爱你。

博洛尼亚：一首关于黄金的诗 [1]

这一次，最好且严格的意大利人 [2]，
请赐我一首关于黄金的诗，
左边角落里的黄金，关于我
乘火车来此地的途中那一晚畅饮，
关于古老绿壶中的烈酒，
众人用来饮酒的玻璃。
曾几何时，我每日都带着瓶子回到
冰凉的洞窟，如今我一身金黄
出现在大教堂侧厅的
左边角落：

博洛尼亚的白葡萄酒，
还有茉大拉的玛丽亚 [3] 所注视的
左边角落里那些洞悉一切的金色影子，
得意的圣则济利亚 [4]
站在一面空白墙壁的中央，

1　这首诗写的是拉斐尔油画《圣则济利亚的狂喜》，该作品今藏于意大利北部城市博洛尼亚一座教堂内。

2　这里指的应该是赖特的精神导师贺拉斯。

3　茉大拉的玛丽亚（Mary Magdalene），耶稣的追随者，见证了耶稣的受难和复活。

4　圣则济利亚（St. Cecilia），被天主教、东正教、圣公会等奉为圣女，也是音乐和音乐家的守护者。

这位圣女手里耷拉着愚蠢的排箫，

自我

陶醉着，而谦卑却最富有的那个女人注视着

我这个看客，眼中带着洞悉一切的同情，

和对金色土地的爱，她懂我，

她的光环有些歪斜，

她的黄金之中没有绝望

能将座天使[1]们拉下来

并让他们付出代价。

啊，

她看起来可能有些歉意，对则济利亚，

还有

右手边树上的那位圣人，

但是，

她看起来对拉斐尔没有歉意，

而且，

我敢说她看起来对耶稣也没有歉意，

而且，

她看起来对我也没有歉意。

（谁会有？）

她看起来对我没有歉意。

1　座天使（throne），九级天使中的第三级天使，担当坐骑和战车，
位于精神和物质的交界处，对物质没有欲望。

她看起来就像沉甸甸的黄金，
整日都在藤蔓上
把座天使往下拉。
博洛尼亚的玛丽亚，我整个上午都在拥抱
整个下午都在用手捂住的阳光，
整整一天，我和我怀中胸膛金黄的爱人

都陶醉其中。

楼台之诗

我就要成为
老人中的一员。
我对他们感到好奇，
好奇他们怎会变得
如此快活。今晚，
东河之畔
卡尔舒尔茨公园的树木，
无须用电
点亮枝干，有月亮
和我爱人就足够。
更何况，垃圾船
正在打捞，骡子的
前蹄在水中拼命跋涉，
无须逃离。白发
陆游，今晚谁会
怜你？智者和愚人
都已故去，我的爱人
靠在我肩上，恰好
雪中飘来一阵
笛声，歌
和诗散落在
蜀地，散落在东河，
与河水缠绵着，又被它淹没。

给遥远的你（火星？木星？）

我相信我能欣赏你梦的高贵。
最初的事物，可能
是从硫黄的雾气中轻轻飘出，
在惊讶中醒来，生命
欣喜地飘起，薄如蝉翼，陡然
出现在肉红玉髓[1]山
和两轮玉髓[2]月亮锁住的海光之间。

接下来，
经过数千年岁月的凝视，
透过镜头爱抚微小
迷人的蓝色烟霾，在所有月亮之外
飞旋的未知之物。
它的样子一定很好看，
遥不可及。
很想知道你怎么称呼它。

看那边！看那边！
把你的大镜头稍微转过去一点儿。
他们并非都在忘我地吃着剁碎的小毛狗

---

1 肉红玉髓（sard），与红玛瑙类似的宝石，玉髓的一个变种。
2 玉髓（chalcedony），隐晶质的石英，颜色以灰、白、蓝为主。

和蘑菇鸡片[1]。
他们并非总是在凉爽的黄昏漂流而下，穿过
绿松石乳头般的岸滩，蔚蓝色的
水湾，那里总是聚着一群数量刚好
又聪明又漂亮又喜欢伺候他们的
黑色生灵。

不对。
把镜头稍微转过去一点儿，
看那里。看那里。

他们站了几个小时的队，在刺骨的寒冷中
孤独地缩成一团，无助地渴望
向一个叫史翠珊的人
祈祷。
他们在暮色中暗暗偷笑，存好
锋利无比的长刀片，因为不久
他们可能要碰到彼此的身体。
他们溜到一边，摸着那几块骨头，
也就是他们所说的钱[2]。
他们仔细挑选自己的孩子，划开
他们的阴部和臂弯。

---

1 蘑菇鸡片（moo moo gai pan），疑为"moo goo gai pan"，从广东话
音译而来。
2 bone 在美国和加拿大的俚语中有"一块钱"的意思。

给遥远的你，
啊，不要，不要看这里。
没错，在这个微小的烟霾上，
你会发现很多东西。
但不会发现上帝。

赋格的艺术：一份祈祷文

菲耶索莱灿烂的寂静，
持续向山上攀升的，只有天空的一根羽毛，
在天空之中开启了旅程，
黝黑的乐天派佛罗伦萨人一定会采集
所有该采集的，每天夜里出发，
进入这颗珍珠。

我们手中的佛罗伦萨，一座城交出了
地狱最后的秘密。
菲耶索莱在我脚下把我包围，看不见的
音乐家埃斯波西托弟兄合拢双翅，
围住我和我的姑娘。

管风琴
静静地盼望唯一的爱人。
巴赫和但丁相遇，祈祷，
然后音乐开始。

半山腰有一只小铃铛响起。

我在那里，远离冷冷的地狱之梦。
终于，我终于，独自
在那里，带着肉身的尘土
远离，我将永世逃离死亡，

神的两位伟大诗人在寂静中
聚到一起。

演奏家埃斯波西托等待开演。
半山腰的小铃铛优美地渐行渐远。

山下的佛罗伦萨暗下来，等待开演。

我终于独自和我唯一的爱人，在那里
等待着开演。

不管你是谁，当你漫步经过我的坟墓，
我的名字已磨得像美丽山城菲耶索莱，
薄如披肩，在天空的灿烂和寂静中，
请听我说：

爱有时会是难以想象的地狱，
但它肯定不是一个谎言。

乱刻在沙特尔入口的名字

致马什和他的音乐

P. 多兰和 A. 多伊尔
在这里涂下了他们的名字。
另类的蠢天使，
他们在这里没有
翅膀。他们在这里只有
哭哭啼啼的婴儿和野草莓的
叶子，今天你还能在湿路边
采到那些野草莓。

我肉身
嘶哑的歌，艰难地进入了
这片居所的体内。没人
陪我进去，
除了我的爱人，一个女人，
还有我粗俗的死，我的海，
我的海，我的坟茔，我时代的
粗俗节奏。

这片怒放的繁花是我第二个美国。
尽管第一个
正用冰冷仇恨摧毁自己，尽管
我早就该把我的叶子
献到这里，

迎接我进入此地的，却是 P. 多兰和 A. 多伊尔
这两个模糊的名字。

在当地的草莓叶里，在野豌豆的虔敬中，
在人们鲜活的面孔上，找不到我们的家。

我没有别的选择，
只能
跟这两个乡巴佬同行，
跟蠢得记不住死亡的
复仇三女神同行，跟我们肉体的母亲同行，
她的守护神[1]会记住我们在沙特尔
湿路上的死，跟美国同行，然后忘记
我们的名字。野草莓的叶子
无须费心记住
它自己的名字，还有多伊尔，多兰和我。

我们三个美国人，都为孤独的女人而迷醉。

我们用自己的方式编派了镇长，
少有的一个该死的人。
我们整夜不睡觉，
聊起一小段艳遇，一场隐秘的

1　守护神（genius），又译为"格尼乌斯"。根据古罗马神话，每个人
都有一个守护神，伴随人从生到死。除了人之外，每个地方和事物也
都有自己的守护神。

桃花运，我们也无权
深究，但却记住了。
草莓叶的无名建造者，
在我孤独的祈祷中那么真实，跟普通的
法国建造者一样，他们在莴苣间歌唱，
骄傲的舌头唱出最清亮的
石头之歌。

天啊，也不知谁一整夜没睡觉，
呼天抢地，祈祷老天爷
能让孩子在天亮前睡去，
好让自己迷迷糊糊睡几小时，
去采集那些野草莓叶子，

那个真正的女人。

我记得她的名字，但我不说。
我记得多伊尔和多兰的名字，
他们用自己丑陋的方式，在这篇祈祷文中
刻出了自己的名字。

这些丑恶的浪游者憎恨生活，他们
爱得郁闷，痛苦，整夜
不睡觉，在女人身边醒来，手里
握着叶子醒来。

是谁建造了这个地方？

埃默森·布坎南

钢枪在怀的埃默森·布坎南。
孤独的威利舅舅，烂醉的肖蒂。
都曾是我榜样。那里不适合
死后安息。死神，我们只有
俄亥俄。富兰克林·皮尔斯合拍。
其他人都不合拍，迷人的艾伦，
迷人的艾伦之歌，这些都是我朋友。
唯一的读者，死了。落寞而死。
古罗马诗人维吉尔合拍。

埃默森话太多。有次
圣诞前夕，我大声喊着让他
闭上嘴。

肖蒂要死了，哭个不停，
肖蒂是地里的呕吐物。
威利舅舅正在跟踪
两个死女人，悄无声息。
富兰克林·皮尔斯是唯一的朋友。
曾经，纳撒尼亚尔·霍桑在他身边死去[1]。

1　霍桑与皮尔斯是生死之交。1864年，两人相聚，皮尔斯在深夜时
分发现霍桑已经死去。

话太多的埃默森·布坎南

闭了嘴，他现在是首不完整的十一音节诗，

勉强算是抑扬抑格[1]。

我很想听，试了又试，却只听到

茫茫一片拨号音。

---

1 抑扬抑格（amphibrach），即短长短格，指的是诗歌格律中"轻—重—轻"的组合，古希腊语和拉丁语常见的一种格式。按照亚里士多德的说法，比较贴近日常对话的节奏。

蜗牛的旅途

卢瓦尔河畔弗勒里，
马克斯·雅各布墓上的一只蜗牛。

一枚多彩的小小螺旋，
黑色与浅铜色。

一小圈一小圈，挪出
诗人的右脚尖。

我爱上了替我找到这座墓的
一位姑娘。

我们把一捧野牵牛花放在
诗人额头，晒得暖暖的花岗岩。

我们伫立了很久，看着
雨直直落在西边的地平线。

我爱这位诗人，若没有心爱的姑娘，
我很可能找不到他。就算太晚又如何。

蜗牛就在右脚下面，
脚尖指向团团雷雨云。

我的右手忘了耶路撒冷，
我也忘了我的技巧 [1]。

蜗牛想起卢瓦尔河的耶路撒冷，
我摘掉帽子跪下来。

那小东西蜿蜒着开启漫长旅途，
雨中的古铜色犹太蜗牛盛开了。

我们牵手漫步，十指相扣，共同冒雨寻找亲爱的
马克斯·雅各布。我们找到了他。找到了我们的手。

太阳已经出来很久了。
就算太晚又如何。

---

1 见《圣经》："耶路撒冷啊，我若忘记你，情愿我的右手忘记技
巧！"（《诗篇》137:5）意思是以色列人情愿把琴挂到树上，也不愿
给外邦人唱家乡的歌。赖特引用这两句，是想说他此时忘记了家乡。

我和你看鹰交换猎物

他们在自己的光里
行了那暗昧之事[1]。

他突然在风中夺下
一只灰田鼠。

垂死的小东西
在他嘴里苟延残喘，

面对他的冷傲，那么无助。
她能得到的只有一条命。

他们战战兢兢。他们交手了。
生命难以承受。

她带着忧伤飞走了。
带着忧伤，孤独离去。

她那已经离开的小猎鹰
不会再飞上来了。

---

1 暗昧之事（the deed of darkness），《圣经》中常译作"暗昧的行为"："黑夜已深，白昼将近。我们就当脱去暗昧的行为，带上光明的兵器。"（《罗马书》13:12）

他比她小，一只爪在上
一只爪在下，落到一棵
披着针叶的歪树下。

而她，明显不同的两只里
比较可爱的那一只，
带着悲伤飘远了，

像我对你的爱一样高远，

似乎更荒凉。

我陶醉在快乐中，
我爱你在高空，
我爱我在陆地。

大大的双翼，沉默
而轻盈。轻盈落下。

唉，又有什么办法呢？

一天下午，我正在俄亥俄
一片牧场尽头打盹儿，
这时，我们楚楚可怜的佩特[1]躺在地上
呻吟着，正在生玛丽安，我的牛犊。

我有什么办法呢？我只能
醒过来傻站着。
我对美丽女性们的问题
一窍不通。
我不敢跑到两百码外
去喊我母亲，
去问她我在美丽女性面前
该怎么办。
何况，她也不会知道。

两个小时。
整整两个小时。
佩特一直躺在地上咀嚼，身边时不时
有格兰姆斯金苹果[2]落下。

1　佩特（Pet），赖特家母牛的名字。

2　格兰姆斯金苹果（Grimes Golden），苹果的一个品种，或为"黄元帅"等品种的亲本。

我吃了两三枚。
玛丽安慢慢探出脸时，我除了吃苹果，
还能做什么呢？

我吃着苹果，
玛丽安诞生的时候，
我来帮忙接生。
我当时已爱过很多姑娘，但那是我第一次
紧紧攥住一位女性的下巴，
小声说，快出来啊，
快点儿，快点儿，我叫你玛丽安吧。

玛丽安在我的帮助下爬出妈妈的肚子，
落入秋天冷冷的
荆棘丛中，
那里还有一堆马粪，
我躲不掉，我敢说
我压根没指望躲。
我只好时不时
摔一跤。
玛丽安的脸还可以，比雪还要白，
铁锈色点缀其中。
可我更心疼佩特，
她已筋疲力尽。

我在她身边躺下，她抽着鼻子，闻起来像一枚
格兰姆斯金苹果。

然后，我抱着玛丽安在牧场上跑了两百码。
她优美地喷洒着初生身体内的汁液，
我的工装衬衣上到处都是。

我以为我不属于
那个美丽的地方。但是，
又有什么办法呢？仁慈？杀戮？
死去？

十月幽灵

冷冷的珍妮，黑暗的珍妮，
他们就要再度归来。
我们来得太早了，
现在又被塞进
长长的滑道。
我们每只手都握着一朵
变黑的番红花。

我将和你，还有卡利马科斯，一同
走进俄亥俄的
峡谷，那里有死去的矿工
与我们同在。

他们相互搀扶，
都还活着。
我对他们了解多少呢？我知道
查理叔叔潜行在他们冷冷的生命之岸，
他的话语断断续续，
你的声音，唯一鲜活的声音，
唯一的风，
这个秋天的风。

我年轻时认识一个美丽的女人。
她很少关心别人，却为我哭过。

白喉让她耳垂斑斑点点，

她彻夜哀号。

遥想当年，年轻女人们在死前

惊愕地听到体内的黑色血管

彻夜纠缠。

珍妮，死者丰满如花的祖母，

我们那时还年轻，我差点儿找到你，年轻的你。

我找不到你。我潜入我的脑子，

十月冷冷的幽灵，我的头盖骨。

那里有数不清的恋人，

死的，快死的，美丽的。

黑暗的珍妮，冷冷的珍妮，

如今我们身在何处？

我们都已老去？

我们来得太早，我们想待得久一些。

但此时已是午夜，我们要走了。

我并不讨厌那鸟鸣，

小鸟在严霜里的歌唱，

我的知更鸟之歌，古老的虚无。

朋友们，这行诗是我从罗宾逊那里偷来的 [1]，

1　这里指的是"古老的虚无"（ancient nothingness），来自罗宾逊作品
《克雷格上尉》（*Captain Craig*）第 1316 行。

是我从珍妮，从春天，从骨头里偷来的，
也是从五子雀，从空中展开的翅膀里偷来的。

如今我一无所知，我可以孤独死去了。

她毫无睡意

我那消瘦而焦灼的
美人在这样的夜里
无法入睡，我希望我能跟随她，
抚慰她，无论她去哪里。

我很清楚，她所走的路是蓝色
秘密之路，如今早已
平滑如镜。

我带着一道又一道伤口，寻找
水边那棵树，她曾躺在树下，
不知为何光着身子，
不知为何还活着。

我独自躺着，毫无睡意，
想起这辈子遇到的所有惨事，
烂醉时搭车，发现自己是傻子时
羞得无地自容。
我结交的损友。

我曾出于懦弱撞倒过一个坏孩子。
我曾亲眼看到一条杂种狗的后背
被人用煤油和鞭炮点火烧着。
我跟纵火的狗杂种打了一架，

没打过他。

我白痴一样放声大哭，
连滚带爬回到家，无地自容。

我想象自己去杀个什么人，
我的天敌老鼠，蛇，
喝醉的印第安人，
墓地来的坏人，呼啸而来，
他们摧毁一切，你给他们翅膀，
他们还会飞。

求你了，快醒来吧，我到底会怎样死去？

很简单。
我只需要删掉两个词："孤独"和"影子"，
把扬抑抑六步格[1]处理成抑扬抑格，

把你优美的生命汇入我的生命，
然后爱着你的生命。

1　扬抑抑六步格（dactylic hexameters），长短短六步格，古希腊语和拉丁语常见格律，多用于史诗等体裁。

致受造的生灵

孤独，正如我所愿，
我没有女儿[1]。
我不会死于火焰，
我要死于水泽。

水泽即火焰，魔杖
周围有人盘桓，
却又无力执掌，
愿他能够发现
那个孤独精灵，
战战兢兢，出来
见他，对他啼鸣。

他自己找不到。

若没月亮和我。
她又是谁呢？
这首诗吓到了我，
如此隐秘，惊人，
让我难以接近
你体内的秘境。

1　或出自美国诗人韦尔登·基斯（Weldon Kees）的诗作《写给女儿》
（For My Daughter）最后两句："我没有女儿。我不想要。"

我们互为彼此面孔。

是，我不名一文。
用来写作的，只有
我的俄亥俄话。
俄亥俄人大多贫苦。
我以为再不能忍受，
再也不想回去，
可我每年都回去，
安抚激动的母亲，
跟兄弟好好谈心。

我该做些什么？
天空正在分崩，
晴空越发澄澈。
来日我会死去，
人人都有一死，
只身奔赴黄泉，
像石头般安眠。
你是大地之身。
我将死于空中。
小山雀，在我心中，
你代表了所有。
你在我心逗留。
山雀啼鸣于雪地。
我将死于空中，
多么爱你。

散文诗选

壮美

人们告诉我，维罗纳竞技场是意大利保存最完美的古罗马圆形露天剧场，我相信他们说的。能轻轻松松坐进去两万人。晴天时，它那粉白色的大理石从内向外泛着微光，下雨的时候也从内向外泛着微光。

竞技场堪称壮美。换言之，这是一件伟大的作品。应该有两千五百年了。古罗马人，比如屋大维和西塞罗，有时候就像精神苦闷的奥尔特加理想中的贵族[1]，虽然奥尔特加的标准极其严格和苛刻。

在这一背景下，威尔第的《安魂曲》[2]出现了，带着高贵、柔情和悲伤，工工整整的纯粹和简洁之中，蕴含着壮丽之美。当然了，小号是在竞技场的最高处奏响。人世间没有哪位指挥家能抗拒那种机会。可是，杰出的维罗纳音乐家们对音乐的理解是如此卓尔不群，他们能够充分理解优美的音乐形式和其中蕴含的万籁俱寂之美，他们更热衷于揭示出寂静。所以，在一个简短的乐段中，当管弦乐队、合唱团、独奏清晰而又轻柔地和鸣，我们听到了竞技场最边缘的黑暗里一只蟋蟀的吟唱。

1　在《大众的反叛》（*La rebelión de las masas*）中，奥尔特加认为，贵族不是静态的世袭身份，而是动态的超越和征服；贵族之所以高贵，不是因为权力和地位，而是因为责任和义务。

2　《安魂曲》（*Requiem*），又称《安魂弥撒》，是威尔第为纪念好友而作，1874 年首次公演。

他的歌声算不上异常悦耳。他是夜的序曲。他不想跟威尔第争高下。我想，他只不过是想在温暖而黑暗的石头间给自己唱一段催眠曲。

这是一支典型的维罗纳乐团，合唱团的指挥被独唱后面的一面素色屏风遮住了头和肩膀。

只是偶尔，在万不得已要召唤合唱团的时候，我们才能看到他优美的双手无比精确地在屏风之上舞动，犹如菜粉蝶[1]的一对欢乐而又节制的翅膀。

不知是什么原因，恐怕是只有上帝再耳聪目明一些才能知道的什么原因吧，当《安魂曲》最温柔的一个乐段正在展开时，突然从竞技场后面闯进一声异常刺耳的哨音，就像是纽约熟食店经理发现门口死角有小孩偷糖时吹的那种声音。我真想求求这些土包子去别的地方度假。

音乐家们却丝毫不在意，虽然他们唱得很轻柔，但他们的音乐丝毫不受那不和谐音的影响，一如威尔第本人，这位人类音乐家的灵魂拥有了伟大的形体和声音，在节拍中与我们同在，却超越了节拍，几乎超越了声音，在同一时刻同一空间，在地球最美好的地方，既微小又宏大，非常非常像维罗纳这座城本身。

非常非常像。

维罗纳

1　菜粉蝶（cabbage-white butterfly），又名白粉蝶，幼虫是菜青虫，分布极广。

恺撒军团

今天是圣母升天日[1]，美国国会要求总统下令停止轰炸柬埔寨。有三个男人站在我下方的加尔达湖岸边。他们在石头上一动不动，盯着清水中的渔线。不时有人往回拽自己的线。每人都带了一个透明塑料袋，里边都装了小半袋小东西。那闪闪发光的银色小生灵，想必在卡图卢斯的孩提时代就已生活在这片水里。他出生那年，尤利乌斯·恺撒的军团企图侵略不列颠，但失败了。他死的那年，也就是三十年后，他们又试了一次，勉强算是成功了。曾有一座罗马神庙矗立在不列颠，在多塞特的多切斯特，只是如今已换成圣彼得及诸圣教堂。

很久很久以前，当一位诗人哀叹自己最初的时光时，那座遥远的北方岛屿依然与世隔绝。今天早晨，在那座教堂前面，威廉·巴恩斯的雕像正在慢慢变绿，他俯视着通往金斯阿姆兹酒店的西大街。就是在那条街上，犹如昙花一现般，他有生之年见过的最美的姑娘曾伫立大门前。他很长寿，她也是。我下方的加尔达湖边，铺满银橄榄色鹅卵石的湖滩上，几个小男孩正慌慌张张地搜寻逃跑的小东西。他们神色凝重，十分焦急，终于，那条小鱼一动不动，不再向水边挣扎。

1　圣母升天日（Feast of Assumption），即 8 月 15 日。根据传说，圣母玛利亚在这一天结束今世生活，灵魂和肉身一同升入天堂。

我不知道柬埔寨现在几点几分。我想知道，那里会不会有一丝寂静。那寂静在哪里躲着侵略者呢？阳光曾照耀威廉·巴恩斯的灵柩。在一座远得就像地球另一边的山上，他的友人托马斯·哈代把那片阳光当成信号写了下来。哈代知道，他的友人正在张开手，与他道别。[1]

托里德尔贝纳科

1　威廉·巴恩斯死后，托马斯·哈代为他写下了《最后的信号》(*The Last Signal*)。

当下之语

从加尔尼亚诺的岸边望去，群山在夏日的薄雾中一片荒芜。当我在加尔达湖上漂流而过时，高高低低的群山伫立一旁。它们纷纷把花朵撒向水面。比最古老的橄榄树还要温暖。

沿湖而上几英里，一座名为利莫内的小镇早已放弃了存世的希望。西西里岛比它更快捷更多产，那里的柠檬把我即将拜访的这座小镇贬斥在此，令它在加尔达湖上形影相吊，犹如一顶花环。

利莫内，加尔达湖畔群山的花冠，卡图卢斯的石造别墅依然伫立在它的下游，加尔达湖的最南端。我希望卡图卢斯的魂灵回家时，你正繁花似锦。

加尔尼亚诺

大声读但丁

你能感受到肌肉和筋脉泛起阵阵涟漪，波纹一圈圈扩大，隆起，犹如鸟儿飞翔在你的舌底。

维罗纳

给弗朗兹·赖特的信

我年轻时，曾两度踏上富士山的山坡。我曾在塞纳河坐船顺流而下，任那夏雨变得灰蒙蒙一片；我也曾在薄暮时分的塞纳河畔瞥见几只老鼠体面的身影，它们的祖先想必跟弗朗索瓦·维永一起逃亡过，学会了入乡随俗。我曾在维也纳歌剧院的包厢里俯瞰舞台，看见小号手蹲下来向小提琴手递了一杯酒，当时正在演出《吉卜赛男爵》[1]。曾经，我花了我人生中的一整天（我的人生！），跟巴勃罗·聂鲁达面对面交谈。

但是，我还从来没有在任何地方，任何时间，看到过任何事物，能像深秋时分托斯卡纳的一个地方那般令人震惊，那般不可名状。我意识到了语言的局限性，这已经不是第一次了。此时此刻，我只剩下对一段时光的回忆，这段时光刚从眼前溜走，我依然还在贪恋它，不忍让它独自活在过去那个"正义之城和自由之土"[2]。但是，细想一下，我也不是只有那段回忆。我在自己的能力范围内还是拼凑出了只言片语。我要把它们传达给你，你会喜欢的。由此，你自会懂得如何拼凑出你心目中的美景。你的想象不同于我的。怎

1　《吉卜赛男爵》（*Die Zigeunerbaron*），奥地利作曲家小约翰·斯特劳斯的歌剧作品，1885 年首次公演。

2　正义之城和自由之土（just city and free land），即坟墓。出自英国诗人豪斯曼（A. E. Houseman）的诗，赖特在引用时省去了原诗里的"坟墓"字样。

会相同？谁会希望相同？我不会。你也不会。但是，不同有不同的好，所以我要交给你自己想象。以下就是我从宝石之墙锤击下来的吉光片羽。

一日傍晚，我和安妮、贾妮刚从沃尔泰拉的城堡上下来，黑暗陡然降临，那城堡一如往常充满戒心地守望着托斯卡纳的小山谷。暮色中的城堡，看起来像一条患有妄想症的龙，或者，撇开它那强烈的黑暗之美不谈，有点儿像是尼克松在监视没拉帘子的窗户，窗户内是风骚撩人的年轻男女，刚摆脱国安会[1]的男男女女还没熄灯就一丝不挂地在窗边伸懒腰。

我们往前开了一会儿，还迷路了，我们在一个村口的酒吧餐厅里重新摸清了路线。一个美得出奇的姑娘过来打招呼，给我们倒了咖啡和格拉巴酒[2]，在桌上摊开一张很大的托斯卡纳地图，加快了我们与神同行的步伐。我们终于找到了想要的那个标志：圣吉米尼亚诺。然后，我们开车一路向上，向上，拐弯，再向上，再拐弯，再向上，最后只能在幽暗中小心翼翼前行。（我们租来的那辆菲亚特，车前灯烧坏了。）这情形简直就像回到了俄亥俄，霎时间，我被一股强烈的乡愁击中。

然后，我们来到一片市区广场，这里没有意大利典型的城市广场那么大，我们在角落一家旅馆里登

1　国安会（National Security），即"美国国家安全委员会"，简称"国安会"或"国安委"，成立于 1947 年。由美国总统主持，主要任务是协助美国总统处理国家安全及外交事务，进行相关决策。

2　格拉巴酒（grappa），意大利的一种白兰地，用酒渣酿成。

记。市区似乎相当喜庆。一路颠簸下来，我们饿了。我们沿街走过几家门面，在一家饭馆随便吃了顿晚饭，就回去睡觉了。

第二天早上，安妮最先起的床，她掀开帘子，让明亮的阳光照进来，然后走到外边的阳台上。我好像听到她倒吸了一口气。回到房间后，她脸色有些苍白，她说："简直不敢相信。"

圣吉米尼亚诺矗立在几百英尺高的空中。城市相当小，但造型非常完美。在它面前，我们感到自己格格不入，城市在明澈的托斯卡纳的清晨闪闪发光，像一粒切割完美的小小的奇珍异宝，闪耀在一根石笋的尖顶。遥望城下，几乎能垂直俯视葡萄园和田野，人们全家出动，包括小孩，显然已经出来劳作了半天。我们脚下的各个方向都是山谷，谷内的村子刚从雾中次第冒出，这里零星一块教堂，那里零星一块橄榄园。一种自在的生命。

那堵墙依然耸立着。

圣吉米尼亚诺

献给蒙难者的哀歌

我在斗兽场对面的露天咖啡馆坐着。正午的太阳那么明亮，我只好戴上墨镜。你会以为，罗马正午的太阳能让斗兽场也尽收眼底。

但是，黑暗依然淤积此地，冒犯那该死的庄严。罗马商会和参宿四[1]分别在白天和黑夜侵入斗兽场，直到墨索里尼的阴魂和上帝的圣灵都精疲力尽，而光在那黑暗中毫无用武之地。不同的城市，代表不同的时间。曾经，罗马是正午。凌晨四点与贺拉斯一同慢悠悠、懒洋洋地散步，会变成光。要是你不信，我可以给你来一个科学论证。我敢说你十有八九会失明，如果你大中午跟美国总统一起散步的话。我爱我的国家，因为它的光。我爱罗马，因为贺拉斯曾在那里生活过。我害怕黑暗。我愿意跟聪明的罪人共处。如今常有罗马人说，野蛮人漏下的全都被巴尔贝里尼家族洗劫一空[2]，这个贵族世家想用大理石边角料盖他们的乡村宫殿。我觉得也算合理。我小时候，俄亥俄河谷五个市的市长为了解决很现实的禁酒令问题，从匹兹堡和辛

---

1 参宿四（Betelgeuse），即猎户座 α 星，是猎户座第二大亮星。

2 出自一句拉丁语名言："野蛮人没做的，巴尔贝里尼都做了。"用来调侃巴尔贝里尼家族的姓氏，讽刺巴尔贝里尼家族（Barberinis）比野蛮人（Barbarians）还野蛮。野蛮人是古罗马人对日耳曼人等外族的蔑称；巴尔贝里尼家族原为托斯卡纳某个小镇贵族，11 世纪迁至佛罗伦萨，17 世纪显赫一时，今日罗马的国立古代艺术美术馆即当年的巴尔贝里尼宫殿。

辛那提的私酒商中选了最纯最好的一个担任酒类控制委员会的主席。我觉得，如果老是琢磨五位市长私下里怎样分赃，未免有些恶毒。我只知道，米尔伯进政府担任公职后不到一年，交响乐队在其中一个市神秘现身，还有两个市出现了宽敞的橄榄球场，惠灵一家妓院的老鸨被联邦政府任命为"一元年薪工作者"[1]，我输了一场以威廉·迪安·豪威尔斯生平和作品为主题的作文比赛，这位作家生于俄亥俄州的马丁斯费里，但是，我的天，他的书我当时都没听说过，更别说读了。（在此回顾这些岁月留痕时，我承认，他的小说我至今也只读过两本。但是我喜欢他。他是马克·吐温的一位好友。）

然而，此时此刻，罗马正午的太阳那么明亮，那么刺眼。我在人行道上一张歪歪斜斜的桌子旁抿着卡布奇诺，想起小时候的陈年旧事：那条美丽的河，那条恐怖的黑水沟，那些有轨电车。夏日的悠长黄昏里，俄亥俄的一切都慢下来，却又永远也不会真正静止，柳条编织的座椅似乎就在暗淡的车前灯后面嘎吱作响，那些电车如今去了哪里？

此时此刻，古罗马人和被发现的美洲人在斗兽场里茫然游荡，斗兽场从不理会那些影子，也从未摆脱过它们，即便是在为数不多的正午时分。

曾有位考古学家凿开斗兽场平整的尘土地面，把

1　一元年薪工作者（dollar-a-year's man），起源于20世纪初，最早是指战时免费为政府提供服务的各行业领袖。由于法律禁止政府接受无偿服务，于是便有了"一元年薪"的说法。

它清理过。如今，地面已被小心翼翼地揭开。那是一连串错综复杂而又十分精巧的沟渠，太阳照不进去。那是饥肠辘辘却又不想死去之人的影子。他们都不是犹太人。

根本无法摆脱那些人类的影子，那些人类只能在最晚创造出来的事物——备受折磨的动物胃里找到上帝。

饥饿的喉咙是通往天堂最终最好最可靠的路径？如果是，那么上帝就太迷人了，如果不是，上帝就太聪明了。

那些饥饿的人是谁？饥饿的影子是什么颜色？

斗兽场里，就连正午时分的阳光也是一种影子，金色的影子，来自一头饥饿的狮子，上帝创造的最美生物，它的美可能仅次于马。

罗马

石头上的羊羔

我听说帕多瓦市有一场展览，展出了从乔托到曼特尼亚等画家的代表作。乔托善于画天使，曼特尼亚则善于画死去的基督，很少有凡人能像他一样明白：在那句著名的嘲弄和逗引下[1]，基督终究还是从十字架上下来了；从十字架上下来的基督是一具尸体。曼特尼亚笔下死去的基督，活像是警察在秋日黎明前从密西西比河捞出来的流浪汉，用盖着帆布的垃圾车匆匆运到明尼苏达大学医学院后门，跟一堆自杀者和醉死过去的酒鬼放在一起。永恒不光是无穷无尽的时间，也是广袤的空间。

毫无疑问，在庄严的帕多瓦举办这次展览，可谓一件善举。

不过，我最爱的却是一件小善举。那是一则故事，听起来那么真实，我相信它肯定是真实的。

一天下午，成年的中世纪大师契马布埃漫步乡间时，在树荫下停住脚步，注视着一个牧童。那孩子正在田边大石头上努力刻画羊羔。他用来画画的，只是一块锋利的小石子，因为他找不到别的东西。

契马布埃把牧童带回家，给了他羊皮纸，还有钉子、蜡笔之类的东西，然后开始指点他怎么画画，怎么用线条组合出跟可爱羊脸不一样的庄严面孔。

1　出自《圣经》："你如果是神的儿子，就从十字架上下来吧！"（《马太福音》27:40）

那个牧童就是乔托，他学会了怎么画画，怎么用线条组合出跟可爱羊脸不一样的庄严面孔。我根本不在乎你信不信这个故事。我信。我看过乔托画的天使面孔。如果天使们看起来跟乔托笔下的天使不一样，他们一定是背着上帝干了不利健康的事。

我有一个徒劳的愿望，那就是找到契马布埃曾伫立树荫下观望乔托用小石子在大石头上画画的田野。

我不会傻到更喜欢牧童笔下羊羔的脸，甚于他笔下天使的脸。人总有个成熟的过程，或迟或早而已。

不过，我们要从这个有岩石和草地的小小星球开始。该有多美啊，那些可爱羊羔的脸，童年乔托万分小心、万分努力却又举棋不定地在田边大石头上凿刻出的脸。

我不知道，契马布埃站着注视了多久才开始说话。我猜他注视了很久很久。毕竟他是契马布埃。

我不知道，乔托画了多久才留意到有人注视他。我猜他画了很久很久。毕竟他是乔托。

他可能会频繁地停下来喝一口水，照看一下他的羊群，然后再耐心地回到他那块耐心的大石头旁，之后才听到身后伫立暮色中的乡下人用意大利语彬彬有礼地问候晚上好，显然，留给牧童和羊群的可怜余晖没照到说话的人。

我不知道那块大石头在哪里。我不知道可爱羊羔的脸是否还刻在石头向阳的那一面。

但我敢说，有一件事我非常清楚：比乔托坏的人，却比乔托长寿。

比乔托歪歪扭扭在草地边缘粗糙石头上刻下的画

更丑的东西，此时此刻正在朽烂，正在摇摇欲坠，开始破败。今天下午四点一刻抵达帕多瓦时，我丝毫都不惊讶会听说纽约奥尔巴尼的洛克菲勒购物中心已开始塌陷，渗出的黏液在那座平原之城四处蔓延，恶臭直钻上帝的鼻孔，就像是一尊焚烧的香炉，作为腐臭的祭品供在上帝的祭坛，而献祭的耶罗波安王二世却为了银子囚禁义人，为了鞋扣出卖穷人[1]。

乔托用稚气的手在粗糙石头上刻画羊羔可爱的脸。

我不知道那块石头在哪里。我有生之年肯定没法见到了。

然而，我有生之年见到了阿尔巴尼的购物中心。

成年乔托的一幅完美杰作中，大型唱诗班的天使们扬起美得难以言喻的面孔，变成清晨之子，唱出纯粹喜悦，唱出对上帝的赞美。

在天使唱诗班的后排，略微小一点儿的天使已收起翅膀。他略微转身，避开光，举起双手。你甚至看不到他的脸。我不知道他为什么哭泣。但我最喜欢的就是他。

我觉得，他一定很想知道，乔托还有多久才能记起他，给他一杯水，然后在天黑之前，趁牧羊人和羊都还没有迷失在乡下的黑暗中，把他带回羊圈。

帕多瓦

---

1 耶罗波安王二世是在位时间最长的以色列君王，《圣经》中"为银子卖了义人，为一双鞋卖了穷人"（《阿摩司书》2:6），指的是他在位时以色列人的恶行。

巴里，古老而年轻

海滨城市巴里的老妇人们坐在门口窄小的凉阴里。她们的脸在阳光下优雅地变暗。她们都已白发苍苍。她们经历过战争。她们见识过年轻德国人跌跌撞撞像毒死的蛾子一样从天上掉下来。今日巴里的年轻人趾高气扬，阴阳怪气，就像这里从未有人生活过，就像这里从未有人死去过。他们永远都在亚得里亚海的微风里拨弄着油腻的长发，猥琐地挠着自己的胳肢窝，他们喜欢听人说他们是迷失的年轻人，怀才不遇，当权政府辜负了他们。他们的摩托车在黑暗的街道上疯狂嘶吼，他们喜欢吓唬女人，乐此不疲。他们没头没脑，做贼都做不好。但是，坐在门口的老妇人们知道，年轻人总会找到别的事情来做，我走在这座城里，内心的惊恐不亚于被蛾子吓坏的海边老妇人。

巴里古城一度崛起过，从海外招来过很多伙伴。但是新城，这个绝望世纪的产物，坐落在内陆一隅，没有伙伴。孤掌难鸣。新建高楼的表面石材已经开始剥落。

离开此地的前一天，我要小心翼翼地走过那些荒凉之地，再次寻找往昔，那座古城可以让我在宏伟的教堂旁独自伫立。穿过古城，其实就是穿越往昔，海如常躺在那里，古老而清新的自然世界，独一不死的上帝曾在人不能靠近的光里[1]对它吹气。伴着蚌壳和溺

1　出自《圣经》："就是那独一不死，住在人不能靠近的光里，是人未曾看见，也不能看见的。"（《提摩太前书》6:16）

亡者的叹息，海水沉重而缓慢地漾起芬芳。没什么能像那片海，像海边清新荒野中的洋甘菊花田一样，洋溢出大地的气息。我希望伫立其中，在有生之年再多花一天时间呼吸那里的空气，然后再转过身，回到我自己的世纪，回去忍受那些凶残丑陋的年轻面孔，他们无法给自己的时代留下任何教堂，只能在摩托车胎上留下看不见的疤，在女人脸上留下惊恐的皱纹，在海边留下狂笑的回声。

短暂的季节

　　从佛罗伦萨乘火车向南，穿过绿色城堡般慢悠悠的乡下时，我还以为意大利变回了原始草地，万古长青。幽暗的冬青和明亮的重瓣樱花越来越多，遍布河畔，河流也越来越多，但不会对这里的人类居所构成任何威胁，因为城镇基本上都建在峰顶。孤独的奥尔维耶托巧妙地建在四面高耸的天然围墙顶部，似乎对河流没有任何防备。毋庸置疑，奥尔维耶托矗立在地球所有河流之上。住在那儿的牧羊人，早已悉数淹没在绿光里，刚才有两位为了这短暂的季节现出身来，站在悬崖上，在我们匆匆驶过时向我们挥着手。

巴黎的第一天

　　大约二十年前，我还很年轻。我对巴黎的认识，就好比海边刚出壳的黑毛小燕鸥对内陆山中园林的认识。只会东张西望，困惑地看着海上孤独的远方。我曾在美国大都市间辗转，飞过多少高山，睡过多少安乐窝。此刻，我走在杜乐丽宫的花园里。有一首歌[1]告诉我，大约二十年前，就是在这里，四月的栗子花苞再也承受不了自己的重负。一场晚霜落下，它们突然在夜里战栗起来，但次日清晨它们还是不顾一切地绽开了，和往常一样青翠。受到惊吓的晚霜逃得无影无踪，绽开的花簇从容不迫地变白。巴黎的自然世界立刻在警惕中迎来自己的美好，露出一张新奇的脸，就好像是上帝首次创造了它。有时候，杜乐丽宫花园里的女人们活得比死神还要长久，她们的影子像阳光一样贴在栗子树叶上。

1　或为《巴黎的四月》（*April in Paris*），1932年由作曲家弗农·杜克（Vernon Duke）和词作家伊普·哈堡（Yip Harburg）为百老汇音乐剧联袂打造。

纪念于贝尔·罗贝尔

菲耶索莱的山坡

只有在古城，古老的生物才有机会焕然一新。这只野兔让崽子们在废墟附近挺拔的青草间蹦蹦跳跳。小崽子们就像乳草种子的降落伞一样柔弱、轻盈、毛茸茸，总之不外乎一副娇憨模样，所以我也没太在意。不过，那只母兔，我却想好好看一看，尽管经历了一个不为人知的冬天，她还是那么年轻有活力。两条肌肉发达的后腿，是她用来防御和逃跑的利器，但平静的前爪却非常温柔，此时她那挺硬的长须正好拂过绿色黄昏里含苞待放的枝条。

图拉真市场的罂粟

在数个世纪里，只有这一次，不是人类的血，而是这野物散布在金碧辉煌的人类领地的石缝间。据我所知，就连皇帝也没有下令在此处决人，而他的朋友，他的敌人，还有奇怪的非洲国王们，也实在不屑于凿石头扛石头，不屑于在竞技场上与饥饿的黑猩猩搏斗，或者胡乱兜圈子与疾驰的鸵鸟赛跑。如今，只有这一次，在罗马待了整整一周也没听到杀戮的新闻。散布在此的灿烂红花属于海边田野，石头则属于深山。无家可归的石头和花朵在此相依相偎，就像是混入罗马人中间的异乡人。

十字架

这是世上最漫长的一个下午，战争结束许久之后的一个下午。安吉亚里市长府邸的一面断墙上，曾有一位在城里来回游荡、侦察的士兵逗留许久，用子弹打出了一副工整的十字架。他一定是出于对艺术的热爱才这么做，因为上面没有挂着基督。不知何时，竟有一粒种子从野生莳萝花盛开的田野，从山城半空一路游荡、侦察而来，逗留在此，我能看到孤独长茎和金色花冠，还有缝隙里的根。根也是一路游荡、侦察，在石墙上那副优美的十字架中，那副用机关枪打出的十字架。截至此时，那位士兵比莳萝种子传播得更远。

贵族

整个普利亚上空，海滨气流在内陆群山吹来的风中怒吼。不难想象蓟的种子到处翻滚的画面，但我想象不出种子从哪里来，实在是太多了。白色断壁内外，从上到下开满五颜六色的花，在成堆废石和大海之间，罂粟和洋甘菊连成一片，犹如璀璨的羊群。而蓟，总是在种子的集体飞翔中高高在上，最终孤独地落入野花丛。它的花朵如此繁茂，就要变成一袭红衣，但红衣不是它的名字。红衣已然成为罂粟花的代名词。蓟独自踌躇，优雅地披着缕缕破衣，它不屑于给自己命名，也懒得接受我能给它取的任何名字。

阳光静静洒在卢万河畔莫雷小镇

仲夏时节，上午十点钟，夏蚊挥着翅膀在水面的阳光里登场了。它们突然飞入眼帘，又转瞬消失不见。它们在光里飞动，沉浸于夏日时光，毫无遮蔽，毫无防备。我离得太远，无法瞥见它们真正的身体，但因为它们放出的光芒，我知道它们就在那里。我想起很久以前有个人，他不忍去看上帝的面孔，一看到挚爱的人类面孔便双膝跪地祈祷。蚊子再次飞动，沉浸于光中。它们就像手背上的道道青筋，姑娘们会百般遮挡，以免别人当场看见她们的血，提醒她们人人都会变老。但灰暗面孔上的惨淡愁容和悲观世故，才是蚊子们最想逃避的。石桥下栖息的燕子正在等待暮色降临，等待它们的饕餮盛宴，蚊子们却浑然不觉，也毫不在意。

那条名为卢万的河流动得如此缓慢，就像是从芦苇丛脱落出来。鱼儿在水面蹭出的涟漪，盘旋许久之后漂向河边。两个小男孩像雀鸟一样叽叽喳喳，在钓鱼竿那头晃晃悠悠。声音蹭着天空的表面，盘旋许久之后飘向教堂的屋顶，最终消散在古老的钟声里。那条名为卢万的河流动得如此缓慢，就像是永远静止不动。我宁愿忘记它在流动。我宁愿忘记它会在命运的指引下，伴着小男孩、鱼和渔夫，顺流而下，汇入暗红色的马恩河。

开花的橄榄树

我还傻乎乎地假装在看别的。其实，我正全心全意竭尽所能地深深凝视一枚橄榄花的缝隙。肯定有几十万枚小小花朵，在一棵小树的银叶间尽情绽放。一棵树无力承受这么多花朵，它们堆集在扭曲的树枝下，低矮的石墙顶那么浓密的一簇簇，吹过的微风只能让花簇来回交错，就好像沙地里的大风，最多只能在沙地筑起一座座沙丘，然后把沙丘吹散，然后再次筑起新的沙丘。我的手掌上有一枚橄榄花。我是说刚才有一枚。此时，微风已把它带走，我不会再抓一枚。此时此刻，从小小的金色加尔尼亚诺往上，整整一英里山路都在橄榄花怒放的短暂中午闪烁，我是阿尔卑斯山上唯一黑暗的生命。

变化的天赋

众生之中，他们似乎最懂晒太阳的艺术。不用闷闷不乐孵蛋的他们，知道哪里有最好的树荫。用人类惯有的方式，不太可能捉到他们，囚禁他们，因为他们会通过不断归顺而生存下去：他们喜欢变成那些凝视他们或抓着他们的东西，任何东西。他们会精确地变出中午刚过三十秒时那一抹青苔的绿，也能变出漂到岸上无人眷顾任由孩童狂奔时脚底生风带动的那种半死不活的水藻的银灰色。

但此刻趴在我旁边的这条蜥蜴，实在是太过火了。他完全沉醉在自己变化的天赋中，他在一簇刚刚独自脱落的椴树花边缘抬起头。他精致的手已放弃去抓任何东西。就这么摊开着。花上的叶子那么光滑，一阵微风就能把他吹走。我很好奇他知不知道。如果他知道，我很好奇为何我呼出的气息没把他吹走。我离他那么近，他离我也那么近。此刻他已深陷在这个世界，无法自拔。他的尾巴已变成一粒太阳光斑，肩胛骨之间精致的褶皱已变成椴树叶上的纹路，他的舌头比我凌乱的鼻毛还要细，还要清晰，他的手掌比我的手掌摊得还要开。此时要变回他自己，为时已晚。我根本无从知晓他平静面孔的背后正在发生什么，不过，可以看出，他似乎是意大利最幸福的生灵。

在尼姆的马涅塔旁

　　塔在高处，离这里很远，我没有挑谷底难走的路上山，不过也是费了很大力气才顺利抵达，此时我已经到了目的地。一个歇脚的地方。我爱这些石头，不光爱它们残破不堪、摇摇欲坠的平衡，也爱它们的无名。就算是历史学博士用他们灵巧的手抽丝剥茧，顺藤摸瓜，也无法从这座高塔上找出半点烙印，来判断是何人建了此塔，又让它最终沦为无人问津的地标。古罗马人砌在塔上的石头，几乎每一块都早已滚落山坡。我懒得理会这座塔，我情愿在塔边的深草中躺下，带着一丝古罗马人的朝气和傻气，抑制不住想知道那些人的名字，我想称颂却无法获知的名字，若能如愿，也就死而无憾了。

晚安

暮色中的塞纳河右岸，亚历山大三世桥北端，成群结队的工人留下了乱糟糟的帆布和木材。隔着悬铃木，可以看到一条敞开的沟。我猜白天那地方一定像道伤口。八月末，树正在脱皮，新皮有着奇特的金色，正在迎接古桥上轻轻洒来的灯光，还有沿河摸索而来的月光。那些树本可以一直紧抓着光不放，却只占有了片刻，便把身上的灯光和月光全部洒向破裂的土地，洒向木材和脏兮兮的帆布，还有从河边阴影里蹿向树那边新奇光亮里的四只鼠眼。在它们身后，弗朗索瓦·维永正无声地向同胞们挥手道晚安。

阿西西的蜗牛

蜗牛壳在这上面躺了整整一夏，我猜是。它此刻就在我拇指指甲上，比指甲还小，淡淡的影子投在地上却如庞然大物，我的影子也在地上，小心翼翼地跟在后面。阳光把我的影子收到空中，再铺到我脚下的山坡上，越拉越长，一直在动，只是很难觉察它在动。这是阿西西最高的一座山，山上的空气很干燥，碉堡墙那头，地面几乎垂直向下陷落。我在太阳下眯着眼，简直要被活活晒死，很想知道小蜗牛是怎样活着一路爬过来，登上峰顶，登上全副武装的建筑和插满箭镞的墙壁。空心大碉堡如今已废弃不用，它背对方济各的孤山，冷冷地面对佩鲁贾。蜗牛早已死去，也许已遭碉堡间的鸣鸟吞食，腾空飞入阳光里。这时，又一个漫长的夏日午后就要过去。我的影子和蜗牛壳的影子，已合为一体。

来自圆形剧场的一封信

　　亲爱的，我已度过缓慢悠长的夏天，还有让人难以理解的秋天。意大利是一个新奇的国度，我从未了解的国度。意大利是如此古老。在维罗纳这里，古罗马人用粉红色大理石建了一座圆形剧场，比阿梅里戈·韦斯普奇的出生早了近一千年。然而，这座竞技场至今屹立不倒，几乎完美无瑕。在地与天之间，它的外形达到了完美的平衡，光与影在那些石头上会合、交织。正午时分，就连意大利的烈日都无法在柔和的圆形剧场内挤进一丝刺眼的光。浓浓暮色中的竞技场能容下两万两千人，还能保证大家有充足的空间自由呼吸。外国人在这里很受欢迎，但如果有人犯蠢，在音乐家们演唱时给他们喝彩，就会有爱音乐的维罗纳人果断而简洁地发出"嘘"声，让那个异邦人安静下来。维罗纳人捍卫音乐时用的"嘘"，是往里吸气。听起来就像是寂静本身在说话。然而，即便是在广袤的竞技场尽头，你也能听到它从另一头传来，在异邦人的内耳中清晰地低语：闭嘴听歌。安静。别给脸不要脸。

　　我依然搞不懂，为什么意大利的这个秋天如此难以理解。我想是因为那温暖持续了太长时间。维罗纳是一座比古罗马人还要古老的城市，它曾把自己老年时的东西搬进那些光彩照人、所向无敌的年轻工程师的梦中。我本人曾在部队里待过，那是一支精锐部队，有着部队该有的样子，我知道，作为一名士兵，等来自西弗吉尼亚州的野蛮龙旗手用哨子把你轰醒才起床，未免有些不道德。尼克·博顿[1]不如我。我听觉很好，对音乐很有鉴赏力，我独处时能清楚记起二十年前别人对我说话的声音，比马里奥·普罗卡奇诺慷慨激昂的大喊大叫还要清楚。（亲爱的，你没听过这个名字。没关系，你只要知道他不是维罗纳人就行了。他连意大利人都不是。他是美国人。一个美国政治家。声音很自信。他的声音就是个错误；但却与众不同。）在维罗纳天亮之前就起床的年轻古罗马士兵不是道德家。他们是虔诚的人。维吉尔曾经唱道，虔诚的人带着爱当差。不眠不休驻扎在维罗纳的年轻古罗马士兵，不是被尖叫声喊起床，他们认为自己拥有了美国军队里至今都称之为"好差事"的东西。古罗马那些年轻大师训练有素，智勇双全，驾驭了条条大路和道道围墙，他们凝视着正前方第一道曙光。一夜无梦之后醒来，他们梦想照着样子复制出这座新的竞技场，它那石头建成的美丽身躯，让空气拥有了新的形状，供人们呼吸，发嘘声，低语和聆听。

那些工程师曾经那么年轻。在阿尔卑斯山深处，硬到能切割钻石的矿物已经剥落，每一千年左右才有一把这样的矿物，随着消融的冰雪涌往山下的阿迪杰河。年轻的古罗马人在阿迪杰河畔醒来。

今天，步入中年的我，在阿迪杰河畔醒来。曾有

1　尼克·博顿（Nick Bottom），莎士比亚《仲夏夜之梦》里的角色，本是纺织工人，被人施法术变成了驴头男，成了遭人耻笑的蠢驴。

一次，我们匆匆吃完早餐，因为太阳非常灿烂，我们想进入竞技场，绕着它完整地走一圈。我们爬上去，在确保不会从边缘跌落的情况下，尽可能跟对方保持最远的距离站着，阿梅里戈·韦斯普奇可能也这么干过。我能远远看到她小小的身影，黄金色皮肤发着光，她那顶宽边草帽颤动着，就像翅膀上一根羽毛，仍在攀升。随后，我们就回家了。这封信写得有点儿急，因为我不想浪费大好时光。

致开花的梨树

献给我的朋友
海伦·麦克尼利·谢里夫
以及
约翰·洛根

我已经忘了是什么时候得知，那场发生在意大利境内的战争几乎把圣吉米尼亚诺全部毁掉，此类荒唐的罪行在这十年内并不罕见。随之而来的毫无意义的灾难实在太多，人们都来不及恐慌了，因为还不敢相信这一切真的会发生。承载着这么多个人记忆的有形的家——城镇、风景、建筑、艺术品——全部彻底消失，似乎不太可能，但近乎夷为平地之后留下尺椽片瓦，还不如彻底毁掉。就好像是父母在受到子女离世的打击时，不敢相信这一切会发生的那种痛苦和恐慌——我曾以为我死后才会离开欧洲，没想到是欧洲死了，离我而去……但我不想招读者烦，逼他们听我唠叨那些毁掉的画作、撞塌的教堂、粉碎的塔楼和宫廷，或者充塞着碎石的街道。如果它们消失了，就让它们消失吧；无须在此惹大家不开心，无须告诉人们美丽的东西已经永远逝去了。毕竟，也不是所有产自圣吉米尼亚诺的东西都被残酷的枪炮毁掉了。

　　——理查德·奥尔丁顿《献给圣吉米尼亚诺的花圈》[1]，1945年

1　《献给圣吉米尼亚诺的花圈》（*A Wreath for San Gemignano*），1945年在纽约出版。书中收录了圣吉米尼亚诺一位诗人的组诗，由理查德·奥尔丁顿翻译为英文。

没人知道我曾跪在芝加哥城

桥下的泥浆中……

然后，你看，春天来了，

柔和的阳光透过桥的裂缝照下来。

在没有神降临的异土，我独自待了太久。

——舍伍德·安德森《美国春歌》[1]

1　《美国春歌》（*American Spring Song*），最早发表于美国《诗刊》
1917 年 9 月刊。

红翅黑鹂 [1]

事实证明
你能杀死它们。
事实证明
你能把地球彻底清理干净。

我侄子给我弟弟做了一个
科学报告，他们乘着
我哥哥的小飞机，
在可可辛河上飞翔，

神秘的河，就像你腰椎上
日渐苍白的一道
裂开的疤。

你能听到吗？

曾经，我只能在傍晚看到几只红翅黑鹂
出来，把它们亮黄的喙 [2]
埋进鲜红的肩头。
俄亥俄就要完了。

———————————

1　红翅黑鹂（redwing），主要分布在北美洲，常栖居河边。因数量庞
大，被很多农民视为害鸟。
2　此处疑有误，红翅黑鹂的喙是黑色的，黄色是翅膀红色部分下方
的颜色，不是喙的颜色。

有时候，它们会蹲在裹满焦油的
牧场栅栏上。
通常三三两两出现，通常很苗条，很瘦弱。

一天下午，在俄亥俄河岸边瀑布般的
下水道旁，我看到一个鸟窝，
它们在芦苇丛搭窝的样子
真是漂亮，
红翅黑鹂，孤独的隐士。
我深秋时爱上的那个瘦骨嶙峋的
同乡姑娘，深秋时
嫁了一位露天矿工。
她的五个孩子都还活着，
正在大河附近游荡。

有人正在飞翔，有人
此时此刻正在思量
怎样除掉酣睡的我们。

在铺有公路的死亡峡谷，
我们倏地成群穿过公路，
把开车的人气得发疯，
我们朝大河边的家
俯冲下去。

河边的夏日黄昏里，有个邋遢男人
给了我五分钱和一个土豆，
然后在火边睡着了。

再看一眼阿迪杰河：雨中的维罗纳

剥落的火成岩 [1]
隐匿在远方
童话岛屿般的国度，
那里的高个子男人
依稀就像长了胡子的
松树，此刻，液滴在石头上
缓缓凝聚，
滑落，矿石的乳汁
缀在我暗淡的脸上。
这是另一条
在我眼前流淌的河。

早在我出生前，
人们就爱着俄亥俄河，
他们眼里的俄亥俄河
一定跟这条河类似。
他们把斯托本维尔上游
那三座长着柳树和杨树的
狭长岛屿，
他们，他们，他们
把那三座狭长岛屿

---

1 火成岩（igneous），岩浆冷却凝固后形成的岩石。

叫作

我们的姐妹。

斯托本维尔是一块黑痂，美国是
一座浅层地狱，罪恶不过是
茶余饭后的笑料，一周后
就会被人遗忘。

再陪我在雨中待一会儿吧，
阿迪杰河。

此时此刻，阿迪杰河，请继续流淌。
阿迪杰河，大地上的河流，
只有你能听到
一个愚笨的天使在意大利的暖雨中
慢吞吞地说着俄亥俄话。

我曾在生命的中途
醒来，发现自己
就要死去，好在
我亲切的肉身之城，
我秘密的维罗纳，
还有最后一根纯洁的血管，
我那流动的宝石，
乳白中泛着绿色。

罪孽深重的异教徒

瓦莱里乌斯·卡图卢斯

诞生于维罗纳，

你用你的臂弯环抱着他。

他却无法忍受。

他离开家乡，直接去了

罗马那座地狱。

罪孽啊！再会了，楚楚可怜的

阿迪杰河[1]，石桥上

灯光已经熄灭，

我独自伫立，

河两岸，一边是黑暗的城市，

另一边，

是黑暗的森林。

1　原文为拉丁语 "Io factum male io miselle Adige"。赖特在这里套用了
卡图卢斯《麻雀之死》中的诗句。

地狱

我也不知道
我是在多深的地下。
我伫立着，一片空无。
一片死寂。
我没听到号叫。
我倾听着结冰的
洞窟。
我的骨头在闪光的尖牙上
投下翠绿的影子。

然后，我听到了极小的
窸窸窣窣声，是翅膀。
他们要来了，
我想。

但是没人来，
只有一只弱小的蚊子。
我把剩下的都给他
喝了，为了活着。

惠灵福音教会

霍默·罗德黑弗是布道家比利·森戴奉献仪式[1]上的赞美诗作者和托儿，曾在我主耶稣诞生后的公元 1925 年做过一件事，让我父母为之忍俊不禁、捧腹大笑了大半辈子，直到 1973 年他们在几个月内相继离世。

正当森戴博士大人劝诫聚会中的民众，例行公事地警告他们邪恶的钱币叮当声里并无美德可言的时候；正当博士大人慷慨陈词，高声赞颂柳条编的收款篮子里一张又一张二十元钞票特有的如丝般柔滑的窸窸窣窣声的时候；正当我主万能上帝万军之主麾下这位曾经的半职业棒球运动员忠告大家"教友们，二十块放在盘子里也占不了多大点儿地方"的时候——事情发生了。

森戴博士在本地雇的一位接待员悄悄走到大人身边，对着那只福音之耳鬼鬼祟祟地汇报说，匹兹堡的警察刚离开西弗吉尼亚州的韦尔顿市，正开着禁酒时期特有风格的科德牌[2]装甲车在西弗吉尼亚州四十号公路上飞驰，准备抓捕放声高歌的霍默·罗德黑弗。匹兹堡当局要抓他去做亲子鉴定。

1　奉献仪式（offertory），圣餐礼的一部分。仪式内容就是把面包和葡萄酒放在祭台上，有时会收集教友的捐款。

2　科德牌（Cord），20 世纪二三十年代的著名汽车品牌。

等到匹兹堡警察闯进惠灵福音教会时，那里已空无一人，跟地下酒吧[1]的等候室一样黑漆漆的。教友们都去哪里了？有人认为森戴博士升天了。我倾向于另一种观点：上帝葡萄园里的两位劳工次日去下游的本伍德市盘剥当地民众了，很有可能霍默已经在唱赞美诗的间隙见缝插针把某位孤独的寡妇哄开心了。

那是1925年。在大萧条开始之前，我的父亲母亲就这样有了一次出于纯粹快乐而放声大笑的机会。

他们那时候比我现在还年轻。霍默·罗德黑弗和比利·森戴举着长征大旗在俄亥俄河边的鼓风炉附近出现，无非就是为了来个一夜情，那时候距离我出生还有两年。

据我所知，我的父亲母亲是在1925年爱上对方的。据我所知，霍默·罗德黑弗至今还在到处躲着匹兹堡警局的亲子鉴定小队。据我所知，霍默·罗德黑弗在老家确实算得上一位非常棒的赞美诗歌手。据我所知，他自己都没意识到他的音准有多好。女人们在匹兹堡听过他的歌。可能在惠灵福音教会也有女人听过。可能耶和华当时正在打瞌睡，爱神听到了祈祷，认为爱就是爱，不管那男的是用什么语言唱的，管他呢。

我知道的不多。我自己的音准也很不错，据我所知。

1　地下酒吧（speakeasy），美国禁酒时期非法出售酒精饮料的酒吧。

献给沟中影子的哀歌

此时此刻，罗马正午的太阳那么明亮，那么刺眼。我在人行道上一张歪歪斜斜的桌子旁抿着卡布奇诺，想起小时候的陈年旧事：那条美丽的河，那条淹死过一个陌生男孩的恐怖黑水沟；那些有轨电车。夏日的悠长黄昏里，俄亥俄的一切都慢下来，却又永远不会真正静止，柳条编织的座椅似乎就在暗淡的车前灯后面嘎吱作响，那些电车如今去了哪里？

古罗马人和被发现的美洲人在街对面的斗兽场里茫然游荡，把它清理了一番。此时，那里的地面已被小心翼翼揭开。那是一套错综复杂而又十分精巧的沟渠，太阳照不进去。那是饥肠辘辘却又不想死去之人的影子。他们都不是犹太人。

根本无法摆脱那些人类的影子，那些人类只能在最晚创造出来的事物——备受折磨的动物胃里找到上帝。饥饿的喉咙是通往天堂最终最好最可靠的路径？

饥饿的影子是什么颜色？斗兽场里，就连正午时分的阳光也是一种影子，金色的影子，来自一头饥饿的狮子，上帝创造的最美生物，它的美可能仅次于马。

在圣伯努瓦的炮台废墟旁

我们身后的干草垛
在夏日黄昏里窸窸窣窣，敏捷的姑娘
在锈迹斑斑的葡萄树叶掩映下
双膝依稀可见。我们凝视着
对方的脸，看不清。

我们该怎么办，如果圆月独自
顺流而下，
漫步走出卢瓦尔河，
再次掌管这些草地、果园，
还有用来游荡的条条小路，
再次把它们据为己有，变成自己的
家族领地？

露降时分，
情侣们在我们身后的干草垛中扭打，
闭上双眼，我能看到高大年轻的
贵族，那月亮，在下游
一英里左右踟蹰着，距离
那个沙坑池塘可能有
四分之三英里。那里，没人会在黄昏
独自把酒踟蹰。那里，除了月亮，
没人会在露气之中
用修长纤细的手指缓缓捧起

夜行动物

惊诧的面孔。它们是谁?

我在弗勒里见过石头上的蜗牛，

此刻的修道院里，马克斯·雅各布欣然走在

修士们的烛光中，但我依然不知道

蜗牛的秘密。

我甚至也不知道

我们该怎么办，如果圆月顺流而下，

漫步走出

卢瓦尔河，

再次从他昏昏欲睡的天鹅中

捧起你惊诧的面孔，

一共三只天鹅，分别叫

露降，夜升，巴西利卡[1]，

拿破仑在很久以前的一个黄昏

从西班牙战马身上偷来的名字，

那时，卢瓦尔河边还没有挖出战壕。

1　巴西利卡（Basilica），古罗马建筑的一种形式，有"王者之厅"的意味。在西班牙语中也用作人名。

62 团的飞鹰们

拉尔夫·尼尔是童子军团长。他那时还很年轻。他很喜欢我们。

我敢肯定，我们每个人在山洞和岸边闷闷不乐地偷偷手淫时，他都一清二楚。

一个耐心的灵魂，他在一旁等着，任由我们背着他幸灾乐祸地窃笑，带着嘲弄的口吻恶搞《童子军守则》[1]，用俄亥俄南部口音模仿温斯顿·丘吉尔那种洪亮的演说腔：

"童子军要卡靠、纵诚、乐心、玉好、泪貌、丧良、互从、跨乐、纪俭、运敢、震洁、欠敬。"[2]

拉尔夫·尼尔完全了解我们的苦恼：石子儿在我们十二岁的裤裆里充满渴望，熔岩在鸡鸡和蛋蛋间呼之欲出，虽然鸡鸡和蛋蛋就像距离橄榄球赛季还差整整两个月的半熟苹果一样依然青涩。

苏格拉底爱他的朋友亚西比德、那个叛国者，是爱他的美，爱他将来会有的样子。

我觉得拉尔夫·尼尔爱我们，是爱我们的瘦弱，爱我们的痤疮，爱我们的恐惧；但主要是爱他眼中我们将来可能会有的样子。他不傻。他知道自己永远无

---

1 《童子军守则》（*Scout Law*），共 12 条，每一条用一个形容词总结。
2 即可靠、忠诚、热心、友好、礼貌、善良、服从、快乐、节俭、勇敢、整洁、虔敬。

法走出泥窟般的河谷，或许他不想走出。吠檀多派在阐释终极道德典范时提到过一位圣人，他历经一千世轮回，犯过人类从生到死可能会犯的每一种虎头蛇尾的错误，尝过每一种难以忍受的痛苦，却在最后一刻放弃了涅槃，因为他发现那条鼻头化脓、染了狂犬病的脏狗没法陪他圆寂。

我们当中有人想出去，有人想了但没做。

我最近听说，迪基·贝克因为三次入室抢劫未遂，正在哥伦布的州立监狱服刑。

我最近听说，戴尔·黑德利在开送奶车，一整天都得站着，在凹凸不平的砖面街道上把脊柱颠得咯咯作响。

我最近从我姐夫那里听说，胡布·斯诺德格拉斯依然是每到天黑才拖着沉重脚步回家，在河边露个面，洗个澡，剃胡子，再用整整一小时，从苍白皮肤上使劲刮下劳克林钢厂的粉尘。他都没怎么晒过太阳，不是在火边熏烤，就是在河边待着。

我最近听说，迈克·科特洛斯在惠灵赌博。

我至今没再回乡下看拉尔夫·尼尔。我的肖像在马丁斯费里公共图书馆的一面墙上挂着。拉尔夫·尼尔可能认为我很有出息。没错，我是有出息了，但我也不知道何谓有出息。在书上胡乱写下我的名字。我活着时，恳请基督怜悯我；我死以后，就像在病榻上做完临终涂油礼的佛罗伦萨作家彼得罗·阿雷蒂诺请求神父时说的那样："既然我现在已经涂好油了，别让老鼠靠近我。"

每当想起拉尔夫·尼尔这个名字，我就感觉体内有冰破开。我就感觉有条雀鳝正逃进山泉，那里曾有蝲蛄在大热天钻到清澈水底纳凉。我就感觉到一股长久的思念，思念好人拉尔夫·尼尔，那好人了解我们这些顽劣而又不堪一击的小浑蛋，比我们自己了解得还透彻；那好人照顾我们，比我们自己照顾得还好；那好人爱我们，我猜是因为他非常清楚我们大部分人将来会成为什么样，如今果然如他所料，而尽管知道了我们未来会如此，他还是一样爱我们。"美国"这个词常常让我恶心，可拉尔夫·尼尔竟是一位美国人。这个国家能把人活活逼疯。

北美鹑有何意义？

致吉米·伊斯特

我至今仍不知道。
我也曾在那个地方漫步，
那里有绿色
槐树在你眼前变暗。
那个地方具体在哪里，
只有你知道。

对我来说，我只记得，
我俩曾手拉手一起，也曾各自
在一座叫菲耶索莱的小城外
感受青露变成暗金色，
变成黑暗中的钻石。
菲耶索莱这个名字对你能有何意义？
北美鹑有何意义？

我听过纺织娘打着节拍，
一遍又一遍，在山水之畔，
在明尼沃斯卡公园外的
黑暗中。明尼沃斯卡？
你的孤独对我会有何意义？
北美鹑有何意义？我至今仍不知道。
但是我有
十分美妙的黄昏。

在你周围，黄昏正尽心尽力
把孤独的犰狳聚集到佛罗里达，
你生活的地方。
是哪位愚笨的天使在松萝间穿梭，
在我黑暗的南方，
它有何意义？你知道。
快去听一听。

有感于一只寄居蟹的壳

哭泣吧，维纳斯和丘比特
——卡图卢斯

这可爱小生命，脚趾
曾来回踩着白沙滩，
多么优美却无人知，
爬出孤寂，然后长眠。

数英里外一路漂泊，
爬出深水，求他的名，
却只找到了你和我，
短暂生命，一片烛影。

如今，不巧你已不在。
我独坐于汹涌地狱，
死者之城，独自感慨，
小小空壳手中握住。

我凝视他微小的脸。
脸突然变大，逼退我。
几百米外，海退河现。
海河连起无边水波。

我伸出手，熄灭光亮，

暗中触摸脆弱伤痕，
如空中群星般苍茫，
多么遥远，多么娇嫩。

聂鲁达

树可能不是树，
小小叶子
才是隐秘的树。

一根粗枝下，
一片叶子的一条叶脉，
一面大海，
为一千英寸高坡
歌唱，就好像
那叶子中的树
愧为人类，
想要越过
美国中心
一条河，重新投入
大胡子的怀抱，
蜘蛛建筑师
顺着长坡
爬到
崩塌的山顶，吐出
体内一缕丝线，想尽办法
把地球与一颗星连到一起，
也许是要拯救地球。

小小而隐秘的树，

叶子已经落下，
地球接下来该往哪里旋转，
我不清楚。

守住夏末

我已召集好每一种
绿色的叶子
把我藏起来，远离灰色的
茫茫大海，海的颜色
切换得如此频繁，
一刻也不愿停留。
犹如干涸的沼泽，漫无止境，
不管往哪里看，都能看到
上百万片枯死的叶子，
只是偶尔会有叶子
拍到遥不可及的岸边。
我朝岸边走去，寻找
每一种鲜活的绿色，
半英里外，我发现了一棵
紫叶山毛榉，很像枫树，
离家万里的日本姑娘。

为 W．H．奥登点一根蜡烛

在维也纳河畔圣母教堂

诗人在死前守住了
对大地的承诺。
如今他长眠于基希施泰滕，
离我这儿大约二十英里。
我没有前去悼念他，
虽然我也可以过去，
在山毛榉林中找到他。
还是不去打扰他了。

河畔圣母教堂，
岸边的玛利亚，
地铁响亮的凿地声
打破了我的寂静。
如果我是来赞美一条
智慧的影子，我会重见
我门厅内的第一道光，
一种陌生的宽恕之光。

维也纳往西二十英里
胡乱长着一些树。
1957 年以来，
严谨而睿智的诗人
加入奥地利的合唱团，

峭壁旁的火焰后面，
陡然升起的圣洁，
祷告，善者的祷告。

我此刻碰巧离他
只有二十英里。
托马斯·哈代的梦
缀满了纤道[1]，
同样善良的诗人奥登
则躺在二十英里外。
他的完全之爱[2]是石灰岩，
岸边的圣母。

面对善良诗人之死，
我应该做什么呢？
有一天，他写信给我说，
我要献出我的书。
我曾献上我的书，玛利亚，
在奥登还醒着的时候。
如今我献上我的小蜡烛，
致敬这位大师。

1　哈代有两座墓：骨灰葬在威斯敏斯特；心脏葬在家乡斯廷斯福德，那里有一条弗洛姆河。

2　完全之爱（perfect love），指的是人所信仰的对象。

致沙漠雨季的仙人掌树

我那时还不知道，姬鸮[1]
曾在夜的掩护下
潜入你怀中。

我已从美国很多苦寒之地把自己
拔出，就像正午时分
拔掉一株高高的绿根植物。
我希望我是走鹃[2]瘦长的
影子，我希望我能
真心爱上菱斑响尾蛇[3]，
爱上捕鸟蛛[4]流下的眼泪。

我那时还不知道，月光下
你会这么高，这么金灿灿。

我在工厂里口干舌燥，
我痛恨那晒得要命的阳光，

---

1 姬鸮（elf owl），体形最小的猫头鹰，分布在墨西哥和美国西南部。

2 走鹃（roadrunner），北美最大的杜鹃鸟，一种地栖性鸟类。

3 菱斑响尾蛇（diamondback），北美第二大毒蛇，也叫菱背响尾蛇，
分布在美国和墨西哥。

4 捕鸟蛛（tarantula），较为原始的一种蜘蛛，体形大，毛发多，能
捕食蜥蜴、蝙蝠、鼠、鸟、蛇等小型脊椎动物。

所以我不干了。

你就是我体内
门厅里的
凉阴。

我至今没有穿过那道门，
但是姬鸫的脸
就在我心里。

仙人掌树，
你不是众神中的一个。
你垂下绿色臂膀抱住我。
我是姬鸫的影子，你家的
一个秘密成员。

亚利桑那的发现

有生以来，
我一直害怕
仙人掌，
蜘蛛，
响尾蛇。

带我穿过沙漠的
　　十四岁高个子男孩
悄声说，过来，
　　到这边来。
我小心翼翼地走在
　　这似曾相识的土地上，
我发现了四个小洞，看大小
　　应该是
从地里拔出一条根后
　　留下的，
或是俄亥俄那种很讨厌的
　　黑蛇洞。
这是什么啊，我问，是可爱
　　土拨鼠洞，
还是废弃的
　　柱坑？
不是，他说，她在下面
　　带孩子。

她不讨厌你，她也不
　　害怕，
她可能睡着了，她
　　可能在取暖，
用什么取暖我也不知道，
我只知道，有时候
　　在太阳下，
会有两条棕色的腿伸出来。
想看一眼她的脸，
　　很难。
就算是在博物馆里，她也会别过头去。
我不知道她在朝哪里看。

我有生以来一直
　　害怕
捕鸟蛛，
可是，我还从没见过
一只捕鸟蛛别过头去
不想看我。

没关系的，男孩说。
可能她也从没见过你。

西蒙 [1]

整整一生的时间，我都在
逃避。
我失眠时最美好的事情
莫过于
把脏兮兮的大狗
搂到怀里。
我们俩脸上满是口水。
西蒙
毛发里还粘着
厚厚一层春天的黑泥巴，
哪怕已到了冬天。

一个圣诞节傍晚，他坐下来陪我。
我们荒腔走板地唱着歌。
他突然消失，
又独自回家，
苍耳子在他耳朵里缠成一团。
啊，真够邋遢！

西蒙，
你去哪里了？

1　西蒙（Simon），罗伯特·布莱农场里的一条艾尔古狸犬。

明尼苏达某个地方，还有
乱蓬蓬的牛蒡
等你践踏。

松鸡和她的八只幼崽

在漂浮的睡莲柄之间，他们就像一团团炭灰色的小锦葵，他们曾逃出刽子手屋后的水中花园，选择在夜晚开放。可此时此刻，他们在光天化日之下跟着妈妈漂流。母松鸡那么黑，似乎随时都会被别的颜色吞噬。她总能在叶子下找到阴影待着。只有她的喙不时暴露她的踪迹。犹如红缬草[1]从夜的睡莲中升起。

1 红缬草（valerian），多年生耐寒开花植物，花期是在 6—9 月，花朵有奇香，多为红色。

丛林之王到底在做什么?

何谓狮子的真爱?

在塞伦盖蒂,中非那片广袤的草原,一对比利时父子拍下了他们眼前的画面:一头醒着的公狮躺在地上爱抚幼崽;母狮则完全置身事外,在树荫下打盹儿,然后睡眼惺忪地打着哈欠,也不顾忌自己美不美;公狮的长鬃毛如此优美,众狮子和满地金黄连在一起,在阳光下泛着涟漪。

神奇的小耶稣在人类的城市哭泣。

流亡

我跪在巴尔的摩 - 俄亥俄铁路的一根铁轨旁。小青蛇趴在钢铁上发着光。此时差不多是正中午。他一丁点儿影子都没有。但就算是黄昏，他也不会留下一丝阴影。我跟他一起能做些什么呢？他的脸似乎已转向铁道边的荒草。我也转过脸，凝视着铁道边的荒草。草根肯定很健壮。我在铁轨上坐下来，看它承受炙烤。这条束带蛇[1]似乎并不苦恼。他可能根本就不是在凝视荒草。我们可能都在祷告同一件事。我希望不是。我把他的脸拽到我这边，他看起来有一些悲哀，但并不苍老，也不孤独。

---

1 束带蛇（garter snake），原产北美的一种陆生蛇类，多为黑色、棕色或绿色。

幼崽不想出生

我完全理解你的感受。曾经，你双脚踩到了海底。然后，水螅虫[1]缠在你脚踝上，你身后一英里外，有人悠然漫步在阳光明媚的沙滩，在他们看来，海面如此平静，而此时深藏海底的一股浪从脚下把你掀翻，你在绝望与惊恐中抓住一条巨型魔鬼鱼的尾巴。

再一次，唯有神在。你一度可以成为某种完美的开端。可是，看看你现在。哎，看看上帝和他自己的子民。

一连数英里，在海下的黑暗中，你费尽九牛二虎之力紧握魔鬼鱼满是黏液的尾巴。他要去往某个地方。可是要去哪里呢？你只知道，他再也不会回到那岸边。

巨大的魔鬼鱼认为自己是在自由地独来独往，他从容地游弋着，任由涌浪[2]把自己缓缓顶起，唯有神知道那股涌浪来自多深的海底。那巨物挨着水面剧烈扭动，舞蹈，一连数英里，仿佛游过了一片又一片海。

一天下午，他觉得有点儿饿了。此时，暮色将至。你的双手再也握不住了。他任由自己在海面漫无目的地漂浮。他的双眼快速转动，想找一些不用费力气嚼

1　水螅虫（polyps），和水母一样同为刺胞动物。呈毛发状，身体透明，常附着在其他物体上。

2　涌浪（long swell），又叫长浪，有别于风浪。通常是从其他海域传来或当地风力、风向突变时产生的浪。与风浪相比，涌浪周期更长，波长更大，传播更快，能量也更大，在大海中常常不易察觉。

的东西简单吃点儿。海上暮色越来越浓，越来越重，与浓雾弥漫在一起，你试图跟他拉开距离。魔鬼鱼依然没看到你。

赶快啊。

他看到你了吗？

我可怜的弟兄啊，有多少力气就使多少力气吧。

赶快逃走。

想起俄亥俄南部一句俗语

致埃瑟里奇·奈特

很长时间过去了。
现在我能记清的，只有
凿岩机无休无止令人崩溃的声音，
有座山丘就这样被剥掉了一整面，
那里是阿巴拉契亚山脉，

与我出生的地方隔了一条河。
我记得夏天的冻疮，记得喷灯，
沿悬崖向上，没有处女和清晨。
不像我的家乡。

我记得有一块厚厚的混凝土，据我所知
已开始崩裂。

曾经，游手好闲的
尚巴、迪克、克拉姆、阿皮、比尼、伯纳多
还有我，偷偷摸摸向午后的黑暗进发，
我们找到一艘小船，
一路慢吞吞地划到西弗吉尼亚，
踏上泥巴滚烫的狭窄河岸，
那座伤痕累累的大山脚下。

然后，从无比光滑

死气沉沉的
那一侧
底部，
我们
一直
向上爬，
白花花地

来到血根草[1]丛生的花园，邪恶而神秘的
延龄草，深紫色丝绸一直垂到开满野花的
深谷，那花是我们面前唯一的美好，
在赤裸裸的地狱怒放着。

嗯，我们看到了两个黑人男孩，
在荒凉的悬崖花园里。
嗯，我们把其中一个打得屁滚尿流，
然后去追赶另一个。

我至今还会梦到自己像蛛网上虚弱的丝线般
摇摆，晶莹透亮，濒临消亡，奄奄一息，
悬在河流之上。
有个女人沿着俄亥俄河一路哭泣，
她耳朵下面

1　血根草（bloodroot），多年生草本植物，原产于北美洲东部，根状
茎折断后能流出鲜血般的汁液。

那些紫色的影子

在做什么?

鬼知道呢 [1];

我是不知道。

1　鬼知道呢（Damned if you know），赖特小时候常在家乡听到的一句粗话。

大理石小男孩

大理石小男孩，
你在圣水池上面
举着手，
半只手，
去抓一条白鱼，
大教堂的门关上后，你孤独吗？
在这样的冬天，
只有一具大理石的身体
在水上坐着，
你冷吗？
大理石小男孩，
你在圣水池上面
举着手，
半只手，
以一个永恒的姿态
去抓一条白鱼。

安妮·赖特
1963 年于卢卡

小东西

诗人的夏日别墅，卡图卢斯石窟，就在我背后赫然耸立，几乎就要熔化，正在将它的黄金缓缓移往山下。

但此时我更关注的是当下之诗。差不多有上千条银色半透明的小东西掠过长长的火山石表面。它们在湖边一条小水沟里游动。它们在挠我脚踝，比拉丁语的"指小"[1]还小。

卡图卢斯在悼念莱斯比亚的麻雀[2]时，把表示"可怜"的大白话 misere 换成 miselle，一个单词便囊括了可怜、弱小、可爱、不复存在等意思。

那些挠我脚踝的小鱼那么微小，想必是一碰到卡图卢斯的指尖便会全体溶化在薄雾的液滴中。我估计就是因为这个，他才从没写过它们的名字，只是任由它们在水里渺小而快乐地活着，如今它们依然在水里活着，它们似乎很喜欢挠我的脚踝。

锡尔苗内

---

1 指小（diminutive），一种能引起词形变化的词缀，主要接在名词和形容词后面，以体现"小"或"微"的意思，让所指对象变得可爱。这种词形变化在汉语中也很常见，北京话就常用儿化音来表现指小，比如"狗儿"之于"狗"。

2 莱斯比亚（Lesbia）在卡图卢斯诗中经常出现，用来指代他现实生活中的情妇克劳迪娅，麻雀是她的宠物。

发光的秘密

我独自在维罗纳斯卡利杰莱宫附近一个小公园里惬意地坐着，一眼望见初秋的薄雾在阿迪杰河畔山上的城堞和松林间游移、消散。

晨雨已经过去，河也恢复原貌。此刻，姣好的河身正在重现它秘密的光，一种略显浑浊的绿色和珍珠色。

我所坐的长凳正前方，离我大约三十码的地方，有一位让人惊艳的女子。她的头发那么黑，黑得如同深藏在切割完美的钻石内发光的秘密，一种危险的黑色，为了得到那种秘密的光，满怀渴望、训练有素的工匠想必要研究很多年，才能在给陌生石头操刀的勇气和技能之间找到必要的平衡，然后孤注一掷地把秘密带到光里。

正当我努力推敲前面那句话时，女子从公园长凳上站起身，走开了。我恐怕这辈子都无缘看到她的秘密见光了。不止这辈子。我将永世无缘见到她了。我希望她能把某个男人神秘的脸带到光里，就像有人曾经对我那样。我惊讶地发现，我其实并不担心。我可以默默向女子的黑发送上祝福。我相信她会继续活下去。我相信她的黑发，她那仍在沉睡的钻石。我会闭上双眼去想象她。但是，眼皮内默默守望我的那些伙伴太炫目了，我们无法见面。

让我高兴的是，我正前方这条公园长凳上空无一人。此时此刻，在维罗纳的某处，有个女人或坐或走或笔直站着不动。无疑，会有两只对我而言完全陌生的手，小心而准确地掂量暗藏在她头发秘密纹路中的心思。那双手正在耐心等待，等待只有它们才懂的那个时刻，她人生旅途暂停的一刹那。那双手会轻柔地触摸她的黑发。阿迪杰河上的风从她身旁拂过。她会转过身，笑脸相迎，把一个完美无瑕的意大利的黎明送进那双手。

我完全不知道那个男人的脸会是什么样。依然隐藏在他体内的光跟我没有任何关系。我很高兴此刻能独坐在这公园内。我把自己的脸转向阿迪杰河。一阵小风从水面飘来，从我身旁掠过，又飘回水面。

我与众生并无不同，明白这一点，我非常坦然。我感觉我就像阿迪杰河上的光。

此时，我们都是公开的秘密。

维罗纳

托里德尔贝纳科的小树林

　　我们的窗外有一棵小柳树，稍远一点儿有一棵无花果树，再远一点儿是石头垒的棚子。石头再过去一点儿，零零散散的树突然变成了一片小树林：一棵柠檬；一棵合欢；一棵夹竹桃；一棵松树；一棵颀长而优美的柏树，有位诗人曾把这里的柏树比作黑暗的蜡烛，冬日里本该熄灭[1]；还有另一棵柳树和另一棵松树。

　　她站在众树之间，一身绿叶繁花。她皮肤的金色，比朝阳下的橄榄树还要深。两个小时以前，我们起床去湖中沐浴过。犹如在一条静脉中游泳。此刻，所有能开花的都在她周围开着花。她是这片小树林的眼睛，合欢和柳树的眼睛。她身后的柏树着起火来。

托里德尔贝纳科

1　见 D. H. 劳伦斯《意大利的黄昏》（*Twilight in Italy*）："如此静谧和超然，柏树就像被人遗忘的黑暗火焰，本该随着夏日结束而熄灭。蜡烛可以照亮夜的黑暗，柏树也是蜡烛，却让黑暗在骄阳下汹涌。"

写在维罗纳一张廉价大明信片上的诗

它们就在这阳台上，
花里胡哨，印着刺眼的色彩。
皮萨内洛和斯特凡诺曾用妙笔
把圣母的头发点成羽翼，在他们的城市，
我能用五十里拉买到这浪漫的垃圾，
然后把粗俗寄回家。罗密欧、朱列塔[1]，
你们是怎么活下来的？就连莎士比亚
也不能把你们彻底杀死，他在残酷的剧本中
浪费了那么多天马行空的天赋：
首先，街上的暴徒没有割破
对方的咽喉，只是因为
害怕脑壳被乱棒砸扁；
然后，家族之间结怨，
黄昏后的幽会，
一桩又一桩没有意义的谋杀，
那场必定要被世人叫停和拆散的
有问题的婚姻。
还有最终结局里的死亡，荒谬，
凶残，一场廉价的牺牲，像你我的死亡
一样残忍和愚蠢。

---

1 朱列塔（Giulietta），朱丽叶的意大利语拼法。

然而，就连莎士比亚也不能把他们
彻底杀死。如果你不相信的话，
可以随便找个人，街上的陌生人，
跟他们提罗密欧和朱丽叶。
陌生人能够记住的，只有
暮色中的光芒，
藤蔓中翻飞的轻盈翅膀，
冒着禁忌与陌生人接触后
震颤的手，
一枚炸弹，还有
短命。

哦，我知道，
那只不过是
一种无味的堆砌：
莎士比亚草草地
从阿瑟·布鲁克用十四行诗体创作的
一首普通叙事诗[1]里
窃取了《罗密欧与朱丽叶》的情节。
我还知道：
也许他的《皆大欢喜》
至少有一部分情节，是抄自

---

1 即《罗密欧与朱丽叶的悲剧》（*The Tragical History of Romeus and Juliet*），1562 年出版。

一部意大利小说的英译本，

译者罗伯特·格林

曾经抨击青年莎士比亚

从前辈那里窃取过一些片段，

同样遭他窃取的格林落魄潦倒，债台高筑，

在肮脏的病榻上

怨叹忏悔。

我知道：

维罗纳公民曾骂统治者

一条疯狗。

我知道：

这个令人陶醉的美丽城市上空，

此时虽鲜花盛开，却也曾被轰炸机的

机翼遮蔽，

孩子们像老鼠一样惊惶逃窜，

躲进大理石垒成的巨大竞技场，

而那里也危如累卵，摇摇欲坠。

哦，我知道

我要给你的是一张廉价的、不值钱的

美术明信片，拙劣而凌乱的仿制品，

画的是一位诗人的梦境，某种绝望的事物，

那事物在这个世界上已没有存在的机会。

我们又有什么机会呢？

我们不过是某个诗人梦中

选择活着的一对恋人。

没有机会。

哦，我知道：
我知道，我知道，我知道，
我怎会忘记？
这世界一片混乱，
一个正在沉没的麻烦，爱和危险共存。
他们在黑暗中摸索对方的手，
他们的手翻飞着投入火焰。
我知道，可是——
随便对哪个陌生人
提他们的名字吧，
随便哪个人。
他只会想到
这对恋人，不会想到他们相爱
招来的莫名威胁。

罗马的两个瞬间

1. 春天到来的方式

犹如狂热分子嘴角皱纹般粗粝无情的最后一场雪，一夜之间无影无踪。无休止的冬天已成过去。没错，高高的博尔盖塞悬崖上，花园依然遍布枯枝。狂风在黑夜扯下的粗松枝，挂在矮小的灌木丛上。几周前连根拔起的一整棵夹竹桃，越发枯朽僵硬。它耷拉在石凳上，投下的影子里含有一丝冷笑。这些不堪入目的枯死之物赖在清新的阳光下，想必是下定决心要报复谁，虽然它们不喜欢这么做。

有三位姑娘正在走来。她们兴奋得停不住脚步。她们没有奔跑。但她们的脚步如此轻快，几乎脚不沾地。三位都把黑发抖散。她们先后脱下毛衣。她们站在石凳两头，毫不费力就把枯死的夹竹桃从小溪里拽开扔掉，树上满是鸟儿们做的窝。

她们，想必也一样，整夜都没合过眼。

2. 映像

正午即将来临，罗马斗兽场保持着空中飞行的姿势，一枚破碎的金色凸月[1]。它捕获到一种古老的光，然

---

1 顾名思义，月亮圆面上大部分明亮时，叫凸月，满月以前为渐盈凸月，又叫上凸月；满月以后叫渐亏凸月，又叫下凸月。

后赋予那光以形态。我在两英里外注视着斗兽场，那感觉就像姑娘的面庞在我眼前留下惊鸿一瞥。年轻而孤独的她，正坐在高高的石头上四处张望，寻找她的朋友们。因为觉得无聊，她懒得理会脚下远处角斗场内乱哄哄的瘦鬼们。她在等待动物们的入场。

此刻，斗兽场外的另一边，另一枚月亮，白天的月亮，出现在空中。连它的小瘢痕都如鬼魂一般。

冬日，巴萨诺－德尔格拉帕

地面之下，老人的
头发再度变得
金黄。
中午前，河边
荒凉的一束
斜斜投下，
上万名奥地利人
在幽暗的山上
泛着白光。
意大利人的尖叫声穿越山谷，
让人难以忍受。
不过，黄昏
让老人露了
一会儿脸，他的光
映在姑娘脸上。
她拎着柳条编的
小篮子，
慢慢走回家。

威尼斯的两个瞬间

1. 运河之下

威尼斯是个深邃的城市，但也有单薄而脆弱的时候。我指的不只是它的外表，尽管晨曦之中屋顶和塔的轮廓确实有些轻飘和纤细，而天黑后仅有的几条道路和石街上的影子，几乎把石头的固态全都吞噬。我的意思是，这个城市能在任一时刻改变它自己的性格，改变它的外表和情绪，哪怕是在大白天。也因此，这里很容易迷路。

不过，只要循着水声，还有水上的人和物，就能找到回家的路，无论家在哪里。

我们曾看到一位非常年迈的老人突然出现在角落。他缓缓走进广场，虽然现身时像幽灵般迅速。他肩上扛了一个不大不小的木梯，手里还拿了个奇怪的小网。扫烟囱的，安妮说。也许是吧。从皱巴巴的外套肘部和压扁的帽子来看，他可能曾在银白色烂墙内爬上爬下。

我很确定，我曾注意到他鞋上的绿色泥团，但如果不是听别人说，我很难相信他刚从附近一条窄运河里顺着奇怪的台阶爬上来。我不知道他在水下从事什么工作。但我不会记错。他确实在水下工作。毕竟这是威尼斯，这个城市的街道都是水，高尚的东西和卑微的东西共同统治了水底：某个不堪重负的小偷去年粗暴地丢掉的圣母与圣婴；某只自大的猫的完美骨架，尾巴骨蜷曲在肋骨周围，三百年前就被盐水泡烂；背叛师门的匠人的右手，装在玻璃器皿中，血液早已融入大海；遭人捕获的月影，卡在某个土耳其水手的牙缝里；或者那水手本人，丢了头颅，一手拿着弯刀，一手拿着可口可乐；一本伪造的拜伦笔记；一只空空的美国运通文件袋；甚至是一根烟囱，此时，里面的蛛网已全部扫尽，扫掉的蛛网织得很结实，因为暗绿色蜘蛛在水下拥有太多太多的时间。

他来了：温暖的夏日天气里，一个扫烟囱的人？不太像。一个清扫水下台阶的人。

2. 向晚之城

"向晚"这个词在我眼里一直很美，毫无疑问，威尼斯是一座向晚之城。威尼斯的黎明誉满天下，曙光里的大教堂与圣殿仿佛是从乳白色珍珠里现出立体身形。但那立体来自石头，最优质的石头，从君士坦丁堡漂洋过海而来饱受海水冲蚀的精美大理石。只有向晚才能让这座城拥有光的形状；向晚让黑暗淡去，让光拥有实体。

此时离向晚还早，九月初的烟气聚集在我房间外朱代卡运河的水波上。汽轮、汽艇、垃圾船成群驶过，贡多拉[1] 正在返航。再过一会儿，我们也将迎接暮色，

---

1 贡多拉（Gondola），意大利最具代表性的传统划船，是一种两头尖的细长平底小船。

在暮色中乘着水上巴士驶向临海小岛利多，驶向长长的海滩和大大的酒店，那里会让人想起：阿申巴赫[1]和他那悲惨的完美幻象；月光下骑着马的拜伦；还有古威尼斯人无声无息的身影，为了逃离野蛮人，他们一路漂泊，努力保持沉默，一直漂到遥远的托尔切洛岛，正如鲁斯金所言，他们像古以色列人一样去避难，经行海道躲避刀剑。也许乘坐海洋公主到托尔切诺没什么好看的，但古威尼斯人发现了向晚的真实形状，而此刻向晚就要来临了。

1　阿申巴赫（Aschenbach），托马斯·曼小说《魂断威尼斯》的主角，因暗恋一位美少年不惜留在瘟疫中的威尼斯，最终病死在海滩上。

沉默的天使

在维罗纳城门口挨着公交车窗坐下时，我转过头看了看左边。罗马大角斗场的粉色大理石拱门内，站着一个人。他朝我笑着，那极为亲切的神态很少会在人类的脸上闪耀，即使是在与你相亲相爱的人脸上，也很难见到。

他打扮得像个音乐家，可能是刚走出角斗场上面某个幽僻而冰冷的彩排室，来这里见见太阳。

公交车司机启动马达，带我们绕着空旷的布拉广场慢慢行驶，那人在角斗场淡金色玫瑰般的阴影下，始终注视着我的脸。他向我挥手道别，那双会意的眼睛一刻也不曾离开我，直到完全看不到我，具体看了多久，我也不得而知。

他在最后一刻向我挥手，极尽友好地目送我离开维罗纳。他右手有一根像是指挥棒的东西，在大理石墙巨型玫瑰花瓣似的阴影中停留了漫长的一瞬。即便他已消失在拱门内，我依然能看到他的指挥棒。

啊，我现在知道那不是指挥棒。我当时离得太远了，我只能看到在我身后渐渐隐去的鸣蝉、椴树，颀长的雪松次第出现，一根羽毛向上飘起，缠住另一根羽毛，飘过罗马大角斗场，飘过河流，飘过河那边的山，飘进有着常绿植物和黄金的地带，亘古之变的起点，圣马丁的夏天[1]。所有的树，经冬不凋的与转瞬即逝

---

1 圣马丁的夏天（Saint Martin's summer），即小阳春，晚秋时短暂回暖的天气，通常出现于十一月初。在美国又叫"印第安人的夏天"（Indian summer）。

的，全都混在一起，实现了永恒，对时间感到绝望的圣奥古斯丁眼里的永恒。它们会继续耸立，哪怕歌德曾漫步其中的朱斯蒂花园长满荒草，仅剩几条我心爱的蜥蜴与它们做伴，仅剩一两只蜘蛛在构思多日之后耐心搭建无比纤弱的废墟。

我不敢让自己再去想阿迪杰河，因为我太爱它了。微笑的音乐家已合上双翼。再度冷却的指挥棒，此时正搁在他膝上。我能想象出，其他音乐家都已飞往河边的山上过夜，而我的音乐家，对我没有恶意的音乐家，只想极尽温柔挥手送我离开他所守卫之乐土的音乐家，则独自在河边，与夜间的蟋蟀同眠。

我最终转身离开了那座城市，咬紧牙关，包括两颗歪掉的断牙，摩挲着夹克口袋里的粉色大理石碎片，强迫自己把脸转向工业之城米兰，恐惧与绝望之城伦敦，然后是终点：美国纽约，人间地狱。

我感到失落。没有非常高兴。也没有感到侥幸。

那位音乐家没有为我奏响过一个音符，也没有为我演唱过一首歌。他只是极尽温柔地挥手送我离开，送我踏上自己的旅途，迷途。

我想这就是我想要的。他也尽了最大努力，我想。这座神圣的城市不属于我，也不属于他。他也许和我一样失落。只不过是从更高的地方落下来，如果没猜错的话。

维罗纳

最好的时光

有生以来最好的时光

起初，广场上两个男人
站着掂量陷进地里的石块。
想必有五百磅重。最好的
时光，最先
远去。高个子男人头发灰白，
双臂细长，另一个
身材矮胖，双肩稚嫩，双腿
却已经有些弯曲，一个常年
劳动的人，像棵树。

其中一个
用钢爪的尖头巧妙地
拨弄石头。
另一个在等待适当的时机，
等电光石火间达到平衡时，把冰冷
凿子的尖头塞进缝隙。

古罗马人铺下的沉重而美丽的巨石，
在灰白头发的高个子男人面前
保持平衡，
重达四分之一吨的石头轻盈地
悬在土壤和空气之间，
男人把手伸到石头的边角，

异常小心地拆掉
底下的一根钢管。
最好的时光，最先
远去。此时，两个男人
能直起身了，然后，他们
循序渐进，用灵巧稳重的双手
把石头从原地拆掉。

我看了看下面。
看起来不像坟墓，
谁的坟墓都不像，
既不像古罗马士兵的，
也不像奴隶的。
石头下面平平无奇。
那土壤闻起来很清新，就像是俄亥俄
那头在我面前出生的牛犊
呼出的第一口气。

我抬起头的时候，
胳膊细长的高个子老人和肩膀虚弱
还驼着背的年轻人
已经离开，去喝酒了。努力工作，
也要让身体得到应有的休息，哪怕是中午。
最好的时光，最先远去，
那块石头的底部
是粉色大理石，

产自维罗纳。诗人[1]在维罗纳发现了
白昼的可爱，
和一丝宁静。

1　这里指的是维吉尔。

最初的时光

有生以来最好的时光

早上最先看到的事物
是一只巨大的金黄色蜜蜂，
他在粗树枝低处
把结实的右肩
拱进黄梨圆润的肚子。
还没等他找到果核内
突然不停蠕动的
黑蜜，树就再也承受不住了。
梨掉在地上，
蜜蜂半死不活地
留在它体内。
如果我没跪下来，轻轻把梨
划开一点儿，
他可能会死。
蜜蜂战栗着恢复生机。
也许我当时不应该打扰他，
该由着他快乐地淹死。
最好的时光，最先
远去，可爱的歌者
唱道，他出生的这座城市，
和我的家乡如此相似。
我放走了那只蜜蜂，
它消失在曼托瓦城边的煤气厂区。

蒙特尔基的那些名字：致蕾切尔 [1]

我们醒得很早，
因为没办法不醒。
那个地方与我
有何关系?

安吉亚里的蜘蛛像尘土中的
宝石。我要想办法
去安吉亚里，因为沿途的
大地像一颗温暖的钻石。
安吉亚里是大地上一个真实所在。
也是我最不想叫出的一个真实名字。

去往安吉亚里的路上，
我们爬上了发生过真实战争的
群山，就在那里，
苗条的公交车司机，那位信使，
把我们放下来，然后说道:
去找她吧。

我催促你，催促我的挚爱
(你俩都是我的挚爱)

1　即蕾切尔·埃文斯。

去往一个神秘的地方。

在那片小小的墓园中，
我们得到了安葬，蕾切尔，安妮，莱奥波尔多，马歇尔，
蜘蛛，尘土，宝石，风。

时令水果

这是帕多瓦八月末一个清新的早晨。一场夜雨过后，太阳非常及时地冒出来，开始温暖葡萄、甜瓜、蜜桃、油桃等各种水果，它们很快就要摆满这片大大的广场。身着鲜艳花衣服的女人和孩子，已经开始一个小摊一个小摊地溜达。

在广场尽头，能远远看到帕多瓦钟楼金蓝相间的钟面。

靴子沾满白面粉的糕点师，刚从我视野最右边飘过。

这是意大利中型城市司空见惯、普普通通、亘古不变的清晨景象。

不过——在我的左边，能看到整个理性宫的正面，当地社区在二楼办了一场大型画展，正在展出历经五百年沧桑的果实。

在那些异常温柔或凶猛的天使面孔下方，仍不断有男女老少从乡下赶来，摆上成堆的葡萄、甜瓜、蜜桃、油桃，还有各种光鲜亮丽但保存不了太久的时令水果，供我们慢条斯理地挑选。

不过，它们的保鲜期已经足够长。生命是用来享用的，不是用来存放的。小摊上的葡萄犹如一团又大又紫的烟雾。我刚刚吃了一枚。我刚吃下了这个季节的第一枚水果，我恋爱了。

帕多瓦

有感于一片卡拉拉大理石

山下的老人们
站在阴影里，无事可做。
他们很少聊
米开朗琪罗。

他们知道

一个男人的手造就了那张脸。

你没有工作，
上午十点，
在卡拉拉，佛罗伦萨以北的
一座工业城市，那里的

诸位圣母中
最神圣的一张人脸
非常清楚它做了梦：
我为什么要醒来？这是
谁的脸，在卡拉拉城外
哭泣着从我那具
由孤独的神亲手创造的
难看而陌生的身体中
突然醒来？

一个孤独的人曾在那里
为佛罗伦萨囚犯们的脸而哭泣。
即便他不能完成。
即便他
活不了那么久。

钩子

我那个时候
还很年轻。那天晚上
真他妈冷，刺骨的冷，
四下里一片空无。
一片空无。我跟一个女人
出了点儿问题。四下里一片空无，
只有我，和死寂的雪。

我站在街角，
明尼阿波利斯的风
把我吹得东倒西歪。
风就像从地狱刮上来，
裹挟着我。
开往圣保罗的下一班车
会在三小时后到，
如果我幸运的话。

这时，年轻的苏族人
从我身边冒出来，他的伤疤
只有我同龄人才有。

短时间内不会
再来公交车了，他说。
你的钱够你

回家吗?

你的手
怎么了? 我反问他。
他把钩子举起来, 对着可怖的星光,
在风中挥了一下。

哦, 那个呀? 他说。
我跟一个女人纠缠过一阵子。给你,
接着。

你有过这种体验吗: 有人
用一只钩子拿着
65 美分,
然后
轻轻地
放在你冻僵的手里?

我接了钱。
我并不需要这点儿钱。
但我接了。

致开花的梨树

美丽而自然的花朵，
纯净而娇嫩的身体，
你纹丝不动伫立着。
披着朦胧的星光，
完美，却无法触及，
我多么羡慕你。
但愿你能够倾听，
我要跟你说点儿事，
人间的事。

曾有一位老人
冒着要命的大雪
出现在我面前。
他的脸上
有一缕白胡子。
他在明尼阿波利斯的街上停下来，
摸了摸我的脸。
陪我玩玩吧，他乞求道。
多少钱我都给。

我退缩了。我们都很惶恐，
于是落荒而逃，
各自在路上躲避着
寒冷的无情侵袭。

美丽而自然的花朵，
你怎么可能
担心、操心或关心
这个无地自容、无药可救的
老人？眼看时日不多，
他愿意接受
任何人的爱，
哪怕有可能
被某个一脸鄙夷的警察
或自以为是的俊俏少年
打碎假牙，
还可能被他们带到
某个黑漆漆的角落，
猛踢他那用不着的下身，
只是为了消遣。

年轻的树，你无牵
也无挂，只有一树美丽而自然的花朵
和露珠，我体内
黑暗的血把我拽了下来，
拽到我的弟兄身旁。

美丽的俄亥俄

那些年老的温纳贝戈人
知道他们在歌唱什么。
整个夏天，我独自一人
摸出了一条路，
从排水管道往上，
到铁路枕木上坐下来。
埋在斜土坡上的管子里
涌出一条闪闪发光的瀑布。
在马丁斯费里，我的家乡，我的故土，
总共约有一万六千五百人，
他们让这条河有了活力，
拥有了光的速度。
那光则定格在
瀑布中的一瞬，
和他们生命的速度同步。
我知道大部分时候
人们怎么称呼它。
但我会用自己的方式歌唱它，
直到今天，我还时不时
叫它美人。

旅程

献给法诺城
我和安妮
在此痊愈

走进尼姆神庙

如果黄昏还在延续，
我打算走遍黛安娜神庙
和它的四周。
我想对昔日罗马年轻人所爱的女神
表达我的敬意。
他们是从大胡子希腊人那里一块黑石上
得知她的名，
但找到忠于孤独的她，却是在这里，
在高卢南部。
毫无疑问，这里曾有年轻的高卢女人
裸露洁白双肩，回眸沉思，
然后匆匆离去，
消失不见，接着又升上地平线，
就像葡萄和悬铃木的灰白手掌，在绿荫之中
重又出现。
这个冬日黄昏，
我恳求雨中面无表情的古罗马士兵
卸掉盔甲。
请允许我走在两排高高的柱子间，
从中找到一粒葡萄树叶芽，
我来晚了，春天早已离去，
但雨水还在护佑这一切。

这些那些

我不打算跟她
聊起那高高的
精致颧骨。
也不聊眼前轻盈的双脚，
它们在修长双腿下
迈步，青春可爱。

我不打算按照
人们在笨重碑石上
公布的地名
去称呼她。
他们的叫法没问题。
他们只是不懂。

她曾在惊慌中脱口说出
她爱我，而我
却长篇大论。
如果我只是与她
沉默相对，她应该
就不会有问题。

但我没那么做，我只能
高谈阔论，滔滔不绝，
说这说那。

此时，这些那些都不在了，
那高高的精致
颧骨也不在了。

眼见轻盈双脚
在长腿下慌张迈步，
眼见她走开了。
而我，仍坐在这里诉说。
而我，似乎仍有
东风可叙。

来，静静看着

阳台上那只鸟有自己的法语名字，但我不知道叫什么。可能是五子雀，只是他没有头朝下吃东西。

他头上长了一顶圆圆的紫色小帽子，细长面具从耳朵向眼睛延伸，穿过整个面部。来，静静看着吧。目光穿过整个巴黎。那只鸟背后的远处，圣心教堂的圆球顶在雨中露出身影，却又再次模糊，孤立无援。曙光正慢条斯理地洒遍整个城市。

十二月将尽之时，胖乎乎的巴黎小野鸟正在拾取一顿清淡的早餐。在被风吹到阳台的废弃圣诞树上，他找到了小小球果中仅存的种子。

年老的巴德

　　年老的巴德·罗米克再胖一盎司，就有三百磅了，于是他就胖了一盎司。他常坐在门前走廊里的秋千上，火冒三丈却又无可奈何；他的小孙子，两个手舞足蹈、惹人讨厌的小男孩，上蹿下跳地跑到他够不着的地方，还非常讨厌地大叫："去死吧，爷爷。"他那吓人的喉结变成了紫色，像白栎树的根瘤一样闪闪发亮，他气急败坏地大喊"该死的"。

　　暮色降临俄亥俄州马丁斯费里的珍珠街，年老的巴德·罗米克睡着了。百叶窗纷纷合上，来往的电车亮着灯驶入寂静，柳条编的座位空无一人，工厂的下班哨声都已吹过，寡妇们都已回到家中。同样空无一人的煤渣小路，飘着夏日沥青的温热味道。街灯柱子泛着一抹金色，上面布满六月甲虫的翅膀，就像一面面裂开的镜子。年老的巴德·罗米克瘫在走廊秋千上。锈铁链在黑暗中用尽全力承受他的体重。

　　黑暗包裹着他，真像一团污渍，真像树叶底下漏摘的李子上那块碰伤。他家那两个小恶棍早就叽叽喳喳笑着上楼了。年老的巴德·罗米克小声说着梦话，暮雨在梦里给他带来一片黏糊糊的悬铃木新叶。

　　他有没有觉察到树叶，我无从知晓。我无从知晓他有没有觉察到碰过他脸的任何东西。他有没有在梦

中发现悬铃木是多曼妙，走在树下却不关心树有多绿
的女人们是多曼妙，一枚李子至死未被吃掉是多幸运，
我无从知晓。

昨夜的龟

我记得昨日暮色中他清秀的样子。一下雨，他便在老地方登场了，他从壳里露出来，尽情伸展着——脚，腿，尾巴，头。他似乎很享受雨，甜美的雨，从上阿迪杰地区的山里一路飘过来，涉过湖水找到他。我从没有这么近距离看一只龟完全摊开身体惬意地沐浴。传说中那些风烛残年的脸，颔下堆叠的肌肉，充满野性和敌意的鼻孔，露着凶光的双目，都从我脑海中消失了。我满脑子想的都是甜美的山雨，他的青春活力，他独自洗澡时的庄重，他虔诚的脸。

今天早上，我坐在窗边，对着下面的青草看了很久。就在刚才，那里还是一片空旷。可是此刻，他在绿色阳光里驮着斑驳的龟壳爬上爬下，喘息着经过。一条看门的黑狗在他旁边抽着鼻子熟睡，不过，我相信他俩谁都不怕谁。我看见他仰起脸。对着光亮挑起眉，下巴极其轻微地转动着，那是一种古老的喜悦，一种渴望。

他的喉部有些暗黄色小褶皱，颜色跟甘菊花田飘摇过来的花粉一般无二。从他脸部的线条中，你只能看到惬意，还有他对青草的微妙洞悉，犹如我在俄亥俄一位流浪汉脸上看到过的专注和柔情，那流浪汉坐在货运火车的无盖车厢上，对着无人的麦田挥手致意。

如今，那列火车已不复存在，龟也已离去，只在空草地上留下了一个圆圈。我对着他逗留过的地方看了很久，但是，空空的草地上找不到一个脚印。还剩这么多的空气，这么多的阳光，但他还是走了。

俄亥俄的火炬树

五月将尽，俄亥俄州南部的空气中弥漫着芬芳，而我却远在他乡。河畔的马丁斯费里有一个好地方，犹如大地上一道裂口，我至今也不知道它是如何形成的。可能是家乡小镇祖辈们的杰作，几百位祖辈聚集在巴俄铁路的这边，拿出能够腾出的铲子和所有带刃的工具，把大地扒开，他们的白发早已化为煤烟和冰雪。也可能那道沟早就自行出现，那时白发祖辈们还没到来，俄亥俄河还没改变流向，冰河还没消失。

但是此刻，五月将尽之时，沟坡上的火炬树正打开斑驳的花苞，突然之间，在你眼皮底下，坚韧长叶簇生的枝头纷纷蹿出了猩红色。你可以扯掉长长的树叶，但枝条深植在树中，比树身扎在土中还要结实。

六月到来之前，阿巴拉契亚山脉的轻风沿着俄亥俄河吹拂，吹来惠灵钢厂的废气、煤烟和灰尘，把整个树身裹住。树皮会躲开斧头和刀刃。你甚至没法在火炬树上刻出姑娘的名字。它痛下决心要孤孤单单地活到死，你赶紧滚开吧。

1979 年睹贝利纪念碑涂鸦有感

不复存在的不止古罗马人。
上世纪的不幸诗人贝利
从世间赢得时髦的石礅。
贝利无从得知它立在哪里。
台伯河对面，特拉斯提弗列附近，
他的礼帽在头顶摇摇欲坠，
一副绅士模样的他，看不到
他之后的新罗马人什么面貌。

他们当中一个，勇敢爬上底座，
把鲜红色狗屎玩意儿往他围巾上泼。
在这午后，我祈祷他隐秘的坟墓
默默无闻躺在群山某处，让雨水
稀里哗啦冲刷掉那污秽。
大理石不会保存的，雨也能消除。

在世纪消亡之时，凝视佛罗伦萨大教堂门前的台阶

曾经，很久以前的某个山林里，
一只红尾鵟[1]盘旋着，
在半空中
久久俯视着我。
他静止不动，简单地
说了句：去吧。
已经没时间
歌唱大自然的美妙了，
于是我加快脚步。
我的脚趾
不小心磕到巨翅阴影里的石头，
但这点儿小伤
没有白受。
我已在死前一睹
他活着时的风采。
关于他的身体，
我能知道的就这么多了。

此时此刻，

---

1 红尾鵟（red-tailed hawk），北美大陆较为常见的鹰科鵟属猛禽，体形中等，美国人常叫它鸡鹰。

我眼前这团蜷缩的腐肉
触手可及。
但绿头苍蝇
已经捷足先登。
已经有蛆
在蜷起的大腿上拱动。
那尸体，即便已经死去，
仍然畏缩着，把一只翅膀
藏在背后，但是已经
有一堆灵活的绿色虫子
在那里乱爬。
我不想加入它们，我不想
打扰甲虫和蛆
享用最后那只翅膀。
让它们享用乔托在烈日下伸展的长翅。
也许它们会再撕开一只，
然后爆开。

无论家在何处

玄武岩中憔悴的莱奥纳尔多·达·芬奇
很快就会不复存在，
一张轻狂的脸消失在紫藤花中。
花朵逐渐暗淡，枯萎，
覆盖他的身体。
浪游者中最敏锐的那些，
以其他生命为食，精彩地活着，
他们不能在莱奥纳尔多体内找到
一根温暖的血管，莱奥纳尔多
自己很快也将
不复存在。

谢天谢地，终于可以暂时摆脱那些蠢货了。
虽然紫藤花平平无奇，
海风又剥蚀了莱奥纳尔多，
冰冷的阳光下，仍有一条小蜥蜴
在莱奥纳尔多的拇指和调色板之间嬉戏。
一条冒失的蜥蜴
在我和莱奥纳尔多身上倾注了
整个春天。

再见莱奥纳尔多，谢天谢地，终于可以
摆脱那些正在腐烂的疯子了，他们无法养活
林中的浪游者。

我要和那条蜥蜴一同回家，
无论家在何处，
我都会毫无防备地躺在他身边，
躺在明媚的阳光里。
哪怕天要下雨，我们也会仰起脸。
我们俩都会变成绿色。

黑松鸡

一只黑松鸡从山上来到山下,
感受这个季节。
他低低飞过阿迪杰河,身后
影子像一张闪闪发光的围网。
无疑,优美的
双翅让他如小天鹅般
高贵。
但他的声音
很扫兴,看到我之后,他止不住
叫唤起来。
听上去
像只咕咕叫的肥鸡,
能把狼狈的浣熊吓得
逃出鸡笼。

不明白美丽的松鸡为何
非要来烦我。
我只能站在这里,
一动不动,
相信他会在阿迪杰河边搭一个
结实的窝,希望他
永远不要死掉。

牧民的守望

比萨城外的田野上，我看见牧羊人
在晚秋的天气里努力取暖。
一抹冰凉的
阳光打在他一侧身体上，
他身体倾斜，就好像有棵大树撑着他，
让他站着不倒。
但是，最近的柏树
离他也有很长一段距离，
似乎只有那把绿色的雨伞
在撑着他。
他的绵羊没有聚成群，不像
斯宾塞和忒奥克里托斯诗里那样。
它们漫步在斜坡各个角落，
太老的不关心，
太小的意识不到，有位疲倦的牧民
在守望
它们的身影。
就算这位牧羊人哼着歌，
我站得那么远，也听不到。
我希望他唱给自己听。我可不想
花钱雇他唱。

广场上的贞女 [1]

今天早晨，我并没有绝望，
虽然寒风带着一丝
冰冷敌意，
把手指塞进
人造尤物的裂缝，
塞进少女石雕
饱经严冬摧残的双肩。
没有春天经过，但玫瑰
在风的摧残下越发茁壮，
如今，它们征服了
这张脸，不再是
装饰脸的花环：
脸开始模糊，
但对我来说，比大部分活人的脸清晰。
悠然的风和悠然的玫瑰
时而毁掉一条眉毛，时而毁掉一颗痣。
她消逝前的
一刹那，那特有的憔悴
令我惊叹。她这块正在溶解的
石头，似乎要从石头变成某种脆弱的事物，
变成一个我能认识的人，我几乎能
叫出她的名字。

1　在意大利罗马市中心的古罗马广场，有一处贞女之家，古代的贞女们曾住在这里。

访罗马新教公墓

毋庸置疑，
风会把你的手指全部吹散，
把小小的发青的手指关节
撒向大地每一个角落。
你会坐着聆听，直到我
在梨树林中衰朽。我的声音
在池塘中落下几片轻盈花瓣，
你若有所悟地点头，赞我睿智。
你的手指甩掉白茧，轻盈地
抬起，轻盈地掠过我的脸：
还在动，在这惨遭亵渎之地，
像塞斯提乌斯的事迹[1]一样虚无，
消失在那完美的金字塔下。

---

1 塞斯提乌斯的金字塔坐落于罗马新教公墓附近，至今仍保存得非常完整。金字塔很有名，但塞斯提乌斯的事迹已鲜有人知。

俯瞰圣费尔莫

不知为何，总忘不掉
神奇飞行带给我的感觉，
我体内的气息在突然之间
变得清晰可见。

之前我可能还在一堆黑雪旁站着，
俄亥俄的铁路碎石
和染指一切的工厂浓烟，最终露出
属于混乱冬日的
真实颜色。
我点燃一根火柴，呼着气，
一只蝠翼孤零零地从我嘴里飘出，
盘旋着，舞动着。
一路飞往西弗吉尼亚
和更远的地方。

但此时此刻，
我却被遗弃在废弃的城垛边，
俯瞰阿迪杰河，俯瞰
圣费尔莫，有只手从我肺里挥出。
恶魔跳出来，
脱掉身上的二手外套。
他蹚下山，
沐浴着意大利温暖的阳光，仿佛

未曾想过要在冬天和春天之间做出选择。

不过，春天会比较适合他，

目前来看是。

在法诺的第五天，答马修·阿诺德

> "与自然和谐相处？不安分的傻瓜……自然与人永远不能成为好朋友……"[1]

说"短短五天"，还是"漫长的五天"，抑或"五年"，并无意义。都准备离开了，却好像刚来到这里。换一种严谨的方式来说：我好像在这里待了一辈子，甚至更长更久，比海的寿命和海里所有生物的寿命都要长，比山间草地上所有新教堂和离开干净海岸在水中流浪的所有古老空贝壳都要久。有生之年能和大自然短暂地和谐相处，我欢迎那古老的诅咒。

对法诺来说，我就像一个不安分的傻瓜和好朋友，我从山间草地带来野韭菜花。我要把它献给亚得里亚海。不能说这海无动于衷。它可以随心所欲地接受种子，今天，这片海不妨接受一朵花，水面漂着一抹深红，水下潜着威尼斯海军。跟这个生生不息的地方作别时，我对它只有一个要求，那就是继续生生不息。

1　出自阿诺德的诗《与自然和谐相处：致一位传教士》（*In Harmony with Nature: To a Preacher*），创作于 19 世纪 40 年代。

对燕鸥的请求

活了这么久，我已经见过
很多翅膀坠落，
还有一些折断的，一路被风
吹得跌跌撞撞。
风想往哪里吹，
就往哪里吹，
也会莫名其妙地
停下来
保持不动。今天，帆
纹丝不动。
在海中，
在我的面前，
巨大的暗红色僧帽水母[1]慵懒而冷漠地趴着，
玷污了
所有的浅滩，
那些水母可能希望在浅滩中
变绿。
这片海
已经不可亲近。
罗德岛的燕鸥

1　僧帽水母（man-of-war），一种管水母，触须布满毒素，能杀死鱼虾。通常为透明的粉色、蓝色或紫色。主要分布在大西洋热带海域，经常成群出没于南非的海滩，地中海地区也可见到。

从香蒲丛里往上冲去，朝着阳光猛扑，
索取着，
进攻着。
它们迎风而上，
一定是在报复。但风会平静地
吹落每只翅膀，
我希望这些燕鸥能够
放过我和风。

在加利波利

她的头发在风中乱舞，就像沿岸绿色浅滩中摇曳的灰色海藻。天空静如止水。她拿起一串葡萄，冰冷葡萄在白霜下有种不可思议的圣洁。她不停劝我吃。四十年前，她的未婚夫如同灰色的英国蝴蝶般，被雾遮住视线，茫然飞行，惊慌失措地穿过蔚蓝色光亮，坠落，炸裂。我挑了两三颗紫色的葡萄，有一颗在我嘴里爆开。但是，她觉得只给这几颗远远不够，于是不停劝我吃，直到她手里只剩下空空的藤枝。藤枝摇曳着，像一棵点燃后丢进水里的树。她望了望天。天空静如止水。她的馈赠已无影无踪。

奥特朗托的帽贝

　　这些帽贝如今已没有躯体，空躺了多年。金褐色斑点聚集在贝壳的坡面，犹如秋天将尽时老死山中的花朵。即便太阳已经落下，它们还在发着光。维吉尔走上前来，听了听它们的内部。但是，它们的洞穴太浅太亮了，容不下多少幽灵。它们的身体早已消逝在空气中。云的阴影和海角断崖的阴影铺满这位老人的双肩，犹如橡树的叶片，十一月那些古老而永恒的铜牌，北卡罗来纳州海边树上终年战栗着老去却从不凋落的苦脸。维吉尔用手指爱抚着一只帽贝的内部，转身返往内陆。紫色蓟花优雅掠过他的双膝。他听到树上有个声音用希腊语喊道："意大利。意大利。"他又听了听手中的帽贝。它一言不发。

阿波罗

黑暗中，年轻人的脸与海里的火
交相掩映，
手里的骨针在织物上飞快穿梭，
然后他不见了。
当月亮掉转肩头
忽隐又忽现，
他也在我的视线里
时隐又时现。年轻的脸
暗淡下来，
暮光并不能
让它明亮。
黎明走远，暮色又来临，笼罩整个海面。
我知道，只有月光能改变他，我知道
不用担心。海里的火
只是月亮投下的寒影，
而月亮自己的
火，只是那年轻
渔夫的脸
投下的寒影：
在这样的夜晚，那脸是此刻唯一
栖居上帝的地方。

五月的早晨

　　在春天的深处，冬天还赖着不走。绝望之中，痛苦的他在一个个背阴处巧妙地活了下来，他沿着地中海，一路忍饥挨饿：他恼怒地看着闪闪发光的海边巨石，上面爬满了南欧紫荆[1]树叶一样碧绿的蜥蜴。冬天还赖着不走。他仍怀着信心。他企图抓住一条蜥蜴的肩膀。格罗塔列城下的一棵橄榄树把冬天接到正午的树荫下，像毕达格拉斯一样温柔地对他说话。安静点儿，耐心点儿，我听到他说。他把受伤的头颅揽进怀中，让阳光抚摸凶残的脸。

1　南欧紫荆（judas），原产于南欧和西亚的落叶乔木，花为紫红色。又叫"犹大树"，传说犹大用来上吊的树就是南欧紫荆。

真正的声音

致罗伯特·布莱

　　在明尼苏达北部，地面覆盖着白沙。就算太阳已掠过松林落下去，就算月亮还没照临湖水，你也能在白色的路上漫步。那黑暗是一种你能看透的黑暗，透过它，你能深入无所不在的幽邃之地。不管是哪里，只要还有一点点光亮，就有足够的空间让你走动。又高又粗的松树全都随太阳消失了。正因如此，当你双眼习惯了黑暗，矮小的蓝叶云杉看起来是那么亲切。我从未在月出前抚摸过蓝叶云杉，我怕它会用一种虚假的声音说出什么来。你只能听云杉用它自己的沉默说话。

冻疮

我舅舅威利有一张好色的长脸，
他曾机智地对我说：
大战时
在法国期间，那些妓院
常卖一种药膏，
挤在你的食指
关节内侧，
会迅速扩散。
当然，它治不了冻疮。
但能带来剧痛，让你
不再想你的烦心事。

他暗自窃笑，偷偷地
自鸣得意。

威利这个骗子埋在科尔雷恩，
每次梦到他，我都会看见
紫罗兰和雪花同时绽放，
直到整片六月大地
如矿渣般冒着烟。
紫罗兰和雪花聚拢，聚拢，
假装是在爱抚。
威利的石碑蜷曲着，就像法国冬日里
年轻人畏缩的手。

我醒来之前，石碑想起了
自己在哪里，俄亥俄在哪里，
紫罗兰快死绝的地方在哪里。
春天刚过半，工厂的烟就弄死了它们，
冻疮还是疼，
即便是在六月，大地如矿渣般冒着烟。

重回毛伊岛

她花了一个小时爬上这面青崖。
她和光一同升上来。此刻，
在这小小的峰顶，黝黑的长腿姑娘，
来自芝加哥的美国人，
把一只闪闪发光
晶莹剔透的帽贝壳，
放进我苍白的手。

一天下午，冰的啸鸣声
隐约从密歇根湖传来，
她阴差阳错遇到一个迷茫的年轻人，
在州街上迷路的夏威夷人。
于是把他带回家中。

此刻，我们在这里站着，那个年轻人
则在我们脚下，在海里搜寻猎物。
他在奇怪的树丛里
寻找贝类。
到了晚上，他会把帽贝带回家，
她把贝壳擦亮。

他的谋生方式
就是日出前后在水下劳作。
女人在家里等他，

他把黑乎乎的海洋动物
交给女人，
它们很快变亮。

多年前，我曾远离家乡，来到这片岛。
我在黑贝壳般的运兵船上
辗转反侧，吐了整整两个晚上。
后来，我醒了，
我怎么都想不到，这片土地
还会有人生存，更不敢相信它会如此美丽，

会有这个女人的双手，会有这道光。
可是你看，她登上的这面青崖，
发出这道光。

反超现实主义

人生常有一些微不足道的细节，比无聊蠢货们的神圣意志更让人至死难忘。在法国，阿瓦隆最南端的人们喜欢吃蛋糕。当地糕点师会把面粉和巧克力做成企鹅的样子。我们曾一次次回到某扇橱窗前，欣赏成群的企鹅。但我们从来不买。

在意大利到处闲逛时，我们一直想着企鹅。

后来，三伏天可怕的烈火席卷了整个十四区，也就是说，已经是八月份了：当费尔 - 罗什罗广场附近的一扇橱窗里，出现了三只巧克力企鹅。因为怕巴黎人会认出它们，所以我们全都买了下来，偷偷摸摸带它们回了家。

我们把企鹅放在一张小桌子上，那里比巴黎半数屋顶都要高。我想伸手把一只企鹅喙尖不太醒目的小小灰尘拭去。突然，灰尘下沉了寸许，悬在那里。然后它又回到了鸟喙上。

那是一只蓝色蜘蛛。

如果我是一只蓝色蜘蛛，我一定会乘火车从阿瓦隆千里迢迢来到巴黎，我会在一只巧克力企鹅的鼻尖安家落户。这只是个常识问题。

冰库

库其实是地窖，深藏在老贝尔蒙特啤酒厂大楼地下。父亲从外面用宽厚的肩膀顶开门，卖冰的人从里边探出宽厚的肩膀来帮忙。门缓缓开启。我和哥哥走进去，又高兴又害怕，我们把手掌摊开，放在潮湿的黄色锯末上。门外，太阳把铁路边瓦楞棚顶的油漆晒起了泡；而我们却站在这里，呼吸蒸腾而上的奇妙冬日水汽，我们用车运走足有五十磅重的巨大钻石，老爹给我俩每人凿了参差不齐的一小块，然后跟在我们后面，他的双手那么平静，平静地为我俩颤抖着，小心翼翼地颤抖着。

旅程

中世纪古城安吉亚里，从陡坡伸展下来的
一管袖子，猛地摆到
悬崖边，然后又缩回去。
在小城后面的高山上，
我们也随风摆啊摆，
陪着托斯卡纳的草地。

一连多日，风横扫山冈，
此时，我们所看到的一切
都蒙上金色灰尘，
包括路边几个蹦蹦跳跳的小孩子，他们
正对笼中小鸟叽叽喳喳说着意大利语。
我们坐在孩子旁边的灌木丛中休息，
我俯下身子，冲洗脸上的尘土。

我在那儿看到了蜘蛛网，网结
因为尘土剧烈而疯狂地颤动着，
上面的土丘和坟堆全都摇摇欲坠，
点点阴影撒在虫壳和翅膀上。
此时，她迈步走向空中，
婀娜多姿，洁净无瑕，金黄秀发
披在肩上，沐浴着日光，她悬在空中，
废墟在她周身粉碎。
她摆脱尘土，开始沐浴，

仿佛在片刻之前刚刚踏进地球。

我一直注视着她，紧盯着她，最后
她自顾自迈步离开。

很多人
找遍托斯卡纳，却从未遇见
我所见那一幕，光的核心
自行破壳而出，稳稳地
待在自行断落的灯芯上。
这趟旅程的奥秘，就是让风
把你全身的尘土吹落，
让它一直吹，你要轻轻，轻轻地迈步，
径直穿过你的废墟，千万不要
为逝者而失眠，他们一定
会埋好自己，别担心。

沙特尔的少妇们

纪念琼·加里格

> ……我像贼一样跟着她
> 我的心在狂跳，但我觉得
> 那种美配得上这种狂跳。
> ——《陌生人》[1]

1

清晨已过半

丽莎花枝招展，慵懒地

漫步蔷薇花下，

沙特尔城边。

她不知道

她有多扎眼。

她朝着西北方

仰起脸，

蛾翅落下来，停在她头发上。

她不知不觉

暗淡下来，风继续吹向河面，昨夜，

大教堂就是在那里的

芦苇丛中沉陷。

2

大雾

---

1 《陌生人》(*The Stranger*)，琼·加里格的代表作。

暂时抹去了满脸痛苦的
冰冷基督们。
烟霭
在北方一隅
把快乐而隐秘的天使
交给我们，雨的孤独盟友。

3
你的一生有那么多烟霭和野草莓，
你对雨中的天使那么忠贞，
你对陌生人保持信任。
如今，琼，你动听的名字浮在交错的
麦田和烟霭间，
当地石头投下的阴影里，
我又听见你在西北方唱歌，天使
在你头顶的阳光里
怀抱阳光。
她配得上
你，配得上自己的笑颜，她怀抱
日晷。无怪乎在众女子面庞的掩映下，
耶稣会快乐。

蝉颂

阿那克里翁

几分钟以前，
我从破麻袋中爬起身，也不知是谁
昨晚把它扔到角落的
石头地面上。

此时我站在田野中。
我背对房子那面刷得雪白的墙。
阳光掠过，鞭打着
我的后颈。

还没到中午，
但中午在逐渐壮大，
晒伤了我的双肩。
我的眼皮足有十磅重。不过，
我还是用手指把它们扒开了。
关节打弯也很难。

就在那里，
田野的另一边，
有一只水桶，阴影里
唯一真切的事物。
我看到锈迹斑斑的盖子滴下
冰凉的口水，顺着弯曲的板条

蠕动着，滑过带刺的铁丝围栏，
渗入黑色淤泥。

此时此地，
我受够了尘土和南方的荒芜，
受够了离河二十五英里的
俄亥俄的山坡，
我感到自己双肩越来越沉，
枯死的玉米叶片打着卷儿，
扎我大腿。
这里
犹如山顶谷仓
不通风的角落，
消过毒的钩子顺着人头高的墙
摆了一排，
农夫把它们塞进墙；
往钩子上挂东西之前，他会先清理
门口，绝望地摊开
杂乱的麦芒、细碎的干草花、
老鼠屎、牛粪，凌乱不堪，惨不忍睹，
犹如倒地的古老残碑，碑上名字已无法辨识；
挂肉的钩子发出柔和的光，
长条腊肉表面结了一层盐霜，灰暗的火腿
熏得硬邦邦的，
肉把钩子坠得嘎吱作响，
我的骨头也在下坠，硬撑着
我身上的肉。

就在这时，我听到了你的鸣唱，
一种轻盈，始于那些黑暗的缝隙，
远在田野另一边
那棵槐树的内皮。
一种轻盈，
你自顾自演奏起来，
暮色，属于你的暮色，更浓更凉，
漫过田边带刺的铁丝围栏，
漫过俄亥俄河二十五英里，
河边的摇喊派教徒闹了一下午，
一直闹到天黑，在肮脏河岸上
那些泥缝里，他们的声音噼啪作响，
犹如流浪营篝火中的甲虫翅膀，
他们的声音如鼓风炉的浓烟般汹涌，
他们的野蛮耶稣已复活，却一言不发。

而你，一种轻盈，
轻盈的肉体轻盈地歌唱，
在完美的平衡中战栗，在东南角
那棵槐树的内皮上，你，亲切地
和着我内心的歌，向上爬升，绵延在
潮湿的荆棘丛中：

你，一种轻盈，
怎么会诞生在这种地方，这块跌入群星的
沉重石头？

但你还是来了。一天早上，
我看到你在槐树根上熟睡，银色身体
点缀着棕色，我不敢大口喘气，
我把你捧在掌心，
让你安睡。
你，一种轻盈，比我的人类身体更亲切，
不知为何，与我体内的音乐非常融洽，
我让你安睡，你是众神中的一个，你复活时
无人会对你大喊大叫。

午睡的萤火虫

这些无比坚忍而又充满深情的影子，
这些飞来飞去的珠宝，试图
在铁路栈桥的水泥搁栅下找个
干爽的凉阴睡会儿。

我不是为了找它们才爬上来。
我只是想在午后，在这里
继续我的日常独处。
昨天傍晚，我和一个姑娘坐在这里。

这里很危险，不适合姑娘
和小孩。她只是默默把露出膝盖的
裙子拢了拢，盖上一块印花棉布，
妈妈给她缝的一只饭袋。

我俩都没说过什么要紧的话。
巴俄线 40-8 次列车哐哐驶过，
这些深情飞舞的身体
在桥下互相发送信号。

此刻，照常在午后独行的我
发现了这一小团昆虫，
如煤灰般不起眼，带着温暖的秘密
聚集在昏暗的石头上。

我不想打扰它们，任它们聚拢，
在浅灰色的翅膀里安睡。
我想我会爬着回到下面，
睁开双眼，发光。

纽约市的问候

独行的人，陌生森林里的
陌生人，
在荆棘丛中小心翼翼地扒开路。
他在蜘蛛洞内耕耘。
他孤独醒来，在正午时分
太阳的丛林。

他走出混乱，一丝不挂。

百码以外，
另一个陌生人走出潮湿的葡萄藤，
走到空地上。

再也没有"独自"了。

两个小时，两人各自保持不动，
忐忑不安，打量着。

接着，
其中一人身后的团团绿色
把葡萄拢到一起，
变成了黑夜。夜里，两个陌生人
各自变回一棵树，躺下，
变成树根。

整夜未眠，
一人天亮起来，
发现另一人已经醒了，
打量着。
疲惫的他
抬手遮住眼睛。

惊讶的他
摸了摸下巴。
另一边那个陌生人
也摸了摸自己的下巴。
他停下来，俯下身子，
捡起一块石头。
另一个陌生人也俯下身子，
捡起一块石头。

整个漫长的早晨，
他们用各种形状的小石头
在空地上标出边界。
有时他们会在巨石上
稳稳地摞三块小卵石，
或摆出星星的形状。
或摆出一圈圈
新奇花朵，
或摆出两个陌生人
都未见过的

一些面孔。

接着，到了中午，
两个陌生人
在阳光下没有空地了，
只有双手还空着。
这是我的。瘦了点儿。能看看你可爱的树吗?

致火山口边缘闪闪发光的银剑菊 [1]

奇怪的叶子，长在我破败的家园
哈雷阿卡拉山上，
兰花、非洲郁金香 [2] 都不是你的近亲。
鸡蛋花和它们的后裔也不是。

但你把自己的脸擎到高处，
比这里的树还要高一万英尺，这里的树
在同类中也是奇怪的存在。
我们互相掠夺。

我们已离开发光的顶峰，
你还在那里开放，
看上去就像一种孤独，
来自别处的孤独。

在这里，我不是异乡人。
我站在你身旁，眺望九十英里水面。
不久前，众多年轻人身披肉体的金光，

1　银剑菊（silver sword），夏威夷特有的开花植物，分布在海拔几千米的火山上，寿命可达 90 年以上，一生只开一次花，花茎高大壮观，花开后不久就会死去。

2　非洲郁金香（African tulip），又叫木百合，一种常绿灌木，喜干旱气候。叶片细长，叶背呈银色，乍看与银剑菊相似。

互相拼命厮杀。

他们把蔚蓝大海
染成猩红色阴影。
可爱的异乡人啊，在这里，我们甚至不准
黑夜治愈我们。

不管你是谁，
只要你在我的土地上
向我致意，我和家人
都欢迎你。

看，我给你带了件野物，
向你表示欢迎，有些干瘪，
一只人手。有时，万尺之下的山脚，
奇怪生物们会想方设法

在水边活下去，
他们会互赠这种东西。
有时，这种东西会不断探寻，
在黑暗的路上找到树，

在高处的雨中找到花。

随一只雪花石[1]乌龟持赠

一日午后，我和你
溜出去，我们要
漫步金色阴影，
绕遍阿雷佐城。
我们在墙后看到
一条完整蜥蜴。

你带我去参观
没去过的地方。
我从没有歌唱
和祈祷的地方。
你静立石头上。
你摸着我的脸。

只见绿色背影
和金色长尾巴，
华丽而又灵活。
我站在阿雷佐
浓密松林之下，
如但丁般永生。

---

1 雪花石（Alabaster），用于工艺雕刻的石材，外观像大理石，多为
白色半透明，可染色，也能处理成不透明。

风传来的歌吟
丰富而又简单：
我永远不明白
神的狂风出于爱
能把我刮多远，
刮多高，刮多深。

绿蜥蜴跑掉了，
返回石缝之中，
生活依然如故。
该捉住他吗？不。
你在石上不动，
我听你唱着歌。

我任时间流逝，
爬上长坡独行，
茶色之城沃尔泰拉，
战栗着俯视托斯卡纳，
空气静止不动，
像首无言挽诗。

我看到你背后
女孩刻好的石头，
打磨之后变为
雪花石小乌龟；
我带上它，偷偷

收好你的歌喉。

那蜥蜴还活在
遥远的阿雷佐,
而这块小石头
独自等你的手
温暖它的卡森蒂诺,
把它脸捧起来。

你会把它举着,
卡森蒂诺上空,
风里不只有歌。
它在风里闪烁,
在你发光的手中,
接着,它动了。

黑沙滩上充满喜乐的小野蟹

看不到远处，我感觉
这些清晰的影子就像亲人。
它们散开，聚拢，散开，
围着我没穿鞋的脚。

两只，我感觉有两只
在我脚背上画着脸部素描。
它们是谁？我不想知道。
我想看看。

这些小东西为什么会跑出来
与我相亲相爱？
我还没有进入水里。
我要等会儿。

它们想认识我？
和月亮一样，我没有多少面孔
给它们看，
月亮展开八只精细的脚，

包围了我肩膀后面的山，
又包围了这些小肩膀，
小脸，它们看上去
并不怕我。

也许它们喜欢去感受
我酣畅淋漓的
温暖歌声。
不然它们为何要触摸我?

我也不懂什么语言。
但我希望
它们能听到我唱歌,
它们不用感谢我。

但我相信它们,我相信它们:
这些看不远的小东西,采集着彼此的花朵。
它们触摸我躲闪的脚背,它们一路迁移,横跨
暮色中的淡紫山脉,栖息在小丘上,
你的脚踝上。此时它们已经离去。它们没笑。

但你笑了,
我喜乐的,我能在那黑暗中
看到你。

俄亥俄牧歌

索尔特溪
对岸，路边的谷仓坍塌在地，
地上满是橘子皮、
油罐、情侣们的冷气球。
其中一个谷仓
松松垮垮，粮食
漏出来，撒在富含铜矿的沟边。
疲软的火炬木鞭子
在废弃浴缸的残骸上晃悠，
那座山上，高处的岩石缝
和满是灰尘的野树林中，
土里埋的煤气管道
早已在矿山上撑出一道黑色沟槽。
如今它嘶嘶作响，棺中手指上的绿戒
把它团团围住。

艾琵的狐狸

他知道，从小山谷一直到悬崖草地和桑科姆山一带，乱蹦乱跳的狗全都有主人驯过，不会咬死他。因此，每逢黄昏，在暮色将尽之时，他都会轻轻地走出树篱，穿过小路，优雅地坐到天黑，意兴阑珊地凝望不远处的大海。

威尼斯的清风

岛的北端，
拿破仑解放的老犹太区高楼公寓 [1]
倔强地黯然耸立，

我看到柳树如轻纱笼罩。
海的香气笼罩着
我，越来越浓郁。

城外，聚集着一片光溜溜的
空城，我一路北上，走到
岛的北端。

不要妄想在威尼斯
收集任何新奇之物，哪怕是海，
哪怕是脸上的黑眼睛。

唯一新奇的是那盏灯，
在岛的北端
为柳树笼上轻纱。

----

1 这里指的是"隔都"。16 世纪初，威尼斯共和国颁布法令，把犹太人隔离在一片老厂区。直到 1797 年，拿破仑攻破威尼斯，犹太人才重获自由。由于犹太人数量太多，所以隔都里的住宅多为高楼公寓。

城的北端，工厂
谋杀了太阳和城里剩下的一切，
我看到海正在将它们聚拢。

我看到海正在聚拢
剩下的一切。

蝴蝶鱼

不到五秒以前，我看到他飞掠而过，
如此强劲有力地那么一颤，
他不见了。
眨眼间游离了
这片清澈的深水珊瑚。
现在，他又回到这里，
慢悠悠，懒洋洋。
他知道自己活力无限，所以不用理会我，
就算我目不转睛，也只能独抱他的空山。
怡然自得的他顺着高高珊瑚向上觅食，
优雅如信步远山的种马，山坡
是他的另一个世界，我看不到
他神秘的脸。

进入海鳝王国

目前并无神秘
映入眼帘。
此时，太阳已经西沉，
几颗淡紫色和米色小水滴还坚守在
沿岸的椰子树和杧果树上。
我向右扭头，瞥见一道闪光。

我相信是月亮在身后
山那头萌动。
我面前这片小海湾，
王国的入口，
露出自己的半月。

我独自
半裸着身体
进来了，海水过膝。
水面下似乎有两条影子
在动。但我知道
它们没动。
那只是两块小小的珊瑚礁。

黄昏时分，海鳝会醒来，
在礁石间游动。
眼下，水底这条沙路

对我发出清光。我抬起脚，
任泥沙自行离去。
邪恶，冷血，在夜枝间游走的
海鳝，也任我
自行离去。
他不打算在我眼前
去往他的宫殿，他不打算引起
我的注意，成为我生命中的短暂惊喜。
他不打算交出宝座的丽影。
不会讨好我。也不打算
杀掉我。

米斯阔米卡特，风平浪静

百万根须
移动着沙丘，
在某具身体的锁骨深处
微微颤动，
顷刻恢复平静。
它仍在熟睡，它就是大西洋，
魔鬼鱼在阳光下发呆，换羽的天使
吐纳着宜人的水，
祈祷中的脸俯向一位神，我不敢
想象的神。
在魔鬼鱼和天使醒来时，
我该做些
什么？
我要祈求谁的
怜悯？
此时，大西洋只剩下
我的兄弟，
这条魔鬼鱼。

纪念理查德·戴利市长

如果一直走，
走到小镇边缘，
你会发现一块粗砂石板
趴在烧焦的荒地里，那里有臭草，
火炬树，接骨木。
万物都已过了花期，只有铁轨
传来铁锈味。

河边的墓地里，
除了你和我，再没有人走动。
铁草[1]长势凶猛，经久不衰，没完没了。
哪怕是春天，也不会落在墓碑上。
冬天也不落。
一直活着，就像神秘的
毒瘤。

一天傍晚，
我和约翰·伍兹，还有一个人，
在回家路上把雪佛兰汽车熄灭，
下坡就是孤零零的荆棘丛。

1　铁草（ironweed），原生于美国和加拿大，多年生杂草，夏季开花，
多为紫色，花季过后枯而不落。秋季结出铁锈色的种穗，草秆在冬天
依然保持坚挺。

美国老百姓管那个地方叫
厂地，那个废墟，因为
大萧条时期某个回乡的醉鬼
把他最后一支号手牌烟卷扔进了
干燥的锯末。

我们醉醺醺地唱着歌。
一辆福特 T 型车 [1]
在我们和巴俄铁路
以及天体沙滩之间，沿着山与河
驶过。

在坑坑洼洼的堤岸上，
我们发现一块倒地的墓碑，
上面没有名字。
但我们知道那个湮灭的名字。

如果一直走，
走到小镇边缘，
你会发现这张脸。
非常珍贵。
我曾认真地看过它，
那时它还没消失。

1　福特 T 型车（Model T），福特公司于 1908—1927 年生产的一款
汽车。

我至今无法摆脱它。
这张脸让我悲伤不已，我在梦中
独自唱道：别忘了，别忘了
这就是你要面对的。

哀歌：和理查德·雨果一起钓鱼

如果约翰·厄普代克是
埃德·贝德福德，他的妻子
泽塔会为鹅原
取个有格调的名字。
天鹅甸？伊利亚学派[1]
两条启发式脚注里
充满讽刺的拜伦式悖论？
埃德潮湿的酒馆可能会变成
跳蚤小馆，里边的特色菜单
被多丽丝·戴照亮，
厄普代克为霍华德·约翰逊的文字
谱着曲，用双簧管
独自伴奏，歌唱柔软
多汁的金色
炸薯条。

而此刻，尽管鹅原周围的小山
人声鼎沸，却没人能想起
泽塔喋喋不休令人烦躁的咯咯声，
也没人能想起黄昏的风中

1　伊利亚学派（Eleatics），早期希腊哲学中的重要流派，公元前 5 世
纪由巴门尼德在古城伊利亚创立。

埃德·贝德福德的悠长叹息。
我怀念很久以前的那个傍晚，
无角的麋鹿
从鹅原另一端
游荡着走进松林：
埃德·贝德福德收了双倍酒钱，
来自跃河的粉色鳟鱼肉
变成了你，霍华德的文字
化成了鱼的脂肪，
漂啊漂啊，
在浪花之上。

雨中的羊

在勃艮第大区，过了欧塞尔
沿河而下，一直到阿瓦隆，
草地上到处都是
几天前才剪过毛的绵羊。
在六月的薄雾中，
它们圆滚滚的身子通体发亮。

绵羊们饥不择食，
衔住草儿一直吃到根。
也许正因如此，
这些雨中探险家
吃草时显得十分自在。
不久前刚有人把它们放进
田野，它们非常享受
当下的时光。

勃艮第的牧民会再度归来，
在不久后某个清晨，
沿着墙把这群胖绵羊赶进
发光的石圈。
随后会有个男孩独自返回草地，
照看草地。
牧民们会善待草地。
他们别无选择。

花径

纪念潜水员乔·尚克

就算你今年还在世，
你也认不出我的脸。
我也曾是毛头小子，短暂年轻过，
也曾结伴徜徉于俄亥俄河边，天黑了
还在巴俄铁路的货运车厢里嬉闹，
暮色降临，
高炉和矿井边长大的孩子
在河道的水流里喧哗
打闹，挑战俄亥俄河，
我也曾在河岸上啃开
裤带的结。

死者的牧羊人，一个高大的男人，
我认不出你的脸。
一个又一个炎夏三伏天里，
你起身准备好你的装置，
沿着河沟向下艰难行进，潜入
黑暗的河道。你在泥石中
到处拖动吊钩，挖出
十二岁的骨头。

如今你已死去，工作交给了
合适的政府部门，老天

原谅我吧，我会去殡仪馆的，
如果我回到家乡
俄亥俄的马丁斯费里。
我会为你安详的面容带去一打
朴素而艳丽的康乃馨。

但我不在家乡，
不在我出生、我朋友溺死的地方，
于是我梦到了你，无比哀伤。
我走在巴俄铁路边，
排水管道旁。
我四处采集，只能采到
我最熟悉的花。
火炬树的春叶
臭味近乎下水管道，
那座沟壑纵横的小山上，
曾有个疯子把一支烟
直接扔进拉贝尔木材公司
厂子中心的一堆锯末里，
在那片空空的厂地上，我采回
不起眼却又倔强的荒草。
为了那些溺死的朋友，我要献给你
纯种的火炬树，还有难闻的延龄草，
静脉曲张般的花丛，在土中隆起瘀青色；
稍后，我会带来

美得不可思议的春美草[1]，
不知为何，它在俄亥俄还没被人
洗劫一空。

1　春美草（spring beauty），多年生草本植物，常见于草地和潮湿的森林，根和叶可食用，开白色或粉色小花。

你的名，在阿雷佐

五年前，我在天黑后刻出，
刻进一棵弱小的橄榄树。
过了两年、三年、四年，橄榄
经人播撒，又在大地出现。
去年夏天一个下午，我用
尖铁，把你的名凿在石中，
不知谁丢的一块小石头，
在任风摆布的教堂背后。
那风总是能感受到祈祷，
它倾听我，把鹅卵石放好，
把你闪亮的名升到高处，
一夜之间把它磨为空无。
如果那古老橄榄树的风
不愿意收下我所爱的名，
意大利式寂静而轻盈的，
你的名，柏树下的朝圣者，
我就把它交给阳光，一如
大师兰多尔对着它轻呼。

古战场附近的黎明，一段平静时光

沿河一带，暗处的小猫头鹰
在白杨树上睡着了。
我独自站在约讷河近水岸边，
只看见一个年轻人
在石桥上歇脚，
静对欧塞尔。

此刻，他怎会想到
从未见过的一幕：
清晨麦田里
猫头鹰展开翅膀？
年轻人的眼前
只有约讷河的涟漪。

此刻，他怎会想到，
我又怎会想到，
他的先辈，我的先辈，摸黑
爬进庄稼地，
在烧焦的猫头鹰和老鼠中
抢夺粮食？

曾经年轻的先辈
都已作古。饶恕
这个年轻人吧，

虽然他此刻不会想到
田野里划破的脸。

饶恕他洗过脸的清清约讷河吧。

饶恕我吧。

渔歌

我从没杀过生，
只杀过囊地鼠[1]和鱼。
我曾在路边用猎枪把纯金色兽毛
崩得到处都是。
万里挑一的太阳鱼，我很喜欢。
我割破他的喉咙，吃了他。
囊地鼠的小鼠脸，近前细看，
比画眉的脸还要不堪一击，
不管还剩下什么，
都在草原上随风飘远了。
明尼苏达死去的动物太多，
多得人记不住。
但我念念不忘太阳鱼的
身体。在众多鱼里
抓住他纯属偶然，他以身犯险，
想在阳光里藏身。
他跃向马什湖大坝，
假装自己只是晌午时分
一枚小小碎片。
我知道他的生命不止于此。
甘甜美味，小小影子，他滋养我的兄弟，
我自己的影子。

---

1 囊地鼠（gopher），分布于北美洲和中美洲的啮齿动物，嘴巴两侧
生有颊袋。体形粗壮，毛色有深有浅。

在罗马遇扒手有感

　　为了生存，这双手迫切需要我。它们不想在人群中跟丢我。它们知道，哪怕只是轻轻碰一下不该碰的地方，都会惹得我四处张望，大喊大叫。因此，这双手越发镇定，只轻微碰了我一下，轻微又精确，犹如舞毒蛾[1] 把幼虫产在既定的地方，树身毫无防备之处。只有在手离开后，我才会走出人群，继续沿街散步，隐约意识到我身上带着黑乎乎的陌生幼体。它们在梦中筑巢，以我为食。

1　舞毒蛾（gypsy moth），极具破坏力的害虫，欧亚非美各大洲均有分布。

忍耐风暴的雀鸟

冷空气暗中卷起的风
激起他庄严的愤怒，
他鼓起无比脆弱的羽毛，
俯下胸口，
拒绝离开。
如果我是他，
我不会用爪子倔强地攥住
干枯的树枝。
我不会把我的微光
锁定在喙上，也不会
与风互相怒视。
太多的五月雪已教给我
绝望的智慧。

但这个十足的傻瓜
蹲在那里，就好像大地
属于他，是他花钱买的。
唉，我很想好好劝他
小心翅膀。放弃吧，飘走吧，
离开吧。

但就像卡门·巴西利奥一样，
他的脸不停遭到暴击。
他完全不理会
我。

随想曲

每当厌倦
人类的脸，
我就找树。
我知道我和意大利，
天使们的南方，
肯定有一个不太对劲。
尽管如此，我还是逃到了
嘉木之中，那么多的
嘉木。讨厌的是，
她们总把脸转向我，
于是我发现：

罗马正北方，
一棵冬青与一棵橄榄
把树根缠在一起，站了一下午，
南欧紫荆和重瓣樱花
把她们团团围住。
她们怒视着我，充满敌意，
似乎知道了什么，
我为之一颤。和我一样，
她们也知道：
那些华丽的树干中，
有一棵会在某一天
脱掉自己的花冠，

再次变回
姑娘。

为此，我们都会
抱憾不已。

加尔达湖上的彩虹

暴风雨缓缓降临，
溶解着远山的远，
就像那远
从不存在。

雨已经
在巴多利诺面前
垂下一条灰色披肩。

小城不见了：

傍晚的黑暗中，
高处石头的黑暗中，
一只黑色的燕子
把脸埋进翅膀。

我也正想
把脸埋起来。
我已适应了黑夜，趴了
一群燕子的灰墙。

可我没想到，光
凭空出现，
巴多利诺死而复生，点燃

翘膀上一根鲜红羽毛。

看到这番场景，任何一个笨蛋
都只能想到
惊恐的基督在天上死去，
断了一只翅膀，孤苦伶仃。

我的笔记本

松叶在身畔洒下
亲切的影子。
关门时，它在桌上
向我张开手。

每当我开始厌倦说话，
每当干涸的肺
只想静静悬在体内，
它便滴答如雨。

最令我感动的时刻，
是一个白色午后：
在格罗塔列，最南部那枚橄榄，太阳
漂白了所有的墙。

我心烦意乱，
犹如芒刺在背。
我龇牙咧嘴说了些狠话，
恶毒的话。

它打开纸页，
向我展示里边的内容：
我的名字一半清晰，另一半
几乎没了。

还有一道绿色污渍，
那是一只飞虫，
它曾安静地趴在白纸上，
毫不理会我的名字。

顺其自然

我的问题在于，
本应顺其自然的东西，我却
太过着急。
阿迪杰河边淋过雨的石头
常有蜥蜴晒太阳，
还会再次温暖他，
只要他认为时机合适，
无所谓时机好坏。
我坐在山上，
远望维罗纳，我知道
偷偷靠近傍晚的蜥蜴毫无意义。
在河湾处
常绿灌木间，
不管我扑得多快，或是
爬得多慢，
他在不在那里，
全看阳光
是否合他的意。
最后一片光羽懒洋洋落下，
飘过阿迪杰河，久久驻足在
他仰起的脸上。

痛惜一张蛛网

她孤自劳作着，为族群打着地基。上帝是不是故意造出一种动物，让它像这只蜘蛛一样绿，我也说不好。如果不是，那么他就是把一颗带着绿尘的星星抛进了我的睫毛。片刻之前，没有蜘蛛。我一定是在想别的东西，可能是远处我叫不出名的山坡上绵延二十英里的草地，或夏日仍未消融的巍峨雪峰，还有入夜时自峰顶奔向冰底的缕缕小溪。但此刻，远处的一切都不见了。在距离我左眼睫毛不足三英寸的地方，空气中排列出大街、小巷、林荫大道、羊肠小道、花园、田野，还有一条淡淡的纤道，闪烁着通向天空。

她去哪儿了？

我找不到她。

啊：她在我拇指指甲下面休息，踟蹰，思量着还能利用我多久，而我还能一动不动维持多久。

她永远不会知道，也不会在乎我的歉意：我的肺不能像冰雪覆盖的雄伟山峰那么巨大；我的手指不能像高高的柏树那样牢牢扎根在土地中。但我已经屏住呼吸一分零十六秒。我希望我能永远耸立在她身旁，做一座她能依靠的高山。但我的肺有自己的城市要建。我不得不走开，不然就得死在这里。

纪念奥斯曼人 [1]

　　太阳落山时，补网的人虔诚地说起一件我觉得很黑暗的事：没人见过奥特朗托乡下的雾。海星在黄昏的海底缩起身子，那光不知何去何从。于是，他面孔一侧的褐色山脊变得像春岩一样绿。奥特朗托的土地上，奥特朗托的海面上，奥特朗托的后方，都没人见过雾。真不敢相信他从没去过那里。别的，他也说不上来了，不管是陆地还是海洋。在那失去方向的茫茫大海中，鹰用什么语言祈祷？我眼前的男人暗了下来。我们凝望希腊，凝望地平线。月亮摇晃，像一把钝了的弯刀。

1　奥斯曼人（Ottosman），生活在奥斯曼帝国，该帝国曾统治东南欧、西亚和北非大部分地区数百年。

时间

　　曾经，我拖着无力的脚踝蹒跚学步。刚挪一两步就要坐下来。在地上活动，必须具备一定的平衡性。但今天早上，一只小燕鸥在伊奥尼亚海上空拼尽全力飞翔。从我站的地方看去，他似乎只有一只翅膀。要么是阳光下我的眼睛出了什么问题，要么就是从他左肩折断垂下来的影子里有我没见过的东西。但在我看来，那影子没什么用。他把它丢到海里了。在地上活动，必须具备一定的平衡性。但他不在地上活动。我的两个脚踝都很强壮。我的头发已灰白。

塔兰托

意大利人
叫它老城，那里的墙
大多数
都沾着苦难。

剧烈咳嗽和黏膜炎的
暗黄色伤疤
在海风里颤动，如老人
肺里的纤维。

美国人和德国人的
机枪子弹
还深藏于神殿和拱桥上
隐蔽的洞眼。

滔滔不绝，变成
年轻人肺里的血，
继续活着，继续琢磨
到底发生了什么。

而早在城还没衰老时，早在

撒拉逊人[1]还没像鱼鹰一样
在海面穿梭，唱起
毁灭之歌时，

毕达哥拉斯曾在此悠然漫步，
与非法入境的斯巴达人
同行，普拉克西特列斯
在山坡留下一张惊讶的女孩面孔，

那山曾经不是山，
是海。

---

1 撒拉逊人（Saracen），源自阿拉伯语里的"东方人"，常用来笼统地指阿拉伯人。

午睡的老鼠

在他眼里，我就像躁动不安、不停闪过的群山。我怀疑他没睡好，老在苦思冥想我为何不喜欢他。巨大丘壑布满他身后那块戈尔贡佐拉干酪 [1]，如仲夏时节的野芥菜花一般金黄，在他眼里就像无意间发现的孤独天堂：不同于堆满矿渣的灰色伤口；不同于俄亥俄南部矿山口含铜的涓涓细流。很想知道他拥有的这一刻在他眼中是何等光景，他在紧锁的房间里独享阳光，此时此刻一只猫都没有，此时此刻猫都去捉别的老鼠了。

---

1 戈尔贡佐拉干酪（Gorgonzola），产自意大利的一种蓝纹奶酪，与产地同名。

隐士哲罗姆

去看那条蜥蜴，
竟然不需要我拿石头
砸自己的胸口[1]。

如果附近卧了一头雄狮，
他一定是在柏树荫下蜷着身子，
不可能晃着打结的鬃毛，伸直四条腿，
躺在我脚边。

一时之间，
我看不到基督痛苦呕吐，艰难地
捂着自己冰冷的腹部，
佝偻着，站不直又倒不下去，凡人的
肉体在风中摇摆。

我甚至没有
祈祷，除非——不，
我没有祈祷。

突然间，一根枯枝

1　很多圣徒通过折磨肉体来寻求恩典，石头砸胸便是其中一种，也是哲罗姆常用的方式。

从死柏树上掉下来，
发着金光。我凑过去。
蜥蜴用深邃的眼睛
回望我。

精美的绿色剑鞘
聚拢到一起。
蜥蜴是活的，
蠢蠢欲动。

但他没有动。
我也没有。
我不敢动。

在锡尔苗内尽头

老掉牙的凭吊让雨中的我
感到乏味。
湖水的对面,
城镇不愿熄灭。

薄雾把它们裹住,打开,
再裹住。
犹如盲人对自己的花园
胸有成竹,我能叫出它们的名字:

最长的湖岸上,是窄窄的巴多利诺。
两座高原之间是加尔达湖。
独自伫立水中的,是圣维吉利奥。
用湖水把游客们灌醉的,是玛德尔诺。

还有加尔尼亚诺,
在加尔尼亚诺,D. H. 劳伦斯和驴
去教堂的时候,
深山里迷了路。

还有锡尔苗内,水池中的这条蜥蜴 [1],在雨中
变成橄榄般的银色,

1　锡尔苗内是一个狭长的半岛,地形很像一条泡在水里的蜥蜴。

我被雨困在悬崖上的石窟[1]，除了冷，
什么都感觉不到。

1 即卡图卢斯石窟。

威尼斯

摇摇欲坠来到这世界，
来到这世界的海域，绿色
水城在腐烂。
薄暮时分的猫，
瘦削，蹑手蹑脚，
在不断拉长的狮影中贪婪凝视，
雅典娜式的巨大翅膀垂向水面，缓缓
降落，降落。
流着黏液的城市，不该存在于
这个世界。
只应漂浮在
某个极度厌世的人
心里，
那人梦见自己行走于
水晶树下，
给玻璃天鹅
喂食，天鹅
不是从羽翼下的脆弱钙质里诞生，
它们诞生于恐怖的火，
由沉闷的工人织就，
工人冰冷的双手差点儿，差点儿拧断
天鹅的脖子。

两场战役之间

成群绿蠓虫，瘦小的
蚊子躯壳，空中飞旋，
在墙脚安静地躲着。
别管燕子昨日傍晚
为何歌唱，它们此刻
为何欢腾，振翅，翱翔。
总之它们现在不饿。
再也没有虫子猖狂。

托斯卡纳机警的鹰
飞下山。想必看到了
暗礁上空，燕子飘零，
冒巨大危险嬉戏着。
不久，老鹰就要来临，
撕碎两三只，三四只，
幸存者在窝里丧身。
那里再也没有燕子：

偶有百只飞过这里，
百万绿蠓虫已无踪，
两只老鹰打破空寂，
唯有大地静默无声。

在葵花田

站在它们中间，你不用
害怕。
这些脸，通常
十分友善，
小一些的会把湿漉漉的金脑门
靠在你身上。
你还可以
举起手，抱住几张脸，
轻轻地往下拉，
贴近
你的脸。
高大的，
处处可见，
秆子很脆，伤痕累累，
露出憔悴沮丧的眼神，
带着老人才有的那种和蔼，
表示原谅似的耸了耸肩。其中
还有带着绝望死去的老妇人，
从根部弯下来瘫倒在垄沟里。
所以我会责怪这些脸，因为它们
全都一样，
身不由己向中午旋转。
任何对太阳掉以轻心的生灵都是笨蛋，
那神对我们短促的生命漠不关心，
极少怜悯。

梅塔蓬托附近的田野

巨大的柱子，阿波罗神庙，
已在黑夜中被人淡忘。
我很想说
无所谓。那些心怀恐惧一路匍匐至此
却畏缩不前撤回去的人，已死去，
不值一提。
此时，
一大块云朵瞬息间
跌落，太阳
用烈焰鞭打大海颤抖的脊梁，
直射我脚下这片光彩夺目的
罂粟花田。花儿们无可奈何。
它们向上挺起身子，
把体内的秘密暴露在这光亮中，
直到死去。我弯下腰，
摘了一朵罂粟花，
像希腊人一样把它夹在耳边，凝视片刻，
便转身离去。

洋甘菊

夏天还没过去，叶子却早已落下。似乎从未收集过多少阳光，也没投下过几片阴影，哪怕是在最茂盛时。它们尽可能躲在白花下，似乎是在掩面躲避。就像是战火中惊恐万分的人脸。它们默默期盼自己不为人知，但它们知道，迟早会有人发现。它们眼里的秘密，将在一群陌生入侵者的眼里司空见惯。每个陌生人都会知道，战败地区的本地人生来就要接受父母、祖父母、曾祖父母的名字，就像接下一种负担，直到警察局表格里写不下他随身携带的那些名字。就像惨遭掠夺者一样，洋甘菊的叶子掩住面孔。在田野上耐心打量这些叶子，便能看出它们正努力隐藏自己的胎记和疤，它们假装没在衣服内徒劳地隐藏胡子、带子、长辫子和字迹难辨的家书。洋甘菊叶子的脸希望我再次离开，希望我再次回到海里，希望我不要打扰它们的宁静。

没错，但是

就算是真的，
就算我死了，埋在维罗纳，
我想我也会在料峭的春天
出来洗把脸。
我想我会在正午
到四点之间出现，那时几乎
所有人都在熟睡或做爱，
所有德国人都被拒之门外，所有的机动车
都已消音，锁上，安静下来。

圣乔治村口，阿迪杰河边，圆鼓鼓的蜥蜴
爬出来眺望，
无欲无求，看着河对岸。
我会坐在他们中间，和他们一样
无视金色的蚊子。
为何要坐在阿迪杰河边毁掉什么呢，
就算是我们的敌人又如何，就算是
蒙神指示毫不设防在太阳下
为我们闪烁的猎物又如何？
我们不知疲惫。我们不会愤怒，不会寂寞，
不会伤感。
我们轻轻坠入爱河。我们知道我们在发光，
虽然看不到彼此。
风没有吹散我们，

因为我们唯一的肺早已掉落，
树叶般顺着阿迪杰河
漂走了。

我们呼吸着光。

无风之日，致亚得里亚海的风

来吧。
动动翅膀吧。
还有很多力量积蓄在你的肩膀，
你无忧无虑的鹰嘴，
你傲月弯刀般闪亮
洁净的喙。
回到威尼斯吧。
回来吧。
你不为所动。

城市摇摇欲坠。
只要用几根羽毛卷起一小缕风，
你就能吹倒它，
一直吹进海里，
高楼大厦的归处。
圣马可大教堂的金马
已在黑暗中小心翼翼落地，
脆弱马蹄陆续踏上
潮湿的鹅卵石，轻嘶着
走远。来吧。

此刻，无法救回那些马了，它们迷失在
内陆某处，在陌生草地
踉跄着惊退。

此刻，在清新黎明，
在大海的第一缕晨晖中，
就是此刻，
该对亲爱的威尼斯伸出援手了。
来，一吹到底。
来吧。

落雪：关于春天的诗

田鼠跟随自己的影子，
爬出十二英寸落雪，
从路边一处薄薄的地面
钻进五英尺开外
幽暗的月桂树。

我踱着步，
在你五英尺外，独自一人
跟着田鼠。
我和它循着橡子壳，
走到路对面。

我和它
走了一小段路，
而你
不知为何，走到了雪洞另一头，你喉咙里

长满了月桂。

啊，我们呼吸着，我们俩，
我们不怕你，我们将会醒来，

与你相聚。

宝贝

　　我父亲享年 80 岁。他临终前做了一件事：对他 58 岁的女婿喊了声"宝贝"。20 世纪 30 年代初的一个下午，我在山脚下一面墙上撞破了头，我以为看到自己的血就已经是人间惨剧，这时我听到父亲扬言要打死他未来的女婿。他的女婿，也就是我的姐夫，名叫保罗。这两位成年人比我睿智，他们知道人生就是打打杀杀。他俩的战争，起因不是保罗爱了我姐姐。他俩卷入战争，是因为其中一个大男人，厂里的工人，失业了，另一个大男人，煤车司机，也失业了。他们都下定决心过完这一生，于是他们怒目相向，说他们无论如何都会活下去，哪怕水深火热。水深火热在俄亥俄南部可不是一句空话。河边没有空话。我的父亲寿终正寝。寿终正寝意味着过完了一生。我说的不是"美好的一生"。

　　我说的是"一生"。

随一册发现于佛罗伦萨的新笔记本持赠

从老桥那头
穿过阿尔诺河，
再从皮蒂宫开始，
穿过大街，在花园下方，
在堡垒阴影的笼罩下，
我发现了这个本子，
菲耶索莱山下这座城市的
秘密地带。

还没人走过来，在边缘坐下，
在一棵梨树下
尽情享受自然花香，却不惊扰花，
不惊扰这个沉重的地方。

纸页间一股轻灵之气
将升入繁花硕果，前提是
你要用手触摸纸页。
然后，本子
将随着四季变换越来越轻。
不过，眼下这块地
只有隐秘的雪。

此刻，这一小块地就躺在河边
一个小坡上，暗淡的河水

似乎正把映入水中的一切
都变成雪。
那种雪还没有人
踩过，
不管是慢，就像俄亥俄的晶莹晨光里
孩子们步行去上学，
还是快，就像
屏住呼吸的貂在你想不到的地方
蹿出积雪的薄壳，在洁白之中
绣出一件工艺品，然后突然
消失不见，仿佛雪花飞回天上。

红色白色的花静静布满
这块地的边缘，
现在地里没种花，但这不重要。
那里曾经种过花，
即便花已消失，
空气依然鲜活。

我觉得我能想象出
还没种下的那些树。
但我宁可让它们自己找到归处，
就像幼苗消逝在一团雪花中。
我宁可不去惊扰它们，哪怕是
在想象中，或者，有个更好的选择，
把它们交给你。

走出尼姆神庙

果然不出所料，
我开始与春天面对面。
黛安娜神庙仍覆盖着冬日的青苔，
我在潮湿阴暗中一路走来，
停在一棵高大伞松[1]的躯干旁，
依然鲜活而古老的树
屹立在雕栏玉砌间。
树上的繁枝望不到顶，
我站在小径的幽深处。
只见一根藤蔓把鲜嫩叶片垂到
我的手边。于是，我带走了
四片常春藤叶：

向高挑苍白的姑娘致谢，
她还在松树后面某处散步，
跟她的猎犬一样苗条。
向隐退的诗人致敬，
爱慕南方群山的奥索尼乌斯
饮下神圣的春天之后，
走进这圣洁的地方，

---

1 伞松（umbrella pine），意大利伞松，树形像伞。原产于欧洲南部。
又叫意大利五针松、意大利石松。

在岸边慢慢调谐拉丁语
热烈的银光。

我会把一片常春藤叶，冬天的绿叶，寄回
美国，寄给我认识的一位姑娘。
我曾在梦中瞥见她
甩着不安分的乌发。
几乎整张脸都躲在
刚采的一捧银柳后面，
春意盎然，
在费城的斯库尔基尔河岸边春意盎然。

她将带着来自黛安娜松树上的常春藤叶，
眺望河对岸的卡姆登，
纯洁的漫游者沃尔特·惠特曼就在那里，
在榭树丛，在雨中，在铁路站场和沙场，
仰起可爱面孔，
对着月亮，任它变成
一座亲切的废墟。
天真的女猎手将在天黑后降临，
不理会火车浓烟，也不去打扰
那位扎根恶土
满怀慈爱的老人，
和一位把脸躲在凋落的银柳后面
带着常春藤叶的姑娘。

旺斯高处的冬日黎明

夜的黑
在我脚下和身后堆积，
滑落山下，又再度升起，
在屋顶聚成怪异的小沙丘。
我脚下的山谷中，
我和圣让内之间的几英里，
路灯微明。
看上去那么冷，还不如灭了。
卡车和小汽车
咔咔启动，嗡嗡穿行在金色
棺材般的温室间，公鸡的惊叫声
高亢有力，穿透
树林，复又消散。
有条恼火的狗龇牙怒吼，
男人悻悻然换掉坏齿轮。
夜晚尚未退去，
薄雾已喧闹着胡乱登场。

此刻的山腰上，
脚下不远处的乱石堆里，
一个正方形在昏暗的墙边出现。
我仿佛听到水桶的声音，很尖，
从牧羊人昏暗的房内传来，
此外没有别的动静。我猜

他的羊还在睡觉，梦见了
山下的温室里
开到墙外的新鲜玫瑰，
还有突尼斯生菜的嫩叶。

我转过身，不知为何，
竟不可思议地飘在万物上空；
地中海闪烁着，挨着月亮，
比这座山挨得还近。
有个真切的声音
对我说，快打起精神。高尔韦
喃喃自语着走出屋子，爬上石阶，
启动马达。月亮和星星
突然熄灭，整座山现出身来，
苍白如同空壳。

你看，海没有跌落，没有砸坏
我们的头。我怎会感到如此温暖，
在一月份的正中间？我简直
无法相信，又不得不信，这是
我唯一的生命。我从石头上起身。
我的身体不合时宜地嘟囔着
跟随我。此刻我们坐在一起，多么奇妙，
在这阳光之巅。

译后记

2007 年 5 月 14 日，刚学翻译的我想找一首写五月的英文诗来练手，于是找到了詹姆斯·赖特《五月的早晨》。随后，我断断续续译了二十首赖特作品，译完一首就在博客上发一首。没想到这一举动为十余年后的我带来了翻译赖特全诗的机会。

二十首习作如同一粒粒种子，种下之后便生根发芽，带来《河流之上》这座森林。这似乎很符合赖特对诗的理解：诗不单是结构完美的人造物，还是一种能够不断再造甚至自行重生的东西。

赖特热爱重生和复活，他一直在去往彼岸的途中。阅读和翻译赖特时，我能感受到三重复活或重生。

第一重是诗中意象的复活：诗人一次次挑战死亡，在死亡和复活之间来回游走。外祖母的幽灵、墓里的音乐家、溺水少女、猎犬骨架、拉撒路、耶稣、萨福、"我"……或沉默而优美，或热烈而强大，纷纷死而复生。

第二重是诗歌本身的重生：《圣犹大》是赖特早期写作的巅峰，展现了他在旧体诗上的完美造诣，也记载了他的诸般苦痛。他一度认为自己的写作生涯就此完结，但随后又有《树枝不会断》破茧而出，如春天般复活，为我们展现了一个全新的赖特，他开始告别早期黑暗凝重的"钙之诗"，开始拥抱明亮鲜活的地上世界。

第三重就是诗人自己的重生：《树枝不会断》这本

书记载了赖特在创作和生活上的双重洗礼。挚友布莱帮他走出了写作的困境，布莱农场的那段时光让他找回了世俗肉身的喜悦，老马戴维、大狗西蒙的陪伴让他想起自己也能快乐。他相信树枝不会断，即便断了也会再生，即便破碎也会碎成一片花海。

重生后的赖特并未彻底抛弃传统，他没有变成一个"传统虚无主义者"。他仍时不时用传统的诗歌形式写作。他从未改换阵营，贺拉斯始终是他的精神导师。即便是脱胎换骨般的《树枝不会断》，在赖特看来也依然是贺拉斯式的古典主义诗歌。在形式上，即便丢掉了抑扬格，打破了韵律，不再拘泥于整齐的音步，他也从未丢弃诗的音乐性。无论是旧体诗还是自由诗，驱动他写作的，都是韵律而非理念。

他只是变得更加开放和包容，就像他自己说的：在"开放、试探和不确定"中继续探索，"为确定的理念寻求精准的表达"。布莱启发了他，让他明白：诗和情感一样，都有很多种形式。他仍然深爱长期浸淫过的欧洲文学传统，但中国古诗、拉美诗歌给他带来了新的可能；他有一个古典主义的灵魂，但现代派同样能引起他的共鸣。在赖特看来，新的形式老的形式都不是枷锁，就像他的研究生导师罗特克所说：技艺有助于解放想象和情感。

贺拉斯、维吉尔、卡图卢斯、萨福、阿那克里翁、但丁、杜甫、白居易、陆游、兰多尔、忒奥克里托斯、斯宾塞、歌德、罗宾逊、哈代、哈菲兹、鲁宾逊、特拉克尔、里尔克、劳伦斯、聂鲁达、惠特曼、弗罗斯特、洛尔卡、希梅内斯、巴列霍、卡明斯、维永、霍奇森、海明威、弗洛伊德、陀思妥耶夫斯基、柏拉图……这些人的身影伴随左右，作为导师和同伴，在赖特的歌声里复活，展开一场又一场跨时空的和鸣。

这种包容不光体现在形式和理念上，也体现在诗歌题材上。《树枝不会断》像一本自然之书，展现的是神秘可怖的生命力；而从《让我们相聚河边》开始，又回归到写人，形形色色的人。当然，在赖特看来，写人也是写自然，因为人是自然的一部分，病态的那部分。

到了20世纪70年代，赖特又陷入了死胡同。一方面，过去的创作如枷锁牢牢套住了他；另一方面，他所生活的美国也让他心生厌倦。《诗集》之后，赖特在安妮的帮助下紧接着完成了《两位公民》的书稿。

赖特对《两位公民》爱恨交织。他认为这本书是《圣犹大》的复活之作，同样记载了他的诸般苦痛。心力交瘁的他一度认为自己不会再写诗，他甚至要再次跟诗歌诀别。而同时，这本书又承载了他的爱和新生，安妮带给他的新生对他而言意义重大。

安妮让他看到了不一样的欧洲。从这本书开始，法国和意大利的阳光在赖特的文字里逐渐渗透、涤荡，带我们进入了一个越来越清晰的世界。《树枝不会断》里也有一个清晰的世界，但那是一种病愈或宿醉后醒来的世界，虽然明亮，却有些娇嫩。而到了《旅程》，我们所见的则是一种亘古的清澈，永恒的宁静，终点的澄明。抵达欧洲，尤其是意大利，就像抵达思慕已久的故乡，他在光的核心从容漫步，就像夕阳下的蜥蜴一样仰起脸，直到最后一片光羽消失在大河尽头。

抵达这种澄明，说明赖特已说完"不说会死"的东西，说明他已实现自己的目标：写出"成年人的诗"。他已抵达清澈透明，像莫扎特一样懂得何时止步，何时闭嘴。他已彻底击败他的主要敌人——爱尔兰式的"油嘴滑舌"。

赖特很少写长诗，但他的每本诗集都相当于一首长诗。跟贺拉斯一样，他非常注重诗集的完整性和连贯性，就如罗伯特·弗罗斯特所言："如果你的书有二十四首诗，就应该把这本书当成第二十五首来写。"

《河流之上》虽为"诗全集"，其实并未收录赖特生前发表的所有诗歌，仅收录了赖特以往诗集中收录过的作品。全书正文共十一部分，每部分都有独立标题：后四部分除了《散文诗选》外，均直接采用对应的单行本书名；前七部分内容与《诗集》基本相同，其中第一部分仅收录两首未结集作品，以书名《河流之上》为该部分的标题，《绿墙》有删减，《译作选》也只收录了部分译作，但比《诗集》多了几首。相信这样编排也符合赖特本意。

在翻译本书的过程中，旧体诗相对棘手。这类作品主要集中在《绿墙》和《圣犹大》中，译文只能力求在语义、字数（对应原文音节数）和韵脚上保留原貌，其他如抑扬格方面，由于中英两种语言的差异，未能一一对应。

原书中多处题词和引文为拉丁语、法语、德语、希腊语等其他语种：有的直接采用相对权威的中译本，如《让我们相聚河边》开篇题词中歌德的诗句，译注已标明出处；有的则根据对应的英文版进行翻译，如《树枝不会断》开篇题词中海涅的诗句；未找到对应英文版的，已求教国内外精通相关语种的学者朋友，如《新诗》结尾题词中歌德的诗句和《树枝不会断》开篇题词中萨福的诗句。

原书偶有诗作存在跨页时是否分节的问题。对于此类诗作，若无明显规律可循，译者会比较作品在杂志、单行本、《诗集》等各类合集中的排版。问题已基本解决，但仍有极个别作品停留于两可之间，在不同版本里的排版也不尽相同，只能由译者凭上下文来定夺，好在不影响阅读。

值得注意的是，赖特喜欢用跨行甚至跨节的写法：把同一个句子、短语、语义拆成两个或多个诗行、诗节。对于此类文本，译文基本保留了原作的断句处理，并保留了跨行处和跨节处的标点。

原书对诗作标题和诗作首行作了索引，为便于中文读者查阅，译者特意制作了对应的标题索引，但由于篇幅关系，缺省了诗作首行索引。

原书只有一处脚注，在唐纳德·霍尔的序言《献给诗人的哀歌》里，为便于阅读，已改为夹注。另有两处原注，紧随在诗作正文后，为与译注区分，加了"原注"字样。

译本所有脚注和附录中的注释均为译注。人名和地名较多，有些还会频繁出现，因此集中汇总在正文后的《人名注释》《地名注释》里。为便于查阅，人物凡有姓氏者均按姓氏中译拼音排序。人名简称、昵称、别称以及神话人物和其他虚构人物的注释，仍保留在脚注中。书中人名绝大多数都已加注，但仍有个别未加注，比如赖特的神秘缪斯"珍妮"。

在赖特笔下，珍妮时而是已故恋人，时而是某位死者的祖母，时而是未婚产子的妓女，时而是一棵悬铃木……有学者认为珍妮的原型是赖特的学生，但赖特和安妮从未做过解释。赖特曾借劳伦斯·斯特恩之口道出心声："想知道珍妮是谁，对吧？我劝你省点儿力气，好好读下去吧。"

翻译完这样一本大部头，想说的太多，挂一漏万在所难免，但译者应该比作者更懂得何时闭嘴。未尽之处，留待后续补充吧。

最后，感谢里所把这么厚重的作品交给我翻译，感谢她和后乞、梵琳的辛苦编校；感谢津渡等各位诗友及身边亲友的鼓励和督促；感谢广大读者和网友对我早期译作的批评，欢迎继续对本书批评探讨；也感谢我自己，能在浮躁多年后静下心来坚持译完本书。

拜伦说过："写的人有多轻松，读的人就有多遭罪。"翻译也是一样，《河流之上》的翻译并不轻松，希望各位看官读起来不会遭罪。

张文武

附录[1]

人名注释

阿波利奈尔（Apollinaire），1880—1918，法国诗人，对未来主义、立体主义、达达主义、超现实主义等流派有诸多影响。

阿尔凯奥斯（Alcaeus），约前620—前580，古希腊诗人，后世常把他和同时代的萨福相提并论。

阿格尼丝（Agnes），1911—1975，赖特的舅妈。舍曼·莱昂斯第二任妻子。

阿雷蒂诺，彼得罗（Pietro Aretino），1492—1556，文艺复兴时期的意大利作家。

阿那克里翁（Anacreon），约前582—约前485，以饮酒诗和艳诗闻名，与萨福等人并称"古希腊九大抒情诗人"。

阿诺德，马修（Matthew Arnold），1822—1888，英国诗人，教育家。

阿什伯里，约翰（John Ashbery），1927—2017，美国著名诗人，1976年普利策诗歌奖获得者。

阿塔瓦尔帕（Atahualpa），1502—1533，西班牙殖民者入侵前的最后一位印加王。

埃德（Ed），赖特在七角地酒吧里的酒友。

埃尔南德斯，米格尔（Miguel Hernández），1910—1942，西班牙诗人，剧作家，出身于农民家庭。内战时在前线作战；内战后被捕入狱，受尽折磨，终因肺病加重而去世。

埃利斯，乔治（George Ellis），赖特家乡的一位长辈。

埃琳娜（Erinna），古希腊女诗人。学术界普遍认为她生活在公元前4世纪，比萨福晚一两百年；也有人认为她和萨福生活在同一时代，是萨福的恋人和学生，19岁时去世。

埃斯波西托，米凯莱（Michele Esposito），1855—1929，意大利音乐家，职业生涯主要在爱尔兰度过，晚年返回意大利，一年后在佛罗伦萨逝世。

艾森豪威尔，德怀特·戴维（Dwight David Eisenhower），1890—1969，美国第34任总统。

埃文斯，蕾切尔（Rachel Evans），安妮·赖特的朋友，两人曾在同一所学校任教。

安德森，克拉姆（Crum Anderson），赖特家乡的一名小混混。

安德森，舍伍德（Sherwood Anderson），1876—1941，美国小说家，俄亥俄人，影响了海明威、福克纳、斯坦贝克、塞林格、菲茨杰拉德等人。

安蒙斯，A. R.（Archibald Randolph Ammons），1926—2001，美国诗人，曾两度获得美国国家图书奖。

安萨里（Ansari），1058—1111，波斯哲学家，神学家，教育家，法学家，苏菲主义的集大成者。

奥登，W. H.（W. H. Auden），1907—1973，生于英国，1946年加入美国籍，1947年获得普利策诗歌奖。1957年之后，主要居住在奥地利的基希施泰滕。奥登是赖特的伯乐，《绿墙》就是他发掘出版的。

奥尔布赖特（Albright），俄亥俄州威克斯公墓的教堂司事。

奥尔丁顿，理查德（Richard Aldington），1892—1962，英国作家，诗人，意象派早期成员。

奥尔特加－加塞特，何塞（José Ortega y Gasset），1883—1955，西班牙哲学家，散文家，历史观和社会观倾向于精英主义，崇尚"精神上的贵族"，认为人要努力生活，要有一个不断超越自我的生活目标。

奥哈拉，弗兰克（Frank O'Hara），1926—1966，美国作家，诗人，艺术评论家，曾任纽约现代艺术博物馆馆长。

奥卡西，肖恩（Sean O'Casey），1880—1964，爱尔兰剧作家，曾说过一句名言："男人要喝醉了再谈政治。"

奥索尼乌斯，德西穆斯·马格努斯（Decimius Magnus Ausonius），310—395，古罗马诗人，生于高卢布尔迪加拉（今法国波尔多），西罗马皇帝格拉提安的教师，后任财政官、行政官、高卢执政官。在格拉提安遇刺后隐退。

奥维德（Ovoid），前43—17，古罗马诗人，与同时代的贺拉斯、维吉尔齐名。

巴恩斯，威廉（William Barnes），1801—1886，英国作家，诗人，哲学

家，牧师，数学家、雕刻家，发明家，生于多塞特郡，曾在多切斯特工作。

巴尔韦德（Valverde），约 1499—1541，西班牙传教士。1529 年加入皮萨罗的远征军。1532 年，在卡哈马卡战役中劝说印加王投降，遭拒后怂恿皮萨罗率军突袭，俘获了阿塔瓦尔帕。

巴列霍，塞萨尔（César Vallejo），1892—1938，秘鲁诗人，作家，记者，伟大的诗歌改革者，被美国作家托马斯·默顿奉为"但丁之后最伟大的诗人"。

巴西利奥，卡门（Carmen Basilio），1927—2012，美国职业拳击手，曾在次中量级和中量级比赛中获得世界冠军。

鲍尔斯，埃德加（Edgar Bowers），1924—2000，美国诗人，曾在多所大学任教，两度获得古根海姆奖。

贝德福德，埃德（Ed Bedford），美国华盛顿鹅原酒馆老板，因哄抬物价、精于钻营而闻名。

贝蒂（Betty），一个黑人妓女。

贝克，迪基（Dickey Beck），少年赖特参加童子军时的伙伴。

贝克，帕迪（Paddy Beck），赖特祖母的兄弟。

贝里曼，约翰（John Berryman），1914—1972，美国诗人，学者，20世纪下半叶美国诗歌界重要人物，自白派诗歌关键人物。

贝里僧人（The Monk of Bery），约 1370—约 1449，即约翰·利德盖特（John Lydgate），中世纪英国著名诗人。出生于萨福克郡（Suffolk），12 岁便进了贝里的修道院。

贝利，朱塞佩·焦阿基诺（Giuseppe Gioachino Belli），1791—1863，意大利诗人，常用罗马方言写十四行诗。

本菲，克里斯托弗（Christopher Benfey），生于 1954 年，美国文学评论家，狄金森学者，大学教授。

伯德，拉里（Larry Bird），生于 1956 年，毕业于印第安纳州立大学，与魔术师约翰逊同为 20 世纪 80 年代 NBA 领袖人物。

伯恩斯，韦恩（Wayne Burns），1916—2012，美国学者，生于俄亥俄州，生前是华盛顿大学英文系教授，研究过多位作家，其中包括斯威夫特。

伯麦，雅各布（Jacob Boehme），1575—1624，神学家，神秘主义者，

被黑格尔誉为"德国第一哲学家"。

伯努斯（Bernoose），赖特家乡的一个流氓。

勃朗宁，罗伯特（Robert Browning），1812—1889，英国诗人，剧作家，其妻勃朗宁夫人也是著名诗人。

布坎南，埃默森（Emmerson Buchanan），1910—1986，赖特的姑父。

布拉克斯顿，加尼（Garnie Braxton），一个黑人男孩，为赖特贡献了很多诗歌灵感。

布莱，卡罗尔（Carol Bly），1930—2017，又名卡罗琳·麦克莱恩，美国作家，布莱的第一任妻子，与布莱生了四个子女，包括玛丽·布莱。

布莱，罗伯特（Robert Bly），1926—2021，美国诗人，赖特的挚友，1968年美国国家图书奖诗歌奖得主。创办了《五十年代》《六十年代》《七十年代》杂志，译介了很多重要诗人。

布莱，玛丽（Mary Bly），生于1962年，布莱的女儿，以埃洛伊莎·詹姆斯（Eloisa James）为笔名出版过多部历史和爱情题材小说。

布莱恩，威廉·詹宁斯（William Jennings Bryan），1860—1925，美国演说家，政治家，"猴子审判"的原告律师。

布莱克本，保罗（Paul Blackburn），1926—1971，美国诗人，翻译家，小说家，童书作家。

布卢哈特先生（Mr. Bluehart），赖特家乡一位果农。

布卢姆，摩根（Morgan Blum），1914—1964，美国诗人，生前是明尼苏达大学英文教授。

布鲁克，阿瑟（Arthur Brooke），？—1563，英国诗人。

布鲁克斯，格温德琳（Gwendolyn Brooks），1917—2000，美国诗人，教师。首个获得普利策诗歌奖的非裔美国女性，1985年担任美国国会图书馆诗歌顾问（美国桂冠诗人的前身）。

布思，菲利普（Philip Booth），1925—2007，美国诗人，教育家，曾在多所高校担任创意写作教授。

布瓦塞万，尤金（Eugen Boissevain），1880—1949，荷兰咖啡进口商。美国诗人埃德娜·米莱的丈夫。

茨维格，保罗（Paul Zweig），1935—1984，美国诗人，传记作家，评

论家。

达菲，威廉（William Duffy），美国诗人，与布莱联手创办了《五十年代》等名刊。

达·芬奇，莱奥纳尔多（Leonardo da Vinci），意大利著名画家，在绘画、音乐、建筑、数学、解剖学、生理学等多个领域都有建树。与拉斐尔和米开朗琪罗并称"文艺复兴三杰"。

达夫，查理（Charlie Duff），赖特家乡的一位长辈。

戴，多丽丝（Doris Day），1922—2019，美国演员，歌手，动物保护主义者。

戴夫（Dave），或为赖特舅父舍曼的儿子。

戴利，理查德（Richard Daley），1902—1976，或为 20 世纪美国芝加哥某任市长理查德·约瑟夫·戴利。

戴维森，彼得（Peter Davison），1928—2004，美国诗人，散文家，教师，演说家，编辑，出版人。

但丁（Dante），1265—1321，意大利著名诗人，现代意大利语的奠基者，打破当时用拉丁文写作的传统，坚持用日常白话写作。

德尚，厄斯塔什（Eustace Deschamps），1346—1406 或 1407，法国诗人，写过很多抨击权贵的诗，也讽刺过女性和小孩。德尚认为诗歌应该和音乐分开，不能拿来配乐演唱；音乐是人造的，诗歌则是自然的，无法后天习得。

德维奇，莉莉（Lily deVecchis），赖特同乡，曾遭流氓侮辱。

邓巴，威廉（William Dunbar），约 1460—1530，苏格兰诗人，活跃于 15 世纪末至 16 世纪初，创作主题和风格非常多变。常跟同代诗人斗诗，作品幽默诙谐，极尽嬉笑怒骂讽刺之能事。

狄更斯，查尔斯（Charles Dickens），1812—1870，英国著名小说家。赖特的博士论文写的就是他。

狄金森，埃米莉·伊丽莎白（Emily Elizabeth Dickinson），1830—1886，与惠特曼比肩的美国诗人，被现代派奉为先驱。

迪基，詹姆斯（James Dickey），1923—1997。美国诗人，小说家。第 18 任美国桂冠诗人。

杜根，艾伦（Alan Dugan），1923—2003，美国诗人，1962 年普利策诗歌奖得主。

多蒂，乔治（George Doty），俄亥俄州贝尔蒙特县贝莱尔村的一名智障司机，因向同村 19 岁女乘客求爱不成，将其奸杀。1951 年 2 月，被处以电刑。赖特反对死刑，曾多次在诗中表达对当局处死多蒂的不满。

多恩，埃德（Ed Dorn），1929—1999，美国黑山派诗人，教师，翻译家，小说家，散文家。

多克托罗，E. L.（Edgar Lawrence Doctorow），1931—2015，美国历史小说家，教授，编辑。

多兰，P.（P. Dolan），在沙特尔涂鸦的美国游客。

多伊尔，A.（A. Doyle），在沙特尔涂鸦的美国游客。

厄普代克，约翰（John Updike），1932—2009，美国小说家，诗人，评论家。

恩斯科，杰拉尔德（Gerald Enscoe），美国诗人，学者，赖特的朋友。

方济各（Francis），1182—1226，生于意大利阿西西城，方济各会的创办者。

菲尔茨，W. C.（William Claude Fields），1880—1946，美国喜剧演员，作家，擅长变戏法。

费里尔，凯瑟琳（Kathleen Ferrier），1912—1953，一度享誉世界的英国女低音歌手。

弗林特，罗兰（Roland Flint），1934—2001，美国诗人，大学教授，赖特的好友和忠实读者，受赖特的影响颇深。

弗洛伊德，西格蒙德（Sigismund Freud），1856—1939，奥地利心理学家，哲学家，精神分析学创始人。

佛朗哥，弗朗西斯科（Francisco Franco），1892—1975，西班牙独裁者。1936 年参与西班牙内战，后来成为叛军首领。1939 年，内战结束，佛朗哥对西班牙实施了长达几十年的专政。

盖伊，约翰（John Gay），1685—1732，英国作家，诗人，以讽刺诗见长，曾与斯威夫特等人创立涂鸦社。

甘博亚，亚历杭德罗（Alejandro Gamboa），秘鲁人，后移居巴黎。巴列霍的一位飞行员朋友。

刚布尔，约翰尼（Johnny Gumball），赖特家乡的一个流氓。

高尔，约翰（John Gower），约 1330—1408，乔叟同时代英国诗人，

作品影响了很多诗人。

戈迪埃－布尔泽斯卡，亨利（Henri Gaudier-Brzeska），1891—1915，法国画家，抽象派雕塑家。

歌德，约翰·沃尔夫冈·冯（Johann Wolfgang von Goethe），1749—1832，伟大的德国诗人，作家，自然科学家，文艺理论家，在诗歌、戏剧、散文等领域创作颇丰。赖特曾多次引用、翻译他的作品。

格林，罗伯特（Robert Greene），约1558—1592，16世纪末英国著名作家，对莎士比亚影响很深。

格梅拉（Gemela），加尼和金尼的妹妹。

哈代，托马斯（Thomas Hardy），1840—1928，英国小说家，诗人，赖特早期创作的榜样。

哈定，沃伦·加梅利尔（Warren Gamaliel Harding），1865—1923，美国第29任总统，生于俄亥俄州，当选总统前担任过俄亥俄州副州长、联邦参议员等职。史称"最差的美国总统"，建树没有，绯闻很多，曾把两位情妇安排在白宫居住。

哈菲兹（Hafiz），约1320—1389，或1315—1390，波斯抒情诗人，有"诗人中的诗人"之称，诗集在波斯的发行量仅次于《古兰经》。

哈维，威廉（William Harvey），1578—1657，英国医生，实验生理学的开拓者，根据实验创立了血液循环理论。

海登，罗伯特（Robert Hayden），1913—1980，美国诗人，散文家，教育家，1976年成为首个担任美国国会图书馆诗歌顾问的非裔美国人。

海恩斯，约翰（John Haines），1924—2011，美国诗人，教育家，曾为阿拉斯加州桂冠诗人。

海曼，罗伯特（Robert Hayman），1575—1629，英国诗人，生前为纽芬兰殖民地官员。

海明威，欧内斯特（Ernest Hemingway），1899—1961，美国小说家，记者，诗人。1953年获得普利策小说奖，1954年获得诺贝尔文学奖。他的"冰山理论"对后世文学有着极为深远的影响。

汉纳，马克（Mark Hanna），1837—1904，美国商人，俄亥俄共和党联邦参议员，利用经商时的伎俩帮麦金利拿下总统竞选。

豪威尔斯，威廉·迪安（William Dean Howells），1837—1920，美国现

实主义小说家，文学评论家，剧作家。生于俄亥俄州。

贺拉斯（Horace），前65—前8，古罗马诗人，批评家，翻译家。赖特的精神导师。

赫克特，安东尼（Anthony Hecht），1923—2004，美国诗人，翻译家，1968年普利策诗歌奖得主。与赖特一样，靠退伍福利在凯尼恩学院读了大学，也是兰塞姆的学生。

赫克特，罗杰（Roger Hecht），1926—1990，美国诗人，赖特的大学校友和好友。安东尼·赫克特的弟弟。

赫里克，罗伯特（Robert Herrick），1591—1674，英国抒情诗人，牧师。

黑德利，戴尔（Dale Headley），少年赖特参加童子军时的伙伴。

黑塞，赫尔曼（Hermann Hesse），1877—1962，德国诗人，作家，1946年诺贝尔文学奖得主。

亨利森，罗伯特（Robert Henrisoun），约1460—约1500，或1425—1506，苏格兰诗人，寓言家。

红衣人（Red Jacket），1750—1830，因常穿红上衣得名。北美洲原住民族塞尼卡人的酋长，演说家。塞尼卡瀑布城的红衣人志愿消防队，就是以他的名义成立的。

胡佛，赫伯特·克拉克（Herbert Clark Hoover），1874—1964，美国第31任总统，在哈定和柯立芝担任总统期间担任商务部长。

胡佛，J. 埃德加（J. Edgar Hoover），1895—1972，美国联邦调查局改制后的首任局长，曾打压破坏印第安人运动和马丁·路德·金等人领导的黑人运动，不择手段谋杀运动领袖。

华顿，伊迪丝（Edith Wharton），1862—1937，美国女作家，1921年普利策小说奖得主。

怀亚特爵士，老汤姆斯（Sir Thomas Wyatt the Elder），1503—1542，16世纪英国政治家，抒情诗人，最大贡献是把十四行诗引入英国。

惠伦，菲利普（Philip Whalen），1923—2002，美国诗人，禅宗信徒，旧金山文艺复兴的重要人物。

惠特曼，沃尔特（Walter Whitman），1819—1892，美国诗人，散文家，记者，有"自由诗之父"的美誉。人们常认为惠特曼是豪放、大气的诗人，而赖特则认为惠特曼在诗的音乐性、措辞、形式方面非常考究，处处可见精致之美。

霍尔，唐纳德（Donald Hall），1928—2018，美国诗人，学者，散文家，评论家，儿童文学作家，传记作家。《巴黎评论》首位诗歌编辑，第 14 任美国桂冠诗人。1951 年毕业于哈佛大学，1953 年毕业于牛津大学。曾任教于斯坦福大学等多所高校。作品常流露出对老式田园牧歌的向往和对大自然的敬畏。

霍华德，理查德（Richard Howard），生于 1929 年，美国诗人，文学评论家，散文家，翻译家，教师。

霍兰德，约翰（John Hollander），1929—2013，美国诗人，文学评论家，耶鲁大学名誉教授，曾在多所大学任教。

霍利迪，朱迪（Judy Holliday），1921—1965，美国女演员，歌手，曾斩获奥斯卡、金球、格莱美等多项大奖。

霍奇森，拉尔夫（Ralph Hodgson），1871—1962，英国田园诗人，晚年隐居美国俄亥俄州。

霍桑，纳撒尼亚尔（Nathaniel Hawthorne），1804—1864，19 世纪美国小说家，代表作《红字》。富兰克林·皮尔斯的生死之交。

吉多（Guido），赖特同乡。莉莉·德维奇的亲属或男友。

纪廉，豪尔赫（Jorge Guillén），1893—1984，西班牙抒情诗人，学者，大学教授，评论家，"二七年一代"成员。曾四次被提名诺贝尔文学奖。

济慈，约翰（John Keats），1795—1821，英国著名诗人，浪漫派主要成员。死于肺痨。

加德纳，贝尔（Belle Gardner），1915—1981，即"伊莎贝拉·加德纳"，美国诗人，演员。诗人罗伯特·洛厄尔的表姐。

加拉西，乔纳森（Jonathan Galassi），生于 1949 年，著名出版人，诗人，作家，翻译家，曾在《巴黎评论》担任诗歌编辑。

加里格，琼（Jean Garrigue），1914—1972，美国诗人，曾被提名美国国家图书奖最佳诗歌奖。

迦比尔（Kabir），1440—1518，印度诗人，神秘主义者。

贾雷尔，兰德尔（Randall Jarrell），1914—1965，美国诗人，文学评论家，儿童文学作家，散文家，小说家，1956 年担任美国国会图书馆诗歌顾问。

贾妮（Janie），赖特和安妮的朋友。

贾斯蒂斯，唐纳德（Donald Justice），1925—2004，美国诗人，写作教师，1980 年普利策诗歌奖得主，被誉为"诗人中的诗人"。

焦塞菲，丹妮尔（Danielle Goseffi），生于 1941 年，美国诗人，小说家，表演艺术家。

伦敦，杰克（Jack London），1876—1916，原名约翰·格里菲思·钱内（John Griffith Chaney）。美国小说家，记者，社会活动家。生于加利福尼亚州旧金山市。

金内尔，高尔韦（Galway Kinnell），1927—2014，美国诗人，1983 年普利策诗歌奖得主。

金尼（Kinny），加尼·布拉克斯顿的弟弟。

金斯堡，埃尔文·艾伦（Irwin Allen Ginsberg），1926—1997，美国诗人，垮掉派核心人物。

卡茨，阿列夫（Aleph Katz），1898—1969，出生于俄国的犹太诗人、散文家、编辑，1913 年移民美国。诗歌意象独特，神秘而生动，凭借纯熟的技巧被奉为语言大师。

卡尔杜勒斯，利伯蒂（Liberty Kardules），1928—2020，希腊裔美国人，赖特的第一任妻子，与赖特育有二子：弗朗兹和马歇尔。与赖特离婚后改嫁米洛克斯·科瓦奇（Miklos Kovacs），因此又叫利伯蒂·科瓦奇。早年不顾父亲反对，离家读护校，拿到了护理学硕士学位（MSN）和婚姻家庭治疗师资格（MFT），52 岁时拿到了博士学位。

卡利马科斯（Callimachus），前 305—前 240，古希腊诗人，学者，评论家，"憎恶常见的事物"，抵制俗套，看不惯大多数诗人模仿《荷马史诗》的冗长华丽，鼓励诗人"驱车前往未知的土地"。

卡帕莱蒂，本尼（Bennie Capaletti），赖特童年时的朋友。

卡彭特，威廉·S.（William S. Carpenter），生于 1937 年。高中时曾被九支高校橄榄球队看上，其中还有三支校队邀请他担任队长。他最终选择了西点军校，后参与越战，获得了银星奖章。

卡普兰，伯尼（Bernie Kaplan），美国学者，文学评论家。

卡特，斯利姆（Slim Carter），赖特儿时的玩伴。

卡特，小吉米·厄尔（James Earl Cater, Jr.），生于 1924 年，美国第 39 任总统。1980 年 1 月 3 日，为了向诗歌致敬，邀请了很多诗人进白宫。

卡图卢斯，盖乌斯·瓦列利乌斯（Gaius Valerius Catullus），约前 84（或前 87）—前 54，古罗马诗人，生于维罗纳，是世界诗歌史上颇具开创性的一位抒情诗人，继承了萨福的抒情传统，对莎士比亚等后世诗人有重要影响。

恺撒，盖乌斯·尤利乌斯（Gaius Iulius Caesar），前 102（或前 100）—前 44，古罗马政治家，罗马共和国末期的军事统帅，史称恺撒大帝。曾率军征服高卢，袭击过日耳曼和不列颠。

凯泽，卡罗琳（Caroline Kizer），1925—2014，美国诗人，1985 年普利策诗歌奖得主。

柯立芝，卡尔文（Calvin Coolidge），1872—1933，美国第 30 任总统。1920 年大选时，作为哈定的竞选伙伴当选副总统。1923 年，哈定病逝，柯立芝接任总统。

科尔索，格雷戈里（Gregory Corso），1930—2001，垮掉派中最年轻的诗人。

科芬，查尔斯（Charles Coffin），1904—1956，凯尼恩学院教授，赖特的大学老师。精通 17 世纪英语文学，曾编著多部诗歌相关作品。

科克，肯尼思（Kenneth Koch），1925—2002，美国诗人，剧作家，大学教授，纽约诗派成员。

科特洛斯，迈克（Mike Kottelos），少年赖特参加童子军时的伙伴。

克莱尔，约翰（John Clare），1793—1864，英国诗人，农场雇工之子，长期受到精神疾病的折磨。

克雷，贝蒂（Betty Kray），1916—1987，即"伊丽莎白·克雷"，美国诗人学会第一位常务理事。在职期间发起首次全美诗人巡演，首个校园诗人计划；设立了沃尔特·惠特曼诗歌奖，哈罗德·莫顿·兰登翻译奖；与斯坦利·库尼茨联合创办了诗人之家。

克里利，罗伯特（Robert Creeley），1926—2005，美国诗人，常被归入黑山派，但诗歌美学与该派有所不同。

克罗内，勒穆瓦纳（Lemoyne Crone），赖特中学时代一起打橄榄球的队友。

肯尼迪，X. J.（X. J. Kennedy），即"约瑟夫·查尔斯·肯尼迪"，为了区别于另一位名人约瑟夫·肯尼迪，在自己名字前加了个 X。生于

1929 年，美国诗人，编辑，翻译家，儿童文学家，科幻作家，大学教师。

肯尼迪，沃尔特（Walter Kennedy），约 1455—约 1518，威廉·邓巴同时代诗人。

库明，玛克辛（Maxine Kumin），1925—2014，美国诗人，小说家，童书作家。

库珀，简（Jane Cooper），1924—2007，美国女诗人，作家，教师。

拉德马赫，皮特（Pete Rademacher），1928—2020，即"托马斯·彼得·拉德马赫"，美国重量级拳击手。1956 年获得奥运会重量级冠军；1957 年，职业赛首战便挑战卫冕冠军帕特森，最后以惨败告终。

拉里（Larry），赖特在七角地酒吧里的酒友。

莱昂斯，舍曼·约翰（Sherman John Lyons），1900—1946，赖特的舅舅。

莱昂斯，威利（Willy Lyons），1895—1959，即"威廉·雅各布·莱昂斯"，赖特的舅舅。

莱奥帕尔迪（Leopardi），1798—1837，19 世纪最伟大的意大利诗人，散文家，语言学家，哲学家，关注存在和人之境遇。

莱弗托夫，丹尼丝（Denis Levertov），1923—1997，出生于英国的美国诗人，翻译家，评论家。

莱文，菲利普（Philip Levine），1928—2015，美国诗人，1995 年普利策诗歌奖得主，曾在加州大学英文系执教 30 多年。

赖特，安妮（Anne Wright），即"伊迪丝·安·朗克"（Edith Ann Runk），赖特的第二任妻子。出生于 1929 年，1966 年在纽约与赖特相识，1967 年春嫁给赖特。

赖特，弗朗兹·保罗（Franz Paul Wright），1953—2015，詹姆斯·赖特的长子，2004 年普利策诗歌奖得主。

赖特，杰克（Jack Wright），生于 1934 年，赖特的弟弟。

赖特，杰茜·莱昂斯（Jessie Lyons Wright），1897—1974，赖特的母亲。

赖特，马歇尔·约翰（Marshall John Wright）生于 1958 年，赖特的次子。赖特喜欢叫他马什（Marsh）。

赖特，西奥多（Theodore Wright），1925—2000，赖特的哥哥，即特德·赖特。

赖特，约翰·达德利（John Dudley Wright），1893—1973，赖特的父亲。

兰多尔，沃尔特·萨维奇（Walter Savage Landor），1775—1864，英国诗人，作家，古典主义文学大师，有"诗人中的诗人"之称。

兰塞姆，约翰·克罗（John Crowe Ransom），1888—1974，美国批评家，诗人，学者，编辑，散文家，教育家，"新批评"派领军人物，赖特的大学老师。

朗兰，约瑟夫（Joseph Langland），1917—2007，美国诗人，大学教授。

勒克斯，汤姆（Tom Lux），1946—2017，即"托马斯·勒克斯"，美国诗人，编辑，写作上受到过赖特的影响。

里尔克，赖纳·马里亚（Rainer Maria Rilke），1875—1926，奥地利诗人。20 世纪最伟大的德语诗人，除了诗，还出版过小说、剧本、书信集，对现代主义文学的发展有着重大贡献。

里奇，阿德里安娜（Adrienne Rich），1929—2012，美国诗人，散文家，公共知识分子。

利斯顿，桑尼（Sonny Liston），1930—1970，极具传奇色彩的美国职业拳击手，一度所向披靡，1965 年输给后来的拳王阿里。

利文斯顿，雷（Ray Livingston），明尼苏达州圣保罗的一名大学教授，赖特的一位哲学家朋友。

鲁阿克，吉本斯（Gibbons Ruark），生于 1941 年，美国诗人，赖特好友，诗艺深得赖特的认可。

鲁阿克，凯（Kay Ruark），吉本斯·鲁阿克的妻子。

鲁宾逊，"叮当哥"比尔（Bill "Bojangles" Robinson），1878—1949，美国演员，踢踏舞艺术家，对踢踏舞的发展有着重大贡献。

鲁斯金，约翰（John Ruskin），1819—1900，英国艺术史学家，曾出版《威尼斯的石头》。

伦纳德，吉米（Jimmy Leonard），赖特同乡，一个老酒鬼。

伦纳德，明内根（Minnegan Leonard），赖特同乡，跟吉米·伦纳德是兄弟关系。

罗贝尔，于贝尔（Hubert Robert），1733—1808，法国浪漫主义画家，

以建筑风景画闻名于世。

罗宾逊，E. A.（Edwin Arlington Robinson），1869—1935，美国诗人，三度获得普利策奖，四度获得诺贝尔文学奖提名。

罗德黑弗，霍默（Homer Rhodeheaver），1880—1955，美国传道士，赞美诗作者。

罗米克，巴德（Bud Romick），赖特的同乡。

罗摩克里希那（Ramakrishna），1826—1886，神秘主义者，宗教改革家，认为每种宗教都有一条通往神的路。有逃避身心痛苦的倾向，因此深受赖特憎恶；但也正是他，让赖特意识到自己对灵性世界的渴求，继而深入探讨如何对抗俗世的痛苦。

罗斯的约翰爵士（Schir Johne the Ros），威廉·邓巴同时代诗人，曾帮邓巴与沃尔特·肯尼迪斗诗，无作品留世。

罗特克，奥托（Otto Roethke），美国诗人西奥多·罗特克的父亲，家里经营的大棚温室足有 25 英亩。

罗特克，西奥多（Theodore Roethke），1908—1963，美国著名诗人，1954 年普利策诗歌奖得主，赖特在华盛顿大学读研究生时的导师。赖特喜欢叫他特德·罗特克。

洛厄尔，罗伯特·特雷尔·斯彭斯（Robert Traill Spence Lowell Ⅳ），1917—1977，美国诗人，1947 年获得普利策诗歌奖，1947 年担任美国国会图书馆诗歌顾问，对自白派诗歌的发展有很大贡献。

洛尔卡，费德里科·德尔萨格拉多·科拉松·德赫苏斯·加西亚（Federico del Sagrado Corazón de Jesús Lorca），1898—1936，被誉为 20 世纪西班牙最杰出的诗人，在民谣的基础上创作出了全新诗体。

洛根，约翰（John Logan），1923—1987，美国抒情诗人，编辑，大学教师，早在 20 世纪 50 年代便打破了传统诗歌形式。

洛克哈特爵士（Sir Mungo Lockhart of Lee），约 1423—约 1488，苏格兰诗人。

马查多，安东尼奥（Antonio Machado），1875—1939，西班牙诗人，98 世代的代表人物。

马弗尔，安德鲁（Andrew Marvell），1621—1678，英国诗哲，讽刺作家，政治家。诗人弥尔顿的同事和朋友。

马圭尔（Maguire），一名逃犯的名字。

马修斯，杰克逊（Jackson Mathews），1907—1978，美国学者，诗人，编辑，翻译家，1974 年美国国家图书奖翻译奖得主，曾在哈佛大学、普林斯顿大学、华盛顿大学等多所高校任教。

麦克迪尔米德，休（Hugh MacDiarmid），1892—1978，原名克里斯托弗·默里·格里夫（Christopher Murray Grieve）。苏格兰文艺复兴先驱，早期用方言写抒情诗，风格清新而深刻，评论界认为他是彭斯之后最伟大的苏格兰诗人。

麦克拉奇，J. D.（J. D. McClatchy），1945—2018，美国诗人，剧作家，文学评论家，《耶鲁评论》主编，2003 年入围普利策诗歌奖。

麦克纳马拉，布林斯利（Brinsley MacNamara），1890—1963，爱尔兰小说家，剧作家，诗人。

麦克沙恩，弗兰克（Frank MacShane），1927—1999，美国文学评论家，传记作家，大学教授。

曼特尼亚（Mantegna），1431—1506，意大利文艺复兴时期的画家。

梅里尔，詹姆斯（James Merrill），1926—1995，美国诗人，散文家，小说家，剧作家，1977 年普利策诗歌奖得主。

梅齐，罗伯特（Robert Mezey），1935—2020，美国诗人，批评家，学者，翻译家。

门德洛，菲利普（Philip Mendlow），赖特在纽约的朋友，弗朗西丝·塞尔策的丈夫。

门肯，亨利·路易斯（Henry Louis Mencken），1880—1956，美国记者，讽刺作家，文化评论家，学者。

米尔伯（Milber），为解决禁酒令问题，俄亥俄河谷的五个市曾联合创建"酒类控制委员会"，米尔伯是委员会主席。

米莱，埃德娜（Edna Millay），1892—1950，美国著名诗人，剧作家，1923 年获得普利策诗歌奖，同年嫁给布瓦塞万。

米勒，瓦萨（Vassar Miller），1924—1998，美国诗人，作家，曾担任得克萨斯州桂冠诗人。

莫斯，斯坦利（Stanley Moss），生于 1925 年，美国诗人，出版人，艺术品经纪人。

默温，W. S.（William Stanley Merwin），1927—2019，曾两度获得普利策诗歌奖。同代诗人喜欢叫他比尔·默温。

奈波斯，科尔奈利乌斯（Cornelius Nepos），约前 110—前 25，享有盛名的古罗马传记作家，《外族名将传》的作者，卡图卢斯的好友。

奈特，埃瑟里奇（Etheridge Knight），1931—1991，非裔美国诗人，因抢劫坐过八年牢，以首部诗集《来自监狱的诗》而闻名。

内梅罗夫，霍华德（Howard Nemerov），1920—1991，美国诗人，1978年获得普利策诗歌奖，1963 年担任美国国会图书馆诗歌顾问，1988 年担任美国桂冠诗人。

尼尔，拉尔夫（Ralph Neal），少年赖特参加童子军时的团长。

聂鲁达，巴勃罗（Pablo Neruda），1904—1973，智利著名诗人，外交官，1971 年诺贝尔文学奖得主。

帕特南，H. 费尔普斯（H. Phelps Putnam），1894—1948，美国诗人，出版过两本书。耶鲁的神秘社团"骷髅会"成员。生性多情，有过两次婚姻和很多段情史。

帕特森，弗洛伊德（Floyd Patterson），1935—2006，美国职业拳击手。21 岁时成为史上最年轻的重量级拳王。

庞德，埃兹拉（Ezra Pound），1885—1972，美国诗人，评论家，意象派诗歌代表人物，后期象征主义诗歌的领袖。

佩维，萨拉西埃尔（Salathiel Pavy），唱诗班成员，儿童演员，13 岁便夭折。本·琼森曾为她写下《萨拉西埃尔·佩维的墓志铭》。

皮尔斯，富兰克林（Franklin Pierce），1804—1869，美国第 14 任总统，在历届美国总统排名上比较靠后。在任时反对废奴运动，试图缓和南北矛盾，最终却以失败告终。生活中的皮尔斯为人开朗，颇具魅力，长期酗酒，死于肝硬化。

皮萨罗（Pizarro），1471—1541，西班牙殖民者，开启了征服南美洲（特别是秘鲁）的时代。出生于西班牙西部的埃斯特雷马杜拉，早年放过猪。

皮萨内洛（Pisanello），约 1395—约 1455，文艺复兴早期的一位著名画家。

皮尤，弗雷德·戈登（Fred Gordon Pugh），赖特的同乡。

皮尤，罗伯塔（Roberta Pugh），赖特的同乡。弗雷德·戈登·皮尤的姐姐，因未婚先孕遭人嘲笑。

蒲柏，亚历山大（Alexander Pope），1688—1744，18 世纪著名英国诗

人，翻译家，讽刺作家，英国新古典主义文学的倡导者。与斯威夫特等人创建了著名的涂鸦社。

普拉达，曼努埃尔·冈萨雷斯（Manuel González Prada），1844—1918，秘鲁政治家，建筑家，文学评论家，图书馆馆长。

普拉克西特列斯（Praxiteles），古希腊雕刻家。

普拉斯，西尔维娅（Sylvia Plath），1932—1963，美国自白派诗人，小说家，童书作家，英国诗人特德·休斯的第一任妻子。

普罗卡奇诺，马里奥（Mario Proccacino），1912—1995，美国律师，审计官，曾竞选纽约市长。

契马布埃（Cimabue），约1240—1302，意大利画家，相传为乔托的老师。

乔叟，杰弗里（Geoffrey Chaucer），约1340或1343—1400，《坎伯雷故事集》作者，中世纪最伟大的英国诗人，被誉为英语文学之父和英语诗歌之父，对苏格兰文学有重大影响。

乔托（Giotto），约1266—1337，意大利画家，建筑师，文艺复兴的一位先驱，被后世奉为欧洲绘画之父、西方绘画之父。

切斯曼，卡里尔（Caryl Chessman），1921—1960，"第一个因非致命性绑架罪遭处决的现代美国人"。1948年被指控犯有抢劫、绑架、强奸等17项罪行，被判死刑。曾数十次提出上诉，还通过信件、论文等争取舆论支持，甚至写出四本畅销书，随后还有改编电影上映，引发了全世界对美国死刑的关注。但最终，他还是被处决了。

琼森，本（Ben Jonson），1572—1637，英国剧作家，诗人，演员，善于讽刺和抒情。

丘吉尔，温斯顿（Winston Churchill），1874—1965，英国前首相，外交家，军事家，演说家，作家。

萨福（Sappho），约前630—约前570，古希腊女诗人。生前创作了上万行诗，仅有少数残篇存世。尽管如此，对后世诗歌仍有深远影响。

萨利纳斯，佩德罗（Pedro Salinas），1891—1951，西班牙著名爱情诗人，曾在多所大学任教。他认为诗歌是对现实的探索，偏爱短诗，极少押韵，认为诗歌的三要素是：真，美，智。

塞尔策，弗朗西丝（Frances Seltzer），菲利普·门德洛的妻子，赖特在纽约的朋友。

塞克斯顿，安妮（Anne Sexton），1928—1974，美国自白派诗人，1967年普利策诗歌奖得主。写作风格极度个人化。

塞斯提乌斯（Cestius），因与他同名的古罗马建筑"塞斯提乌斯金字塔"而闻名，生前事迹已鲜有人知。

森戴，比利（Billy Sunday），约1863—1935，美国棒球运动员，著名布道家。

闪克，约翰（John Shunk），赖特家乡的潜水员，经常在俄亥俄河里打捞溺死者。曾在《年轻的好人》里出现，与乔·尚克应为同一人。

尚克，乔（Joe Shank），曾在《花径》里出现，与约翰·闪克应为同一人。

圣奥古斯丁（Saint Augustine），354—430，古罗马神学家，哲学家。代表作为《忏悔录》。圣奥古斯丁认为，永恒就是独立于时间之外的非经验存在，也就是上帝。

圣地亚哥（Santiago），巴列霍家乡的盲人敲钟人。巴列霍早期曾把自己的作品读给他听。

施托姆，特奥多尔（Theodor Storm），1817—1888，德国作家，诗人，《茵梦湖》的作者。赖特1953年在维也纳大学深造时的研究对象。

史翠珊，芭芭拉（Barbara Streisand），生于1942年，十几岁时便已出道成名的老牌美国明星。

史密斯，威廉·J.（William Jay Smith），1918—2015，美国诗人，1968—1970年担任美国国会图书馆诗歌顾问。

舒尔茨，卡尔（Carl Schurz），1829—1906，美国历史上首位德裔参议员，演说家，报社记者、编辑，曾在美国内战前夕公开演讲反对奴隶制，呼吁各民族各种族自由平等。

斯宾塞，埃德蒙（Edmund Spenser），1552或1553—1599，英国著名诗人，以史诗《仙后》闻名，早期出版过田园诗集《牧羊人月历》。

斯蒂芬斯，詹姆斯（James Stephens），1880或1882—1950，爱尔兰小说家，诗人。以爱尔兰神话和童话为原型，创作了很多经典作品。

斯蒂特，彼得（Peter Stitt），1940—2018，美国学者，大学教授，文学编辑。1985年出版了《詹姆斯·赖特：光之心》。

斯凯乐，詹姆斯·马库斯（James Marcus Schuyler），1923—1991，美国诗人，1981年普利策诗歌奖得主，纽约诗派核心人物。

斯奈德，加里（Gary Snyder），生于 1930 年，美国诗人，散文家，环保活动家，1975 年普利策诗歌奖得主。

斯诺德格拉斯，W. D.（William De Snodgrass），1926—2009，美国诗人，1960 年普利策诗歌奖得主。笔名 S.S. 加尔东斯（Gardons）。

斯诺德格拉斯，胡布（Hub Snodgrass），少年赖特参加童子军时的伙伴。

斯塔福德，威廉·埃德加（William Edgar Stafford），1914—1993，美国诗人，1970 年担任美国国会图书馆诗歌顾问。

斯坦，凯文（Kevin Stein），生于 1954 年，美国诗人，评论家，曾在大学教授创意写作。1988 年出版了专著《詹姆斯·赖特：成年人的诗》。

斯特恩，杰拉尔德（Gerald Stern），生于 1925 年，美国诗人，散文家，教育家，大学教师，曾入围普利策诗歌奖。

斯特凡诺（Stefano），1379—1438，生前活跃在维罗纳的意大利画家。

斯特拉（Stella），1681—1728，原名埃丝特·约翰逊（Esther Johnson），斯威夫特的密友。有学者认为两人是夫妻，但这段婚姻一直没公开，至今是个谜。

斯特兰德，马克（Mark Strand），1934—2014，美国诗人，散文家，翻译家，出生于加拿大。2004 年华莱士·史蒂文斯奖得主。

斯威夫特，乔纳森（Johnathan Swift），1667—1745，英国 - 爱尔兰作家，讽刺文学大师，诗人，神职人员。代表作为《格列佛游记》。

梭罗，亨利·戴维（Henry David Thoreau），1817—1862，美国博物学家，散文家，诗人，哲学家。

塔夫茨，蕾（Rae Tufts），美国城市规划师，建筑评论家，赖特的好友。赖特在西雅图修订《两位公民》时，曾住在她的工作室，还经常坐着她的车到处游玩。

泰特，艾伦（Allen Tate），1899—1979，美国诗人，散文家，社会评论家，1943—1944 年度美国国会图书馆诗歌顾问。

忒奥克里托斯（Theocritus），约前 300—前 260，古希腊著名诗人，学者，西方田园诗派的开创者。

特拉克尔，格奥尔格（Georg Trakl），1887—1914，奥地利著名诗人。赖特 1953 年在维也纳大学深造时的研究对象。学界常把他与里尔克、策兰相提并论，维特根斯坦对他推崇备至。一战时随军担任药剂师，因目睹战争惨状而精神失常，自杀未遂后在医院精神科治疗，抑郁症反而加重，最终因可卡因过量死去。

特雷尔，桑迪（Sandy Traill），或生活在 1530—1590 年间。也有人说他 1508 年之前就已去世。

特里，巴雷尔（Barrel Terry），赖特的同乡，赖特中学时打橄榄球的对手球员。

特纳，吉恩（Gene Turner），赖特的一位同乡，曾打过赖特两次。

廷伯莱克，菲利普·沃尔科特（Philip Wolcott Timberlake），1895—1957，文学教授，赖特的大学老师。凯尼恩学院以他为名设立了奖学金和文学奖项。在他的指导下，赖特开始接触很多杰出的英语文学大家，这些大家对赖特的早期创作有着非常重要的影响。

托马斯，爱德华（Edward Thomas），1878—1917，英国诗人，散文家，小说家。1915 年入伍参加一战，1917 年阵亡。

陀思妥耶夫斯基，费奥多尔（Fyodor Dostoyevsky），1821—1881，俄国作家，散文家，记者。他的文字总能触及人类心灵深处的黑暗，对世界文学及哲学的发展有着深远影响。

瓦格纳，戴维（David Wagoner），1926—2021，美国诗人，小说家，教育家，生于俄亥俄州，早期曾师从西奥多·罗特克。

瓦伦丁，琼（Jean Valentine），生于 1934 年，2008—2010 年度美国桂冠诗人。

威尔第，朱塞佩（Giuseppe Verdi），1813—1901，意大利作曲家，19世纪极具影响力的歌剧作者。

威尔逊，埃德蒙（Edmund Wilson），1895—1972，美国作家，文学评论家，曾向诗人埃德娜·米莱求婚，遭对方拒绝。

威斯特摩兰上将（General Westmoreland），1914—2005，美国陆军上将，越战期间担任驻越美军最高指挥官。1966 年初曾发动一系列搜剿摧毁行动，深入越南边境反复扫荡。

韦斯，T.（Theodore Weiss），1916—2003，美国诗人，大学老师，文学杂志编辑。

维吉尔（Virgil），前 70—前 19，奥古斯都时期的古罗马诗人，对西方文学有着深远影响。在但丁《神曲》中，穿越地狱和炼狱的向导就是维吉尔。

韦斯普奇，阿梅里戈（Amerigo Vespucci），1454—1512，意大利航海家，商人，美洲新大陆（America）一词来源于他的名字。

维永，弗朗索瓦（François Villon），1431—1463，中世纪法国抒情诗人，据说曾被控犯有谋杀、盗窃罪，后下落不明，被后世称为"被诅咒的诗人"鼻祖。

温特斯，乔纳森（Jonathan Winters），1925—2013，美国喜剧演员，作家，主持人，艺术家。

沃尔夫，胡戈（Hugo Wolf），1860—1903，奥地利作曲家，音乐评论家。舒曼之后最伟大的德奥艺术歌曲作曲家。

乌纳穆诺，米格尔·德（Miguel de Unamuno），1864—1936，西班牙作家，诗人，哲学家。"九八年一代"的代表作家，20世纪西班牙文学重要人物。

屋大维（Octavius），前63—14，古罗马帝国开国皇帝，常被历史学家称为"奥古斯都"。

伍兹，戴夫（Dave Woods），赖特儿时的玩伴。

伍兹，约翰（John Woods），1926—1995，美国诗人，大学老师，曾获得罗特克诗歌奖。

西塞罗（Cicero），前106—前43，古罗马作家，哲学家，政治家。

西斯曼，L.E.（Louis Edward Sissman），1928—1976，美国诗人，散文家，广告人。

希尔，杰弗里（Geoffrey Hill），1932—2016，英国诗人，作家，评论家，大学教授。

希梅内斯，胡安·拉蒙（Juan Ramón Jiménez），1881—1958，西班牙诗人，散文家，1956年诺贝尔文学奖得主。

瞎子哈里（Blind Hary），约1440—约1492，苏格兰游吟诗人，著有传记体长诗《华莱士》。

小乌鸦（Little Crow），起义军领袖。1862年，率领苏族人反抗白人压迫，发起了达科他战争。

谢里夫，海伦·麦克尼利（Helen McNeely Sheriff），赖特中学时的拉丁文老师，是赖特心目中"最敏锐、最睿智的文学老师"。

辛普森，多萝西（Dorothy Simpson），诗人路易斯·辛普森的妻子。

辛普森，路易斯（Louis Simpson），1923—2012，美国诗人，1964年普利策诗歌奖得主。

雪莱，珀西·比希（Percy Bysshe Shelley），1792—1822，英国浪漫主义诗人，对勃朗宁、哈代、叶芝都有很大影响。

雅各布，马克斯（Max Jacob），1876—1944，法国诗人，画家，曾长期隐居在弗勒里修道院。

亚西比德（Alcibiades），约前450—前404，古希腊军事家，政治家，曾多次叛国。

叶芝，威廉·巴特勒（William Butler Yeats），1865—1939，爱尔兰诗人，剧作家，散文家，对爱尔兰文学复兴有着重大贡献。

伊格纳托，戴维（David Ignatow），1914—1997，美国诗人，编辑。赖特的好友。

伊斯特，吉米（Jimmie East），1925—2007，安妮·赖特的妹夫，卡琳·伊斯特的父亲。

伊斯特，卡琳（Karin East），生于1957年。安妮·赖特的外甥女，吉米·伊斯特的女儿。1972年曾与赖特夫妇赴法国旅行。

尤尔塞特，桑雅（Sonjia Urseth），赖特的学生。有学者认为，桑雅是赖特的缪斯，是赖特笔下反复出现的珍妮原型。两人来往书信颇多，赖特写给她的信约有两百封。

雨果，理查德（Richard Hugo），1923—1982，美国诗人，两度提名普利策诗歌奖。作品多反映经济萧条时期的美国西北部。

约翰斯顿，帕特里克（Patrik Johnestoun），苏格兰宫廷诗人，无作品留世。威廉·邓巴《诗人的哀歌》发表时，约翰斯顿还在世。

约翰逊，霍比（Hobie Johnson），赖特童年时的好友，在俄亥俄河溺水身亡。

约翰逊，霍华德（Howard Johnson），1887—1941，美国音乐人，1970年登上词作者名人堂。

约翰逊，小埃尔文（Earvin Johnson, Jr.），"魔术师约翰逊"，生于1959年，曾为NBA球员，毕业于密歇根州立大学。

詹姆斯，亨利（Henry James），1843—1916，美英作家，文体家，文艺评论家。生于美国，后加入英国籍。对英语文学从现实主义向现代主义的过渡，有着巨大贡献。

哲罗姆（Jerome），约347—420，生于意大利北部，做过大量翻译和注释的工作，早期西方教会中学识最渊博的教父。后世常叫他"圣哲罗姆"。

朱洛夫，桑德（Sander Zulauf），生于1946年，美国诗人，教育家，编辑。

地名注释

84 街和阿姆斯特丹大道（84th and Amsterdam），纽约曼哈顿上西城区两条街，书中指的是两条街的交叉口。

阿巴拉契亚山脉（Appalachians），北美东部山系，从美国一直绵延至加拿大。

阿迪杰河（Adige），意大利第二长河流，发源于阿尔卑斯山脉，最终流入亚得里亚海。

阿尔勒（Arles），法国东南部城市，前身是罗马人入侵普罗旺斯时建的港口。城内有大批古罗马建筑。

阿尔诺河（Arno），位于意大利托斯卡纳大区，流经佛罗伦萨、比萨等地。

阿雷佐（Arezzo），意大利城市和省份名，位于托斯卡纳大区。

阿瓦隆（Avallon），法国勃艮第大区约讷省的一个中世纪古镇。

阿西西（Assisi），意大利中部古城，方济各的故乡，位于苏巴修山脚下。

埃特纳维尔（Aetnaville），俄亥俄河上的一座桥，连着俄亥俄和西弗吉尼亚。

艾奥瓦（Iowa），美国中西部的一个州，与明尼苏达州交界。又叫爱荷华。

艾琵（Eype），英国多塞特郡的一个海边村庄。

爱达荷州（Idaho），美国西北部的一个州，北部山区与加拿大接壤。

安阿伯（Ann Arbor），西奥多·罗特克的母校密歇根大学所在地，唐纳德·霍尔曾在这里工作、生活。又叫安娜堡。

安吉亚里（Anghiari），位于意大利阿雷佐省，以达·芬奇作品《安吉亚里战役》而闻名。

奥尔维耶托（Orvieto），意大利古城，葡萄酒的名产地，建于悬崖上，城墙由完整的岩石组成。

奥赫里德湖（Ohrid），原为南斯拉夫最大的湖泊，位于现在的北马其顿共和国西南部，湖东岸是奥赫里德市。赖特与安妮曾在湖边散步。

奥特朗托（Otranto），意大利东南部城市，奥特朗托海峡即以该市命名，15 世纪曾遭奥斯曼帝国入侵。

巴多利诺（Bardolino），加尔达湖畔小镇，位于意大利维罗纳省，距离威尼斯约 130 公里。

巴俄铁路（B&O），往来巴尔的摩与俄亥俄的铁路。

巴克艾湖（Buckeye Lake），美国俄亥俄州的一个水库。Buckeye 在美国有"俄亥俄人"的意思。

巴里（Bari），意大利南部城市，普利亚大区首府，紧邻亚得里亚海。

巴萨诺 – 德尔格拉帕（Bassano del Grappa），意大利北部城市，坐落在阿尔卑斯山下，距奥地利不远。

包厘街（Bowery），纽约曼哈顿唐人街的一条老街。

北卡罗来纳大学格林斯伯勒分校（University of North Carolina at Greensboro），1891 年建校，曾多次更名，最早叫州立工业师范学院，1919 年更名为北卡罗来纳女子学院，1963 年更名为北卡罗来纳大学格林斯伯勒分校。

贝尔蒙特啤酒厂（Belmont Brewery），赖特的家乡马丁斯费里的一家啤酒厂。

贝莱尔村（Bellaire），死刑犯乔治·多蒂居住的村子，位于俄亥俄州贝尔蒙特县，距赖特家乡不到十公里。

本伍德（Benwood），美国著名钢城，位于西弗吉尼亚州，坐落在俄亥俄河边。

比利牛斯山（Pyrenees），欧洲西南部山脉，东起地中海，西至大西洋，是法国与西班牙的天然国界。

波瓦坦（Powhatan），疑为俄亥俄河畔的一个村子波瓦坦波因特（Powhatan Point）。波瓦坦也是美国原住民部落名。

勃艮第大区（Burgundy），法国东部大区，是法国葡萄酒的重要产地。

博尔盖塞悬崖（Borghese cliffs），意大利罗马市博尔盖塞美术馆所在的山顶。美术馆原为博尔盖塞家族别墅。

布拉广场（Piazza Bra），意大利维罗纳市最大的广场，周围有很多著名古建筑。

布兰代斯大学（Brandeis University），美国麻省的一所私立大学，建校于 1948 年。该校设有艺术创作奖，诗歌奖是其中一个奖项。

布朗克斯（Bronx），美国纽约北部的贫民区。

布里奇波特（Bridgeport），俄亥俄河边的一个村子，与惠灵隔河相望，距赖特家乡只有 3 公里。

布鲁克赛德（Brookside），俄亥俄的一个村子，紧邻赖特家乡。

厂地（Mill Field），原为俄亥俄河边一家木材厂，失火后变成一片荒地。

黛安娜神庙（Temple of Diana），约公元 1 世纪建于法国尼姆的古罗马建筑。

当费尔 – 罗什罗广场（Place Denfert-Rochereau），位于巴黎第十四区，得名于普法战争时期的一位统帅。

邓弗姆林（Dumfermelyne），苏格兰的一个镇子，罗伯特·亨利森的故乡。

蒂尔顿斯维尔（Tiltonsville），俄亥俄河边的一个村庄，在赖特家乡以北，两地相距不到十公里。

蒂芬市（Tiffen），俄亥俄州西北部城市。

东河（East River），纽约市内的一条潮汐型海峡。

杜乐丽宫（Tuileries），法国公园名，曾为王宫，坐落在塞纳河右岸，1871 年被巴黎公社焚毁。

多切斯特（Dorchester），英国多塞特郡的首府。

多塞特（Dorset），英国英格兰西部的一个郡，位于英吉利海峡北岸。

鹅原（Goose Prairie），美国华盛顿的一个非建制地区，建立于 1866 年，因有只鹅在此地草坪过夜而得名。

法戈（Fargo），北达科他州最大的城市，坐落在美加边境上的北红河岸边。

法诺（Fano），意大利中部城市，紧邻亚得里亚海。

菲耶索莱（Fiesole），意大利的一个小山城，位于佛罗伦萨东北角，可以俯瞰佛罗伦萨全城。

弗罗姆河（Frome），英国南部一条河，流经托马斯·哈代的家乡。

佛罗伦萨（Florence），意大利中部城市，托斯卡纳大区首府，也是佛罗伦萨省的首府。

戈尔贡佐拉（Gorgonzola），意大利北部小镇，隶属于米兰大都会区，以蓝纹奶酪闻名。

哥伦布（Columbus），俄亥俄的州府。

格罗塔列（Grottaglie），意大利南部小山城，以瓷器闻名。

格思里剧院（Guthrie Theater），由英国戏剧导演威廉·蒂龙·格思里爵士发起创建，坐落在沃克艺术中心的场地内。

哈得孙湾（Hudson's Bay），位于加拿大东北部，北冰洋的陆缘海，是世界上海岸线最长的海湾。

哈雷阿卡拉（Haleakala），火山名，位于夏威夷。

河滨教堂（Riverside Church），纽约曼哈顿的一座教堂。赖特与安妮的婚礼所在地，也是赖特的葬礼所在地。

河畔圣母教堂（Maria am Gestade），维也纳著名古建筑，位于多瑙河附近。

赫斯洛普殡仪馆（Hesslop's funeral home），俄亥俄的一家殡仪馆。

黑泽尔－阿特拉斯玻璃厂（Hazel-Atlas Glass），1902年建于惠灵的玻璃容器厂，赖特的父亲在这里工作了50年。

亨特学院（Hunter College），纽约的一所公立学院。1966年，赖特开始在此任教。

红河（Red River），又叫北红河，位于美加边境，长约885公里，其中635公里在美国的北达科他州和明尼苏达州。自南向北流入加拿大，最终汇入哈得孙湾，经常在春季发生洪水。

华雷斯城（Juárez），墨西哥城市名，与美国的埃尔帕索隔河相望。

华盛顿大学（University of Washington），位于美国西雅图市的一所公立研究型大学，建校于1861年。赖特在此获得了硕士和博士学位。

惠灵（Wheeling），美国西弗吉尼亚州的一座城市，位于俄亥俄河畔。19世纪末以制造业闻名，二战后开始衰落。

惠灵钢厂（Wheeling Steel），曾是美国第三大钢厂，位于俄亥俄河畔，厂区从西弗吉尼亚州本伍德一直覆盖到俄亥俄州斯托本维尔。

基克拉泽斯（Cyclades），希腊群岛名，位于爱琴海南部，有着非常古老的文明。

基希施泰滕（Kirchstetten），奥地利小城，离维也纳很近。诗人奥登就葬在这里。

加的斯（Cádiz），西班牙西南部海滨城市，位于安达卢西亚。地名源自腓尼基语，意为"城墙包围的城市"。

加的斯村（Cadiz），美国俄亥俄州一个村子，距赖特家乡不远。

加尔达湖（Lake Garda），意大利最大的湖，位于阿尔卑斯山南麓，由冰川融化而形成。湖边有很多小镇。

加尔尼亚诺（Gargnano），意大利小镇，坐落在加尔达湖岸边。

加利波利（Gallipoli），位于土耳其的欧洲部分，加利波利战役所在地。

加略山（Calvary Hospital），美国一家非营利机构，专门从事临终关怀和姑息治疗。加略山是耶稣基督受难的标志。

杰克逊敦（Jacksontown），位于俄亥俄州，在赖特家乡以西，两地相距一百多公里。

金斯阿姆兹酒店（King's Arms Hotel），英国多塞特的一家酒店，店名意为"国王手臂"。国外常有酒店和餐饮店以"国王头""国王手臂"为名。

卡尔舒尔茨公园（Carl Schurz Park），纽约一处公园，为纪念卡尔·舒尔茨而建。

卡哈马卡（Cajamarca），卡哈马卡战役所在地，西班牙人在此俘获了印加王阿塔瓦尔帕，征服了印加帝国，开始殖民秘鲁。

卡拉拉（Carrara），意大利城市，以大理石著称，位于佛罗伦萨西北，两地相距约百公里。

卡姆登（Camden），美国新泽西州西南部工商业城市，在费城对岸。

卡森蒂诺（Casentino），意大利阿雷佐省的一座古老山谷，伊特鲁里亚人曾在此居住。风景如画，物种多样，吸引了众多圣徒在此隐修。

卡图卢斯石窟（Grotte de Catullo），古罗马诗人卡图卢斯故居，尚未完全出土。位于意大利的锡尔苗内，如今已成游览胜地，内部设有博物馆。

凯尼恩学院（Kenyon College），赖特的母校。美国顶尖文理学院，1824 年建校于俄亥俄州小城甘比尔。

科尔雷恩（Colrain），俄亥俄州的一个镇，距离赖特家乡约 9 公里。

可可辛河（Kokosing River），俄亥俄中东部一条河，河名大意为"小猫头鹰之河"。

克利夫兰（Cleveland），俄亥俄最大的都会区。

拉贝尔木材公司（LaBelle Lumber Company），俄亥俄的一家木材厂，失火后变成一片荒地，即"厂地"。

拉赖可（Laracor），爱尔兰地名。斯威夫特曾为此地牧师。

拉文纳（Ravenna），意大利北部古城，曾是罗马帝国的中心，也曾是拜占庭时期意大利的中心。但丁就是在这里死去。

莱诺克斯旅馆（Hotel Lenox），位于巴黎塞纳河左岸。

劳克林钢厂（Laughlin steel），俄亥俄河边一家钢厂。

老桥（Ponte Vecchio），意大利佛罗伦萨的一座中世纪古桥，横跨在阿诺河上。

里德学院（Reed College），一所私立文理学院，1908年建校于俄勒冈州波特兰市。

理性宫（Palazzo della Ragione），意大利帕多瓦市的一座中世纪建筑，以超大屋顶著称，又叫真理宫、法理宫。

利多（Lido），威尼斯附近的一座小岛，又叫丽都。

利马（Lima），秘鲁首都，位于秘鲁西海岸线中部。

利莫内（Limone），意大利加尔达湖畔的一座小镇，地名意为"柠檬"，因此又叫柠檬小镇。

刘易斯顿（Lewiston），缅因州第二大城市。老牌拳王利斯顿在这里输给了一位新人，即后来的拳王阿里。

卢卡（Lucca），意大利托斯卡纳大区西北部古城，在比萨和佛罗伦萨之间。

卢瓦尔河畔弗勒里（Fleury-sur-loire），法国中部的一座小镇，弗勒里修道院所在地。

卢瓦尔河畔圣伯努瓦（St. Benoît-sur-Loire），法国中南部城市。

卢万河畔莫雷小镇（Moret-sur-Loing），巴黎附近的一座古镇，至今保留着中世纪风情。

罗马新教公墓（Protestant Cemetery），意大利著名墓园，济慈和雪莱均葬于此地。

罗切斯特（Rochester），明尼苏达东南部城市，坐落在赞布罗河畔，距派恩岛20多公里。

马丁斯费里（Martins Ferry），赖特的家乡，贝尔蒙特县的一个小城，俄亥俄州最早的定居点。

马恩河（Marne），法国北部河流，塞纳河支流。

马克尔蒂奥（Mukilteo），美国西海岸一座小城，位于华盛顿州斯诺霍米什县，离美加边境线不远。

马里恩（Marion），美国俄亥俄州中北部的一个县。哈定总统少年时随父母移居此地，去世后也葬在这里。

马涅塔（Tour Magne），位于法国尼姆，古罗马时期的一座瞭望塔。

马丘比丘（Machu Picchu），名字寓意是"古老的山"，印加帝国著名遗迹，与中国的万里长城等并称世界七大奇迹，位于今秘鲁境内海拔两千多米的高山上。

马什湖大坝（Marsh Lake Dam），位于明尼苏达州。

玛德尔诺（Maderno），意大利小镇，位于加尔达湖西岸。

玛卡莱斯特学院（Macalester College），一所小型文理学院，位于明尼苏达州圣保罗 - 明尼阿波利斯双城都市圈，1874 年建校。赖特曾在此任教。

麦考密克神学院（McCormick Theological Seminary），芝加哥的一座私立神学院。

曼斯菲尔德（Mansfield），位于俄亥俄州里奇兰县。

曼托瓦（Mantua），意大利北部古城，著名诗人维吉尔就出生在古城附近的村子里。

芒特西奈医院（Mount Sinai Hospital），纽约的一家医院。赖特患癌后曾在此住院治疗。

芒兹维尔（Moundsville），西弗吉尼亚州的一座河畔小城，在赖特家乡以南，两地相距 25 公里。

毛伊岛（Maui），夏威夷第二大岛。

梅塔蓬托（Metaponto），意大利的一个海滨小镇，由古希腊人为战略防御而建。

蒙特尔基（Monterchi），意大利小镇，位于托斯卡纳大区阿雷佐省。与安吉亚里相距只有几公里。

米斯阔米卡特（Misquamicut），位于美国罗德岛，这里的海滩非常出名。

密涅瓦村（Minerva），俄亥俄州的一个村子，在赖特家乡以北，两地相距百余公里。诗人拉尔夫·霍奇森晚年定居在此。

密歇根大学（The University of Michigan），西奥多·罗特克的母校，1817 年建于安阿伯的一所公立研究型大学。唐纳德·霍尔曾在此执教。

明尼阿波利斯（Minneapolis），明尼苏达州最大的城市，坐落在密西西比河两岸，紧邻圣保罗，两地合称"双子城"。

明尼苏达大学（University of Minnesota），指的是明尼苏达大学双城校区。建校于 1851 年，比明尼苏达建州还早 7 年。赖特曾在此任教，后因酗酒问题被开除。

明尼沃斯卡湖（Lake Minnewaska），位于明尼瓦斯卡州立公园内，距离纽约市约一个半小时车程。

莫格尔（Moguer），西班牙安达卢西亚的一个小城，诗人希梅内斯的出生地。

苜蓿地（Cloverfield），位于西弗吉尼亚州惠灵，距离赖特家乡约 12 公里。

穆索（Muzo），哥伦比亚著名的祖母绿矿区。

纳什林（Nash's Grove），现名拉基帕尔县立公园，位于明尼苏达州西部。19 世纪，公园所在地迎来首批持证定居者，其中包括纳什家族。纳什家的土地及相邻的河畔一带森林覆盖率极高，于是便有了"纳什林"的叫法。

南达科他（South Dakota），位于美国中西部平原，曾是苏族印第安人中的达科他人和拉科他人的聚居地，东临明尼苏达州。

内华达山脉（Sierra Nevada），纵贯美国加利福尼亚州东部的一条山脉，部分山体在内华达州境内。

尼科莱岛（Nicollet Island），密西西比河上的一个小镇。

尼姆（Nimes），法国南部城市，有"法国的罗马"之称。在奥古斯都全盛时期，曾被古罗马帝国统治。

纽黑文（New Haven），美国康涅狄格州的一座海滨城市，耶鲁大学所在地，也是唐纳德·霍尔的出生地。

欧塞尔（Auxerre），法国北部城市，约讷省的省会。

帕多瓦市（Padova），意大利北部城市，在威尼斯以西 40 公里。

帕多瓦钟楼（Torre dall'Orologio），位于帕多瓦领主广场西端，建于 15 世纪初。

派恩岛（Pine Island），坐落在密西西比河支流赞布罗河畔，农牧业发达。又叫松树岛，岛内有很多高大的五针松。

佩鲁贾（Perugia），意大利中部古城。位于罗马以北，佛罗伦萨东南，与两座城的距离都是 100 多公里；在方济各故乡阿西西的西北方向，与阿西西相距 20 多公里。

皮蒂宫（Pitti Palace），意大利佛罗伦萨的一座宏伟建筑，建于 15 世纪。

普利亚（Apulia），意大利南部的一个大区。意大利语为 Puglia，也译作"阿普利亚"。

七角地（seven corners），明尼苏达大学附近的一个社区，赖特经常在这里的酒吧喝酒。

萨吉诺（Saginaw），位于密歇根州，诗人罗特克的故乡。19 世纪时靠木材业发展起来，进入 20 世纪，发展为工业重镇。

塞伦盖蒂（Serengeti），坦桑尼亚的国家公园，闻名世界的野生动物保护区。

桑科姆山（Thorncombe Beacon），英国多塞特郡的一座山。

沙特尔（Chartres），法国中北部城市。

上阿迪杰地区（Alto Adige），意大利北部的一个区，全称为"特伦蒂诺 - 上阿迪杰"，曾属于奥地利。该地区有 30% 人口以德语为母语。

圣保罗（Saint Paul），美国明尼苏达州第二大城市，在明尼阿波利斯以西。

圣彼得及诸圣教堂（Church of St. Peter's and All Saints），英国多切斯特的教堂名。教堂门口立有诗人威廉·巴恩斯的雕像。

圣费尔莫（San Fermo），意大利地名，曾是第二次意大利独立战争战场。

圣吉米尼亚诺（San Gimignano），意大利中世纪山城，位于托斯卡纳大区锡耶纳省。

圣克莱尔疗养院（St. Clair Sanitarium），一家精神病院。或位于俄亥俄州贝尔蒙特县的圣克莱尔维尔，距赖特家乡十余公里。

圣乔治（San Giorgio），意大利阿迪杰河畔的一个村子。

圣让内（St.-Jeannet），法国东南部古镇，与旺斯、尼斯相邻。

圣维吉利奥（San Vigilio），意大利加尔达湖畔的一个村庄。

圣心教堂（Sacré Coeur），位于法国巴黎，建于 1919 年，已有百余年历史。洁白的大圆顶兼具罗马式与拜占庭式建筑风格。

施里夫中学（Shreve High），赖特的母校。校名来自捐建者查尔斯·R. 施里夫。

水牛城（Buffalo），即布法罗城。位于纽约州西部，与加拿大隔湖相望。

斯卡利杰莱宫（Palazzo Scaligere），维罗纳的一座中世纪建筑。

斯库尔基尔河（Schuylkill），位于美国宾夕法尼亚州费城，以风景秀丽闻名。

斯泰特莱恩（Stateline），位于美国内华达州，与加利福尼亚州交界，加州人常来此赌博。

斯廷斯福德（Stinsford），托马斯·哈代的家乡，也是哈代葬心之地。位于英国多塞特郡多切斯特。

斯托本维尔（Steubenville），俄亥俄州东部城市，位于赖特家乡以北，两地相距 30 多公里。

索尔特溪（Salk Creek），也叫盐溪。俄亥俄的一条河。

塔兰托（Taranto），意大利南部城市，重要商港和海军基地。

台伯河（Tiber），意大利第三大河流，意大利中部最长的河流，罗马的主要河道。

特拉斯提弗列（Trastevere），意大利罗马市第 13 区，位于台伯河畔。

特隆赫姆（Trondhjem），挪威古城，建于 997 年。

提尔（Tyrian），腓尼基古城，相传为紫色颜料的诞生地，一度称霸地中海，十字军东征后逐渐衰落。

图拉真市场（Trajan's Market），古罗马七大奇迹之一，是世界上最早的购物中心，现为博物馆。

托尔切洛岛（Torcello），有"威尼斯的发源地"之称，古代威尼斯人为了躲避蛮族入侵，逃到这里定居。

托里德尔贝纳科（Torri del Benaco），意大利维罗纳省的一个小城镇，位于加尔达湖畔。

托斯卡纳（Tuscany），意大利中西部大区，以风景优美、历史悠久闻名于世。首府为佛罗伦萨。

旺斯（Vence），法国东南部古镇，依山傍海，风景优美。

威克斯公墓（Weeks Cemetery），位于美国俄亥俄州贝尔蒙特县，离赖特家乡约 5 公里。

威廉玛丽学院（College of William and Mary），17 世纪末建校于弗吉尼亚州威廉斯堡。极负盛名的美国大学优等生学会便创立于此。

韦恩州立大学（Wayne State University），位于底特律的一所公立研究型大学，1868 年建校时是一所医学院，几经变迁后改为现名。

韦尔顿市（Weirton），西弗吉尼亚州城市名。

韦斯利恩大学出版社（Wesleyan University Press），1957 年成立于康涅狄格州米德尔敦，致力于人文诗歌等领域的学术出版。唐纳德·霍尔曾为该社编辑，出版了赖特的几部诗集。

维罗纳（Verona），意大利古城，坐落在阿迪杰河畔。

沃尔泰拉（Volterra），意大利一座山顶小城，位于托斯卡纳大区比萨省，城中有一座建于古罗马时代的剧场。

沃克艺术中心（Walker Art Center），美国的一座国家级现代博物馆，位于明尼苏达州明尼阿波利斯，创办人是木材商、收藏家托马斯·巴洛·沃克。

沃诺克（Warnock），位于俄亥俄州，距赖特家乡约 24 公里。

无线电城（Radio City），即无线电城音乐厅，位于纽约市曼哈顿中城的洛克菲勒中心。

西西里岛（Sicily），位于意大利西南部，意大利最大的区，也是地中海最大的岛。

锡尔苗内（Sirmione），意大利北部的一个小镇，坐落在加尔达湖畔。

辛辛那提（Cincinnati），俄亥俄西南部城市，与肯塔基州交界。

亚历山大三世桥（Pont Alexandre），横跨在塞纳河上的一座桥，建于 1900 年。

亚利桑那（Arizona），美国西南部的一个州，与墨西哥接壤，曾为墨西哥国土。

伊奥尼亚海（Ionian Sea），地中海支海，地中海最深点就在这里。

约讷河（Yonne），法国的河流，塞纳河的支流。

跃河（Bumping river），位于华盛顿的一条河。

珍珠街（Pearl Street），马丁斯费里的一条街道，赖特一家曾在此居住。

州街（State Street），芝加哥的一条要道。

朱代卡运河（Giudecca Canal），威尼斯的一条大运河，位于朱代卡岛。

朱斯蒂花园（Giusti Gardens），维罗纳的一座花园，歌德曾在此漫步。

棕榈滩（Palm Beach），位于佛罗里达州棕榈滩县，美国著名的富人区。

标题索引

磨 铁 读 诗 会